23/30

TAÏ-PAN

Du même auteur
aux Éditions Stock

SHÔGUN
UN CAÏD

James Clavell

Taï-pan

ROMAN

TRADUIT DE L'AMÉRICAIN
PAR FRANCE-MARIE WATKINS

Tome Second

Stock

Titre original :
TAÏ-PAN
Atheneum, éditeur, New York

A *Tai-tai*, à Holly et à Michaela.

Note de l'auteur

Je tiens à exprimer mes remerciements à tous ceux de Hong Kong qui m'ont accordé leur temps, sans compter, qui m'ont fait partager leurs connaissances et m'ont accueilli dans leur présent et leur passé.

Naturellement, cet ouvrage n'est pas un livre d'histoire mais un roman. Il est peuplé d'hommes et de femmes créés par l'imagination de l'auteur, et nulle allusion à une personne ou à une société qui fait — ou a fait — partie de Hong Kong n'est intentionnelle.

Livre quatrième

Les semaines passaient, et le printemps devint un été précoce. Le soleil prenait des forces et l'air était lourd d'humidité. Les Européens, avec leurs vêtements habituels, leurs caleçons longs, les robes à jupons multiples et les corsets baleinés, souffraient terriblement. La sueur séchait aux aisselles et à l'aîne, provoquant des eczémas qui s'infectaient. Les maladies habituelles de l'été reparurent, la dysenterie de Canton, l'écoulement de Macao, la fièvre d'Asie. Ceux qui mouraient étaient pleurés. Les vivants supportaient stoïquement leurs souffrances, en les considérant comme des tribulations inévitables envoyées par Dieu pour éprouver l'humanité, et continuaient de fermer leurs fenêtres à l'air frais qui, croyaient-ils, transportait les gaz toxiques montant de la terre en été; ils continuaient de se laisser purger et saigner par leurs médecins car tout le monde savait que les sangsues étaient le seul véritable remède contre la maladie; ils s'entêtaient à boire de l'eau et de la viande exposées aux mouches, à éviter les bains, jugés dangereux pour la santé, et à prier pour le retour des gelées qui nettoieraient la terre de ses poisons mortels.

En juin, la maladie avait décimé les rangs de l'armée. La saison commerciale touchait à sa fin. Cette année, d'immenses fortunes se feraient. Avec du joss. Car jamais l'on n'avait si follement acheté et vendu à la Concession de Canton. Les marchands, leurs employés portugais, les compradores chinois et les marchands du Co-hong étaient épuisés, par la chaleur, mais plus encore par les semaines d'activité frénétique. Tout le monde aspirait au repos, en attendant la prochaine saison d'hiver.

Et cette année, enfin, contrairement à toutes les autres années, les Européens attendaient avec impatience de pouvoir passer l'été chez eux, dans leurs maisons, sur leur propre terre de Hong Kong.

Les familles avaient déjà quitté les étroites cabines des navires pour s'installer dans la Vallée Heureuse. Les bâtiments poussaient comme des champignons. Queen's Town commençait à prendre

13

tournure, avec ses rues, ses entrepôts, sa prison, ses docks, deux hôtels, des tavernes, et des maisons résidentielles.

Les tavernes pour militaires se pressaient près du camp, à la pointe de Glessing. Celles des matelots se trouvaient à Queen's Road, en face du port et du chantier naval. Certaines n'étaient que des tentes, ou de grossières cabanes provisoires. Quelques-unes étaient déjà définitivement construites.

Des navires arrivaient sans cesse d'Europe, apportant des marchandises, des vivres, amenant des parents et des amis, et de nombreux étrangers. Et chaque marée voyait arriver de Macao des foules de Portugais, de Chinois, d'Eurasiens, d'Européens, voiliers, tisserands, tailleurs, employés, domestiques, commerçants, vendeurs et acheteurs, coolies et chômeurs et tous ceux que leur travail obligeait maintenant à vivre à Hong Kong, tous ceux qui vivaient du commerce chinois. Parmi ces nouveaux arrivants il y avait des maquerelles et des filles, des fumeurs d'opium et des fabricants de gin, des joueurs et des contrebandiers, des voleurs et des mendiants, des pirates et des escrocs, la lie d'une population. Eux aussi, ils trouvaient à se loger, ou se mettaient à construire des demeures et des magasins et des entreprises. Les bars, les bordels, les fumeries d'opium envahirent bientôt Queen's Town et plus particulièrement Queen's Road. Le crime augmenta dans des proportions effarantes, et la petite force de police fut débordée. Le mercredi devint le jour du fouet. A la grande joie des vertueux, les condamnés étaient fouettés publiquement devant la prison, à titre d'avertissement.

La justice britannique, bien que rapide et dure, ne paraissait pas cruelle aux Chinois. La torture publique, le fouet à mort, les poucettes et les mutilations, l'arrachage d'un œil ou des deux, les pieds ou les mains coupés, la marque au fer rouge, le garrot, la langue arrachée, mille supplices raffinés, tout cela était pour les Chinois un châtiment normal. Les Chinois n'avaient pas de tribunaux, pas de jurys. Comme Hong Kong échappait à la justice chinoise, tous les criminels du continent qui pouvaient s'échapper affluaient à Tai Ping Shan, hors d'atteinte, et se moquaient des faiblesses des lois barbares.

Et tandis que la civilisation prenait l'île d'assaut, les ordures s'amoncelaient.

L'eau stagna dans des barriques abandonnées, des pots cassés, de vieilles casseroles. Elle était retenue par des échafaudages de bambou, au bord des jardins, dans le petit terrain marécageux de la vallée. Ces petites mares putrides se mirent à grouiller de vie, de larves qui se transformèrent en moustiques. Ils étaient minuscules, fragiles, très spéciaux, et si délicats qu'ils ne volaient qu'après le coucher du soleil; c'était des anophèles.

Et dans la Vallée Heureuse, les gens commencèrent à mourir les uns après les autres.

— Pour l'amour de Dieu, Culum! Je ne sais pas plus que toi ce qu'il faut faire! Y a une fièvre assassine à Queen's Town. Personne ne sait ce qui la provoque, et maintenant la petite Karen l'a attrapée.

Struan était désespéré. Il n'avait pas de nouvelles de May-may depuis une semaine. Cela faisait presque deux mois qu'il n'était pas retourné à Hong Kong, à part une rapide visite de deux jours quelques semaines plus tôt, lorsqu'il n'avait pu résister à son désir de voir May-may. Elle était éclatante, sa grossesse se passait sans malaises, et ils étaient plus satisfaits l'un de l'autre qu'ils ne l'avaient jamais été.

— Dieu soit loué que notre navire soit parti et que nous quittions la Concession demain!

— Oncle Robb dit que c'est la malaria, dit Culum, en agitant la lettre qui venait d'arriver.

Il était fou d'inquiétude pour Tess. La veille, il avait reçu d'elle une lettre lui annonçant qu'avec sa mère et sa sœur elle avait quitté le navire de Brock pour s'installer dans le comptoir en partie construit. Mais elle ne parlait pas de malaria.

— Quel est le remède contre la malaria? demanda-t-il.

— Y en a pas, que je sache. Je ne suis pas médecin. Et Robb dit que quelques docteurs seulement pensent que c'est la malaria. Malaria, en latin ça veut dire « mauvais air ». C'est tout ce que je sais. C'est tout ce qu'on sait. Sainte Mère de Dieu, si l'air de la Vallée Heureuse est mauvais, nous sommes ruinés!

D'un geste irrité, il agita son tue-mouches. Culum enrageait :

— Je t'avais dit de ne pas construire là! J'ai détesté cette vallée dès que je l'ai vue!

— Sangdieu! Tu vas me raconter que tu savais à l'avance que l'air était mauvais?

— Non. Je ne voulais pas dire ça. Je... Enfin, j'ai eu tout de suite horreur de cet endroit, c'est tout.

Struan ferma la fenêtre aux miasmes de la place de la Concession, et continua de chasser les mouches. Il priait Dieu que cette fièvre ne fût pas la malaria. Si c'était ça, le fléau risquait de toucher quiconque dormait dans la Vallée Heureuse. De notoriété publique, les terres, dans certaines régions du globe, étaient empoisonnées et rejetaient, la nuit, des gaz chargés de malaria.

A en croire Robb, la fièvre était mystérieusement apparue quatre semaines plus tôt. Elle avait d'abord frappé les ouvriers chinois. Puis d'autres avaient été touchés, un marchand européen ici, là un enfant. Mais uniquement dans la Vallée Heureuse. Nulle part ailleurs à Hong Kong. A présent, quatre à cinq cents Chinois étaient malades, et une trentaine d'Européens. Les Chinois étaient saisis d'une crainte superstitieuse et ils étaient sûrs que les dieux les punissaient de travailler à Hong Kong, en désobéissant au décret de l'empereur. Seules, des augmentations les persuadaient de revenir.

Et voilà que la petite Karen était touchée! Robb terminait sa lettre en disant : « Sarah et moi sommes au désespoir. Le cours de la maladie est insidieux. D'abord une fièvre horrible pendant une demi-journée, puis un mieux très net, puis au bout de deux ou trois jours, la fièvre reprend, plus virulente. Le cycle se répète ainsi inlassablement, et chaque crise est plus violente que la précédente. Les médecins ont donné à Karen une forte purge au calomel. Ils ont saigné la pauvre petite, mais nous n'avons guère d'espoir. Les coolies meurent après la troisième ou la quatrième crise. Et Karen est si affaiblie après la purge et les sangsues! Si terriblement faible! Hélas, je crois bien qu'elle est perdue. »

Struan alla à la porte. Dieu de Dieu, d'abord le malheur du bébé, et maintenant Karen. Sarah avait donné le jour à un garçon, Lochlin Ross, le lendemain du bal, mais l'enfant était malingre et son bras gauche avait été abîmé au cours de l'accouchement difficile. Sarah avait failli mourir. Mais elle n'avait pas eu la fièvre puerpérale tant redoutée et si son lait avait tourné à l'aigre et ses cheveux blanchi prématurément, elle avait repris ses forces. Je me demande si le bébé est mort, Robb n'en dit rien, pensa Struan en ouvrant la porte d'un geste brusque.

— Vargas!

— Oui, senhor?

— Vous avez la malaria, à Macao?

— Non, senhor, répondit le Portugais en pâlissant; son fils et son neveu travaillaient à la Noble Maison à Hong Kong. On est donc sûr que c'est la malaria?

— Non. Quelques docteurs le pensent, mais pas tous. Trouvez-moi Mauss. Dites-lui que je veux voir Jin-qua dès que possible. Avec lui.

16

— Bien, senhor. Son Excellence voudrait que vous dîniez avec elle et le grand-duc, ce soir à neuf heures.

— Acceptez de ma part.

— Bien, senhor.

Struan referma la porte et alla se rasseoir à son bureau, la mine sombre. Il portait une chemise molle, sans cravate, un pantalon léger et des bottes souples. Les autres Européens disaient qu'il était fou de risquer les courants d'air mortels apportés par les vents d'été.

— Ça peut pas être la malaria, grommela-t-il. Faut que ça soit autre chose.

— Cette île est maudite!

— Voilà que tu parles comme une femme!

— La fièvre n'était pas là, avant l'arrivée des coolies. Débarrassons-nous des coolies et nous nous débarrasserons du fléau. Ils l'apportent avec eux. Ce sont eux qui contaminent tout!

— Comment pouvons-nous le savoir, Culum? Je reconnais que ça a commencé dans les rangs des coolies. Et je reconnais qu'ils habitent dans les basses terres. Et je veux bien reconnaître aussi qu'à notre connaissance, on n'attrape la malaria qu'en respirant de l'air empoisonné, la nuit. Mais pourquoi n'y a-t-il des fièvres que dans la vallée? C'est seulement la Vallée Heureuse qui a du mauvais air? L'air, c'est de l'air, bonté divine, et il y a une jolie brise qui souffle par là presque toute la journée et la nuit. Ça ne tient pas debout.

— Ça tient très bien debout. C'est la volonté de Dieu.

— Le diable t'emporte pour cette réponse imbécile, nom de Dieu!

Culum se dressa d'un bond.

— Je te serais reconnaissant de ne pas blasphémer.

— Et je te serais reconnaissant de te rappeler qu'il n'y a pas si longtemps encore, des hommes ont été brûlés en place publique pour avoir dit que c'était la terre qui tournait autour du soleil! C'est pas la volonté de Dieu, non et non!

— Pense ce que tu voudras, mais Dieu a son mot à dire dans nos existences. Le fait que la fièvre est là dans le seul endroit d'Asie que nous avons choisi pour y vivre, c'est, je le crois, la volonté de Dieu. Tu ne peux pas le nier, parce que tu ne peux pas prouver le contraire, pas plus que je ne peux prouver que c'est vrai. Mais je crois, et je ne suis pas le seul, que nous devrions abandonner la Vallée Heureuse.

— Si nous faisons ça, nous abandonnons Hong Kong.

— Nous pourrions bâtir près de la pointe de Glessing.

— Sais-tu combien d'argent les marchands ont investi dans la Vallée Heureuse?

— Sais-tu combien d'argent tu peux gagner et dépenser quand tu es à six pieds sous terre?

Struan toisa froidement son fils. Depuis des semaines, maintenant, il savait que l'hostilité de Culum était de moins en moins une comédie. Il savait que plus Culum en saurait, plus il chercherait à mettre ses idées en pratique et plus il aspirerait au pouvoir. C'est justice, pensait-il, et il était très satisfait des progrès de Culum, tout en s'inquiétant un peu. Culum passait beaucoup de temps en compagnie de Gorth, l'esprit dangereusement ouvert.

Il y avait eu, dix jours plus tôt, une querelle terrible, qui n'avait pas abouti. Culum débitait des théories personnelles sur les navires à vapeur, répétant manifestement les idées de Gorth, et Struan n'avait pas été d'accord. Culum avait ensuite abordé le sujet de la guerre à mort entre Brock et Struan, en disant que la jeune génération ne commettrait pas les erreurs de l'ancienne, que Gorth pensait qu'il était inutile que la jeune génération soit tributaire des aînés, que Gorth et lui étaient bien décidés à oublier cet antagonisme et qu'ils essaieraient tous deux d'amener leur père à faire la paix. Et lorsque Struan s'était mis à discuter, Culum avait refusé de l'écouter et il était parti en claquant la porte.

Et puis il y avait le problème de Tess Brock.

Culum n'avait jamais parlé d'elle à son père. Et Struan ne lui avait jamais posé de questions. Mais il savait que Culum dépérissait loin d'elle et que cela lui brouillait les idées. Struan se rappelait sa propre jeunesse, et son amour fou pour Ronalda. A cet âge, tout paraît si net, et important, et propre...

— Allons, Culum, petit, ne t'énerve pas comme ça, dit-il pour couper court à toute discussion. Il fait chaud et l'humeur s'en ressent. Assieds-toi et repose-toi un moment. La petite Karen est malade, et beaucoup de nos amis aussi. Il paraît que Tillman a la fièvre, et qui sait combien d'autres?

— Miss Tillman?

— Je ne pense pas.

— Gorth dit qu'ils ferment leur comptoir demain. Il va passer l'été à Macao. Tous les Brock.

— Nous irons à Hong Kong; le comptoir reste ouvert ici.

— Gorth dit qu'il vaut mieux passer l'été à Macao. Il a une maison là-bas. Nous y avons encore des biens, n'est-ce pas?

Struan s'agita un peu dans son fauteuil.

— Sûr. Prends une semaine, si tu veux. Passe-la à Macao, mais j'aurai besoin de toi à Queen's Town. Et je te le répète, attention. Regarde derrière toi. Gorth n'est pas ton ami.

— Et moi je te le répète, il l'est.

— Il essaie de te berner, de te déséquilibrer, et un jour il te taillera en pièces.

18

— Tu te trompes. Je le comprends. Il me plaît. Nous nous entendons très bien. Je m'aperçois que je peux converser avec lui et que j'aime beaucoup sa compagnie. Nous savons tous les deux que c'est difficile de le comprendre, pour toi et son père, mais... je ne sais pas, c'est difficile à expliquer.

— Je ne comprends Gorth que trop bien, bon Dieu!

— N'en parlons plus, dit sèchement Culum.

— Je crois au contraire qu'il faut en parler. Gorth t'a envoûté. C'est mortel, ça, pour un Struan.

— Tu vois Gorth à ta façon. Il est mon ami.

Struan ouvrit une boîte, prit un cigare, l'alluma lentement et jugea le moment venu de parler à son fils.

— Tu crois que Brock acceptera que tu épouses Tess?

Culum rougit.

— Je ne vois pas pourquoi il dirait non, s'écria-t-il impulsivement. Gorth n'est pas contre.

— Tu en as discuté avec lui ?

— Je n'en ai pas discuté avec toi. Ni avec personne. Pourquoi veux-tu que j'en parle à Gorth?

— Alors comment sais-tu qu'il n'est pas contre?

— Je le suppose. Il dit souvent que Miss Brock et moi semblons bien nous entendre, et il m'encourage à lui écrire, comme ça.

— Tu estimes que je n'ai pas le droit de te demander quelles sont tes intentions à l'égard de Miss Brock?

— Tu en as le droit, certainement. Mais... Eh bien oui. J'ai songé à l'épouser. Mais je n'ai rien dit à Gorth.

Culum se tut et s'épongea le front. Il était gêné; la brutalité de la question du Taï-pan, touchant ce qu'il avait de plus présent à l'esprit, l'avait secoué et bien qu'il voulût en parler, il craignait que son amour ne fût moqué ou souillé. Morbleu, j'aurais dû m'y préparer, ragea-t-il, et il s'entendit parler, presque malgré lui, d'une voix précipitée :

— Mais je ne pense pas que mon... mon affection pour Miss Brock regarde qui que ce soit pour le moment. Rien n'a été dit, et il n'y a rien... enfin, je veux dire que mes sentiments pour Miss Brock sont mon affaire.

— C'est ton opinion, je le conçois, mais ça ne veut pas dire qu'elle est juste. As-tu imaginé qu'on pourrait se servir de toi?

— Miss Brock?

— Gorth. Et le père Brock.

— As-tu jamais songé que ta haine pour eux influe sur ton jugement? rétorqua Culum.

— Sûr. J'y ai pensé. Mais toi, Culum? T'es-tu jamais dit qu'ils pouvaient se servir de toi?

— En admettant que tu aies raison. Supposons que j'épouse Miss Brock. Ne serait-ce pas favorable à tes affaires?

Struan était heureux que le problème soit enfin abordé ouvertement.

— Non. Parce que Gorth te dévorera, quand tu seras Taï-pan. Il prendra tout ce que nous possédons et il te démolira — pour devenir la Noble Maison.

— Pourquoi détruirait-il le mari de sa sœur? Pourquoi ne pourrions-nous pas nous associer? Brock et Struan. Je m'occuperais de la partie commerciale, et lui de la navigation.

— Et qui serait Taï-pan?

— Nous pouvons partager ça, Gorth et moi.

— Il ne peut y avoir qu'un seul Taï-pan. C'est ça que ça veut dire. C'est la loi.

— Mais ta loi n'est pas forcément la mienne. Ni celle de Gorth. Nous pouvons nous instruire par les erreurs des autres. La fusion de nos deux compagnies nous apporterait des avantages immenses.

— C'est ça que veut Gorth?

Struan se demanda s'il ne s'était pas trompé, au sujet de son fils. La fascination de Culum devant Tess, et sa confiance en Gorth seraient l'instrument de la destruction de la Noble Maison. Plus que trois mois et je partirai pour l'Angleterre! Dieu de Dieu!

— Hein? insista-t-il.

— Nous n'en avons jamais parlé. Nous parlons de commerce et d'échanges et d'importation, ce genre de choses. Et nous cherchons le moyen de vous faire faire la paix, tous les deux. Mais une fusion serait avantageuse, non?

— Pas avec ces deux-là. Tu n'es pas de taille. Pas encore.

— Mais je le serai un jour?

— Peut-être. Tu crois vraiment que tu pourrais dominer Gorth?

— Je n'en aurais peut-être pas besoin. Pas plus qu'il n'aurait besoin de me dominer. Disons que j'épouse Miss Brock. Gorth a sa compagnie, nous avons la nôtre. Séparées. Nous sommes toujours en concurrence. Mais à l'amiable. Sans haine, dit Culum, et il poursuivit d'une voix soudain plus dure : Pensons un moment en Taï-pan. Brock a une fille bien-aimée. Je m'insinue dans ses bonnes grâces et dans celles de Gorth. En l'épousant, je calme l'animosité de Brock contre moi pendant que je m'instruis et que je gagne de l'expérience. En brandissant toujours l'appât d'une fusion. Alors je peux les écraser à mon heure, quand je serai prêt. Un projet sûr, magnifique. La peste soit de la fille. Je m'en sers... pour la plus grande gloire de la Noble Maison!

Struan ne répondit pas. Culum reprit :

— As-tu jamais considéré les possibilités, mais sans parti pris? J'avais oublié que tu es beaucoup trop malin pour ne pas avoir remarqué que j'étais amoureux d'elle.

— Sûr. Je vous ai considéré, tous les deux, Tess et toi, sans parti pris, comme tu dis.

— Et ta conclusion?

— Que les dangers surpassent pour toi les avantages.

— Alors tu me déconseilles formellement de l'épouser?

— Je te déconseille de l'aimer. Mais le fait est là, tu l'aimes, ou tu le crois. Et le fait est, aussi, que tu l'épouseras à la première occasion.

Struan tira longuement sur son cigare et demanda :

— Tu crois que Brock l'acceptera?

— Je ne sais pas. Je ne le crois pas, hélas.

— Je le crois, hélas.

— Mais toi non?

— Je te l'ai déjà dit une fois : je suis le seul homme sur terre en qui tu puisses avoir entière confiance. A la condition que, par tes calculs, tu n'ailles pas contre la maison.

— Mais tu estimes qu'un tel mariage serait contraire aux intérêts de la compagnie?

— Je n'ai pas dit ça. J'ai dit que tu n'en comprends pas les dangers. Écoute... Elle est très jeune. Veux-tu l'attendre cinq ans?

— Oui, s'écria Culum, atterré par cette éternité. Oui, par Dieu! Tu ne sais pas ce qu'elle est pour moi. Elle... eh bien, c'est la seule fille au monde que je pourrai jamais vraiment aimer. Je ne changerai pas, et toi tu ne peux pas le comprendre, n'est-ce pas? Oui, j'attendrai cinq ans. Je l'aime.

— Et elle?

— Je ne sais pas. Je... j'ai l'air de lui plaire. Je prie Dieu qu'elle m'aime. Mon Dieu, mon Dieu, que vais-je faire?

Grâce au ciel, je n'ai plus cette jeunesse, pensa Struan avec compassion. Je sais à présent que l'amour est comme la mer, parfois calme parfois houleux. C'est dangereux, merveilleux, mortel, vivant. Mais jamais permanent; mouvant et changeant. Et unique pour seulement un instant fugace aux yeux du temps.

— Tu ne vas rien faire, petit. Mais je parlerai à Brock ce soir.

— Non, s'écria Culum, anxieusement. C'est ma vie, à moi. Je ne veux pas que...

— Ce que tu désires touche ma vie à moi, et celle de Brock. Je vais lui parler.

— Alors tu veux bien m'aider?

Struan chassa une mouche importune.

— Et les vingt guinées, Culum?

— Quoi?

— L'argent de mon cercueil. Les vingt pièces d'or que Brock m'a données, et que tu as gardées. As-tu oublié?

Culum ouvrit la bouche pour dire non, mais il se ravisa. Son angoisse voilait son regard.

— Oui, j'avais oublié. Du moins, je n'y pensais plus. Mais pourquoi te mentirais-je? Je t'ai presque menti. C'est affreux.
— Sûr.
Struan était content de voir que son fils venait de passer une nouvelle épreuve, et d'apprendre une autre leçon.
— Qu'est-ce que tu voulais dire, des pièces?
— Rien. Sauf que tu ne dois pas les oublier. C'est Brock, ça. Gorth est pire parce qu'il n'a même pas la générosité de son père.

Il était bientôt minuit.
— Assieds-toi, Dirk, dit Brock en se grattant la barbe. Rhum, bière ou brandy?
— Brandy.
Brock donna l'ordre au domestique chinois, puis il désigna les victuailles sur la table.
— Sers-toi donc, Dirk.
Il se gratta l'aisselle, couverte de pustules et de croûtes appelées « démangeaisons de chaleur ».
— Foutu sale temps, grommela-t-il. Pourquoi diable tu en souffres pas comme nous tous?
— Parce que je vis bien, répliqua Struan en étirant ses jambes. Je te l'ai répété cent mille fois. Si tu te baignes quatre fois par jour tu n'auras pas les démangeaisons de chaleur. Les poux disparaîtront...
— Ça n'a rien à voir. C'est de la bêtise. Et contre nature, nom de Dieu! Y en a pour dire que t'es compagnon de bord avec le Diable soi-même et peut-être bien qu'ils ont mis le doigt sur la raison que t'es comme t'es, hein?
Il tendit au domestique sa gigantesque chope d'argent et se fit servir de la bière du tonnelet posé contre le mur, à côté des rateliers de mousquetons et de sabres.
— Mais t'auras ce que tu mérites un jour ou l'autre, hé, Dirk?
Brock fit en riant le geste du pouce baissé. Sans s'émouvoir, Struan prit le grand verre ballon et huma l'alcool.
— Nous aurons tous ce que nous méritons, Tyler.
Il gardait le cognac sous son nez, pour combattre la puanteur de la pièce, et se demandait si Tess empestait comme ses parents, et si Brock devinait la raison de sa visite. Les fenêtres étaient soigneusement closes sur la nuit et le monstrueux brouhaha de la place.
Brock grogna, leva la chope pleine et but goulûment. Il portait son habituelle redingote de drap, ses caleçons de laine, son gilet et sa haute cravate. Avec une grimace, il examina Struan, qui paraissait à l'aise et au frais avec sa chemise molle, son

22

pantalon blanc et ses demi-bottes, les poils dorés de son torse puissant accrochant les reflets des chandelles, dans l'échancrure de la chemise.

— T'as l'air carrément tout nu, mon gars. C'est bel et bien répugnant.

— C'est la prochaine mode, Tyler, assura Struan en riant.

— Propos du diable. Paraît que Maureen Quance en fait voir à ce pauvre Aristote et pas qu'un peu. Paraît qu'ils vont partir par la prochaine marée.

— Il s'échappera, ou il se tranchera la gorge plutôt que de partir! Brock éclata d'un gros rire.

— Quand je l'ai vu surgir comme ça tout soudain, j'ai jamais tant ri que depuis le jour où Ma s'est pris les pieds dans les ralingues.

Il congédia le Chinois d'un geste et attendit qu'il ait fermé la porte pour demander :

— Paraît que tous tes navires ont appareillé?

— Sûr. Une sacrée saison, pas vrai?

— Ouais. Et ce sera encore mieux quand le *Blue Witch* accostera le premier à Londres. Paraît qu'il a une journée d'avance. Jeff Cooper dit que son dernier navire est parti, alors Whampoa est dégagé.

— Vous restez à Canton?

— Non, on s'en va demain. A Queen's Town, d'abord, et puis nous irons à Macao. Mais je garde ce comptoir ouvert. Pas comme la dernière fois.

— Longstaff doit rester. Les négociations se poursuivent, je suppose.

Struan sentait monter une étrange tension, et son inquiétude augmenta.

— Tu sais bien qu'y aura pas de conclusions ici.

Brock souleva le carré noir pour frotter l'orbite rouge cicatrisé. Le fil qui maintenait le bandeau en place avait creusé un long sillon rouge sur son front.

— Gorth me dit que la petite à Robb est couchée avec la fièvre?

— Ouais.

Brock remarqua la sécheresse dans la voix de Struan. Il but une longue goulée de bière, qui le fit transpirer, et il s'essuya avec le dos de la main.

— Ça m'a chagriné de l'apprendre. Mauvais joss. Dis-moi, ton gamin et le mien ont l'air d'être comme cul et chemise.

— Je serai content de me retrouver à bord, dit Struan sans relever la pointe. J'ai eu une longue conversation avec Jin-qua, cet après-midi. Au sujet de la fièvre. Ils n'en ont jamais eu à Canton, autant qu'il sache.

23

— Si c'est vraiment la malaria, alors on n'a pas fini d'avoir des ennuis sur les bras. Allez, sers-toi, mange, ajouta-t-il en tendant la main pour empoigner un demi-poulet. Paraît que le prix des coolies a encore monté. Le coût de la vie devient terrible, à Hong Kong.

— Pas assez pour que ça fasse mal. La fièvre passera.

Brock changea de position, lourdement, but de la bière et considéra Struan.

— Tu voulais me parler, comme qui dirait en privé. C'est-y de la fièvre que tu voulais qu'on cause?

— Non. C'est au sujet d'une vieille promesse que j'ai faite de te flanquer une bonne dégelée de chat à neuf queues.

Brock agita la sonnette si violemment que le tintement se répercuta d'un mur à l'autre pendant plusieurs instants. Comme la porte ne s'ouvrait pas, il recommença en maugréant :

— Ce foutu singe. A coups de pied dans le cul, ça marche.

Il finit par se hisser hors de son fauteuil et alla se servir au tonnelet. Puis il se rassit et dévisagea Struan.

— Et alors? demanda-t-il enfin.

— Tess Brock.

— Hein?

Brock était stupéfait que Struan voulût hâter une décision au sujet de laquelle il s'était inquiété — et Struan aussi, très certainement — au point de ne plus dormir la nuit.

— Mon fils est amoureux d'elle.

Brock avala de la bière, s'essuya la bouche.

— Ils se sont vus que deux ou trois fois. Au bal, et puis des promenades l'après-midi, avec Liza et Lillibet. Trois fois, pas plus.

— Sûr. Mais il est amoureux d'elle. Il en est certain.

— Et toi?

— Aussi.

— Qu'est-ce que t'en penses?

— Que nous ferions bien d'en causer. Cartes sur table.

— Pourquoi tout de suite? demanda suspicieusement Brock, en cherchant la véritable raison. Elle est bien jeune, tu le sais bien.

— Sûr. Mais assez vieille pour se marier.

D'un air songeur, Brock tournait machinalement la chope sur la table, et contemplait son reflet dans l'argent poli. Il se demandait s'il avait bien deviné Struan.

— C'est-y que tu me demandes officiellement la main de ma Tess pour ton fils?

— C'est son devoir à lui, pas le mien, de faire sa demande dans les règles. Mais d'abord, faut que nous parlions comme qui dirait officieusement, tous les deux.

— Qu'est-ce que t'en penses? répéta Brock. De ce mariage?

— Tu le sais bien. Je suis contre. J'ai pas confiance en toi. J'ai pas confiance en Gorth. Mais Culum il a sa tête à lui et il m'a forcé la main, et un père peut pas toujours faire faire à son fils ce qu'il veut.

Brock pensa à Gorth, et répondit en grommelant :

— Si t'es si fort contre son idée, raisonne-le à bons coups de fouet ou renvoie-le en Angleterre, expédie-le. Facile de se débarrasser de ce jeune morveux.

— Tu sais bien que j'ai les mains liées, soupira Struan avec amertume. Tu as trois fils, Gorth, Morgan et Tom. Il ne me reste plus que Culum. Alors j'ai beau faire, c'est lui qui doit prendre ma suite.

— Y a Robb et ses garçons.

— Allons donc. La Noble Maison, c'est moi qui l'ai faite et pas Robb. Alors, hein? Qu'est-ce que tu penses?

Brock vida lentement sa chope. Il sonna encore une fois et, encore une fois, ne reçut aucune réponse.

— Je l'étriperai, ce singe, grogna-t-il en allant se servir lui-même. Moi aussi je suis contre. Mais malgré ça, eh bien, j'accepterai ton fils quand il fera sa demande.

— Je m'en doutais! s'écria rageusement Struan en serrant les poings.

— Elle a la plus grosse dot d'Asie. Ils seront mariés l'an prochain.

— Je te verrai en enfer avant!

Les deux hommes s'affrontèrent, debout, menaçants.

Brock contempla le visage aux traits nets qu'il connaissait depuis trente ans, animé de la même énergie, de la même expression indéfinissable qui le faisait réagir si violemment. Seigneur Dieu, jura-t-il, je comprendrai jamais pourquoi Tu as mis ce démon sur mon chemin. Je sais seulement que Tu l'as mis là pour être brisé, dans les règles, et pas par un coup de couteau dans le dos, et c'est bien dommage.

— Ça attendra, Dirk, persifla-t-il. D'abord, ils se marient, tout bien comme il faut. Oui, tu es bien pris au piège. Pas par ma faute et je le regrette, et je te jette pas ton mauvais joss à la figure. Mais j'ai pas mal réfléchi, comme toi, sur eux deux et sur nous, et je crois que ce sera ce qu'il y a de mieux pour eux comme pour nous autres.

— Je sais ce que tu penses. Et ce que veut Gorth.

— Qui peut savoir ce qui arrivera, Dirk? Si ça se trouve, ils finiront par s'associer.

— Pas tant que je vivrai.

— D'un autre côté, si ça se trouve ils vont pas s'associer et tu garderas ce qui est à toi et nous ce qui est à nous autres.

— Tu ne t'empareras pas de la Noble Maison avec les jupons d'une petite fille pour me briser!

— Bon Dieu, maintenant tu vas m'écouter! C'est toi qu'as voulu qu'on parle de ça. Cartes sur table, tu as dit, et j'ai pas fini. Alors tu vas m'écouter! A moins que t'aies perdu ton courage comme t'as perdu tes bonnes manières et ton esprit!

Struan se maîtrisa, et se versa du cognac.

— C'est bon, Tyler. Dis ce que tu as sur le cœur.

Brock se détendit légèrement, se rassit et but bruyamment sa bière.

— Je te déteste, déclara-t-il, et je te détesterai toujours. Et moi non plus, j'ai pas confiance en toi. J'en ai par-dessus la tête de tuer, mais je jure sur Jésus-Christ que je te tuerai le jour où je te verrai me menacer du chat. Mais je m'en vais pas discuter encore de ça. Que non. Je tiens pas à te tuer, simplement t'écraser, dans les règles. Mais voilà que je me dis comme ça que les jeunes vont arranger ce que nous, on n'a jamais pu régler. Alors je dis, ce qui sera sera. Si y a une association, y aura une association. C'est eux que ça regarde et pas toi ni moi. Si y en a pas, encore une fois, c'est eux que ça regarde. Ce qu'ils feront, c'est leur affaire, pas la nôtre. Alors je dis que le mariage est bon.

Struan vida son verre et le posa sur la table.

— J'aurais jamais cru que tu sois assez lâche pour te servir de Tess quand t'es aussi contre que moi.

Brock contempla son vieil ennemi sans haine.

— Je me sers pas de Tess, Dirk. C'est la vérité du bon Dieu. Elle aime Culum, et je ne mens pas. C'est la seule raison pourquoi je te cause comme ça. Nous sommes pris tous les deux dans le même piège. Faut voir les choses en face. Elle est comme Juliette avec son Roméo, bon Dieu oui, et c'était ce que je craignais le plus. Et toi aussi, je parie. Mais je veux pas voir ma Tess finir sur une dalle de marbre parce que je peux pas te voir. Elle l'aime. C'est à elle que je pense!

— Je ne le crois pas!

— Moi non plus, bon Dieu! Mais Liza a raison à tous les coups quand il s'agit de Tess. Elle dit que Tess soupire et rêve et parle du bal mais seulement de Culum. Et Tess écrit pour raconter ce que Culum a dit et ce que Culum a raconté et ce qu'elle a dit à Culum et comment Culum lui a répondu et tout, tant et si bien que j'en suis prêt à éclater. Oh que oui, elle l'aime, y a pas.

— C'est des idées de jeune fille. Ça ne veut rien dire.

— Nom de Dieu, Dirk, c'est difficile de te parler raison! Tu te trompes, ah.

Brock se sentit soudain las, et vieilli. Il en avait assez de cette discussion.

26

— Si y avait pas eu le bal, il serait rien arrivé. C'est toi qui l'as choisie pour ouvrir le bal. T'as voulu qu'elle ait le prix. Tu...

— Jamais de la vie! C'est le grand-duc, pas moi!

— C'est la vérité du bon Dieu, ça?

— Sûr.

Brock soupira et considéra Struan.

— Alors peut-être bien qu'il y a la main de Dieu dans cette affaire. Tess était pas la plus élégante du bal, je le sais bien. Tout le monde le savait, à l'exception de Culum et d'elle. Alors je m'en vais te faire une proposition. Tu n'aimes pas ton Culum comme j'aime ma Tess, mais donne à ces deux-là bon vent et bonne rade et belle mer et j'en ferai autant. Le garçon le mérite; il t'a sauvé la vie, pour l'histoire de la colline, parce que je te jure que je t'aurais étranglé avec. Si c'est la guerre que tu veux, tu l'auras. Si je trouve un moyen de te briser, sans coup bas, je l'emploierai, par le Christ. Mais je ne veux pas toucher à ces deux-là. Tu leur donnes bon vent, belle mer et bonne rade, devant Dieu, hé?

Brock tendit la main. Struan hésita.

— Je veux bien toper pour Tess et Culum, grinça-t-il, mais pas pour Gorth.

Le Taï-pan avait prononcé le nom de Gorth sur un ton qui glaça le sang de Brock. Mais il ne retira pas sa main, bien qu'il sût que l'accord était lourd de menaces.

Ils se serrèrent solidement la main.

— On va boire encore un coup pour sceller ça comme il faut, dit Brock, et puis tu me feras le plaisir de foutre le camp de ma maison.

Il prit la sonnette et carillonna longuement; comme personne ne répondit, il rugit :

— Lee Tang!

Sa voix résonna étrangement. Puis des pas pressés claquèrent dans l'escalier, la porte s'ouvrit et le visage effrayé d'un employé portugais apparut :

— Les domestiques ont tous disparu, senhor! Je n'en trouve aucun, nulle part!

Struan se précipita à la fenêtre. Les badauds, les marchands en plein vent, les mendiants et les acheteurs quittaient la place en silence. Dans le jardin anglais, un groupe de marchands était immobile, comme pétrifié, et ils tendaient l'oreille et regardaient.

Struan se retourna et courut aux mousquetons; Brock atteignit le râtelier en même temps.

— Tout le monde en bas, cria-t-il à l'employé.

— Mon comptoir, Tyler! Sonne l'alarme!

Struan sortit en courant.

En une heure, tous les marchands et tous leurs employés s'étaient rassemblés au comptoir Struan et dans le jardin anglais, devant. Le détachement de cinquante soldats était déployé, en ordre de bataille, devant le portail. Leur officier, le capitaine Oxford, vingt ans à peine, était un petit homme élégant et svelte, à la moustache blonde soyeuse.

Struan, Brock et Longstaff étaient dans le jardin, avec Jeff Cooper et le grand-duc. La nuit était lourde, humide, menaçante.

— Vous feriez bien d'ordonner l'évacuation immédiate, Excellence, conseilla Struan.

— Ouais, dit Brock.

— Pas de précipitation, messieurs. Ce n'est pas la première fois que cela arrive, quoi?

— Sûr. Mais nous avions toujours été plus ou moins avertis par les mandarins ou le Co-hong. Ça n'a jamais été aussi soudain.

Struan écoutait la nuit, et comptait du regard les lorchas à quai. Assez pour tout le monde, pensa-t-il.

— Je n'aime pas ça, murmura-t-il.

— Vous ne pensez sûrement pas qu'il y a du danger? s'étonna Longstaff.

— Sais pas, Excellence. Mais quelque chose me souffle de partir d'ici. Ou du moins d'embarquer. Le commerce est fini pour cette saison, alors nous pouvons partir ou rester, à notre gré.

— Mais ils n'oseraient pas nous attaquer! protesta Longstaff avec un rire méprisant. Pourquoi le feraient-ils? Qu'ont-ils à gagner? Nos négociations se poursuivent fort bien. C'est ridicule.

— Je suggère simplement de mettre en pratique ce que vous dites toujours, Excellence. Mieux vaut être prêt à tout.

Longstaff se résigna à faire un signe à l'officier.

— Partagez vos hommes en trois groupes. Gardez les entrées est et ouest, et Hog Street. Interdisez l'accès de la place jusqu'à nouvel ordre.

— Bien, monsieur.

Struan aperçut Culum, Horatio et Gorth sous une lanterne. Gorth expliquait le chargement d'un mousquet à Culum, qui l'écoutait avec attention. Gorth semblait fort, à côté de Culum, plein de vitalité et de puissance. Struan se détourna et vit dans la pénombre Mauss qui s'entretenait avec un grand Chinois que Struan n'avait jamais vu. Curieux, il s'approcha.

— Avez-vous des nouvelles, Wolfgang?

— Non, Taï-pan. Pas de rumeurs, rien. Horatio non plus. *Gott in Himmel*, je n'y comprends rien.

Struan examinait le Chinois. L'homme portait un costume de paysan crasseux et paraissait avoir trente ans. Il avait des yeux perçants sous des paupières tombantes et il examinait Struan avec une égale curiosité.

28

— Qui est-ce?

— Hung Hsu Ch'un, dit très fièrement Mauss. C'est un Hakka. Il est baptisé, Taï-pan. C'est moi qui l'ai baptisé. C'est le meilleur que nous ayons jamais eu. Esprit brillant, studieux, et cependant un paysan. Enfin, j'ai un néophyte qui répandra la parole de Dieu, et qui m'aidera.

— Vous feriez mieux de lui dire de s'en aller. S'il y a du vilain et si les mandarins le surprennent avec nous, vous perdrez un néophyte.

— Je le lui ai déjà conseillé mais il m'a dit : « Les voies du Seigneur sont impénétrables et les hommes de Dieu ne tournent pas leur dos aux païens. » Ne vous inquiétez pas. Dieu le protégera et je veillerai sur lui au prix de ma propre vie.

Struan salua brièvement le Chinois et alla rejoindre Longstaff et Brock.

— Je monte à bord, déclara Brock. C'est dit!

— Tyler, envoie Gorth et ses hommes renforcer les soldats, là, dit Struan en montrant Hog Street. Je prendrai l'est et je te couvrirai s'il y a des ennuis. Tu pourras te rabattre par ici.

— Occupe-toi des tiens. Je veillerai sur les miens. T'es pas commandant en chef, bon Dieu! Gorth! Viens donc avec moi. Almeida, embarquez tous les livres et tous les employés.

Avec son groupe, il sortit du jardin et s'engagea sur la place.

— Culum!

— Oui, Taï-pan?

— Vide le coffre et monte à bord du lorcha.

— Très bien, dit Culum puis il ajouta en baissant la voix : Tu as parlé à Brock?

— Sûr. Maintenant va, mon gars. Vite. On parlera de ça plus tard.

— C'est oui ou c'est non?

Struan sentait les regards des autres et malgré le désir qu'il avait de mettre Culum au courant, il savait que le lieu était mal choisi.

— Sangdieu, vas-tu faire ce qu'on te dit?

— Je veux savoir! cria Culum, les yeux étincelants.

— Et je n'ai pas envie de discuter de nos problèmes maintenant! Fais ce que je te dis!

Struan lui tourna le dos et se dirigea vers la grande porte du bâtiment. Jeff Cooper lui courut après.

— Pourquoi évacuer? Pourquoi tant de hâte, Taï-pan?

— Simple prudence, Jeff. Vous avez un lorcha?

— Oui.

— Je serai heureux de prendre de vos gens à bord si vous n'avez pas assez de place, dit Struan et il se tourna vers Sergueyev. Le panorama du fleuve est fort agréable. Si vous voulez vous joindre à nous, Altesse?

— Prenez-vous toujours la fuite lorsque la place se vide et que les domestiques disparaissent?

— Seulement quand cela me plaît. Vargas! Allez à bord avec les employés et les registres. Et armez-vous tous.

— Bien, senhor.

Lorsque les autres marchands virent qu'effectivement Brock et Struan préparaient une retraite précipitée, ils retournèrent en hâte à leurs comptoirs pour prendre leurs livres, leurs documents, tout ce qui faisait la preuve des échanges de cette saison — et aussi de leur avenir — et se mirent à les embarquer. Il y avait peu d'argent liquide à emporter, car presque tout le commerce se faisait par effets bancaires; Brock et Struan avaient déjà expédié leur monnaie d'argent à Hong Kong.

Longstaff débarrassa son bureau personnel, rangea ses papiers secrets et le manuel du chiffre dans sa boîte à dépêches et rejoignit le Russe dans le jardin.

— Vos bagages sont-ils prêts, Altesse?

— Je n'ai rien d'important. Je trouve tout ceci extraordinaire. Ou il y a du danger, ou il n'y en a pas. S'il y a du danger, pourquoi vos troupes ne sont-elles pas ici? S'il n'y en a pas, pourquoi s'enfuir?

Longstaff se mit à rire.

— L'esprit païen, Altesse, est très différent de l'esprit civilisé. Le gouvernement de Sa Majesté traite avec ces gens-là depuis plus d'un siècle. Nous avons fini par apprendre à nous mesurer avec les Chinois. Il faut dire, naturellement, que ce n'est pas la conquête qui nous intéresse, seulement le commerce pacifique. Encore que nous considérions ces régions comme une sphère d'influence complètement britannique.

Struan fouillait son coffre-fort, pour s'assurer que tous leurs papiers importants étaient bien à bord.

— J'ai déjà fait ça, dit Culum d'une voix irritée, en entrant en trombe. Il claqua la porte derrière lui et cria : Alors, quelle est la réponse, bon Dieu?

— Tu es fiancé, dit paisiblement Struan.

Culum en eut le souffle coupé.

— Brock est ravi de t'avoir pour gendre. Tu pourras te marier l'année prochaine.

— Brock a dit oui?

— Sûr. Félicitations.

Posément, Struan regarda ce qui restait dans les tiroirs de son bureau, et les ferma à clef, enchanté que sa conversation avec Brock se fût déroulée comme il l'avait voulu.

— Tu veux dire qu'il a dit oui? Et que tu as dit oui?

— Sûr. Faudra faire officiellement ta demande, mais il a dit qu'il t'accepterait. Nous aurons à discuter la dot et des détails, mais il dit que vous pourrez vous marier l'année prochaine.

Culum se jeta au cou de Struan.

— Ah Père, merci, merci!

Il ne s'entendit pas l'appeler « Père », mais Struan le remarqua.

Une fusillade éclata soudain.

Struan et son fils coururent à la fenêtre et virent les premiers rangs d'une masse de populace reculer devant le feu, à l'entrée ouest de la place. Ceux de l'arrière poussèrent les premiers rangs et les soldats furent littéralement submergés par le torrent de Chinois qui se déversa sur la place en hurlant.

La canaille portait des torches, des haches et des lances... et des fanions triades. Ils se ruèrent sur le comptoir le plus à l'ouest, appartenant aux Américains. Une torche fut jetée par une fenêtre ouverte et les portes furent enfoncées. La foule se mit à piller, incendier et saccager l'immeuble.

Struan empoigna son mousqueton.

— Pas un mot de Tess; garde le secret tant que t'auras pas vu Brock!

Ils se ruèrent dans le vestibule. Struan vit Vargas chancelant sous le poids d'une brassée de factures en duplicata.

— Au diable tout ça, Vargas! A bord! Vite!

Vargas prit ses jambes à son cou.

Devant le jardin, la place était envahie de marchands fuyant vers leur lorcha. Quelques soldats postés le long du mur se préparaient à une ultime résistance, et Struan se joignit à eux pour les aider à couvrir la retraite. Du coin de l'œil, il vit Culum qui rentrait en courant dans le bâtiment, mais il fut distrait quand l'avant-garde d'une seconde foule hurlante jaillit de Hog Street. Les soldats protégeant cette entrée tirèrent une salve et se replièrent en bon ordre vers le jardin anglais où ils se portèrent en renfort du groupe défendant les derniers marchands qui couraient vers les bateaux. Ceux qui avaient déjà embarqué étaient armés de mousquets, mais la foule ne s'intéressait qu'aux comptoirs à l'extrémité de la place et, chose ahurissante, ne s'occupait pas du tout des fuyards.

Struan fut soulagé de voir Cooper et les Américains à bord d'un de leurs lorchas. Il avait cru qu'ils étaient encore dans leur comptoir.

— Parole d'honneur, regardez-moi ces vauriens, s'écria Longstaff. Allons, les forces de Sa Majesté mettront vite fin à ces âneries.

31

Il chercha Sergueyev et l'aperçut qui contemplait placidement l'émeute, ses deux domestiques en livrée derrière lui, armés jusqu'aux dents et assez nerveux.

— Peut-être voudriez-vous me rejoindre à mon bord, Altesse, cria-t-il dans le tumulte.

Longstaff savait que si jamais le grand-duc était blessé, cela ferait un incident international qui apporterait au tsar l'occasion rêvée d'envoyer des bâtiments de représailles et des armées dans les eaux chinoises. Et ça, mordieu, ça n'arrivera pas, se jura-t-il.

— Il n'y a qu'un moyen de traiter cette charogne. Croyez-vous que votre démocratie marchera, avec des gens pareils?

— Naturellement. Faut leur donner le temps, quoi? répondit Longstaff avec nonchalance. Embarquons, voulez-vous? Nous avons de la chance, il fait beau.

Un des valets russes dit quelque chose à Sergueyev, qui le regarda sans répondre. Le domestique pâlit et se tut.

— Si vous le désirez, Excellence. Mais je préférerais attendre le Taï-pan.

Sergueyev prit sa tabatière, prisa et fut heureux de voir que ses doigts ne tremblaient pas. Il l'offrit à Longstaff.

— Merci. Quelle histoire ridicule, quoi? Ah, Dirk, mon cher ami. Dites-moi, qui diable les a poussés, hé?

— Les mandarins, c'est certain. Jamais il n'y a eu de manifestation pareille. Jamais. Mieux vaut embarquer.

Struan contemplait la place. Les derniers marchands montaient à bord. Seul Brock manquait. Gorth et ses hommes gardaient toujours la porte de leur comptoir, du côté est, et Struan fut outré de voir Gorth tirer dans la foule des pillards qui ne le menaçaient pas directement.

Il fut tenté d'ordonner une retraite immédiate; puis, dans la confusion générale, il lèverait son mousqueton et abattrait Gorth. Il savait que dans la mêlée, personne ne le remarquerait. Cela lui épargnerait un meurtre dans l'avenir. Mais Struan ne tira pas. Il voulait avoir le plaisir de voir la terreur dans les yeux de Gorth, quand il le tuerait.

Ceux qui étaient à bord des lorchas larguèrent promptement les amarres et de nombreux bateaux dérivèrent jusqu'au milieu du fleuve. La foule continuait curieusement de les ignorer.

Struan vit Brock sortir de son immeuble, un mousquet dans une main un sabre de l'autre, les poches bourrées de documents. Son chef de bureau, Almeida, courut devant lui jusqu'au bateau, les bras chargés de registres, couvert par Brock, Gorth et ses hommes, et puis une nouvelle foule apparut à l'entrée est, déborda les soldats et Struan comprit qu'il était temps de fuir.

— A bord! tonna-t-il en courant au portail du jardin.

Il s'arrêta net.

Sergueyev était adossé au mur, un pistolet dans une main, son épée dans l'autre, Longstaff à côté de lui.

— Temps de courir! hurla-t-il dans le tumulte.

Sergueyev lui répondit en riant :

— De quel côté?

Une violente explosion fit trembler la terre. L'incendie avait atteint l'arsenal américain et le bâtiment s'effondra, projetant des débris enflammés sur la foule, tuant les uns, mutilant les autres. Les fanions triades traversèrent Hog Street et les pillards exacerbés suivirent, envahissant systématiquement tous les comptoirs du côté est. Struan franchissait le portail quand il se rappela Culum. Il cria à ses hommes de le couvrir et repartit en courant.

— Culum! Culum!

Culum dévalait l'escalier.

— J'avais oublié quelque chose, dit-il et il se rua vers le lorcha.

Sergueyev et Longstaff attendaient toujours, près du portail, avec le peloton. Leur fuite était bloquée par un troisième groupe d'émeutiers qui fonçaient à travers la place et attaquaient le comptoir voisin. Struan montra le mur et ils l'escaladèrent. Culum tomba, mais son père le hissa et ils coururent vers les bateaux, Sergueyev et Longstaff sur leurs talons.

La cohue les laissa passer mais quand ils se trouvèrent sur la place, dégageant ainsi l'entrée du comptoir, les chefs envahirent le jardin en brandissant des torches. Les pillards se ruèrent sur la Noble Maison.

Des flammes jaillissaient maintenant de presque tous les comptoirs; un toit s'écroula avec un immense soupir et de nouvelles flammes montèrent au milieu de gerbes d'étincelles.

Brock se tenait sur le pont de son lorcha, et il exhortait son équipage à grand renfort de jurons. Ils étaient tous armés et braquaient leurs fusils vers la terre.

Debout à l'arrière, Gorth vit tomber les aussières avant et arrière et le lorcha s'écarta rapidement du quai. Gorth s'empara d'un mousqueton, visa les Chinois qui se pressaient devant son comptoir et tira. Il vit un homme tomber et il eut un sourire démoniaque. Il prit un autre mousquet et remarqua alors Struan et les autres qui couraient vers le lorcha, avec une foule de Chinois grouillant devant et derrière eux. Il s'assura que personne ne le regardait et visa soigneusement. Struan se trouvait entre Culum et Sergueyev, et Longstaff à côté. Gorth tira.

Sergueyev pivota brusquement et tomba face contre terre.

Gorth prit un autre mousquet mais Brock accourut.

— Va-t'en à l'avant et sers le canon, bon Dieu! Ne tire pas sans que je l'aie dit!

Il poussa Gorth et hurla à ses hommes :

— Parer à virer, nom de Dieu! Larguez les ris et toutes voiles dehors!

Jetant un coup d'œil à terre, il vit Struan et Longstaff penchés sur Sergueyev, Culum près d'eux et la foule qui se précipitait. Il s'empara du mousquet que Gorth avait laissé tomber, visa et tira. Un des chefs tomba et la foule hésita.

Struan hissa le Russe sur son épaule.

— Tirez au-dessus des têtes! ordonna-t-il.

Ses hommes firent demi-tour et crachèrent une salve protectrice à bout portant. Les Chinois du premier rang reculèrent et ceux de l'arrière poussèrent en avant. L'indescriptible mêlée hurlante qui s'ensuivit permit à Struan et à ses compagnons de gagner leur bateau.

Mauss attendait sur le quai, devant le lorcha, avec son néophyte chinois. Ils étaient armés tous les deux. Mauss avait une bible dans une main, un coutelas dans l'autre et décrivait de terribles moulinets en glapissant :

— Béni soit le Seigneur, pardonne à ces pécheurs!

La foule s'écartait prudemment de lui.

La Concession tout entière était en flammes. Le crépitement de l'incendie, les tourbillons de fumée noire, les hurlements de la foule acharnée et l'étrange lueur du brasier, c'était une véritable vision d'enfer.

Le lorcha s'éloigna de la terre. Lorsqu'il fut au milieu du courant, Longstaff se pencha sur le grand-duc, qu'on avait allongé à l'arrière. Struan les rejoignit rapidement.

— A l'avant, cria-t-il à Mauss. Faites la vigie!

Sergueyev était blême et ses deux mains se crispaient sur son flanc droit. Du sang coulait entre les doigts. Ses domestiques se lamentaient bruyamment et tremblaient de terreur. Struan les écarta sans ménagements et ouvrit le pantalon du grand-duc. Il coupa le tissu de la jambe droite et découvrit la blessure. La balle de mousquet avait creusé un profond sillon sur le ventre, en oblique et à une ligne du sexe, puis avait traversé la cuisse droite. Le sang coulait mais ne jaillissait pas par à-coups. Struan remercia le ciel que la balle n'ait pas transpercé le ventre ni tranché une artère. Il retourna Sergueyev, qui laissa échapper un gémissement. La partie postérieure de la cuisse était sanglante et déchiquetée, là où la balle était sortie. Délicatement, Struan sonda la blessure et put en extraire un petit morceau d'os brisé.

— Des couvertures, du cognac et un brasero, ordonna-t-il à un matelot. Altesse, pouvez-vous remuer la jambe droite?

Sergueyev bougea légèrement et grimaça de douleur mais sa jambe obéit.

— Votre hanche n'a rien, Dieu soit loué, mon gars. Et maintenant, bougez plus.

Quand on apporta les couvertures, Struan enveloppa soigneusement le blessé et l'accota plus confortablement contre le banc de l'homme de barre, puis il lui fit boire du cognac.

On apporta le brasero. Struan découvrit la blessure et l'arrosa généreusement de cognac. Il chauffa ensuite sa lame de couteau sur les charbons ardents.

— Tenez-le, Will. Culum, donne-nous un coup de main.

Ils s'agenouillèrent, Longstaff aux pieds, Culum à la tête. Struan appliqua le couteau rougi sur le plaie de devant et le cognac s'enflamma. Sergueyev s'évanouit. Struan cautérisa la plaie, en sondant rapidement, avec précision, profitant de l'inconscience du grand-duc. Il le retourna ensuite et sonda de nouveau. Une odeur de chair grillée monta. Longstaff se détourna et vomit, mais tint bon et Longstaff reprit courage.

Struan fit de nouveau chauffer le couteau, versa du cognac dans la plaie postérieure et la cautérisa avec soin. La puanteur lui faisait mal à la tête, et il ruisselait de sueur, mais ses mains ne tremblaient pas et il savait que s'il ne cautérisait pas complètement la blessure, elle s'infecterait et Sergueyev mourrait certainement. Neuf hommes sur dix mourraient d'une telle blessure.

Enfin, il eut fini.

Il pansa le blessé, et se rinça la bouche au cognac; les vapeurs de l'alcool chassèrent l'odeur du sang et de la chair grillée. Il but une bonne rasade, en examinant Sergueyev. La figure était exsangue.

— Maintenant, il est entre les mains de son joss, dit-il. Ça va, Culum?

— Oui... Oui, je crois.

— Descends. Fais distribuer du rhum chaud à l'équipage. Vérifie les provisions. Tu es maintenant le second du bord. Occupe-toi de tout.

Culum les quitta.

Les deux domestiques russes étaient à genoux à côté de Sergueyev. L'un d'eux effleura le bras de Struan et lui parla d'une voix brisée, manifestement pour le remercier. Struan leur fit signe de rester auprès de leur maître.

Il s'étira, posa une main sur l'épaule de Longstaff et l'entraîna à l'écart.

— Avez-vous vu des mousquets parmi les Chinois? lui demanda-t-il à l'oreille.

— Aucun.

— Moi non plus.

— On tirait de tous les côtés, murmura Longstaff, visiblement très inquiet. Un accident déplorable.

Struan resta un moment silencieux.

— S'il meurt, ça va faire des histoires terribles, hé?

— Espérons qu'il s'en tirera, Dirk. Il faudra que je prévienne immédiatement les Affaires étrangères. Je vais devoir faire une enquête.

— Sûr.

Longstaff se mordit la lèvre, et se retourna vers le blessé. Sergueyev respirait à peine.

— Plutôt irritant, quoi?

— A en juger par la direction de la blessure, et par l'endroit où il se tenait quand il est tombé, il n'y a pas le moindre doute. C'est une de nos balles.

— C'est un de ces accidents regrettables.

— Sûr. Mais on peut avoir visé.

— Impossible! Qui voudrait le tuer?

— Qui voudrait vous tuer? Ou Culum? Moi, peut-être? Nous étions tous groupés.

— Qui?

— J'ai des dizaines d'ennemis.

— Brock ne vous assassinerait pas de sang-froid.

— Je n'ai jamais dit ça. Offrez une prime pour tous renseignements. Quelqu'un doit avoir vu quelque chose.

Ils contemplèrent tous deux la Concession. Elle était maintenant loin, sur l'arrière; on ne voyait plus que de la fumée et une lueur rouge au-dessus des toits de Canton.

— De la folie, de piller comme ça. Ce n'est jamais arrivé. Pourquoi ont-ils voulu faire ça? Pourquoi? murmura Longstaff.

— Sais pas.

— Dès que nous serons à Hong Kong, nous partirons pour le Nord et cette fois, nous irons jusqu'aux portes de Pékin, mordieu! L'empereur va beaucoup regretter d'avoir ordonné ça.

— Sûr. Mais d'abord, organisez une attaque immédiate sur Canton.

— Mais ce serait une perte de temps, non?

— Lancez l'attaque avant la fin de la semaine. Vous n'aurez pas à aller jusqu'au bout. Rançonnez Canton une fois de plus. Six millions de taels.

— Pourquoi?

— Vous avez besoin de plus d'un mois pour préparer la flotte à frapper au Nord. Les conditions atmosphériques ne sont pas encore bonnes. Il vous faudra attendre l'arrivée de renforts. Ils doivent arriver quand?

— Un mois, six semaines.

— Bien. En attendant, dit Struan d'une voix dure, le Co-hong devra trouver six millions de taels. Ça leur apprendra à ne pas nous prévenir, bon Dieu. Vous devez brandir le drapeau ici,

avant d'aller au nord, sinon nous perdons la face. S'ils brûlent
impunément la Concession, nous n'aurons plus aucune sécurité
à l'avenir. Ordonnez au *Nemesis* de bloquer la ville. Un ultima-
tum de douze heures, après vous ravagez Canton.

Sergueyev gémit et Struan courut à lui. Le Russe était encore
pratiquement inconscient.

Struan remarqua alors le converti de Mauss qui l'observait.
Le Chinois se tenait sur le pont principal, contre le plat-bord
tribord. Il fit le signe de la croix sur Struan, ferma les yeux et
se mit à prier en silence.

Struan sauta du canot sur la nouvelle jetée de Queen's Town et la suivit en courant vers le grand bâtiment de trois étages presque terminé. Il traînait un peu la jambe, sous le soleil écrasant. Le Lion et le Dragon flottaient en haut du mât.

Il remarqua que de nombreuses constructions et maisons étaient achevées dans la Vallée Heureuse et qu'on avait commencé à bâtir l'église sur la colline; de l'autre côté de la baie, la jetée de Brock était finie et le comptoir presque prêt. D'autres immeubles disparaissaient encore sous les échafaudages de bambou. Queen's Road était pavée.

Mais il y avait très peu de coolies au travail, bien que l'après-midi fût loin d'être fini. La journée était chaude et humide; un agréable vent d'est commençait à souffler légèrement sur la vallée.

Il entra dans le grand vestibule. Un employé portugais leva les yeux et sursauta.

— *Madre de Deus*, monsieur Struan! Nous ne vous attendions pas. Bonjour, senhor.

— Où est M. Robb?

— Là-haut, senhor, mais il...

Déjà Struan courait dans l'escalier. Au premier étage, un large couloir en croix traversait l'immeuble d'est en ouest et du nord au sud. De nombreuses fenêtres donnaient sur la mer et la terre. La flotte était là, silencieuse. Le lorcha de Struan était le premier à revenir de Canton.

Il tourna à droite et passa devant la future salle à manger et ses pas réveillèrent des échos en frappant les dalles sans **tapis**. Il toqua à une porte et la poussa immédiatement.

La porte était celle d'un vaste appartement, encore incomplètement meublé : un sol dallé, des chaises et des fauteuils, des sofas, des tableaux de Quance, de riches tapis, une cheminée vide. Sarah était assise devant une fenêtre, un éventail de bambou à la main. Elle le regardait fixement.

— Bonjour, Sarah.

— Bonjour, Dirk.

— Comment va Karen?

— Karen est morte.

Les yeux bleus de Sarah restaient fixes et sa figure était rouge et luisante de sueur. Elle avait vieilli de dix ans et ses cheveux étaient striés de gris.

— Je suis navré, murmura-t-il. Navré.

Sarah s'éventa distraitement. Le déplacement d'air fit tomber une mèche sur son front, mais elle ne la releva pas.

— Quand? demanda Struan.

— Il y a trois jours. Ou deux. Je ne sais pas, répondit-elle d'une voix morne.

L'éventail battait, régulièrement, comme animé d'une vie propre.

— Et le bébé?

— Vivant. Lochlin est vivant.

Struan essuya une goutte de sueur qui coulait de son menton.

— Nous sommes les premiers à rentrer de Canton. Ils ont incendié la Concession. Nous avons reçu la lettre de Robb juste avant notre départ. Je viens d'arriver.

— J'ai vu votre canot accoster.

— Où est Robb?

Elle montra une porte, avec son éventail, et il remarqua la fragilité de son poignet veiné de bleu.

Struan entra dans la chambre. La pièce était vaste et c'était lui qui avait dessiné le grand lit à colonnes copié du sien.

Robb était couché, les yeux fermés, la figure hâve, grisâtre sur l'oreiller trempé de sueur.

— Robb?

Mais les paupières ne se soulevèrent pas et les lèvres restèrent entrouvertes. Le cœur de Struan se serra atrocement. Il s'approcha, tendit une main vers la joue de son frère. Froide. Mortellement froide.

Dehors, un chien aboya et une mouche bourdonna contre la fenêtre.

Struan sortit de la chambre et ferma la porte sans bruit. Sarah n'avait pas bougé. L'éventail battait lentement.

Il lui en voulut à mort de ne pas l'avoir prévenu.

— Robb est mort il y a une heure, murmura-t-elle de sa voix sans timbre. Deux ou trois heures, ou une heure. Je ne me souviens plus. Avant de mourir, il m'a donné un message pour vous. C'était ce matin, je crois. Ou dans la nuit. Je crois que c'était ce matin. Robb a dit : « Tu diras à Dirk que je n'ai jamais voulu être Taï-pan. »

— Je prendrai les dispositions nécessaires, Sarah. Il vaudrait

39

mieux que vous vous installiez avec les petits à bord du *Resting Cloud*.

— Je lui ai fermé les yeux. Et j'ai fermé les yeux de Karen. Qui fermera vos yeux, Taï-pan? Qui fermera les miens?

Il prit les dispositions indispensables, puis il gravit la petite éminence de sa propre maison. Il songeait au jour où Robb était arrivé à Macao, si plein d'enthousiasme, à ce qu'il avait dit, avec un merveilleux sourire : « Dirk! Tous nos ennuis sont finis, me voilà! Nous écraserons la Compagnie des Indes et nous anéantirons Brock. Nous serons comme des seigneurs et nous commencerons une dynastie qui régnera éternellement sur l'Asie! Il y a une fille que je vais épouser! Sarah Mac Glenn. Elle a quinze ans. Nous sommes fiancés et nous nous marierons dans deux ans! » Dis-moi, Dieu, demanda Struan, qu'avons-nous fait de mal? Quand, comment avons-nous mal agi? Pourquoi les êtres changent-ils? Comment les querelles, la violence, la haine et la souffrance peuvent-elles naître de la douceur, de la jeunesse, de la tendresse et de l'amour? Et pourquoi? Parce qu'il en est toujours ainsi. Avec Sarah. Avec Ronalda. Et il en sera de même pour Tess et Culum. Pourquoi?

Il était devant la porte, dans le grand mur qui entourait la maison. Il la poussa. Tout était paisible, silencieux, d'un calme menaçant. Le mot « malaria » explosa dans sa tête.

Un vent léger courbait les bambous. Le jardin était beau, maintenant, avec des fleurs, des buissons, des abeilles qui butinaient.

Il gravit les quelques marches et poussa la porte de la maison, mais il n'entra pas tout de suite. Du seuil, il tendit l'oreille. Aucun rire léger ne l'accueillait, nul bavardage chantant des domestiques chinois. La maison paraissait abandonnée.

Il consulta le baromèrre. Beau fixe.

Lentement, il suivit le couloir et respira l'odeur des bâtonnets d'encens. Il remarqua de la poussière alors qu'il n'y en avait généralement jamais.

Il ouvrit la porte de la chambre de May-may. Le lit était fait, et la pièce anormalement bien rangée.

La chambre des enfants était vide. Pas de petits lits, ni de jouets.

Il aperçut alors May-may par la fenêtre. Elle arrivait du fond du jardin avec des fleurs dans les bras, à l'ombre d'un parasol orange.

Il se précipita et elle se jeta dans ses bras.

— Sangdieu, Taï-pan, tu écrases mes fleurs! Et d'où tu viens, heya ? Taï-pan, tu me fais mal à serrer comme ça! Ouf! Pourquoi faire tu as la drôle de figure ?

Il la souleva et s'assit sur le banc, au soleil. Elle se pelotonna sur ses genoux, contre son épaule, réchauffée par sa force et par le soulagement qu'il manifestait en la voyant. Elle lui sourit.

— Ainsi. Je t'ai manqué fantastical, heya ?

— Oui, tu m'as manqué fantastical, heya.

— Bon. Pourquoi faire toi malheureux ? Et pourquoi, quand je te vois, tu es comme un fantôme ?

— Des ennuis, May-may. Et j'ai cru que je t'avais perdue. Où sont les enfants ?

— A Macao. Je les ai envoyés chez Chen Sheng aux bons soins de Sœur Aînée. Quand la maladie de la fièvre a commencé, j'ai jugé ça terrificalement sage. Je les ai envoyés avec Mary Sinclair. Pourquoi faire tu as cru me perdre ?

— Pour rien. Quand les enfants sont-ils partis ?

— Il y a une semaine. Mary a promis de bien veiller. Elle revient demain.

— Où sont Ah Sam et Lim Din ?

— Je les ai envoyés chercher à manger. Quand nous avons vu ton lorcha, je me suis dit ayee yah, la maison est sale et rien à manger, alors je leur ai fait tout nettoyer vite-vite et je les ai envoyés au marché, ça ne fait rien. Ces sales esclaves de rien méritent le fouet. Je suis rudement contente que tu sois revenu, Taï-pan, oh que oui. La vie est terrificalement chère, de plus en plus, et je n'ai pas d'argent alors il faudra m'en donner pas mal beaucoup, parce que nous entretenons tout le clan de Lim Din et celui d'Ah Sam. Houah, leur famille proche, ça m'est égal, c'est normal, ça ne fait rien, mais tout le clan ? Mille fois non, mordieu! Nous sommes riches, oui, mais pas tant que ça riches et nous devons nous cramponner à nos richesses sans quoi bientôt il n'y aura plus rien... Dis, ajouta-t-elle d'une petite voix inquiète, quels ennuis tu dis ?

— Robb est mort. La petite Karen aussi.

Elle ouvrit de grands yeux et sa joie s'envola.

— La petite fille, je savais. Mais pas Frère Robb. Je savais qu'il avait la fièvre, je l'ai entendu dire il y a trois, quatre jours. Mais pas qu'il était mort. Quand ça ?

— Il y a quelques heures.

— C'est un terrible joss. Mieux vaut quitter cette vallée maudite.

— Elle n'est pas maudite, fillette. Mais il y a la fièvre.

— Sûr. Pardonne-moi de le mentionner encore, mais n'oublie pas que nous habitons sur l'œil d'un dragon. N'oublie pas qu'ici notre fêng shui est affreusement terrible mauvais.

Struan était forcé d'affronter le dilemme qui le torturait

depuis des semaines. S'il quittait la vallée, tout le monde partirait; s'il restait, May-may risquait d'attraper la fièvre et d'en mourir, et il ne voulait pas courir ce danger. S'il restait et qu'elle aille à Macao, d'autres mourraient qui ne devraient pas mourir. Comment préserver tout le monde de la fièvre, tout en préservant Queen's Town et Hong Kong?

— Taï-pan, il paraît que vous avez eu des mauvais ennuis à Canton?

Il lui raconta ce qui s'était passé.

— Fantastical fou. Pourquoi le pillage, heya?

— Eh oui.

— Mais très sage pour tous de ne pas incendier la Concession avant la fin de la saison du commerce. Très sage. Qu'est-ce qui va se passer maintenant? Vous allez contre Pékin?

— D'abord Canton. Pékin ensuite.

— Pourquoi Canton, Taï-pan? C'est l'empereur, pas eux. Ils ne font qu'obéir.

— Sûr. Mais ils auraient dû nous prévenir à l'avance. Ils paieront six millions de rançon et ils paieront vite, sinon ils n'auront plus de ville, nom de Dieu! D'abord Canton, et puis le Nord.

May-may parut plus soucieuse encore. Elle savait qu'elle devait faire prévenir son grand-père, Jin-qua, parce que si le Co-hong devait trouver cette rançon, et si Jin-qua ne s'y était pas préparé, il serait ruiné. Elle n'avait encore jamais envoyé de renseignements à son grand-père, et n'avait jamais profité clandestinement de sa situation qui lui permettait de savoir beaucoup de choses. Mais cette fois, elle estimait qu'elle le devait. Et la pensée qu'elle participerait à une intrigue l'enchantait. Après tout, se dit-elle, sans l'intrigue et les secrets il manque une grande partie de la joie de vivre. Je me demande pourquoi les foules ont pillé quand il n'était pas besoin de piller. Stupide.

— Est-ce que nous porterons le deuil pour ton frère en pleurant cent jours? demanda-t-elle.

— Je ne puis le pleurer davantage, fillette, soupira-t-il, à bout de forces.

— Cent jours, c'est l'usage. J'organiserai l'enterrement chinois avec Gordon Chen. Cinquante pleureurs professionnels. Avec des tambours et des crécelles et des bannières. Oncle Robb aura un enterrement dont on parlera pendant des années. Pour ça, on ne reculera devant aucune dépense. Alors tu seras content tout comme les dieux seront contents.

— Mais ce n'est pas possible! s'écria-t-il, scandalisé. Ce n'est pas un enterrement chinois! Nous ne pouvons pas avoir des pleureurs professionnels!

— Alors comment pourras-tu rendre un honneur public à

ton frère bien-aimé? Lui donner de la face devant la vraie population de Hong Kong? Naturellement, il doit y avoir des pleureurs! Ne sommes-nous pas la Noble Maison? Est-ce que nous pouvons perdre la face devant le plus misérable des coolies? A part que ce serait vilainement de mauvaises manières et du très mauvais joss, nous ne pouvons pas ne pas le faire, c'est tout!

— Ce n'est pas notre habitude, May-may. Ce ne sont pas nos usages. Nous faisons les choses autrement.

— Naturellement. C'est bien ce que je dis. Tu t'occuperas de ta face avec les barbares, mais moi je ferai de même avec les miens. Je porterai le deuil en privé pendant cent jours, car naturellement je ne peux pas aller publiquement à ton enterrement ni à l'enterrement chinois. Je m'habillerai tout en blanc, qui est la couleur du deuil. Je ferai faire une plaquette et tous les soirs nous ferons kowtow devant. Et puis au bout des cent jours nous brûlerons la plaquette, comme ça se fait, et son âme pourra renaître en sécurité, comme toujours. C'est le joss, Taï-pan. Les dieux avaient besoin de lui, ça ne fait rien.

Mais il ne l'écoutait plus. Il se creusait la cervelle et cherchait désespérément une solution : comment vaincre la fièvre et comment sauver la vallée et comment préserver Hong Kong?

28

Trois jours plus tard, Robb fut enterré à côté de la tombe de la petite Karen. Wolfgang lut l'office des morts dans l'église sans toit, sous un ciel uniformément bleu.

Tous les taï-pans étaient présents, sauf Tillman qui était toujours couché à bord du ponton de Cooper-Tillman, plus mort que vivant, avec la fièvre de la Vallée Heureuse. Longstaff n'assistait pas à la cérémonie. Avec le général et l'amiral, il s'était déjà embarqué pour Canton, avec la flotte et les transports de troupes et tous les soldats en état de combattre. La dysenterie avait décimé leurs rangs. Le vapeur *H. M. S. Némésis* avait été envoyé en avant-garde.

Sarah était assise au premier rang, sur le banc de bois brut, toute en noir et voilée de crêpe. Shevaun aussi était en noir. Et Mary, Liza, Tess et toutes les autres. Les hommes portaient leurs costumes de cérémonie, et suaient abondamment sous l'épais drap sombre.

Struan se leva pour lire les versets de la bible, et Shevaun le contempla avidement. Elle lui avait fait ses condoléances la veille et savait que maintenant il lui fallait attendre. Dans une quinzaine de jours, tout irait mieux. Maintenant que Robb n'était plus là, elle allait être obligée de reviser son plan. Elle avait projeté d'épouser Struan rapidement et de l'emmener d'abord à Washington pour y faire la connaissance d'importantes personnalités, puis à Londres et au Parlement, mais avec le soutien de ses liens politiques américains. Plus tard, retour à Washington, ambassadeur. Mais le plan devait être remis à plus tard, car elle savait qu'il ne partirait jamais tant que Culum ne serait pas de taille à le remplacer.

Simultanément, tandis que le sombre cortège suivait Queen's Road jusqu'au cimetière, une assourdissante procession funèbre blanche serpentait entre les murs des étroites ruelles de Tai Ping Shan en criant aux dieux la grande perte de la Noble Maison, glapissant, hurlant, pleurant, gémissant en se déchirant les vêtements, au son des tambours et des crécelles.

Et le peuple de Tai Ping Shan était énormément impressionné par les manières du Taï-pan et la grandeur de sa maison. Gordon Chen grandit à leurs yeux de toute la face de son père, car aucun des habitants de la colline chinoise n'aurait imaginé que le Taï-pan honorerait ainsi leurs dieux et leurs coutumes. Non que Gordon Chen eût besoin d'accroître sa face. N'était-il pas déjà le plus gros propriétaire de Hong Kong et ses affaires ne s'étendaient-elles pas dans tous les domaines? Ne possédait-il pas la majorité des immeubles? Et la compagnie des chaises à porteurs? Trois blanchisseries, quatorze sampans de pêche, deux boutiques d'apothicaire, six restaurants, dix-neuf échoppes de cireurs, et des magasins de friperie et des cordonneries et des fabriques de couteaux... Et ne détenait-il pas une part de cinquante et un pour cent dans la première joaillerie où des orfèvres et graveurs de Canton travaillaient les pierres et les métaux précieux et le bois?

Tout cela, à côté de sa vaste entreprise de prêts d'argent. Ayeee yah, et quel prêteur! Chose incroyable, il était si riche qu'il prêtait de l'argent à un et demi pour cent de moins que le taux normal et monopolisait ainsi ce commerce. On chuchotait qu'il était associé avec le Taï-pan lui-même et qu'avec la mort de l'oncle barbare de nouvelles richesses lui reviendraient.

Chez les Triades, Gordon Chen n'avait nul besoin d'asseoir sa position. Ils savaient tous qui il était et lui obéissaient aveuglément. Cela dit, les Triades travaillant comme coolies, maçons, dockers, blanchisseurs, et tous les autres métiers avaient parfois aussi besoin d'emprunter de l'argent et besoin de se loger; en conséquence, eux aussi portaient bruyamment le deuil de l'oncle barbare de leur chef. Ils savaient qu'il était bon d'être dans les bonnes grâces du Taï-pan de Tai Ping Shan.

Tout le peuple gémissait donc avec les pleureurs, appréciait hautement la tragédie de la mort et bénissait son joss d'être vivant pour pleurer, manger, aimer, gagner de l'argent et peut-être, avec du joss, devenir aussi riche et bénéficier ainsi d'une face colossale, dans la mort, devant tous les voisins.

Gordon Chen suivait le cortège. Il était très digne et déchirait ses vêtements — mais avec retenue — et criait aux dieux la grande perte dont il souffrait. Le Roi des Mendiants le suivit et ainsi, tous deux gagnaient de la face. Et les dieux étaient contents.

Lorsque la tombe fut comblée de terre sèche et stérile, Sarah suivit Struan au canot.

— Je viendrai à bord ce soir, lui dit-il.

Sans lui répondre, elle s'installa à l'arrière et tourna le dos à l'île.

Quand le canot fut en mer, Struan retourna vers la Vallée Heureuse.

La route était encombrée de mendiants et de coolies porteurs de chaises, mais ils n'assaillaient pas le Taï-pan; il continuait de payer le tribut mensuel au Roi des Mendiants.

Struan aperçut Culum avec Tess, au milieu de tout le clan des Brock. Il s'approcha, souleva son chapeau pour saluer les dames et se tourna vers Culum.

— Veux-tu faire quelques pas avec moi, Culum?

— Certainement.

Il n'avait pas parlé à son père depuis leur retour, en tout cas pas de choses importantes comme les conséquences de la mort de Robb ou la date éventuelle de l'annonce des fiançailles. Ce n'était pas un secret qu'il avait demandé à Brock la main de Tess, à Whampoa, et qu'il avait été accepté, d'un ton bourru. Ce n'était pas un secret non plus qu'en raison du deuil soudain, l'annonce devrait attendre.

Struan salua et s'éloigna avec Culum.

Ils marchaient en silence. Ceux qui les avaient vus avec les Brock hochaient la tête, stupéfaits que Brock eût approuvé une union qui était manifestement une idée du Taï-pan.

— Bonjour, Mary, dit Struan en voyant Mary Sinclair s'avancer vers eux, avec Horatio et George Glessing.

Elle était pâle et paraissait fatiguée.

— Bonjour, Taï-pan. Pourrais-je passer vous voir cet après-midi? Vous auriez peut-être un moment à me consacrer?

— Sûr. Naturellement. Chez moi? Au coucher du soleil?

— Merci. Je ne sais pas vous dire combien je suis navrée de... de votre perte.

— Oui, dit Glessing. Une malchance terrible.

Au cours des semaines, il était de plus en plus impressionné par Struan. Quoi, quelqu'un qui a été de la Royal Navy, qui était moussaillon à Trafalgar, était digne du plus grand respect, par Dieu! Lorsque Culum le lui avait dit, il avait aussitôt demandé sur quel navire, mais Culum, à sa profonde stupéfaction, lui avait répondu qu'il ne l'avait pas demandé. Glessing aurait bien aimé savoir si par hasard ce n'aurait pas été sous les ordres de son père que le Taï-pan avait servi. La question était sur le bout de sa langue, mais il ne pouvait pas la poser, puisque Culum le lui avait dit en secret.

— Nous sommes tous désolés, Taï-pan, dit-il.

— Merci. Comment ça va, pour vous?

— Très bien, merci. Beaucoup de travail, ça, c'est certain.

— Ce serait peut-être une bonne idée de mouiller en profondeur les ancres de tempête des grands bâtiments.

— Vous sentez venir une tempête? s'écria Glessing.

— Non. Mais c'est la saison des typhons. Des fois ils viennent de bonne heure, des fois plus tard.

— Merci du conseil. Je donnerai des ordres cet après-midi.

Bougrement sage, se dit le capitaine. Cet homme supporte rudement bien de telles tragédies. Et il est le plus malin des marins du monde. Mary a une très haute opinion de lui, et son avis est précieux.

— Quand êtes-vous arrivé, petit? demanda Struan à Horatio.

— Hier soir, Taï-pan. Son Excellence m'a envoyé pour le représenter aux obsèques. Je repars par la marée.

— C'est très aimable à lui, et à vous. Présentez-lui mes respects, s'il vous plaît.

— Il tenait beaucoup à avoir des nouvelles de Son Altesse. Comment va le grand-duc?

— Pas trop mal. Il est à bord du *China Cloud*. Pourquoi n'iriez-vous pas lui faire une petite visite? Je crois que sa hanche est abîmée mais on ne peut encore rien dire de précis. A plus tard, Mary.

Il souleva son chapeau et s'éloigna avec Culum. Mary l'intriguait. Je suppose qu'elle veut me parler des enfants. J'espère que tout va bien. Mais qu'est-ce qu'ils ont, Horatio et Glessing? Je ne les ai jamais vus si tendus.

— Puis-je vous accompagner à l'hôtel, Miss Sinclair? dit Glessing. Peut-être me feriez-vous tous deux le plaisir de déjeuner avec moi?

— J'en serais ravie, mon cher George, mais Horatio ne pourra pas se joindre à nous, dit Mary et avant que son frère pût dire un mot elle ajouta : Mon cher frère m'a dit que vous aviez demandé ma main.

Glessing sursauta.

— Je... Oui, c'est-à-dire... J'espère... Eh bien, oui.

— J'aimerais vous dire que j'accepte.

— Seigneur! s'écria Glessing en lui prenant la main. Je vous jure devant Dieu, Mary, par le Seigneur, par... je vous jure...

Il se tourna pour remercier Horatio et toute sa joie s'évapora.

— Sangdieu, qu'avez-vous donc?

Les yeux d'Horatio étaient fixés sur Mary et brûlaient d'un feu malveillant. Il grimaçait un mauvais sourire.

— Rien, répondit-il sans la quitter des yeux.

— Vous n'approuvez pas? s'inquiéta Glessing.

— Mais si, voyons, il est ravi. N'est-ce pas, cher frère?

— C'est... tu es... Elle est très jeune et...

— Mais tu approuves, n'est-ce pas? Et nous nous marierons trois jours avant Noël. Cela vous convient, George?

L'animosité flagrante, entre le frère et la sœur, déroutait Glessing.

— Cela vous convient-il, Horatio?

— Je suis sûre que le Taï-pan appréciera ton approbation, Horatio, dit Mary.

Elle était heureuse d'avoir pris cette décision. Maintenant, il lui faudrait se débarrasser du bébé. Si May-may ne pouvait l'aider, alors elle serait obligée de demander au Taï-pan la faveur qu'il lui devait.

— J'accepte George, déclara-t-elle d'un air de défi, en maîtrisant sa peur.

— Soyez maudits, tous les deux, grinça Horatio.

Il s'en alla à grands pas. Glessing regarda Mary.

— Au nom du ciel, qu'est-ce qui lui prend? Est-ce que cela veut dire qu'il n'est pas d'accord?

— Mais non, mon cher George. Ne vous inquiétez pas. Et pardonnez-moi d'avoir été si brusque, mais je voulais que ce fût dit tout de suite.

— Non, Mary. Pardonnez-moi. Je n'avais aucune idée que votre frère était si opposé à cette union. Si j'avais songé un instant... je n'aurais rien précipité.

Sa joie d'être accepté était gâchée par la douleur qu'il devinait dans les yeux de Mary. Il était furieux. Furieux contre l'amiral qui le maintenait à terre, et contre Sinclair. Il se demandait comment il avait pu apprécier ce garçon. Comment osait-il être si grossier?

— Je suis heureuse que vous soyez ici, George.

Il vit Mary essuyer une larme et sa joie lui revint. S'il n'était pas retenu à terre, il ne pourrait pas la voir aussi souvent. Il bénit sa chance. Elle acceptait d'être sa femme et cela seul importait. Il lui offrit son bras.

— Plus de larmes, dit-il. C'est le plus beau jour de ma vie et nous allons déjeuner et célébrer l'événement. Ce soir, nous dînerons ensemble... et demain, et tous les jours. Nous annoncerons les fiançailles le mois prochain. Désormais, je veille sur vous. Si quelqu'un vous ennuie, c'est à moi qu'on devra en répondre, par Dieu!

Struan et Culum buvaient du cognac dans le bureau du comptoir. La pièce dallée de pierre était vaste, meublée d'un bureau de teck ciré, éclairée par des lampes de bateau. Il y avait un baromètre à côté de la porte, des tableaux de Quance aux murs, de bons fauteuils de cuir et un sofa.

A la fenêtre, Struan contemplait la rade. Sans la flotte et les transports, la baie semblait abandonnée. De tous les clippers, il ne restait que le *China Cloud* et le *White Witch*. Il y avait quelques rares navires marchands qui n'avaient pas encore rempli leurs cales et plusieurs navires qui venaient d'arriver avec des marchandises commandées l'année précédente.

Culum examinait un tableau, accroché au-dessus de la cheminée. C'était le portrait d'une jeune Chinoise des sampans, vêtue d'une cape, un panier sous le bras, souriante. Elle était d'une beauté saisissante. Il se demanda si la rumeur disait vrai, si c'était là la maîtresse de son père, qui vivait dans sa maison, à quelques centaines de mètres.

— Je ne peux pas partir comme je l'avais projeté, maintenant, dit Struan, sans se retourner. J'ai décidé de rester.

Culum éprouva une déception aiguë comme un stylet.

— Je saurais me débrouiller. J'en suis certain.

— Sûr. Avec le temps.

Culum s'émerveillait de la sagesse de son ami Gorth. La veille, sur le gaillard d'arrière du *White Witch*, il lui avait dit : « Tu vas voir, mon vieux. Il ne partira jamais, à présent. Je te parie tout ce que tu voudras, il va te faire venir et t'annoncer qu'il part pas. C'est terrible à dire, mais toi et moi, nous faudra attendre des souliers d'un mort. »

Culum contempla le dos de son père.

— Je m'arrangerais bien, Taï-pan.

— Longstaff? Jin-qua? La guerre? fit Struan en se retournant brusquement.

— La guerre n'est pas entre tes mains, que je sache.

— Non. Mais sans conseils, Longstaff aurait tout perdu depuis des années.

— Si tu partais, eh bien, ce ne serait pas comme si tu te lavais les mains de toute l'affaire, insista Culum en répétant ce que Gorth lui avait dit la veille. Si jamais il y avait quelque chose dont je ne saurais pas m'occuper, je te demanderais...

— Quand je partirai, petit, tu seras seul maître à bord. Les courriers mettent six mois aller retour. Il peut se passer trop de choses en six mois. Tu as besoin d'expérience. Tu n'es pas encore prêt.

— Quand le serai-je?

— Ça dépend de toi.

— Tu avais promis que je serais Taï-pan un an après... eh bien, un an après l'oncle Robb.

— Sûr. Si tu étais prêt. Et tu n'es pas assez prêt pour que

49

je parte comme je le voulais. Brock et Gorth t'avaleraient tout cru.

Oui, se dit Culum. Gorth a encore raison. Les souliers d'un mort.

— Très bien. Que puis-je faire pour prouver que j'en suis digne?

— Rien de plus que ce que tu fais, petit. Tu as besoin d'expérience. Deux ans, trois — je te le dirai, quand j'en serai sûr.

Culum savait qu'il ne gagnerait rien en discutant.

— Veux-tu que je reprenne les services de l'oncle Robb?

— Sûr. Mais pour le moment ne commande rien et ne vends rien et ne renvoie personne sans mon approbation. Je te donnerai des instructions spécifiques par écrit. Aide Vargas à calculer nos pertes à la Concession et à mettre les livres en ordre.

— Quand penses-tu que nous pourrons annoncer les fiançailles?

— Tu en as causé avec Brock?

— Seulement quand je l'ai vu à Whampoa. Il avait suggéré la nuit de la Saint-Jean.

Struan se rappela soudain Scragger et ce qu'il avait dit au sujet de Wu Kwok, que l'on pouvait facilement tendre une embuscade à Wu Kwok à Quemoy, la nuit de la Saint-Jean. Il savait maintenant qu'il n'avait d'autre choix que de miser sur la véracité des révélations de Scragger, et d'aller traquer Wu Kwok. Le pirate mort, ce serait un risque de moins pour Culum. Et les trois autres moitiés de pièces? Quelles « faveurs » machiavéliques exigeraient-elles? Et quand? Il consulta le calendrier, sur son bureau. On était le 15 juin. La nuit de la Saint-Jean était dans neuf jours.

— Va pour la Saint-Jean, dit-il. Mais dans l'intimité... Rien que la famille, ajouta-t-il avec ironie.

— Nous avons songé au cadeau de noces que nous voudrions que tu nous fasses. C'est une idée de Tess.

Culum tendit une feuille de papier à son père.

— Qu'est-ce que c'est?

— Rien qu'un contrat solennel, une promesse d'oublier le passé et d'être amis. A être signé par les Brock et par les Struan.

— J'ai déjà conclu le seul marché que je ferai avec ces deux-là, déclara Struan en rendant le papier sans l'avoir lu.

— Gorth est d'accord et il dit que son père le sera.

— Ça ne m'étonne pas, tiens donc, de la part de Gorth. Mais Tyler ne signera jamais ça.

— Et s'il est d'accord, tu signeras?

— Non.

— Je t'en supplie!

— Non.

— Nos enfants vous appartiendront à tous les deux et...

— J'ai bien réfléchi aux enfants, Culum. Et à un tas d'autres choses. Je doute fort que vos enfants aient plus tard un oncle et un grand-père du côté de leur mère, quand ils seront assez grands pour comprendre ce que valaient ces deux-là.

Culum lui tourna le dos et marcha vers la porte.

— Culum! Attends!

— Veux-tu nous faire le cadeau que nous te demandons, que nous te supplions de nous faire?

— Je ne peux pas. Jamais ils n'honoreront cette signature-là. Gorth et Brock veulent ta peau et...

Culum lui claqua la porte au nez.

Struan but encore un verre de cognac et lança le verre de toutes ses forces dans la cheminée.

Dans l'après-midi, Struan alla voir Sarah et elle lui annonça qu'elle était décidée à partir par le prochain bateau.

— Vous n'êtes pas assez forte! Et le bébé non plus.

— Nous partons quand même. Voulez-vous prendre les dispositions, ou dois-je le faire moi-même? Avez-vous une copie du testament de Robb?

— Sûr.

— Je viens de le lire. Pourquoi seriez-vous l'administrateur de ma part de la Compagnie, et non moi?

— Ce n'est pas un travail de femme, Sarah! Mais vous n'avez pas à vous inquiéter. Vous toucherez jusqu'au dernier sou.

— Mes avocats y veilleront, Taï-pan.

Il avait maîtrisé sa colère avec un effort.

— C'est la saison des typhons, Sarah. Ce n'est pas le moment de s'embarquer. Attendez l'automne. Vous serez plus solide.

— Nous partons immédiatement.

— A votre aise...

Il passa ensuite voir Sergueyev. La blessure du grand-duc était enflammée mais pas gangréneuse. Donc, il y avait de l'espoir. Puis il retourna à son bureau et rédigea une dépêche pour Longstaff, lui disant qu'il avait appris que le pirate Wu Kwok serait à Quemoy la nuit de la Saint-Jean, que des frégates devraient l'y attendre, qu'il connaissait bien ces eaux et serait heureux de faire partie de l'expédition si l'amiral le désirait. Il expédia la dépêche à Horatio.

Et puis, comme il allait rentrer chez lui, les médecins militaires vinrent le voir. Ils lui annoncèrent qu'il n'y avait plus de doute. La fièvre de la Vallée Heureuse était bien la malaria...

Ce soir-là, Struan restait éveillé, dans le grand lit à colonnes, avec May-may. Les fenêtres étaient ouvertes au clair de lune et à la brise qui apportait l'air salin de l'océan. En dehors du grand tulle qui entourait le lit, quelques moustiques bourdonnaient et cherchaient à entrer. Contrairement à la plupart des Européens, Struan avait toujours utilisé une moustiquaire. Jinqua le lui avait conseillé, il y avait de longues années de cela, en lui assurant que c'était bon pour la santé.

Struan songeait sombrement aux miasmes de la malaria, et se demandait si May-may et lui n'en respiraient pas.

— Tu veux jouer au jacquet? proposa May-may, aussi éveillée et mal à l'aise que lui.

— Non, merci, fillette. Toi non plus, tu ne peux pas dormir?

— Non. Ça ne fait rien.

Le Taï-pan l'inquiétait. Il avait été bizarre, toute la journée. Et elle était tourmentée au sujet de Mary Sinclair. Cet après-midi-là, Mary était arrivée de bonne heure, avant le retour de Struan. Elle lui avait parlé du bébé et de sa vie secrète à Macao. Et même d'Horatio. Et de Glessing.

— Je suis désolée, lui avait dit Mary, en larmes. Il fallait que j'en parle à quelqu'un. Il n'y a personne à qui je peux m'adresser. Personne.

Elles parlaient en mandarin, alors que toutes deux préféraient le cantonais.

— Allons, Mary, allons, ne pleurez pas. D'abord, nous allons prendre le thé et puis nous verrons ce qu'il faut faire.

Elles avaient donc pris le thé et May-may avait été stupéfaite par les idées qu'avaient les barbares sur la vie, et la vie sexuelle.

— De quelle aide avez-vous besoin?

— De l'aide pour... pour me débarrasser du bébé. Mon Dieu, il commence déjà à se voir!

— Mais pourquoi n'êtes-vous pas venue me le demander il y a des semaines?

— Je n'en avais pas le courage. Si je n'avais pas forcé Horatio... mais devant le fait accompli, je n'oserais toujours pas. Mais maintenant... que vais-je faire?

— Vous l'avez depuis combien de temps?

— Près de trois mois, moins une semaine.

— C'est mauvais, ça, Mary. Il y a du danger après deux mois.

May-may avait envisagé le problème de Mary, et supputé les risques.

— Je vais envoyer Ah Sam à Tai Ping Shan. Il paraît qu'il y a une herboriste qui pourra vous aider. Vous comprenez bien que c'est très dangereux?

— Oui. Si vous pouvez m'aider, je ferai n'importe quoi.

— Vous êtes mon amie. Les amies doivent s'entraider. Mais vous ne devez jamais, jamais le dire à personne.

— Je vous le jure.

— Quand j'aurai les herbes, j'enverrai Ah Sam à votre esclave Ah Tat. On peut avoir confiance en elle?

— Oui.

— Votre anniversaire, Mary, c'est quand?

— Pourquoi?

— L'astrologue devra trouver un jour favorable pour prendre la médecine, naturellement.

Mary lui avait donné le jour et l'heure.

— Où prendrez-vous votre médecine? A l'hôtel vous ne pouvez pas, ni ici. Vous aurez peut-être besoin de plusieurs jours pour vous remettre.

— A Macao. Je vais aller à Macao. A... A ma maison secrète. Là, je serai en sécurité, oui. Là-bas, ce sera bien.

— Ces médecines ne marchent pas toujours, Mary. Et ce n'est jamais facile.

— Je n'ai pas peur. Ça marchera, avait assuré Mary.

May-may se retourna.

— Qu'est-ce que tu as? demanda Struan.

— Rien. C'est le bébé qui bouge.

Struan posa sa main sur son ventre rond.

— Nous ferions bien de te faire examiner.

— Non, merci, Taï-pan, ça ne fait rien. Par un de ces diables barbares, merci. Pour ça, je serai comme toujours, bien chinoise.

May-may s'installa douillettement, heureuse pour son bébé, triste pour Mary.

— Mary n'avait pas bonne mine, n'est-ce pas? dit-elle.

— Non. Cette fillette a quelque chose sur le cœur. Est-ce qu'elle t'en a parlé?

May-may ne voulait pas mentir, mais elle ne tenait guère à révéler à Struan une chose qui ne le regardait pas.

— Je crois qu'elle est inquiète à cause de son frère.

— Pourquoi?

— Elle dit qu'elle veut se marier avec ce Glessing.

— Ah, je vois.

Struan savait que Mary était surtout venue voir May-may. Il avait à peine eu le temps de la remercier de s'être occupée des enfants qu'elle était partie.

— Je suppose qu'Horatio n'approuve pas et qu'elle veut que je lui parle, hé? C'est pour ça qu'elle est venue?

— Non. Son frère a donné son consentement.

— Voilà qui est étonnant.

— Pourquoi? Ce Glessing est mauvais homme?

— Non, fillette. Mais Horatio et Mary ne se sont jamais quittés et il va se trouver bien seul.

Struan se demanda ce que May-may penserait si elle connaissait le secret de Mary, et sa maison de Macao.

May-may ne dit rien, et soupira en songeant aux malheurs des hommes et des femmes.

— Et les jeunes amoureux? demanda-t-elle, en essayant de découvrir ce qui troublait vraiment Struan.

— Ça va.

— As-tu décidé ce que tu vas faire pour la fièvre du diable?

— Pas encore. Je crois que tu devrais retourner à Macao.

— Oui, s'il te plaît, Taï-pan. Mais pas avant que tu décides, pour Hong Kong.

— Il y a du danger, ici. Je ne veux pas qu'il t'arrive quelque chose.

— Le joss, dit-elle avec un haussement d'épaules. Naturellement, notre fêng shui est très gracieusement mauvais.

Elle se tourna vers lui et l'embrassa tendrement.

— Une fois tu m'as dit qu'il y avait trois choses que tu devais faire avant de décider pour une Tai-tai. Deux, je connais. Et la troisième?

— Remettre la Noble Maison en des mains sûres, dit-il.

Puis il lui raconta ce que Brock avait dit, et sa discussion avec Culum le jour même.

Elle resta longtemps silencieuse, en réfléchissant au problème de la troisième chose. Et comme la solution était si simple, elle la dissimula au fond de son cœur et dit candidement :

— J'ai dit que je t'aiderais pour les deux premières, que je réfléchirais à la troisième. Cette troisième est trop pour moi. Je ne peux pas aider, hélas, ayee yah.

— Sûr. Je ne sais pas que faire. Du moins, il y a une solution.

— La solution de mort n'est pas sage, déclara-t-elle. Très désagement dangereuse. Les Brock l'attendent. Tout le monde. Et tu risques la vengeance de vos terribles lois qui demandent œil pour œil ce qui est de la folie folle. Tu ne dois pas le faire, Taï-pan. Et je te conseille en outre de donner à ton fils et à ta future fille le présent qu'ils désirent.

— Je ne peux faire ça, bon Dieu! Ce serait comme si je tranchais moi-même la gorge de Culum!

— Quand même, c'est mon conseil. Et je conseille en outre mariage fantasticalement rapide.

— Il n'en est pas question, explosa-t-il. Ce serait de très mauvais goût, une insulte à la mémoire de Robb, et ridicule!

— Je suis tout à fait d'accord avec toi, mais il me semble me souvenir que suivant la coutume barbare — qui pour une fois suit la coutume chinoise très sage — la fille vient dans la maison du mari. Pas le contraire, heya? Alors plus immédiatement la fille Brock sort de dessous le pouce de Gorth, plus vitement les Brock perdent le contrôle sur ton fils.

— Quoi?

— Sûr, tiens quoi! Pourquoi faire ton fils est tellement fou dans la tête? Il a besoin de la coucher au lit fantasticalement pressé.

Elle éleva la voix en voyant Struan se redresser brusquement.

— Allez, ne viens pas me discuter, nom de Dieu, mais écoute-moi et après je t'écouterai bien. C'est ça qui le rend fou malade, parce que le pauvre garçon a froid et s'ennuie et ne couche pas, tout seul la nuit. C'est un fait. Pourquoi toi tu dis non, heya? Je dis oui. Il est frénétique brûlant. Alors il écoute la langue pendante toutes les folies que dit Gorth. Moi, si j'étais lui, je ferais pareil parce que le frère a du pouvoir sur la sœur! Mais laisse le fils Culum avoir la fille, et après est-ce que ton Culum passera des heures et des foutues heures à écouter frère Gorth? Que non, par Dieu! Toutes les minutes il les passera au lit à caresser et s'amuser et s'épuiser et faire des bébés et il détestera toutes les interruptions, de toi, de Brock ou de Gorth. C'est pas vrai?

— Sûr, murmura-t-il. Sûr. Je t'aime pour ton astuce.

— Tu m'aimes parce que je te rends tout fou pour dormir avec moi, dit-elle en riant, très satisfaite d'elle-même. Ensuite. Tu les occupes à construire *leur* maison. Demain. Mets leurs esprits là-dessus et loin de fan-quai Gorth. Elle est jeune, heya? Alors la pensée d'une maison à elle sera fantasticale occupation pour son esprit. Les Brock seront fâchés et ils commenceront à dire quel genre de maison et tout, ce qui la fâchera, elle, et l'amènera plus près de toi qui lui donnes sa maison. Gorth doit sûrement s'opposer mariage vite-vite — ainsitement tourner Culum contre lui parce qu'il perdra, comment tu dis? Son atout.

— Son atout! s'écria-t-il en la serrant joyeusement dans ses bras. Tu es fantasticale! J'aurais dû y songer moi-même. Il y a une nouvelle vente de terres la semaine prochaine. Je t'achèterai une parcelle de bord de mer. Pour ta sagesse.

— Heuh! protesta-t-elle. Tu crois que je protège mon homme pour de la sale terre? Une seule misérable parcelle? Pour des taels d'argent? Pour du jade? Qu'est-ce que c'est à ton idée cette précieuse May-may, hé? Un sale morceau de viande de putain?

Elle continua ainsi et finit par se laisser attendrir, fière qu'il comprenne l'importance qu'avait la terre pour une personne civilisée, et reconnaissante de lui donner tant de face en faisant semblant de ne pas savoir à quel point elle était heureuse.

La chambre était silencieuse, à présent, sauf pour le léger bourdonnement des moustiques.

May-may se pelotonnait contre Struan, en songeant à la solution de la troisième chose. Elle décida d'y réfléchir en mandarin plutôt qu'en anglais parce qu'elle en connaissait mal les subtilités. Les « nuances », ils disent, pensa-t-elle. Comment dire ça en barbare? La solution de la troisième question exigeait une réelle subtilité chinoise et des nuances parfaites.

La solution est si délicieusement simple, se dit-elle joyeusement. Assassiner Gorth. Le faire assassiner de telle façon que personne ne soupçonnera que les assassins sont autre chose que des bandits ou des pirates. Si c'est exécuté clandestinement, de cette façon, un des dangers de mon Taï-pan est éliminé; Culum est protégé de risques futurs; et le père Brock ne peut rien faire parce qu'il est lié par l'incroyable et absolue valeur du serment barbare, du serment « sacré ». Si simple. Mais plein de danger. Je dois faire très attention. Si jamais mon Taï-pan l'apprend, il me traînera devant un des juges barbares — cet affreux Mauss, probablement! Mon Taï-pan m'accusera, moi, sa concubine adorée! Et je serai pendue. Ridicule!

Que c'était ridicule d'avoir une même loi pour tous, les riches comme les pauvres! A quoi servait de travailler et de suer sang et eau pour devenir riche et puissant?

Voyons, quel serait le meilleur moyen? se demanda-t-elle. Je ne connais rien de l'assassinat. Comment l'exécuter? Quand? Où?

May-may passa la nuit sans dormir. A l'aube, elle imagina le meilleur procédé. Et puis elle dormit comme une enfant.

A la Saint-Jean, la Vallée Heureuse était plongée dans le désespoir. La malaria continuait de faire des ravages, mais l'épidémie était irrégulière. Dans une même maison, tous n'étaient pas touchés. Dans un même quartier, toutes les habitations n'étaient pas frappées.

Les coolies refusaient d'aller dans la Vallée Heureuse avant que le soleil ne soit haut dans le ciel, et ils regagnaient Tai Ping Shan avant le crépuscule. Struan, Brock et tous les marchands se demandaient à quel saint se vouer. Il n'y avait rien à faire — à part déménager, et l'exode serait un désastre. Rester risquait d'être encore plus désastreux. Et bien qu'il y en eût beaucoup pour affirmer que ce ne pouvait être une terre souillée ou l'air pollué de la nuit qui apportaient la malaria, seuls ceux qui dormaient dans la vallée continuaient d'être atteints. Les dévots croyaient, comme Culum, que c'était une manifestation divine, et ils redoublaient de prières au Tout-Puissant. Les athées haussaient les épaules, en accusant le joss, mais ils avaient tout aussi peur. De plus en plus nombreuses, les familles regagnaient les navires, et Queen's Town devint une ville fantôme.

Mais ce désespoir ne touchait pas Longstaff. Il était revenu de Canton la veille, à bord du navire amiral, tout auréolé de succès, et comme il vivait à bord et n'avait nulle intention de résider dans la Vallée Heureuse, il savait qu'il était hors d'atteinte des miasmes nocturnes empoisonnés.

Il avait obtenu tout ce qu'il était parti chercher, et plus encore. Le lendemain de l'investissement de Canton, les six millions de taels exigés avaient été payés dans leur totalité, et il avait levé l'ordre d'attaque. Mais il avait ordonné des préparatifs pour une guerre à outrance dans le nord. Et cette fois, ils iraient jusqu'au bout, jusqu'à la ratification du traité. Dans quelques semaines les renforts promis arriveraient des Indes, et l'armada cinglerait de nouveau vers le Pei-ho, et Pékin, et l'Orient ouvrirait enfin ses portes.

— Oui, absolument, dit-il à haute voix, en s'admirant dans la glace de sa cabine à bord du *H. M. S. Vengeance*. Tu es vraiment fort astucieux, mon cher ami. Mais oui. Beaucoup plus malin que le Taï-pan et pourtant il est l'astuce personnifiée. Malgré tout, ajouta-t-il en regardant l'heure et en constatant que Struan n'allait pas tarder, inutile de laisser ta main droite savoir ce que fait ta main gauche, hé?

Longstaff avait du mal à croire qu'il avait organisé si aisément l'achat des graines de thé. Du moins, rectifia-t-il généreusement, c'est Horatio qui l'a organisé. Je me demande pourquoi il perd la tête parce que sa sœur veut épouser Glessing. Il me semble que c'est un excellent parti. Après tout, elle est assez insignifiante et terne... encore qu'au bal elle m'a étonné. Mais c'est un sacré coup de chance, quoi? qu'il ne puisse souffrir Glessing. Et un sacré coup de chance qu'il ait toujours détesté le trafic d'opium. Et très astucieux de ma part de lui avoir ainsi présenté l'idée — le hameçon appâté avec l'élimination de Glessing.

— Parole d'honneur, Horatio, avait-il dit huit jours plus tôt à Canton, une affaire damnable, ce trafic d'opium, quoi? Et tout ça parce que nous devons payer le thé en argent pur. Dommage que les Indes britanniques n'en fassent pas pousser, quoi? Alors on n'aurait plus besoin d'opium. Nous le mettrions tout simplement hors la loi, on sauverait les païens, hé? Planter parmi eux des graines de vertu, au lieu de cette sale drogue. Et alors la flotte pourrait rentrer chez nous et nous vivrions dans la paix et la félicité éternelles.

En deux jours, Horatio s'était démené, puis il l'avait pris à part et lui avait fait part avec enthousiasme de l'idée de génie qu'il avait eue : se procurer des graines de thé en Chine et les expédier aux Indes. Longstaff avait exprimé sa stupéfaction admirative, d'une façon convaincante, et puis il s'était laissé persuader.

— Mais grands dieux, Horatio! Comment diable allons-nous nous procurer des graines de thé?

— Voilà ce que je pensais. Je m'entretiendrai en privé avec le vice-roi Ching-so, Excellence. Je lui dirai que vous êtes passionné de jardinage, que vous avez l'intention de faire de Hong Kong un véritable jardin. Je demanderai vingt-cinq kilos, chaque, de graines de mûriers, de cotonniers, de riz de printemps, de camélias et d'autres fleurs, ainsi que de thés assortis. Comme ça il ne soupçonnera pas que c'est le thé qui nous intéresse.

— Mais, Horatio, c'est un homme très intelligent. Il doit bien savoir que peu de ces plantes pousseront à Hong Kong!

— Naturellement. Mais il le mettra sur le compte de la stupidité barbare!

— Mais comment arriver à lui faire garder le secret? Ching-so le dira aux mandarins, ou au Co-hong, et ils en parleront sûrement aux marchands. Vous savez bien que ces sacrés brigands remueraient ciel et terre pour empêcher la réalisation de votre idée. Ils comprendront certainement où nous voulons en venir. Et le Taï-pan? Vous vous doutez bien que ce que vous proposez le mettra en faillite!

— Il est assez riche, Excellence. Nous devons écraser la malédiction de l'opium! C'est notre devoir.

— Oui. Mais les Chinois comme les Européens seront implacablement opposés à ce projet. Et quand Ching-so comprendra ce que vous avez en tête, et c'est inévitable, eh bien, ma foi, vous n'aurez pas vos graines.

Horatio avait réfléchi un moment.

— Oui, mais si je disais qu'en échange de cette faveur qu'il me ferait, car je veux que vous, mon estimé supérieur, soyez heureux du cadeau surprise, si je lui disais que moi, qui dois compter les caisses d'argent et signer le reçu, je pourrais peut-être, ma foi, oublier un coffre... alors on serait sûr qu'il garderait le secret.

— Quelle est la valeur d'un coffre?

— Quarante mille taels d'argent.

— Mais les lingots appartiennent au gouvernement de Sa Majesté, Horatio!

— Naturellement. Dans nos négociations, nous pourrions nous assurer, secrètement, qu'il y a un coffre supplémentaire non officialisé, donc la Couronne ne perdrait rien. Les graines seraient votre don au gouvernement de Sa Majesté, Excellence. Je serais très honoré si vous disiez que c'est vous qui avez eu l'idée. D'ailleurs j'en suis sûr. Vous avez dit quelque chose qui me l'a suggérée. Et il est juste qu'on vous en reconnaisse le mérite. Vous êtes le ministre plénipotentiaire, après tout.

— Mais si votre projet réussit, alors non seulement vous détruisez le commerce de Chine mais vous-même. Cela n'a pas de raison.

— L'opium est un vice abominable, Excellence. Tous les risques que nous prendrons se justifient. Mais ma fonction dépend de votre réussite, et non de l'opium.

— Cette réussite sonne le glas de Hong Kong.

— Il faudra des années pour que le thé s'acclimate ailleurs. Hong Kong durera autant que vous. Hong Kong sera le centre du commerce asiatique. Qui sait ce qui peut arriver, avec le temps?

— Alors, si je comprends bien, vous voulez que je me renseigne auprès du vice-roi des Indes sur les possibilités de la culture du thé, là-bas?

— Quel autre que vous, Excellence, pourrait mener l'idée, votre idée, à bonne fin?

Longstaff s'était laissé persuader et avait fait jurer le secret à Horatio.

Dès le lendemain, Horatio annonçait joyeusement :

— Ching-so accepte! Il dit que d'ici six semaines à deux mois, les coffres de graines seront livrés à Hong Kong, Excellence. Maintenant, pour que tout soit parfait pour moi, il faudrait que Glessing soit renvoyé immédiatement en Angleterre. Je crois que pour Mary ce n'est qu'une toquade. Dommage qu'elle n'ait pas un an ou deux pour savoir vraiment ce qu'elle veut, sans subir l'influence quotidienne de Glessing...

Longstaff rit en songeant à la maladroite tentative de subtilité du jeune homme. Glessing devrait peut-être partir. La petite est mineure et Horatio se trouve dans une situation difficile. Ma foi, j'y songerai. Quand les graines auront pris la route des Indes.

Il vit par le hublot le canot de Struan qui approchait. Le Taï-pan était assis au milieu, l'air sombre. Sa gravité rappela la malaria à Longstaff. Que faire? Mon Dieu, que faire? Ça flanque par terre toute la stratégie de Hong Kong, quoi?

Struan attendait patiemment que Longstaff finît de parler.

— Parole d'honneur, Dirk, on aurait dit que Ching-so savait exactement quelle somme nous allions demander. La rançon a été réunie instantanément. Six millions de taels. Il a fait mille excuses pour le pillage de la Concession, en accusant ces sacrés anarchistes, les Triades. Il a ouvert une enquête et il espère les anéantir une fois pour toutes. Il paraît qu'ils ont arrêté un de leurs chefs. S'il n'arrive pas à lui tirer les vers du nez, personne n'y arrivera jamais. Il a promis de me donner tout de suite les noms des Triades d'ici.

Struan se détourna du hublot et se laissa tomber dans un fauteuil de cuir.

— C'est excellent, Will. Je dirais que vous avez fait un travail magnifique. Remarquable.

Longstaff se sentit très flatté.

— Je reconnais que tout s'est bien passé. Ah, au fait. Le renseignement que vous m'avez envoyé au sujet du pirate Wu Kwok. J'aurais préféré que vous commandiez la flottille, mais l'amiral a été intraitable. Il y va lui-même.

— C'est son droit. Espérons qu'il fera de la belle ouvrage ce soir. Je dormirai plus tranquille quand ce démon sera allé par le fond.

— Très juste.

— Maintenant, tout ce qu'il vous reste à faire, c'est sauver Hong Kong, Will. Vous seul pouvez le faire, dit Struan en espérant que Longstaff se laisserait persuader de mettre à exécution le plan auquel il avait fini par s'arrêter pour les sauver tous. Je crois qu'il serait bon que vous ordonniez l'abandon immédiat de la Vallée Heureuse.

— Bonté divine, Dirk, s'écria Longstaff, si je fais ça, mon Dieu, mais cela équivaudrait à abandonner Hong Kong!

— Il y a la malaria à Queen's Town. Du moins dans la Vallée Heureuse. Donc elle doit être abandonnée.

— Je ne peux pas faire ça. Je serais responsable de toutes les pertes.

— Sûr. Vous avez décidé d'employer les six millions pour dédommager tout le monde.

— Dieu du Ciel, c'est impossible! L'argent appartient à la Couronne. La Couronne, seule, peut décider ce qu'il convient d'en faire!

— Vous estimez que Hong Kong est trop précieux. Vous savez que vous devez agir vite. C'est un geste digne d'un gouverneur.

— Non, Dirk, je ne peux pas. Pas du tout. C'est absolument impossible, hors de question.

Struan se leva et alla à la desserte verser deux verres de xérès.

— Votre réputation à la cour est liée à Hong Kong. Toute votre politique asiatique — et par conséquent la politique asiatique de la Couronne — est braquée sur Hong Kong. A juste titre. Sans la sécurité de Hong Kong, le gouverneur, agissant au nom de Sa Majesté, ne pourra pas dominer l'Asie comme il le doit. Sans une ville bel et bien construite, il n'y a pas de sécurité, ni pour vous ni pour la Couronne. La Vallée Heureuse est morte. Donc une ville nouvelle doit être construite, rapidement. Si vous remboursez immédiatement ceux qui ont déjà construit, vous restaurerez aussitôt la confiance. Tous les marchands vous soutiendront, et vous aurez besoin d'eux dans l'avenir. N'oubliez pas, Will, que beaucoup d'entre eux ont de l'influence à la cour. C'est un geste grandiose, digne de vous. D'ailleurs, le remboursement est payé par les Chinois, au fond.

— Je ne comprends pas.

— D'ici trois mois, vous serez aux portes de Pékin, commandant en chef d'une armée invincible. Mettons que l'expédition coûte quatre millions. Ajoutez six millions pour le pillage de la Concession. Dix millions. Mais vous réclamez quatorze millions, ce qui sera une indemnité raisonnable. Les quatre millions sup-

61

plémentaires représenteront la base du trésor de votre gouvernement de Hong Kong, en faisant ainsi une des trésoreries les plus riches de l'Empire colonial. En réalité, au lieu de quatorze millions vous en demanderez vingt. Les six millions supplémentaires vous remboursent ceux que vous avez, fort astucieusement, « investis » à Hong Kong, au nom de la Couronne. N'oubliez pas. Sans une base sûre, vous n'oserez pas lancer l'attaque au Nord. Sans la sécurité de Hong Kong, l'Angleterre est morte, en Asie. Et vous aussi. Vous avez entre vos mains tout l'avenir de l'Angleterre, Will. C'est bien simple.

Struan voyait presque les idées se mêler dans l'esprit de Longstaff. C'était la seule solution possible. Le seul moyen de sauver à la fois la face et l'île. Et dès qu'il vit Longstaff ouvrir la bouche pour répondre, il le devança :

— Un dernier point, Will. Vous récupérez l'argent immédiatement, ou presque tout.

— Hé?

— Vous faites tout de suite une vente de terres. Les enchères seront frénétiques, pour les nouvelles parcelles. Où ira l'argent? Dans le trésor de votre gouvernement. Vous gagnez sur tous les tableaux. La terre que vous vendez ne vous coûte rien. Vous savez que vous avez un urgent besoin d'argent pour résoudre tous les problèmes du gouvernement, les salaires des fonctionnaires, la police, le palais, les routes, les tribunaux, le port, mille autres choses. Allons, c'est un geste d'homme d'État génial. Vous devez prendre votre décision tout de suite parce que si vous attendez six mois qu'une réponse à une dépêche arrive d'Angleterre, Hong Kong sera perdu. Et puis, par-dessus tout, vous démontrez très nettement à Sergueyev que l'Angleterre a l'intention de s'implanter définitivement en Asie. Je crois, Will, que votre habileté impressionnerait fort le Cabinet, et la reine elle-même. Des honneurs vous seraient conférés.

La cloche du bord piqua huit coups. Longstaff tira sa montre de son gousset. Elle retardait, et il ramena les aiguilles à midi, en essayant de trouver une faille dans le raisonnement de Struan. Il n'en voyait pas et se sentait mal à l'aise à l'idée que, sans le Taï-pan, il n'aurait rien fait pour résister à la malaria, sauf éviter la vallée, en espérant qu'un remède serait inventé par miracle. Eh non, il n'y avait pas de faille. Mon Dieu, se dit-il, tu as failli compromettre un avenir brillant. Naturellement, j'outrepasse les ordres, mais les gouverneurs et les plénipotentiaires détiennent des pouvoirs tacites. Nous ne pouvons pas attendre l'année prochaine pour circonvenir les mécréants aux volontés de Sa Majesté. Non, non. Et l'idée des graines de thé s'intègre très bien dans le dessein, et démontre une prévoyance dépassant de loin celle du Taï-pan!

Longstaff mourait d'envie de parler des graines à Struan, mais il se maîtrisa.

— Je crois que vous avez raison. Je vais faire faire la proclamation tout de suite.

— Pourquoi n'ordonneriez-vous pas une réunion des taï-pans pour demain? Donnez-leur deux jours pour présenter leur note de frais à votre trésorier. Fixez la date de la vente des terres dans huit jours. Cela vous donnera assez de temps pour les faire arpenter. J'imagine que vous voudrez que la nouvelle ville soit à la pointe de Glessing?

— Oui. C'est mon avis. C'est le meilleur site. Et, après tout, c'est celui que nous avions envisagé au début. Comme toujours, Dirk, je suis heureux de vos conseils. Vous déjeunez avec moi, bien sûr?

— Je crois que je ferais mieux de partir. Sarah part pour l'Angleterre par la marée de demain, à bord du *Calcutta Maharadjah*, et il y a beaucoup à faire.

— Un drame affreux. Robb et votre nièce, je veux dire.

Longstaff servit du xérès et tira le cordon de sonnette. La porte s'ouvrit quelques instants plus tard.

— Excellence? dit le capitaine d'armes.

— Demandez au général s'il déjeune avec moi.

— Oui, Excellence. Mais je vous demande pardon, il y a là Mrs. Quance qui demande à vous voir. Et son mari. Et puis il y a tous ceux-là (il débita une longue liste de noms) qui sont passés demander des rendez-vous. À Mrs. Quance? Je dis que vous êtes occupé?

— Non. Mieux vaut la recevoir tout de suite. Je vous en prie, Dirk, ne partez pas encore. Je crains d'avoir besoin d'un soutien moral.

Maureen Quance entra lourdement, Aristote dans son sillage. Il avait le regard terne, les yeux cernés; ce n'était plus qu'un pauvre petit homme gris. Même ses vêtements avaient perdu leur éclat.

— Bonjour, Mrs. Quance, dit Longstaff.

— Bien le bonjour à Votre Excellence et les saints du bon Dieu la préservent en cette belle journée.

— Bonjour, Excellence, souffla Aristote d'une voix sans timbre, en baissant les yeux.

— Et bien le bonjour à vous, Taï-pan, reprit Maureen. Avec la grâce de saint Patrick, y aura le règlement de votre petite note dans quelques jours.

— Rien ne presse. Bonjour, Aristote.

Aristote Quance leva lentement les yeux vers Struan. Ils brillaient de larmes.

— Elle a brisé tous mes pinceaux, Dirk, murmura-t-il en réprimant un sanglot. Ce matin. Tous. Et elle... elle a jeté ma boîte de peinture à la mer. Et mes couleurs.

— C'est pour ça qu'on vient vous voir, Excellence, déclara Maureen. M. Quance a décidé de renoncer à ses folies de barbouillages, à la fin finale. Il veut s'établir, dans un bon emploi bien stable et régulier. Et c'est au sujet de cet emploi qu'on est venus. N'importe quoi, soupira-t-elle en toisant son mari. Du moment que c'est stable et que le salaire est raisonnable. Un emploi de bureau, peut-être bien, Excellence. Le pauvre M. Quance n'a guère d'expérience.

— Je... Euh... C'est ce que vous voulez, Aristote?

— Elle a cassé mes pinceaux. C'était tout ce que j'avais. Mes couleurs et mes pinceaux.

— Nous sommes bien d'accord, mon joli monsieur, voyons donc? Par tout ce qu'il y a de sacré? Hein? Plus de barbouillages. Un bon emploi bien stable, et tu fais ton devoir pour nourrir ta famille, et plus de guilledou.

— Oui, souffla tristement Aristote.

— Je serais heureux d'offrir un poste, Mrs. Quance, intervint Struan. J'ai besoin d'un employé aux écritures. Cinquante shillings par semaine. Et votre logement sur le ponton pendant un an. Ensuite, vous devrez vous arranger.

— Que les saints vous gardent, Taï-pan. Accepté. Remercie le Taï-pan, maintenant, dit Maureen.

— Merci, Taï-pan.

— Soyez demain matin à sept heures au bureau, Aristote. Sans retard.

— Il y sera, Taï-pan, vous avez pas à vous tourner les sangs. J'appelle sur vous la bénédiction de saint Pierre en ces temps troublés, pour avoir pitié d'une pauvre femme et de ses enfants affamés. Bien le bonjour à vous deux, messieurs.

Ils partirent. Longstaff se versa à boire.

— Dieu de Dieu. A ne pas croire. Pauvre, pauvre Aristote. Vous allez réellement faire un employé d'Aristote Quance?

— Sûr. Vaux mieux que ce soit moi qu'un autre. J'ai besoin de personnel, dit Struan, très satisfait de lui-même. Je ne suis pas homme à me mêler des affaires entre un homme et sa femme. Mais une personne qui fait ça à ce vieil Aristote ne mérite pas le nom de « femme », bon Dieu!

Longstaff sourit brusquement.

— Je détacherai un bâtiment, si cela peut rendre service. Toutes les ressources du gouvernement de Sa Majesté sont à votre disposition.

Struan sauta vivement du canot à terre, héla une chaise à porteurs et donna des instructions aux coolies.

— Attendre, heya, savvez? dit-il, arrivé à destination.

— Savvez, Massi.

Il passa devant le portier étonné et entra directement dans le salon de la maison. La pièce était richement meublée — grand sofa, rideaux fleuris, tapis épais, miroirs, bibelots. Il entendit un frou-frou soyeux et des pas légers. Une petite vieille dame écarta le rideau de perles. Elle était très soignée, distinguée, avec des cheveux gris, de grands yeux et des lunettes.

— Bonjour, Mrs. Fotheringill, dit courtoisement Struan.

— Eh bien, Taï-pan, ça fait plaisir de vous voir. Il y a bien des années que nous n'avons eu le plaisir de votre compagnie. Il est un peu tôt pour les visites, mais les petites sont en train de se rendre présentables.

Elle sourit en révélant un dentier jauni.

— Ma foi, Mrs. Fotheringill, je...

— Je comprends tout à fait, Taï-pan. Il vient un temps dans la vie de tout homme, où...

— Il s'agit d'un de mes amis.

— Ne vous inquiétez pas, Taï-pan. Dans notre établissement, le secret est de rigueur. Ne craignez rien. Nous allons vous arranger ça en un instant.

Elle se leva, claqua des mains et cria :

— Mesdemoiselles!

— Asseyez-vous et écoutez-moi donc! C'est au sujet d'Aristote!

— Ah! Le pauvre bougre est dans de jolis draps!

Struan lui expliqua ce qu'il voulait et les filles furent tristes de le voir partir.

Dès qu'il rentra chez lui, May-may le considéra d'un air soupçonneux.

— Pourquoi faire tu vas visiter le bordel, heya?

Il soupira et le lui expliqua.

— Et tu crois que je vais croire ça, heya!

— Sûr. Je te le conseille.

— Je te crois, Taï-pan.

— Alors ne me regarde plus comme un dragon!

Il entra dans sa chambre. May-may le suivit et ferma la porte.

— Bon, déclara-t-elle. Maintenant, on va voir si tu dis la vérité. On fait l'amour tout de suite. Follement je te désire, Taï-pan.

— Merci, j'ai à faire, répondit-il en se retenant difficilement d'éclater de rire.

— Ayee yah t'as à faire. Nous faisons l'amour immédiat. Je vois bientôt si une sale putain a pris ta force, nom de Dieu. Et alors ta vieille mère aura un mot à te dire, bon Dieu.

Elle déboutonnait rapidement les petits boutons de sa tunique, laissait tomber son pantalon de soie. Ses boucles d'oreilles tintaient comme des clochettes.

— Toi aussi, tu as à faire, lui dit Struan.

— Beaucoup, oui. Et je te conseille te remuer pas mal beaucoup vite-vite.

Il la contempla, sans rien laisser voir de son bonheur. Son ventre s'arrondissait doucement. Il la prit violemment dans ses bras et l'embrassa en la serrant très fort.

— Attention, Taï-pan, haleta-t-elle. C'est pas une de tes géantes barbares aux gros seins! Les baisers ne prouvent rien. Ote les vêtements, qu'on voit un peu la vérité.

Il l'embrassa encore, et elle murmura d'une voix changée :

— Enlève tes habits.

Il se souleva sur un coude et la contempla, se pencha, frotta son nez contre le sien. Puis il lui dit gravement :

— Nous n'avons pas le temps. Je dois aller à une réception de fiançailles et tu dois faire tes bagages.

— Pour quoi faire, les bagages? s'écria-t-elle.

— Tu déménages pour t'installer sur le *Resting Cloud*.

— Pourquoi?

— Notre fêng shui est mauvais ici, fillette.

— Oh bien! Oh terrifical bien! On s'en va d'ici! Pour de bon? Jamais revenir?

— Sûr.

Elle lui jeta les bras autour du cou, l'embrassa et se hâta de se rhabiller.

— Je croyais que tu voulais faire l'amour, dit-il.

— Heu! Pourquoi faire cette preuve? Je te connais trop bien. Même si tu as eu la putain il y a une heure, tu es assez taureau pour faire croire ce que tu veux à ta pauvre vieille mère. Moi, je fais vite les bagages. Ah, c'est bon de quitter le mauvais fêng shui!

Elle courut à la porte et glapit le nom d'Ah Sam. Les deux domestiques arrivèrent en courant et après un tumulte de cris et d'ordres, Ah Sam et Lim Din partirent en prenant joyeusement les dieux à témoin. May-may revint s'asseoir sur le lit et s'éventa.

— Je fais mes bagages, dit-elle joyeusement. Maintenant, je t'aide à t'habiller.

— Merci, mais je suis capable de le faire tout seul.

— Alors je regarderai. Et je te frotterai le dos. Le bain attend. Je suis très gracieusement heureuse que tu aies décidé de partir.

Elle continua de bavarder avec exubérance, tandis qu'il se baignait et se changeait. Elle lui frotta le dos, l'enveloppa de serviettes chaudes, sans cesser de se demander s'il avait eu une fille, après avoir pris ses dispositions pour le drôle de petit artiste qui avait fait d'elle un si beau portrait. Bah, ça m'est égal, pensait-elle, mais il ne devrait pas aller dans ces endroits-là.

Très mauvais pour sa face. Et pour la mienne. Les méchantes langues vont dire que je ne sais pas m'occuper de mon homme. Oh dieux, protégez-moi des méchantes rumeurs et de toutes les sales vilaines filles de toute espèce.

Le soir tombait lorsque Ah Sam et Lim Din furent prêts; tout le monde était épuisé. Des coolies portèrent les bagages au port. D'autres attendaient patiemment devant la chaise à porteurs fermée qui transporterait May-may au canot.

Elle était couverte d'un voile épais. A la porte du jardin, elle s'arrêta un instant et se retourna sur sa première maison de Hong Kong. S'il n'y avait eu le mauvais fêng shui, et la fièvre qui faisait partie du fêng shui, elle aurait eu gros cœur de partir.

La soirée était douce. Quelques moustiques bourdonnaient. L'un d'eux se posa sur la cheville de May-may; elle ne le sentit pas.

Le moustique se gorgea de sang, puis s'envola.

Struan entra dans la vaste cabine du *White Witch*. Tous les Brock l'attendaient, sauf Lillibet que l'on avait déjà envoyée au lit. Culum était à côté de Tess.

— Bonsoir, dit Struan. Sarah vous prie de l'excuser. Elle ne se sent pas très bien.

— Bienvenu à bord, grommela Brock.

Il avait la mine sombre, la voix dure, le regard inquiet.

— Eh bien, lui dit Struan, c'est pas une tête à faire en ce beau jour!

— Pas question de ça, et tu le sais bien, bon Dieu. Nous sommes tous ruinés — tout au moins terriblement touchés par cette foutue malaria du diable.

— Sûr.

Struan sourit à Culum et à Tess et, remarquant leur affliction, il décida de leur faire part tout de suite de la bonne nouvelle.

— J'ai entendu Longstaff ordonner l'abandon de Queen's Town, dit-il négligemment.

— Par le sang du Christ! rugit Gorth. Nous ne pouvons pas abandonner. Nous avons mis trop d'argent dans la terre et les constructions. Nous ne pouvons pas partir. Si vous aviez pas choisi cette maudite vallée, bon Dieu, nous n'en...

— Tiens ta langue, lui dit sèchement son père, puis il se tourna vers Struan. T'as encore plus à perdre que nous autres, bon Dieu, et pourtant tu es là avec le sourire aux lèvres. Pourquoi?

— Père, intervint Tess, terrifiée à l'idée qu'une dispute pouvait gâcher la soirée et les faire revenir sur leur incroyable approbation de cette union, ne pourrions-nous boire? Le champagne est assez frais.

— Oui, bien sûr, Tess, mon trésor. Mais est-ce que tu comprends ce que Dirk a dit là ? Nous allons perdre des sommes d'argent terribles. Si nous devons abandonner, alors notre avenir est noir comme la poix. Et le sien aussi, nom de Dieu.

— L'avenir de la Noble Maison est aussi blanc que les falaises de Douvres, dit posément Struan. Non seulement le nôtre, mais le vôtre aussi. Longstaff va rembourser tout le monde de l'argent dépensé à la Vallée Heureuse. Jusqu'au dernier *penny*. En espèces.

— C'est pas Dieu possible! s'exclama Brock.

— C'est un mensonge, bon Dieu, s'écria Gorth.

Struan se tourna vers lui.

— Un petit conseil, Gorth. Me traite pas de menteur plus d'une fois.

Puis il leur expliqua ce que Longstaff comptait faire.

Culum était saisi de crainte respectueuse devant la beauté de cet arrangement. Il comprenait fort bien que si son père n'avait pas laissé entendre qu'il avait influencé Longstaff, il avait eu sa part dans cette affaire. Il se rappela sa première rencontre avec Longstaff, et comment son père l'avait manipulé comme un pantin. La confiance de Culum en lui-même fut ébranlée. Il voyait que ce que lui avait dit Gorth n'était pas tout à fait vrai, et que jamais il ne saurait mener Longstaff comme le faisait son père — pour les sauver tous.

— C'est presque un miracle, murmura-t-il en serrant la main de Tess.

— Par tout ce qu'il y a de sacré, Taï-pan, clama Gorth, je retire ce que je viens de dire. Mes excuses. Je parlais sous l'effet du choc. Ouais, mon chapeau, je vous tire. Y a pas.

— Dirk, assura Brock, me voilà heureux de t'avoir dans la famille. Tu nous as tous sauvés et c'est la vérité du bon Dieu.

— Je n'ai rien fait du tout. C'est une idée de Longstaff.

— C'est ça, dit ironiquement Brock. On le remercie bien. Liza, à boire, nom de Dieu. Dirk, tu nous as donné une sacrée bonne raison de célébrer cette journée. Tu nous as réchauffé le cœur. Alors buvons et chantons.

Il prit un verre de champagne et quand tout le monde fut servi il le leva en criant :

— A Tess et Culum, et qu'ils puissent toujours avoir belle mer et bonne rade!

Ils burent tous, puis Brock serra la main de Culum et Struan embrassa Tess, dans une atmosphère d'amitié.

Mais ce n'était que provisoire. Ils le savaient tous. Ce soir, cependant, ils consentaient à l'oublier. Seuls, Tess et Culum se sentaient en sécurité.

Ils s'assirent autour de la table. Tess portait une robe qui avantageait son jeune corps de femme, et Culum la dévorait des yeux. On versa de nouveau du vin et il y eut de nombreux toasts, et des rires.

Struan profita d'un instant de silence pour tirer de sa poche une grande enveloppe et la remettre à Culum.

— Un petit cadeau pour tous les deux, dit-il.

— Qu'est-ce que c'est? demanda Culum.

Il ouvrit l'enveloppe. Elle contenait une liasse de papiers, dont un couvert de caractères chinois. Tess se pencha sur on épaule.

— C'est le titre de propriété d'une terre juste au-dessus de la pointe de Glessing.

— Mais il y a jamais point eu de terres de vendues, là-haut, bougonna Brock, ses soupçons éveillés.

— Son Excellence a ratifié certains titres de propriétés des Chinois du village, qui possédaient des terres avant notre occupation de Hong Kong. C'est un de ceux-là. Culum, Tess et toi possédez maintenant un demi-hectare en commun. La vue est fort belle. Ah oui. En complément du titre, il y a assez de matériaux de construction pour une maison de sept pièces, un jardin et un pavillon d'été.

— Oh Taï-pan! s'exclama Tess avec un sourire radieux. Merci! Merci!

— Notre terre à nous? Et notre maison à nous? C'est vrai? Tu parles sérieusement? demanda Culum, ébloui par la magnanimité de son père.

— Sûr, petit, j'ai pensé que vous aimeriez commencer à construire tout de suite. J'ai pris rendez-vous pour vous deux avec notre architecte, demain à midi. Pour discuter des plans.

— Nous partons demain pour Macao, annonça sèchement Gorth.

— Mais, Gorth, tu ne refuseras sûrement pas de retarder d'un jour ou deux, n'est-ce pas? demanda Culum. C'est tout de même très important...

— Oh oui, dit Tess.

— ...et avec la solution au problème de Queen's Town et la vente des terres...

Culum s'interrompit et regarda sa fiancée, avec enthousiasme :

— Sousa est le meilleur architecte d'Orient.

— Notre Remedios est mieux, je trouve, gronda Brock, furieux de n'avoir pas eu l'idée de les laisser se construire une demeure. Il avait projeté de leur donner, en cadeau de mariage, une des maisons de la Compagnie, à Macao, loin de l'influence de Struan.

— Oui, monsieur Brock, vous avez raison, il est excellent, dit Culum, devinant sa jalousie. Si Sousa ne nous satisfait pas, peut-être pourriez-vous lui parler. Vous êtes d'accord, Tess? demanda-t-il puis, se tournant vers son père : Je ne pourrai jamais te remercier assez.

— Pas de remerciements, Culum. Les jeunes gens doivent prendre le départ dans la vie d'un bon pied, et avoir un toit à eux.

— Que oui, s'exclama Liza. Ça, c'est une bonne vérité, ça oui.

Struan était ravi de voir la mine déconfite de Brock et de son fils. Brock prit les papiers et les lut attentivement.

— T'es bien sûr que le titre est valide? Il est pas régulier.

— Sûr. Longstaff l'a confirmé. Officiellement. Son chop est à la dernière page.

Brock regarda Gorth, en fronçant les sourcils.

— Je me dis que peut-être bien, on devrait y aller voir de plus près, dans ces titres de propriétés chinois.

— Oui, grinça Gorth en regardant fixement Struan. Mais peut-être bien qu'y en a plus à vendre, Pa.

— J'imagine qu'il y en a d'autres, Gorth, dit Struan avec aisance, si vous avez le temps de chercher. Au fait, Tyler, dès que les nouvelles parcelles à lotir seront arpentées, nous devrions peut-être établir notre position.

— Ma pensée, tout à fait. Comme avant, Dirk. Sauf que cette fois, tu as premier choix.

Brock tendit le titre à Tess, qui le caressa.

— Culum, c'est-y que vous êtes toujours secrétaire colonial adjoint?

— Je le crois, répondit Culum en riant. Encore que ma fonction n'ait jamais été spécifiée. Pourquoi?

— Pour rien.

Struan vida son verre et jugea que le moment était venu :

— Maintenant que la Vallée Heureuse est abandonnée et le problème résolu, que la ville neuve va se bâtir à la pointe, aux frais de la Couronne, l'avenir de Hong Kong est assuré.

— Ouais, fit Brock en retrouvant sa bonne humeur, maintenant que la Couronne prend des risques en même temps que nous autres!

— Alors, je crois qu'il est inutile de retarder le mariage. Je propose qu'on marie Culum et Tess le mois prochain.

Cette proposition tomba dans un silence stupéfait.

Le temps parut s'arrêter. Culum se demandait ce qu'il y avait derrière le sourire de Gorth, si mal accroché à ses lèvres, et pourquoi le Taï-pan choisissait le mois prochain et... Oh mon Dieu, faites que ce soit le mois prochain!

Gorth savait que dans un mois il perdrait son emprise sur Culum et ça, nom de Dieu, ça ne devait pas être. Pa pourra dire ce qu'il voudra, se jura-t-il, mais pas de noce pour bientôt.

L'année prochaine, peut-être. Oui, peut-être. Bon Dieu, qu'est-ce qu'il y a dans la tête de ce démon?

Brock aussi cherchait à percer les intentions de Struan, car il était manifeste que Struan avait un dessein et ça ne présageait rien de bon pour Gorth et lui. Son premier mouvement fut pour retarder le mariage. Mais il avait juré devant Dieu — comme Struan — de leur donner bonne rade, et il savait qu'un pareil serment liait Struan tout comme lui-même était lié.

— Nous pourrions faire publier les premiers bans dimanche prochain, dit Struan, pour rompre la tension. Je crois que dimanche prochain serait parfait. Pas vrai, fillette? ajouta-t-il en souriant à Tess.

— Oh oui! Oui!

— Non, dit Brock.

— C'est trop rapide, grinça Gorth.

— Pourquoi? demanda Culum.

— C'est à toi que je pense, Culum, dit aimablement Gorth et à ton oncle et à votre deuil. Ce serait une hâte inconvenante, très inconvenante.

— Liza, mon cœur, gronda Brock, tu es excusée et Tess aussi. Nous nous rejoindrons après le porto.

Tess jeta les bras autour du cou de son père et lui souffla dans l'oreille :

— Je t'en supplie, Pa!

Les quatre hommes restèrent seuls. Brock se leva lourdement, rapporta la bouteille de porto à table et servit tout le monde. Struan goûta le vin.

— Excellent porto, Tyler.

— Il est de 31.

— Une grande année pour le porto.

Un silence s'établit.

— Cela ne vous ennuiera pas trop de retarder votre départ de quelques jours, monsieur Brock? demanda Culum d'une voix soucieuse. Je veux dire, si ce n'est pas possible, naturellement... mais j'aimerais bien que Tess voie notre terre et l'architecte.

— Avec l'abandon et la vente des terres et tout, on s'en va plus tout de suite. Du moins Gorth et moi. Liza, Tess et Lillibet devraient partir. Macao est sain, en cette saison. Et plus frais. Pas vrai, Dirk?

— Sûr. Macao est très bien, en ce moment... Paraît que l'enquête sur l'accident du grand-duc a lieu la semaine prochaine, annonça-t-il en guettant la réaction de Gorth.

— Ça, c'était pas de joss, dit Brock.

— Oui. Des coups de fusils, il en partait de partout, observa Gorth.

71

— Sûr. Juste après que le grand-duc est tombé, quelqu'un a abattu le chef des pillards.

— C'était moi, ça, dit Brock.

— Merci, Tyler. Et toi, Gorth, tu tirais aussi?

— J'étais à l'avant à larguer les amarres.

— C'est vrai, dit Brock.

Il essaya de se rappeler s'il avait vu quelqu'un tirer. Mais il se souvenait simplement d'avoir envoyé Gorth à l'avant.

— Sale joss, grommela-t-il. La foule, c'est terrible, et dans un moment comme ça qui sait ce qui a pu se produire?

— Sûr... Un accident, quoi.

Struan savait que si le fusil avait été braqué, la balle dirigée, Gorth était le coupable. Pas Brock.

Les lampes accrochées aux barrots se balancèrent doucement et le mouvement du navire changea. Les hommes de mer, Brock, Gorth et Struan, dressèrent aussitôt l'oreille. Brock ouvrit un hublot et renifla la brise. Gorth regardait la mer par la fenêtre d'arrière et Struan écoutait l'âme du navire.

— C'est rien, dit Brock. Le vent a sauté de quelques degrés, c'est tout.

Struan sortit dans la coursive consulter le baromètre. Depuis des semaines il n'avait varié que d'une fraction de pouce.

— Il est au beau, annonça-t-il.

— Ouais. Mais bientôt il va changer et alors on dansera. J'ai vu que t'avais placé des bouées de tempête au large de ta jetée en eau profonde?

— Sûr.

— Tu sens venir le gros temps, Dirk?

— Non, Tyler. Mais j'aime bien avoir les bouées prêtes, parce qu'on ne sait jamais. Glessing les fait mettre à la flotte, aussi.

— Sur ton conseil?

— Sûr.

— Paraîtrait qu'il va épouser la sœur au jeune Sinclair?

— On dirait qu'il y a du mariage dans l'air.

— Je crois qu'ils seront très heureux, déclara Culum. George l'idolâtre.

— Ça va être dur pour Horatio, observa Gorth, qu'elle le quitte comme ça tout soudain. Elle est la seule famille qu'il a. Et elle est jeune. Mineure.

— Quel âge a-t-elle? demanda Culum.

— Dix-neuf ans, répondit Struan.

Dans la cabine, la tension monta.

— Tess est très jeune, murmura Culum d'une voix anxieuse. Je ne voudrais en aucune façon lui faire du mal. Quand bien même... ma foi, pourrions-nous... qu'en pensez-vous, monsieur

Brock? Pour le mariage. Le mois prochain? Tout ce qui sera bon pour Tess sera bon pour moi.

— Elle est bien jeune, petit, mais je suis bien heureux que vous disiez ça que vous dites là, dit Brock, un peu attendri par le vin.

Gorth maîtrisa sa voix et déclara posément :

— Quelques mois, ça va pas être un drame pour vous deux, hé, Culum? L'année prochaine, c'est dans six mois, aussi bien.

— Sept, dit impatiemment Culum.

— C'est pas à moi de décider, d'abord. Ce qui est bon pour vous deux, ce sera bon pour moi, voilà ce que je dis. Et toi, Pa? demanda Gorth en mettant délibérément Brock au pied du mur.

— J'y réfléchirai. Elle est bien jeunette. La hâte, c'est inconvenant. Ça fait à peine trois mois que vous vous connaissez...

— Mais je l'aime, monsieur Brock! Trois mois ou trois ans n'y changeront rien!

— Je sais, petit, soupira Brock, non sans douceur, en se rappelant la joie éclatante de Tess quand il lui avait annoncé qu'il donnait son consentement. Mais il me faut penser à votre bien, à tous les deux. Il me faut le temps de réfléchir.

Pour savoir ce que t'as derrière la tête, Dirk, songea-t-il.

— Je crois que ce serait très bon pour eux et pour nous aussi, dit Struan en sentant presque irradier la joie de son fils. Tess est jeune, oui. Mais Liza était jeune aussi, et la mère de Culum. C'est la mode de se marier jeune. Ils ont de l'argent, et un riche avenir. Avec du joss. Alors je dis que ce serait bon.

Brock se frotta le front avec le dos de la main.

— Me faut réfléchir. Et puis je vous dirai, Culum. C'est comme qui dirait soudain, et c'est pour ça que je demande du temps.

Culum sourit, touché par la sincérité apparente de Brock. Pour la première fois, il éprouvait de l'affection pour lui, et il avait confiance.

— Naturellement, dit-il.

Struan vit que Culum se laissait attendrir par cette fausse amabilité et se dit qu'une pression les obligerait à se montrer sous leur vrai jour.

— Tu as besoin de combien de temps, Tyler? Enfin quoi! On ne va pas laisser ces jeunots se languir comme des poissons à l'hameçon, et y a tout un tas de choses à préparer. Il faut que ce soit le plus grand mariage que l'Asie ait jamais vu!

— Si j'ai bonne mémoire, rétorqua sèchement Brock, c'est le papa de la mariée qui donne le mariage. Et je suis tout ce qu'il y a de compétent à savoir qu'est-ce que c'est qui se fait et ça qui se fait pas. Alors les projets et les préparatifs pour le mariage, c'est nous que ça regarde.

— Bien sûr. Quand donneras-tu ta réponse à Culum?

— Bientôt, dit Brock en se levant. Allons rejoindre les dames.

— Quand, Tyler?

— Allons, s'emporta Gorth. Vous avez entendu Pa! Pourquoi le presser, hein?

Mais Struan fit la sourde oreille, et continua de regarder Tyler.

Culum craignit une grave dispute, ce qui ferait peut-être changer d'idée à Brock, et refuser son consentement. D'un autre côté, il voulait savoir combien de temps il devrait attendre, et il était content que son père poussât Brock dans ses retranchements.

— Je t'en prie, dit-il. Je suis sûr que M. Brock ne... qu'il réfléchira soigneusement. Laissons cela pour le moment.

— Ce que tu penses te regarde, Culum! cria Struan en feignant la colère. Mais moi, je veux savoir, tout de suite. Je veux savoir si on se sert de toi ou s'il y a là un jeu de chat et de souris, nom de Dieu!

— C'est affreux de dire ça, protesta Culum.

— Sûr. Mais j'en ai fini avec toi pour le moment, alors tiens ta langue! Tyler! Combien de temps!

— Une semaine. Une semaine, ni plus ni moins, répondit Brock et il se tourna vers Culum, affectueusement : Y a pas de mal à demander un peu de temps, petit, et pas de mal à exiger une réponse d'homme à homme. C'est dans les règles. Une semaine, Dirk. Est-ce que ça satisfait tes sales foutues mauvaises manières?

— Sûr. Merci, Tyler.

Struan se dirigea vers la porte et l'ouvrit.

— Après toi, Dirk.

A l'abri, dans la sécurité de ses appartements à bord du *Resting Cloud*, Struan raconta la soirée à May-may. Elle l'écouta attentivement, et battit des mains.

— Oh, parfait, Taï-pan. Oh très parfait!

Il ôta sa redingote et comme elle allait la lui accrocher dans la penderie, un rouleau de parchemin glissa de la large manche de sa tunique. Struan le ramassa et le déroula.

C'était une délicate aquarelle chinoise, avec de nombreux caractères d'écriture, représentant une marine, et puis un tout petit homme s'inclinant devant une minuscule femme au pied d'une haute montagne embrumée. Un sampan quittait la rive rocheuse.

— D'où ça vient donc?

— Ah Sam l'a acheté à Tai Ping Shan.

— C'est bien joli.

— Oui, dit paisiblement May-may encore tout émerveillée de l'admirable subtilité de son grand-père.

Jin-qua avait envoyé le rouleau à l'un de ses suppôts à Tai Ping Shan, à qui May-may achetait de temps en temps du jade. Ah Sam l'avait accepté sans méfiance comme un cadeau pour sa maîtresse. May-may savait qu'Ah Sam et Lim Din avaient examiné l'aquarelle et les caractères avec beaucoup d'attention, mais elle était sûre qu'ils ne pourraient jamais deviner qu'elle contenait un message secret. Il était trop bien dissimulé. Même le chop de famille personnel de son grand-père était adroitement recouvert d'un autre chop. Et le poème était charmant : « Six nids sourient aux aigles, Feu vert au lever du soleil, Et la flèche apporte une nichée d'espoir. » Allons, qui, à part elle, comprendrait qu'il la remerciait du renseignement concernant les six millions de taels, que « feu vert » était le Taï-pan et qu'il allait lui envoyer un messager, portant une flèche quelconque comme signe de reconnaissance, pour l'aider de toutes les manières possibles.

— Que signifient les caractères? demanda Struan.

— Difficile à transdire, Taï-pan. Je ne sais pas bien les mots, mais ça dit : « Six maisons d'oiseaux sourient aux grands oiseaux, le feu vert est dans le lever du soleil, la flèche apporte... apporte des petits oiseaux d'espoir. »

— C'est du charabia, ça? déclara Struan en riant.

Elle poussa un petit soupir de félicité.

— Je t'adore, Taï-pan.

— Je t'adore, May-may.

— Cette prochaine fois que nous construisons la maison, première chose le monsieur fêng shui, s'il te plaît?

30

A l'aube, Struan monta à bord du *Calcutta Maharadjah*, le navire marchand qui ramenait Sarah dans son pays. Le navire appartenait à la Compagnie des Indes orientales britanniques. Il devait appareiller à la marée, dans trois heures; et l'équipage s'affairait sur les ponts et dans les haubans.

Struan descendit et frappa à la porte de la cabine de Sarah.

— Bonjour, Sarah.

La cabine était vaste et commode. Des jouets, des vêtements, des valises et des chaussures jonchaient le tapis. Lochlin sommeillait nerveusement dans un petit berceau, sous le hublot.

— Vous êtes bien prête, Sarah?

— Oui.

Il lui remit une enveloppe.

— Voilà un billet à vue de cinq mille guinées. Vous en recevrez un tous les deux mois.

— Vous êtes très généreux, persifla-t-elle.

— Cet argent est à vous. Du moins, c'est celui de Robb, pas le mien. Je respecte son testament, simplement. J'ai écrit pour organiser le fidéi-commis qu'il désirait, et vous recevrez les papiers nécessaires. J'ai également écrit à Père de vous accueillir au port. Voudriez-vous avoir la disposition de ma maison de Glasgow, en attendant d'en trouver une qui vous plaise?

— Je ne veux rien de vous.

— J'ai écrit à nos banquiers d'honorer votre signature, toujours selon les instructions de Robb, à concurrence d'une somme de cinq mille guinées par an, en plus de votre pension. Il faut bien vous mettre dans la tête que vous êtes riche, et je dois vous conseiller la prudence, car nombreux seront ceux qui chercheront à vous priver de votre fortune. Vous êtes jeune, vous avez la vie devant vous et...

— Je n'ai que faire de vos conseils, Dirk, siffla Sarah d'une voix cinglante. Quant à prendre ce qui m'appartient, je saurai veiller sur mes intérêts. Je l'ai toujours fait. Quant à ma jeunesse, je me suis vue dans une glace. Je suis vieille et laide. Je le sais et vous le savez. Je suis usée! Et vous, si gentiment assis sur votre sale mur pourri, jouant un homme contre un autre, une femme contre une autre! Vous êtes heureux que Ronalda soit morte. Elle a plus que rempli sa mission. Et ça fait place nette pour la suivante. Ce sera qui? Shevaun? Miss Sinclair? La fille d'un duc, peut-être. Vous avez toujours visé haut. Mais qui que ce soit, elle sera jeune et riche et vous en exprimerez tout, comme pour tous les autres. Vous vous nourrissez des autres et ne donnez rien en échange. Je vous maudis devant Dieu, et je prie le ciel de me faire vivre assez longtemps pour cracher sur votre tombe!

Le bébé se mit à hurler mais ni sa mère ni Struan n'y prirent garde; ils continuèrent de se dévisager durement.

— Vous oubliez une vérité, Sarah. Toute votre amertume vient de ce que vous imaginez que vous avez choisi le mauvais frère. Et à cause de ça, vous avez fait de la vie de Robb un enfer!

Struan sortit en claquant la porte.

— Je hais la vérité, dit Sarah au néant qui l'entourait.

Struan était affalé dans son fauteuil, au bureau du comptoir, la mine morose; il haïssait Sarah, mais la comprenait un peu, et il était tourmenté par sa malédiction.

— Est-ce que je me nourris des autres? se demanda-t-il à haute voix, en levant les yeux vers le portrait de May-may. Sûr, c'est bien possible. Est-ce que c'est mal? Les autres ne se nourrissent-ils pas de moi? Tout le temps? Qui a tort, May-may? Qui a raison?

Il se rappela soudain Aristote Quance.

— Vargas! hurla-t-il.

— Oui, senhor?

— Comment se comporte M. Quance?

— C'est triste, senhor. Très triste.

— Envoyez-le-moi, s'il vous plaît?

Quance ne tarda pas à apparaître sur le seuil.

— Entrez, Aristote. Et fermez la porte.

Quance obéit puis il vint se planter tristement devant le bureau. Struan lui parla rapidement :

— Aristote, vous n'avez pas une minute à perdre. Sortez discrètement du comptoir et descendez au port. Un sampan vous attend. Montez à bord du *Calcutta Maharadjah*. Il appareille dans quelques minutes.

— Quoi, Taï-pan?

— Le secours est en vue, bonhomme. Faites une scène terrible en montant à bord, criez, agitez les bras, chantez, faites des grands signes en sortant de la rade. Que tout le monde sache que vous êtes à bord.

— Dieu vous bénisse, Taï-pan. Mais je ne veux pas quitter l'Asie. Je ne veux pas partir!

— Il y a un costume de coolie dans le sampan. Vous pourrez vous glisser à bord du lorcha du pilote, une fois hors de la rade. J'ai soudoyé l'équipage mais pas le pilote, alors attention à lui.

Les yeux de Quance retrouvèrent leur pétillement joyeux, et il parut soudain grandir d'un empan.

— Grandes boules de feu! rugit-il. Mais... Mais où vais-je me cacher? A Tai Ping Shan?

— Mrs. Fotheringill vous attend. J'ai pris des dispositions pour un séjour de deux mois. Mais vous me devez l'argent que j'ai avancé, mordieu!

Quance sauta au cou de Struan et poussa un rugissement que Struan coupa net.

— Sangdieu, attention, un peu! Si Maureen a des soupçons, elle nous mènera une vie d'enfer et elle ne partira jamais!

— Très juste, chuchota Quance et il courut à la porte, puis il pivota brusquement. De l'argent! J'ai besoin d'argent! Pourriez-vous me consentir un petit prêt, Taï-pan?

Struan tendait déjà la bourse d'or.

— Voilà cent guinées. Je les ajoute sur votre note.

La bourse disparut dans une poche. Aristote retourna embrasser Struan et souffla un baiser au portrait, au-dessus de la cheminée.

— Dix portraits de la plus belle des May-may. Dix guinées de moins que mon prix normal, par Dieu. Oh, immortel Quance, je t'adore. Libre! Libre, nom de Dieu!

Il fit trois pas de cancan, sauta en l'air et disparut.

May-may examina le bracelet de jade, l'approcha du rayon de soleil tombant par le hublot ouvert et le retourna entre ses mains. La flèche délicatement gravée ne lui avait pas plus échappé que les caractères chinois qui disaient « nichées d'espoir ».

— C'est du jade magnifique, dit-elle en mandarin.

— Merci, Suprême des Suprêmes, répondit Gordon Chen dans la même langue.

— Oui, très beau.

Elle lui rendit le bracelet. Il le tint un moment dans sa main, pour en savourer le toucher, mais au lieu de le remettre à son poignet, il le lança adroitement par le hublot et pencha la tête pour le regarder tomber dans la mer.

— J'aurais été honoré si tu l'avais accepté comme présent,

Suprême Dame. Mais certains dons appartiennent aux ténèbres de la mer.

— Ta sagesse est infinie, mon fils. Mais je ne suis pas une Suprême Dame. Simplement une concubine.

— Père n'a pas de femme. Par conséquent, tu es sa Suprême des Suprêmes.

May-may ne répondit pas. Elle avait été stupéfaite quand le messager attendu s'était révélé être Gordon Chen. Et en dépit du bracelet de jade, elle avait décidé d'être d'une prudence extrême et de parler par énigmes, au cas où il aurait intercepté le véritable messager et volé le bracelet; elle savait d'ailleurs que Gordon Chen serait tout aussi prudent et s'exprimerait en paraboles.

— Veux-tu prendre le thé?

— Cela te donnerait beaucoup trop de mal, Mère.

— Aucun mal, mon fils.

Elle passa dans la cabine voisine. Gordon Chen la suivit, ébloui par la grâce de sa démarche et ses pieds minuscules et enivré par son parfum. Tu l'as aimée le premier jour que tu l'as vue, se dit-il. Par certains côtés, elle est ta créature, car c'est toi qui lui as appris le parler barbare et la pensée barbare.

Il bénit son joss que le Taï-pan fût son père et que son respect pour ce père fût immense. Il savait que sans ce respect son amour pour May-may ne pourrait demeurer filial. On servit le thé et May-may congédia Lim Din, mais garda Ah Sam, pour les convenances. Elle savait qu'Ah Sam ne pourrait comprendre un mot du dialecte soochow dans lequel elle reprit sa conversation avec Gordon.

— Une flèche peut être fort dangereuse.

— Oui, Suprême Dame, dans de mauvaises mains. Le tir à l'arc t'intéresse?

— Quand j'étais toute petite, nous faisions voler des cerfs-volants, mes frères et moi. Une fois, je me suis servi d'un arc mais cela m'a fait peur. Encore qu'il peut arriver qu'une flèche soit un don des dieux, et donc pas dangereuse.

Gordon Chen réfléchit un moment.

— Oui. Si elle est entre les mains d'un homme affamé et qu'elle est décochée contre un gibier et atteint la proie.

Elle battit joliment de l'éventail, heureuse de si bien connaître la tournure d'esprit du jeune Eurasien, ce qui rendait l'échange de renseignements plus facile et plus amusant.

— Un tel homme devrait prendre bien garde s'il n'a qu'une occasion de toucher son gibier.

— Vrai, Suprême Dame. Mais un chasseur sage a plusieurs flèches dans son carquois.

Quel gibier doit être traqué? se demanda-t-il.

— Une malheureuse femme ne peut connaître les joies viriles de la chasse, dit-elle calmement.

— L'homme est le principe yang, il est le chasseur car les dieux l'ont voulu. La femme est le principe yin, celle à qui le chasseur apporte le gibier à préparer.

— Les dieux sont sages. Très sages. Ils enseignent au chasseur quel gibier est bon à manger et lequel ne l'est pas.

Gordon Chen buvait élégamment son thé. Veut-elle dire qu'elle voudrait qu'on retrouve quelqu'un? Ou veut-elle faire traquer et tuer quelqu'un? Qui voudrait-elle retrouver? L'ancienne maîtresse de l'oncle Robb et sa fille, peut-être? Non, sans doute, car un tel secret serait inutile, et certainement Jin-qua ne me mêlerait pas à cela. Par tous les dieux, quelle est l'emprise de cette femme sur Jin-qua? Qu'a-t-elle donc fait pour lui, qui le force à me donner l'ordre, avec l'appui de tous les Triades, de faire tout ce qu'elle voudra?

Il se rappela alors une rumeur qu'il avait entendue; on racontait que Jin-qua avait su avant tout le monde que la flotte retournait immédiatement à Canton, et ne cinglait pas vers le nord comme l'on croyait. Elle avait dû prévenir Jin-qua en secret, en en faisant ainsi son obligé. Ayeeee yah! Quelle dette! Ce renseignement avait certainement permis à Jin-qua de sauver trois à quatre millions de taels.

Son respect pour May-may s'accrut.

— Parfois, un chasseur doit employer ses armes pour se protéger contre les bêtes sauvages de la forêt, dit-il en lui ouvrant une autre voie.

— Vrai, mon fils.

Elle frémit, ferma son éventail d'un claquement sec et ajouta :

— Les dieux protègent une pauvre femme de ces affreux dangers et de ces fauves.

Bon, se dit Gordon Chen. Elle veut faire tuer quelqu'un. Qui?

— C'est le joss, que le mal marche en bien des lieux. En haut et en bas. Sur le continent et dans cette île.

— Oui, mon fils, murmura May-may en rouvrant son éventail. Même sur la mer. Même chez ceux de haut rang et de grande fortune. Terrifiantes sont les voies des dieux.

Gordon Chen faillit lâcher sa tasse de porcelaine et il tourna le dos à May-may pour se ressaisir. « Mer » et « haut rang » ne pouvaient signifier que deux personnes. Longstaff ou le Taï-pan. Dragons de la Mort, aller contre l'un ou l'autre déclencherait un holocauste! Son estomac se révulsa. Mais pourquoi? Et était-ce le Taï-pan? Pas mon père, ô dieux! Que ce ne soit pas mon père!

— Oui, Suprême Dame, murmura-t-il avec un peu de mélancolie car il savait que son serment le contraignait à faire ce qu'elle commanderait. Les dieux ont des voies terribles.

May-may remarqua le brusque changement d'expression de Gordon et ne put en deviner la cause. Elle hésita, perplexe. Puis elle se leva et alla aux fenêtres de l'arrière.

Le navire amiral mouillait dans la rade éblouissante, entouré de sampans. Le *China Cloud* était au-delà, sur ses ancres de tempête, le *White Witch* en **deçà.**

— Les navires sont si beaux à voir, dit-elle. Lequel trouves-tu le plus plaisant?

Il s'approcha. Il ne pensait pas que ce pouvait être Longstaff. Cela ne lui servirait à rien. A Jin-qua, peut-être, mais pas à elle. Il désigna le *China Cloud* de la tête et répondit gravement :

— Celui-là, je crois.

May-may laissa échapper un cri étouffé, lâcha son éventail et s'exclama, en anglais :

— Sangdieu!

Ah Sam leva brièvement les yeux et May-may se maîtrisa aussitôt. Gordon Chen ramassa l'éventail; il le rendit en s'inclinant profondément.

— Merci, dit-elle en reprenant le dialecte de Soochow. Mais je préfère ce navire-là.

Du bout de son éventail, elle désignait le *White Witch*. Elle tremblait encore d'horreur à la pensée que Gordon Chen avait pu s'imaginer qu'elle voulait la mort de son Taï-pan adoré!

— L'autre, poursuivit-elle, est du jade le plus précieux. Inestimable, entends-tu? Inviolé et inviolable, par tous les dieux! Comment oses-tu avoir l'impertinence d'en douter?

Le soulagement de Gordon fut évident.

— Pardonne-moi, Suprême Dame. Je te ferais mille kowtow pour te présenter mes excuses les plus abjectes, mais ton esclave risque de s'étonner. Durant quelques secondes, un démon a pénétré dans mon esprit stupide et j'ai mal compris tes paroles. Il est bien évident que jamais, au grand jamais, je ne songerais à comparer ces deux navires si opposés.

— Oui. Si un fil de chanvre, si une écharde de bois effleure seulement l'autre, je poursuivrai quiconque a osé souiller ce trésor jusqu'au plus profond des enfers, et là je lui arracherai les testicules et les yeux et je les lui ferai manger avec ses entrailles!

Gordon Chen frémit, mais sa voix resta naturelle.

— Ne crains rien, Suprême Dame, ne crains rien. Je me prosternerai cent fois pour pénitence, pour n'avoir pas compris la différence entre le jade et le bois.

— Très bien.

— Si tu veux bien m'excuser maintenant, Suprême Dame, je m'en vais aller à mes affaires.

— Tes affaires ne sont pas finies, dit sèchement May-may. Et les bonnes manières exigent que nous prenions encore une tasse de thé.

Elle fit un signe impérieux à Ah Sam, qui revint avec du thé et des serviettes bouillantes. May-may se mit alors à parler en cantonais.

— Il paraît que de nombreux navires vont très bientôt partir pour Macao, dit-elle.

Gordon Chen comprit immédiatement que Brock devait être éliminé discrètement et le plus tôt possible à Macao.

— As-tu entendu dire que le fils barbare de Père est fiancé depuis hier soir? Peux-tu imaginer une chose pareille? Il va épouser la fille de son ennemi. Ce sont vraiment des gens extraordinaires, ces barbares.

— Certes.

L'Eurasien s'étonnait que May-may jugeât nécessaire d'insister ainsi sur l'élimination de Brock. Elle ne veut tout de même pas faire tuer toute la famille? se demanda-t-il.

— Ce n'est pas tant au père que j'en veux, dit-elle. Il est vieux, et si les dieux sont justes, son joss le quittera bientôt. Quant à la fille, ma foi, je suppose qu'elle fera de beaux fils, mais vraiment je ne puis imaginer ce qu'un homme peut trouver à cette grosse génisse aux grands pieds.

— En effet, murmura Gordon.

Donc, Brock ne doit pas être tué. Ni la fille. Restent la mère et le frère. La mère, c'est peu probable. Par conséquent, c'est le frère. Gorth. Mais pourquoi lui seulement, pourquoi Gorth Brock et non le père et le fils? Car manifestement, ils menacent tous deux le Taï-pan. Le respect et l'admiration de Gordon pour son père s'accrurent immensément. Quelle subtilité, que de faire croire que May-may était l'instigatrice du stratagème! Il a adroitement glissé un mot à May-may, qui est allée à Jin-qua, qui est venu à moi. Subtil, subtil! Naturellement, se dit-il, cela veut dire que le Taï-pan sait que May-may transmet secrètement des renseignements; c'est sûrement exprès qu'il lui a fait connaître l'information qui a fait de Jin-qua son obligé. Mais alors, connaît-il l'organisation des Triades? Et moi? Sûrement pas.

Il se sentait très las, épuisé par tant de surexcitation et de dangers. Et la pression que les mandarins exerçaient sur les Triades de Canton l'inquiétait fort. A Macao aussi, et même à Tai Ping Shan. Les mandarins avaient de nombreux agents parmi la population de la colline, et bien que la plupart fussent connus et quatre déjà éliminés, l'anxiété que leur présence lui causait était un lourd fardeau. Si l'on apprenait qu'il était le chef des Triades de Hong Kong, il ne pourrait jamais plus remettre les pieds à Canton, et sa vie ne vaudrait pas une journée de gages d'un sampanier.

— Je regrette de ne pouvoir aller à Macao, dit-il. Je suppose que tous les parents par alliance de Père vont partir? Le fils, en particulier?

— Oui, souffla May-may avec un sourire enchanteur, sûre à présent que son message avait été pleinement compris. Je pense.

— Hah! intervint soudain Ah Sam, avec la hardiesse que son rôle de confidente autorisait. Il y aura de la joie et beaucoup de bonheur à Hong Kong lorsque le fils s'en ira.

— Pourquoi? demanda vivement May-may.

Gordon Chen dressa l'oreille. Ah Sam se pourléchait; elle avait réservé ce succulent potin pour un moment dramatique comme celui-ci.

— Le fils est un vrai démon barbare. Il va dans une des maisons closes barbares deux ou trois soirs par semaine.

Elle s'interrompit pour verser du thé.

— Eh bien, Ah Sam, s'impatienta May-may. Continue!

— Il les bat, déclara gravement Ah Sam.

— Peut-être lui déplaisent-elles. Une bonne correction ne pourra jamais faire de mal à ces putains barbares.

— Oui. Mais il les fouette et les malmène avant de coucher avec elles.

— Tu veux dire, chaque fois? s'écria May-may.

— Chaque fois. Il paie pour le fouet et puis il paie pour le, ma foi, la manipulation, parce que je crois que c'est tout ce qu'il y a. Pffft! Une fois dedans, tout de suite fini. Clac, comme ça.

— Beuh! Mais comment sais-tu tout ça, hé? Je crois que tu mérites un bon pinçon! Je crois que tu inventes tout ça, vilaine diablesse menteuse!

— Je n'invente rien du tout, Mère. Cette madame barbare, la vieille sorcière qui a un nom impossible, heya? Celle qui a du verre sur les yeux et ces incroyables dents qui bougent toutes seules.

— Fotheringill? suggéra Gordon.

— Tout à fait ça, honoré visiteur. Fotheringill. Eh bien cette madame-maîtresse-là, elle a la plus grande des mauvaises maisons de Queen's Town. Récemment, elle a acheté six petites Hoklos et une Cantonaise. Une des...

— Cinq Hoklos, rectifia Gordon Chen.

— Es-tu également dans ce commerce-là? demanda poliment May-may.

— Oh oui. C'est devenu très lucratif.

— Ah Sam, ma chatte, continue.

— Eh bien, Mère, comme je le disais, une des Hoklos est parente d'Ah Tat qui, comme tu le sais, est cousine de ma

83

mère, et cette fille a été désignée pour être sa partenaire d'une nuit. Une fois lui a suffi! Il a failli la tuer. Il l'a fouettée sur le ventre et sur le dos jusqu'au sang et puis il lui a fait faire des choses particulières et bizarres et puis...

— Quelles choses particulières? demanda Gordon Chen à mi-voix, en se penchant plus près.

— Oui, dit May-may. Quelles choses?

— Ce n'est certainement pas à moi de raconter ces pratiques obscènes et répugnantes, dieux non, mais elle a dû honorer son sexe avec toutes les parties d'elle-même.

— Toutes?

— Oui, et après avoir été fouettée et mordue, et les coups de pied et tout, elle a failli mourir de ça, la pauvre.

— C'est vraiment extraordinaire! Mais je persiste à croire que tu l'inventes, Ah Sam. Je croyais que tu disais qu'il était... pffft, tout de suite fini?

— Oui, et il dit que c'est la faute de la fille, il l'accuse hideusement, et c'est ça l'ennui, c'est sa faute à lui qui est si petit et tout mou, déclara Ah Sam en levant les bras au ciel, puis elle se mit à gémir : Que je n'aie jamais d'enfants si je mens! Que je meure vierge et desséchée si je mens! Que mes ancêtres soient dévorés par les vers si je mens! Que...

— Ah, c'est bon, Ah Sam, s'exclama May-may. Je te crois.

Ah Sam se tut, vexée, but un peu de thé et observa :

— Je crois que sûrement les dieux devraient punir un tel animal barbare.

— Oui, dit Gordon Chen.

May-may sourit secrètement.

Livre cinquième

31

Le *China Cloud* rentrait dans la rade par le chenal de l'ouest. Un soleil éclatant se levait, et le vent d'est, régulier, apportait de l'humidité.

Struan était sur le gaillard d'arrière, torse nu, la peau hâlée et ses cheveux roux décolorés par le soleil et les embruns, après sept jours passés en haute mer, à courir le Pacifique pour se laver des soucis, des deuils, du souvenir des paroles de Sarah... Il prit ses jumelles et les braqua sur les autres navires au mouillage. D'abord, le *Resting Cloud*. Les signaux battants étaient hissés au mât de misaine. « Zénith », propriétaire demandé à bord immédiatement. Il se rappela la dernière fois qu'un de ses navires avait signalé « zénith », le *Thunder Cloud*, il y avait une éternité de cela, quand il avait amené Culum, et apporté les nouvelles de tant de morts...

Dans la rade, le nombre des transports de troupes avait augmenté. Ils battaient tous le pavillon de la Compagnie britannique des Indes orientales. Bon, très bon. Les premiers renforts. Il aperçut un brigantin à trois mâts près du navire amiral. Il arborait à l'arrière le pavillon national russe et celui du tsar au grand-mât.

Un nombre inusité de jonques et de sampans allaient et venaient un peu partout.

Après avoir méticuleusement examiné à la jumelle le reste de la flotte, il se tourna vers la terre. Il pouvait voir de l'animation près de la pointe de Glessing et de nombreux Européens à pied le long de Queen's Road, assaillis par des groupes de mendiants. Tai Ping Shan semblait s'être encore étendu.

Le Lion et le Dragon flottaient sur le comptoir abandonné et la Vallée Heureuse désertée.

— Quatre points tribord!

— Paré! répondit le timonier.

Struan enfila une chemise, fit mettre un canot à la mer et

accosta le *Resting Cloud*. Il fut accueilli par le capitaine Orlov.

— Bonjour, Taï-pan, dit-il en se gardant bien de lui demander où il avait été.

— Bonjour. Vous signalez « zénith ». Pourquoi?

— Les ordres de votre fils.

— Où est-il?

— A terre.

— Qu'on aille le chercher.

— C'est fait. Dès que votre navire a été aperçu.

— Alors pourquoi n'est-il pas à bord?

— Je peux ravoir mon navire, maintenant? Par Thor, Taï-pan, je suis mortellement las d'être un capitaine sans commandement. Laissez-moi faire la course du thé ou de l'opium, ou bien laissez-moi l'emmener dans les eaux arctiques. Je connais cinquante endroits où obtenir une cargaison de fourrures — ce qui ferait encore affluer de l'or dans vos coffres. Ce n'est pas trop demander.

— J'ai besoin de vous ici.

Struan sourit, et il sembla soudain rajeunir de dix ans.

— Vous pouvez rire, par la barbe d'Odin! Vous avez été en mer, et j'ai été retenu sur un ponton! Vous avez l'air d'un dieu, Taï-pan! Avez-vous eu du gros temps? Un typhon? Je vois des haubans neufs, et vous avez changé la grand-voile et les trinquettes. Pourquoi? Hé? Avez-vous épuisé mon beau navire histoire de vous rincer l'âme?

— Quel genre de fourrures, capitaine?

— Du phoque, de la zibeline, du vison, ce que vous voudrez, je les trouverai, du moment que je serai maître à bord après Dieu. Et avant vous.

— En octobre, vous irez dans le Nord. Seul. Cela vous satisfait? Des fourrures pour la Chine, hé?

Orlov dévisagea Struan, et comprit tout de suite que jamais il ne cinglerait vers le nord en octobre. Un petit frisson le parcourut. Il maudit sa double vue. Que va-t-il donc m'arriver, entre juin et octobre? se demanda-t-il.

— Est-ce que je peux avoir mon navire tout de suite? Oui ou non, bon Dieu? Octobre est un mauvais mois et c'est loin. Alors?

— Sûr.

Orlov sauta dans le canot. Il éclata de rire et quelques instants plus tard, le *China Cloud* s'éloigna vers son mouillage au large de la Vallée Heureuse.

Struan descendit à l'appartement de May-may. Elle dormait profondément. Il dit à Ah Sam de ne pas la réveiller, qu'il viendrait plus tard. Puis il monta au pont supérieur, à sa cabine, où il se rasa, prit un bain et se changea. Lim Din lui apporta des œufs, des fruits et du thé.

La porte de la cabine s'ouvrit brusquement et Culum entra en trombe.

— Où étais-tu? s'écria-t-il. Il y a mille choses à faire, et la vente des terres cet après-midi. Tu aurais pu me prévenir, avant de disparaître. Tout est sens dessus dessous et...

— Tu ne frappes jamais aux portes, Culum?

— Si, mais j'étais pressé. Excuse-moi.

— Assieds-toi. Quelles sont ces mille choses? Je croyais que tu pouvais t'occuper de tout.

— C'est toi le Taï-pan, pas moi.

— Sûr. Mais si je n'étais pas rentré aujourd'hui, qu'est-ce que tu aurais fait?

Culum hésita.

— Je serais allé à la vente. Acheter des terres.

— T'es-tu entendu avec Brock sur les parcelles pour lesquelles nous ne nous concurrencerons pas, aux enchères?

— Eh bien, en quelque sorte, oui. Nous avons une entente tacite. A soumettre à ton approbation.

Sous le regard pénétrant de son père, Culum se sentait mal à l'aise. Il prit une carte qu'il étala sur le bureau. Le site de la nouvelle ville couvrait la pointe de Glessing, à trois kilomètres à l'ouest de la Vallée Heureuse. Les montagnes ne laissaient guère de place pour la construction. Tai Ping Shan dominait le site et interdisait une expansion à l'est.

— Voilà les parcelles. J'ai choisi la 8 et la 9. Gorth dit qu'ils veulent la 14 et la 21.

— As-tu consulté Tyler à ce sujet?

— Oui.

Struan examina la carte.

— Pourquoi choisir deux parcelles voisines?

— Ma foi, je ne connais pas grand-chose à la terre ni aux comptoirs ou aux jetées, alors j'ai demandé conseil à George Glessing.. Et à Vargas. Et, secrètement, à Gordon Chen. Et...

— Pourquoi à Gordon?

— Je ne sais pas. Il m'a semblé que ce serait une bonne idée. Il me paraît très intelligent.

— Continue.

— Eh bien ils ont tous été d'accord pour trouver que les lots 8, 9, 10, 14 et 21 étaient les meilleures parcelles du bord de mer. Gordon en a suggéré deux contiguës, au cas où nous voudrions nous étendre, et une jetée pourrait alors servir à deux comptoirs. Sur le conseil de Glessing j'ai fait sonder la mer, devant. Il dit que c'est un bon fond de roches, mais peu profond. Nous serons obligés de gagner sur la mer et de construire notre jetée très longue.

— Quels lots urbains as-tu choisis?

— Ceux-là. Gordon pense que nous devrions enchérir pour

cette parcelle-ci. C'est... eh bien, c'est une colline et... ma foi, je crois que ce serait un bon emplacement pour la Noble Maison.

Struan se leva, et contempla la colline à la jumelle. Elle était à l'ouest de Tai Ping Shan, de l'autre côté du site.

— Il nous faudra construire une route pour y monter, hein?

— Vargas dit que nous pourrions acheter les lots urbains 9A et 15B, ce qui protégerait notre propriété. Plus tard, nous pourrions y construire des immeubles locatifs. Ou les revendre.

— En as-tu parlé à Brock?

— Non.

— A Gorth?

— Non.

— Tess?

— Oui.

— Pourquoi?

— Pour rien. J'aime causer avec elle. Nous parlons de beaucoup de choses ensemble.

— C'est dangereux de lui parler d'une affaire comme celle-ci. Que ça te plaise ou non, tu l'as mise à l'épreuve.

— Quoi?

— Si Gorth ou Brock enchérissent sur les 9A et 15B, tu sauras que tu ne peux pas avoir confiance en elle. Sans les petites parcelles, la colline est un dangereux coup de dés.

— Elle ne dira jamais rien! C'était entre nous, tout à fait. Et puis les Brock auront peut-être la même idée. Même s'ils enchérissent contre nous, ça ne prouvera rien.

Struan examina son fils. Puis il proposa :

— Rhum ou thé?

— Du thé, merci.

Culum avait les mains moites. Il se demandait si Tess avait parlé à son père et à son frère.

— Où as-tu été? demanda-t-il.

— Quelles sont les autres choses qui réclament une décision?

Culum rassembla ses pensées avec un effort.

— Il y a beaucoup de courrier, pour toi et pour l'oncle Robb. Je ne savais pas qu'en faire, alors j'ai tout rangé dans le coffre. Et puis Vargas et Chen Sheng ont estimé nos dépenses à la Vallée Heureuse et je... j'ai signé le reçu de l'argent. Longstaff a dédommagé tout le monde comme tu l'avais dit. J'ai signé le reçu et compté l'argent. Et hier un homme est arrivé d'Angleterre à bord du navire de Sergueyev. Un nommé Roger Blore. Il dit qu'il est monté à bord à Singapour. Il veut te voir de toute urgence. Il n'a pas voulu me dire ce qu'il veut mais... enfin, quoi qu'il en soit, je l'ai mis sur le petit ponton. Qui est-ce?

— Sais pas, petit, murmura Struan, songeur.

Il agita la sonnette de son bureau et le steward entra. Struan fit mettre un canot à la mer pour aller chercher Blore.

— Quoi encore, petit?

— Les commandes de matériaux de construction et de fournitures de navires s'entassent. Nous devons commander de nouveaux stocks d'opium... mille choses.

Struan but son thé, et fit tourner sa tasse entre ses doigts.

— Brock t'a donné sa réponse?

— Aujourd'hui, c'est le dernier jour. Il m'a invité ce soir à bord du *White Witch*.

— Tess ne t'a pas laissé soupçonner la décision de son père?

— Non.

— Gorth?

— Non plus. Ils partent demain pour Macao. Sauf Brock. J'ai été invité à les accompagner.

— Iras-tu?

— Maintenant que tu es de retour, ça me ferait plaisir. Pour une semaine. S'il dit que nous pouvons nous marier bientôt. Il y a les meubles à acheter et... enfin, tout ça.

— As-tu vu Sousa?

— Oh oui, nous l'avons vu! La terre est merveilleuse, et les plans sont déjà dessinés. Nous ne pourrons jamais te remercier assez. Nous pensions... Eh bien, Sousa nous a parlé de la pièce à part que tu avais chez toi pour le bain et la garde-robe. Nous... nous lui avons demandé de faire la même chose chez nous.

Struan choisit un cigare et l'alluma avec grand soin.

— Combien de temps aurais-tu attendu, Culum?

— Je ne comprends pas.

— Mon retour. La mer aurait pu m'engloutir.

— Pas toi, Taï-pan.

— Elle le pourrait bien... un jour, elle le fera... Si jamais il m'arrive encore une fois de partir sans te dire où je vais, attends quarante jours. Pas plus. Ou je serai mort, ou je ne reviendrai jamais.

— Très bien, murmura Culum en se demandant où son père voulait en venir. Pourquoi es-tu parti comme ça?

— Pourquoi causes-tu avec Tess?

— Ce n'est pas une réponse.

— Que s'est-il passé d'autre en mon absence?

Culum cherchait désespérément à comprendre, et n'y parvenait pas. Il avait encore plus d'admiration pour son père, mais il n'éprouvait aucun amour filial.

Il avait causé avec Tess pendant des heures, et avait été surpris par son intelligence. Ils avaient parlé de leurs pères, en essayant de comprendre ces deux êtres qu'ils aimaient et craignaient et haïssaient parfois plus que tout au monde, et vers qui pourtant ils couraient au premier souffle de danger.

— Les frégates sont rentrées de Quemoy.

— Ah. Et alors?

— Elles ont coulé de cinquante à cent jonques. Grandes et petites. Et pris trois nids de pirates à terre. Elles ont peut-être envoyé Wu Kwok par le fond, on ne sait pas.

— On le saura bientôt, va.

— Avant-hier, je suis allé voir ta maison de la Vallée Heureuse. Les gardiens — enfin... tu sais que personne ne consent à y rester la nuit — les gardiens m'ont dit qu'on était entré et je crains qu'elle n'ait été bien pillée.

Struan se demanda si l'on avait touché à son coffre-fort secret.

— Il n'y a donc pas de bonnes nouvelles?

— Aristote Quance s'est échappé de Hong Kong.

— Ah?

— Oui. Mrs. Quance ne veut pas le croire, mais tout le monde, presque tout le monde, l'a vu à bord du navire qui a emmené tante Sarah. La pauvre femme croit qu'il est toujours à Hong Kong. Tu sais que George et Mary Sinclair doivent se marier? C'est très bien, mais le malheureux Horatio en est complètement bouleversé. Et là non plus, toutes les nouvelles ne sont pas bonnes. Je viens d'apprendre que Mary est gravement malade.

— La malaria?

— Non. Une quelconque maladie de Macao. C'est très bizarre. Hier, George a reçu une lettre de la mère supérieure de l'hôpital catholique. Le pauvre se ronge les sangs! On ne peut pas se fier à ces papistes.

— Que dit la mère supérieure?

— Simplement qu'elle estimait devoir avertir les proches parents de Mary. Et que Mary avait dit d'écrire à George.

Struan fronça les sourcils.

— Pourquoi diable est-elle allée à la mission catholique? Et pourquoi n'a-t-elle pas prévenu Horatio?

— Je n'en sais rien.

— Tu l'as dit à Horatio?

— Non.

— Tu crois que Glessing le lui a dit?

— J'en doute. On dirait qu'ils ne peuvent plus se souffrir, maintenant.

— Tu ferais bien de partir avec les Brock pour voir comment elle va.

— J'ai pensé que tu voudrais avoir des nouvelles précises, alors j'ai envoyé Jésus, le neveu de Vargas, hier, par lorcha. Longstaff n'a pas voulu accorder de permission à ce pauvre George et je voulais lui rendre service aussi.

92

Struan se versa du thé, puis il considéra Culum avec un respect nouveau.

— Tu as très bien fait.

— Ma foi, je sais qu'elle est pour ainsi dire ta pupille.

— Sûr.

— La seule autre nouvelle, c'est l'enquête sur l'accident du grand-duc. Elle a eu lieu il y a quelques jours. Ils ont conclu que ce n'était qu'un accident.

— C'est ce que tu crois?

— Naturellement. Pas toi?

— As-tu été voir Sergueyev?

— Une fois par jour, au moins. Il assistait à l'enquête, bien sûr, et il... il a dit beaucoup de choses aimables sur toi, comment tu l'avais aidé, soigné, que tu lui avais sauvé la vie, des choses comme ça. Sergueyev ne blâme personne, et il a dit qu'il a écrit au tsar dans ce sens. Il a dit ouvertement qu'il te devait la vie. Skinner a sorti une édition spéciale de l'*Oriental Times* sur l'enquête. Je te l'ai gardée. Je serais surpris si le tsar en personne ne te remerciait pas.

— Comment va le grand-duc?

— Il peut marcher, mais sa hanche reste raide. Je crois qu'il souffre beaucoup, mais il n'en dit jamais rien. Il pense qu'il ne pourra plus jamais monter à cheval.

— Mais il va bien?

— Aussi bien que possible, pour un homme dont les chevaux étaient la raison de vivre.

Struan alla à la desserte et versa deux verres de xérès. Le gamin a changé, pensa-t-il. Oui, beaucoup changé. Je suis fier de mon fils.

Culum accepta le verre et regarda Struan.

— A ta santé Culum. Tu t'es très bien débrouillé.

— A ta santé, Père.

Il avait délibérément choisi ce mot.

— Merci.

— Ne me remercie pas. Je veux devenir Taï-pan de la Noble Maison. J'y tiens. Mais je ne veux pas des souliers d'un mort.

— Je ne l'ai jamais pensé!

— Oui, mais je l'ai envisagé. Et je peux dire sincèrement que cela ne me plairait pas.

Struan se demanda comment son fils pouvait dire une chose pareille, si calmement.

— Tu as beaucoup changé, ces dernières semaines.

— J'apprends à mieux me connaître, peut-être. C'est surtout Tess... et puis d'avoir été seul pendant sept jours. Je me suis aperçu que je ne suis pas encore prêt à être seul.

93

— Est-ce que Gorth partage ton opinion sur les souliers d'un mort?

— Je ne puis parler au nom de Gorth, Taï-pan. Rien qu'au mien. Je sais que tu as presque toujours raison, que j'aime Tess, que tu vas à l'encontre de toutes les choses auxquelles tu crois pour m'aider.

Struan songea encore une fois aux paroles de Sarah.

Il but son xérès, d'un air songeur.

Roger Blore avait une vingtaine d'années, un visage crispé, des yeux soucieux. Ses vêtements étaient élégants mais élimés, et sa taille svelte. Il semblait affreusement las.

— Asseyez-vous, monsieur Blore, je vous en prie, lui dit Struan. Alors, pourquoi tout ce mystère? Et pourquoi devez-vous me voir en secret?

Blore resta debout.

— Vous êtes bien Dirk Lochlin Struan, monsieur?

Struan s'étonna. Bien peu de gens connaissaient son second prénom.

— Sûr. Et vous? Qui êtes-vous donc?

Ni le visage de cet homme ni son nom ne rappelaient quoi que ce fût à Struan. Mais sa voix était cultivée, son accent celui d'un grand collège, Eton, Harrow ou Charterhouse.

— Puis-je voir votre pied gauche, monsieur? demanda poliment le jeune homme.

— Sangdieu! Impertinent galopin! Venez-en au fait ou sortez!

— Je comprends fort bien votre irritation, monsieur Struan. Il y a quatre-vingt-dix-neuf chances sur cent que vous soyez bien le Taï-pan. Mais je dois m'assurer que vous êtes bien celui que vous dites.

— Pourquoi?

— Parce que j'apporte un message à Dirk Lochlin Struan, Taï-pan de la Noble Maison, dont le pied gauche a été à moitié emporté — un message de la plus haute importance.

— De qui?

— De mon père.

— Je ne connais pas votre nom ni votre père et j'ai une infaillible mémoire des noms, nom de Dieu!

— Je ne m'appelle pas Roger Blore, monsieur. Ce n'est qu'un pseudonyme. Une question de sécurité. Mon père est au Parlement. Je suis presque sûr que vous êtes le Taï-pan. Mais avant de vous remettre le message, je dois en être absolument sûr.

Struan tira la dague de sa botte droite et leva le pied gauche.

— Otez-la, dit-il d'une voix menaçante. Et si le message n'est

94

pas de la plus grande importance, je graverai mes initiales sur votre front!

— Dans ce cas, je mets ma vie en jeu. Vie pour vie.

Il tira la botte, poussa un soupir de soulagement et se laissa tomber dans le fauteuil.

— Je m'appelle Richard Crosse, dit-il. Mon père est Sir Charles Crosse, représentant Chalfont Saint Giles au Parlement.

Struan avait vu Sir Charles deux fois, quelques années plus tôt. A l'époque, Sir Charles était un petit hobereau de province sans fortune, partisan véhément de la libre entreprise et du commerce asiatique, fort apprécié au Parlement. Au fil des ans, Struan l'avait soutenu financièrement et n'avait jamais regretté ce placement. Ce doit être au sujet de la ratification, se dit-il, le cœur battant.

— Pourquoi ne pas me l'avoir dit tout de suite?

Crosse se passa une main sur les yeux.

— Pourrais-je avoir quelque chose à boire, s'il vous plaît?

— Rhum, cognac, xérès, servez-vous.

— Merci, monsieur.

Crosse se versa un verre de cognac.

— Merci, murmura-t-il. Je m'excuse, mais je... je suis bien fatigué. Père m'a dit d'être très prudent, de prendre un nom d'emprunt. De ne parler qu'à vous, ou, si vous étiez mort, à Robb Struan. Voici ce qu'il vous envoie.

Il déboutonna sa chemise et ouvrit une poche de cuir portée sur une ceinture à même la peau. Il en tira une grosse enveloppe maculée qu'il tendit à Struan.

Struan l'examina. Elle était soigneusement scellée et cachetée, adressée à son nom et datée de Londres, le 29 avril. Il leva brusquement la tête et gronda :

— Vous êtes un menteur! Il est impossible que vous soyez arrivé si vite! Ça ne fait que soixante jours!

— En effet, monsieur, dit Crosse en retrouvant un peu d'aplomb. J'ai fait l'impossible. Père ne me pardonnera sans doute jamais, ajouta-t-il en riant.

— Personne n'a jamais fait le voyage en soixante jours! Que signifie ce jeu?

— Je suis parti le mardi 29 avril. Diligence Londres-Douvres. J'ai attrapé la malle de Douvres au dernier instant. Diligence pour Paris, puis Marseille. La malle française d'Alexandrie, presque en marche. Traversé l'isthme de Suez, grâce aux bons offices de Mehemet Ali, que mon père avait rencontré une fois — et puis la malle de Bombay par un poil. J'ai moisi trois jours à Bombay et puis j'ai eu un fabuleux coup de chance. J'ai pu payer mon passage à bord d'un clipper d'opium pour Calcutta. Ensuite...

— Quel clipper?

— Le *Flying Witch*, appartenant à Brock et Fils.

— Continuez, dit Struan en haussant les sourcils.

— Ensuite, un navire de la Compagnie des Indes jusqu'à Singapour. Le *Bombay Prince*. Là, pas de chance, aucun navire pour Hong Kong avant des semaines. Et puis chance énorme. En discutant âprement, j'ai pu obtenir le passage sur un bateau russe — celui-ci, dit Crosse en montrant la rade par le hublot. C'était mon plus dangereux coup de dés, mais c'était ma dernière chance. J'ai donné au capitaine jusqu'à ma dernière guinée. D'avance. Je me disais qu'ils allaient certainement m'égorger et me jeter à la mer une fois au large, mais c'était ma dernière chance. Cinquante-neuf jours, monsieur, de Londres à Hong Kong.

Struan se leva, servit encore un cognac à Crosse et une solide rasade pour lui. Sûr, c'est possible, pensait-il. Pas probable, mais possible.

— Savez-vous ce que contient cette lettre?

— Non, monsieur. Je ne suis au courant que de la partie qui me concerne.

— Et quelle est-elle donc?

— Mon père dit que je suis un vaurien, un bon à rien, un joueur fou de chevaux, déclara Crosse avec une franchise désarmante. Il dit qu'il y a un mandat d'arrêt lancé contre moi, pour dettes, et que je suis attendu à la prison de Newgate, qu'il me confie à votre générosité dans l'espoir que vous pourrez trouver l'emploi de mes « talents » — n'importe quoi, pourvu que je ne rentre pas en Angleterre et que je reste éloigné de lui jusqu'à la fin de ses jours. Et puis il fixe l'enjeu du pari.

— Du pari?

— Je suis arrivé hier, monsieur. Le 28 juin. Votre fils et beaucoup d'autres personnes en sont témoins. Peut-être devriez-vous lire la lettre, monsieur. Je puis vous assurer que mon père ne parierait jamais avec moi, s'il ne s'agissait d'une chose de la plus haute importance.

Struan examina les cachets, et les brisa. La lettre était longue.

« Westminster, le 28 avril 1841, 11 heures du soir. Mon cher monsieur Struan, Je viens tout juste d'avoir secrètement connaissance d'une dépêche que le ministre des Affaires étrangères, Lord Cunnington, a envoyée hier à l'Honorable William Longstaff, plénipotentiaire de Sa Majesté en Asie. Voici, en partie, ce que contient cette dépêche : « Vous avez désobéi et négligé mes directives et vous semblez les considérer comme du vent. Vous avez manifestement décidé de régler les affaires du gouvernement de Sa Majesté selon vos caprices. Avec impertinence, vous faites fi des instructions selon lesquelles cinq ou six ports chinois, sur le continent, doivent être rendus accessibles aux intérêts britanniques et que des relations diplomatiques permanentes doivent être établies en conséquence; que ceci doit être fait rapidement, de préférence par la voie des négociations, mais si les négociations sont impossibles, par l'emploi du corps expéditionnaire envoyé à cet effet précis et à grands frais. Au lieu de cela, vous traitez pour un misérable rocher où il n'y a même pas une maison, vous signez un traité parfaitement inacceptable et en même temps, si l'on en croit les dépêches navales et militaires, vous faites continuellement un mauvais emploi des forces de Sa Majesté dont vous avez le commandement. En aucune façon Hong Kong ne peut devenir le centre commercial de l'Asie, pas plus que Macao n'en est devenu un. Le traité de Chuenpi est radicalement dénoncé. Sir Clyde Whalen, votre successeur, arrivera incessamment. Peut-être auriez-vous l'obligeance de vous démettre de vos fonctions entre les mains de votre adjoint, M. C. Monsey, au reçu de cette dépêche, et de quitter l'Asie sans retard par la frégate qui est ici dépêchée à cet effet. Vous êtes prié de venir au rapport à mon bureau dès que possible... » Je ne sais vraiment que faire... »

Impossible! Impossible qu'ils puissent faire une sacrée bon Dieu de nom de Dieu de foutue erreur aussi incroyable! pensa Struan. Il poursuivit sa lecture :

« Je ne sais vraiment plus que faire. Tant que cette nouvelle n'est pas officiellement annoncée à la Chambre, j'ai les mains liées. Je n'ose pas me servir ouvertement de ces renseignements. Cunnington réclamerait ma tête et je serais chassé de la politique. Il est même certain qu'en la confiant ainsi au papier de cette manière, je donne à mes ennemis — et qui n'en a pas, en politique? — une occasion de me démolir et, avec moi, tous ceux qui défendent le commerce libre et la position pour laquelle vous luttez avec tant de zèle depuis si longtemps. Je prie Dieu que mon fils puisse la remettre en mains propres, seul (il ignore tout du contenu de cette lettre, naturellement). Comme vous le savez, le ministre des Affaires étrangères est un homme impérieux, qui fait la loi, et le rempart de notre parti Whig. Son attitude est clairement révélée par sa dépêche. Je crains que Hong Kong ne soit une question enterrée. Et à moins que le gouvernement ne tombe et que les Conservateurs de Sir Robert Peel ne prennent le pouvoir — une impossibilité, dirais-je, dans l'avenir immédiat — Hong Kong le restera certainement.

« La nouvelle de la faillite de votre banque a fait le tour de la City — grâce, il faut bien le dire, à vos rivaux et au jeune Morgan Brock. « En confidence », Morgan Brock a judicieusement semé des graines de méfiance, tout en laissant entendre que les Brock détiennent pratiquement tous vos billets et effets, ce qui a fait le plus grand tort à votre influence ici. Il est également arrivé une lettre de M. Tyler Brock et de plusieurs autres marchands, presque en même temps que la dépêche de Longstaff concernant le traité de Chuenpi, en opposition flagrante contre l'établissement de Hong Kong et contre la conduite des hostilités par Longstaff. La lettre était adressée au Premier ministre et au ministre des Affaires étrangères, et des copies à leurs ennemis qui, comme vous le savez, sont nombreux.

« Sachant que vous avez investi le reste de vos ressources, s'il y en a, dans votre île bien-aimée, je vous écris pour vous donner l'occasion de vous retirer et de sauver quelque chose du désastre. Il se peut que vous soyez parvenu à un arrangement quelconque avec Brock, ce que je souhaite de tout cœur, encore qu'à en croire l'arrogant Morgan Brock le seul arrangement qui leur convienne est l'anéantissement de votre maison. (J'ai de bonnes raisons de penser que Morgan Brock et un groupe d'intérêts bancaires du Continent — Français et Russes, dit la rumeur — ont déclenché la ruée soudaine sur votre banque. Le groupe Continental a suggéré la manœuvre quand le bruit a couru, je ne sais comment, que M. Robb Struan méditait une structure financière internationale. Le groupe a mis votre banque en faillite en échange de la moitié d'un plan similaire que Morgan Brock est en train d'essayer d'organiser.)

« Je suis désolé de vous apporter de si mauvaises nouvelles. Je le fais de bonne foi, dans l'espoir que ce renseignement pourra vous servir et que vous parviendrez à survivre pour continuer la lutte. Je persiste à croire que votre projet pour Hong Kong est le bon. Et j'ai l'intention de continuer à le défendre.

« Je sais peu de chose de Sir Clyde Whalen, le nouveau Capitaine Surintendant du Commerce. Il s'est distingué aux Indes et a une excellente réputation militaire. Ce n'est pas un administrateur, je crois. On m'a laissé entendre qu'il part demain pour l'Asie; son arrivée est donc imminente.

« Un dernier point. Je vous confie mon plus jeune fils. C'est un vaurien, une brebis galeuse, un bon à rien dont le seul but dans la vie est le jeu, de préférence aux courses de chevaux. Il est sous le coup d'un mandat d'arrêt pour dettes. Je lui ai dit que je consentirais — pour la dernière fois — à payer ses dettes s'il entreprenait sur l'heure ce dangereux voyage. Il y a consenti, en pariant que s'il accomplissait l'impossible exploit d'arriver à Hong Kong en moins de soixante-cinq jours — la moitié du temps normal — je devrais lui donner mille guinées de plus.

« Pour assurer l'arrivée la plus rapide de ma lettre, j'ai consenti à cinq mille guinées s'il arrivait en soixante-cinq jours, et cinq cents guinées de moins pour chaque jour supplémentaire, tout cela à la condition qu'il reste éloigné de l'Angleterre jusqu'à la fin de mes jours, l'argent devant lui être remis à raison de cinq cents guinées par an jusqu'à épuisement de la somme. Ci-inclus, la première annuité. Je vous serais reconnaissant de me donner par retour du courrier la date exacte de son arrivée.

« Si vous voyez un moyen d'utiliser ses « talents » et de le raisonner, vous gagneriez la gratitude éternelle d'un père. J'ai tout essayé, et j'ai échoué. Et pourtant, je l'aime tendrement.

« Je vous prie de croire à ma sincère compassion pour votre grande malchance. Mes amitiés à M. Robb, et je termine en espérant que j'aurai le plaisir de vous rencontrer personnellement en des circonstances plus heureuses. J'ai l'honneur d'être, monsieur, votre très dévoué serviteur, Charles Crosse. »

Struan se tourna vers la fenêtre et contempla la rade, et l'île. Il se rappela la croix qu'il avait brûlée le premier jour. Et les vingt pièces d'or de Brock. Et les trois dernières pièces de Jinqua. Et les lacs d'argent à être investis pour quelqu'un qui, un jour, se présenterait avec un certain chop. Maintenant, tout le travail, le souci, l'organisation, les morts, tout était perdu. Par l'imbécile arrogance d'un seul homme, Lord Cunnington. *Nom de Dieu! Que vais-je faire, maintenant?*

Struan s'efforça de se remettre du choc et de réfléchir. Le ministre des Affaires étrangères était un homme brillant. Il ne repousserait pas Hong Kong à la légère. Il devait y avoir une raison. Laquelle? Et comment vais-je diriger Whalen? Comment intégrer dans l'avenir un « militaire mais pas administrateur »?

Peut-être devrais-je empêcher d'acheter des terrains aujourd'hui. Laisser les autres marchands acheter, et qu'ils aillent au diable. Brock sera écrasé avec les autres, car Whalen arrivera avec la nouvelle dans un mois, sinon plus longtemps. A cette date, ils auront déjà commencé de construire à outrance. Sûr, c'est le moyen, c'en est un, et quand la nouvelle sera connue, nous nous retirerons tous à Macao — ou dans un des ports que Whalen obtiendra par traité — et tous les autres seront écroulés. Ou très touchés. Sûr. Mais si moi, je puis avoir ce renseignement, Brock peut l'avoir aussi. Alors peut-être ne se laissera-t-il pas faire. Peut-être.

Sûr. Mais de cette façon, tu perds la clef de l'Asie, ce misérable rocher stérile, sans lequel tous les ports ouverts de l'avenir ne serviront à rien.

L'autre choix était d'acheter et de construire et de miser que Whalen — comme Longstaff — pourrait être amené à outrepasser ses instructions, de miser que Cunnington en personne pourrait être influencé. De déverser les richesses de la Noble Maison dans la nouvelle ville. Un coup de dés. Faire prospérer Hong Kong. Vite. Pour forcer le gouvernement à accepter la colonie.

C'est mortellement dangereux, mon gars. Tu ne peux pas forcer la main de la Couronne. L'enjeu est terrible, les chances minimes. Quand même, tu n'as pas le choix. Il faut miser.

L'enjeu le fit penser au jeune Crosse. Là, tiens, voilà un garçon précieux. Comment pourrais-je l'utiliser? Comment lui faire garder le secret sur son voyage fantastique? Sûr, et comment faire produire à Hong Kong une impression favorable sur Whalen? Et se rapprocher de Cunnington? Comment puis-je garder le traité comme je le veux?

— Eh bien, monsieur Crosse, vous avez fait un voyage remarquable. A qui avez-vous dit combien de temps vous avez mis?

— A vous seul, monsieur.

— Alors gardez-le pour vous, dit Struan en griffonnant quelques mots sur une feuille de papier. Donnez cela à mon caissier.

Crosse lut le papier.

— Vous me donnez les cinq mille guinées d'un coup?

— Je les mets au nom de Roger Blore. Je crois que vous feriez mieux de conserver ce nom. Pour le moment, du moins.

— Oui, monsieur. Je suis désormais Roger Blore, acquiesça le jeune homme en se levant. Avez-vous encore besoin de moi, monsieur Struan?

— Voulez-vous un emploi, monsieur Blore?

— Je crains que... Ma foi, monsieur Struan, j'ai tâté d'une dizaine de choses mais ça n'a jamais marché. Mon père a tout essayé et... ma foi, c'est peut-être écrit, je suis ce que je suis. Je regrette, mais vos bonnes intentions seraient perdues.

— Je vous parie cinq mille guinées que vous accepterez l'emploi que je vais vous offrir.

Le garçon savait qu'il gagnerait le pari. Il n'y avait aucun travail, aucun emploi que le Taï-pan avait à offrir, qu'il accepterait.

Mais attends donc. Voilà un homme avec qui il ne ferait pas bon s'amuser, avec qui on ne peut jouer à la légère. Ces yeux de démon sont d'un calme trompeur. Je n'aimerais pas les voir en face de moi au poker. Ou au baccara. Attention, Richard Crosse Roger Blore. Voilà un homme qui se ferait régler une dette.

— Eh bien, monsieur Blore? Où est votre cran? Ou bien n'êtes-vous pas le joueur que vous prétendez?

— Les cinq mille guinées sont ma vie, monsieur. Ma dernière mise.

— Et alors? Jouez votre vie, par Dieu!

— Vous ne risquez pas la vôtre, monsieur. Donc le pari est inégal. Pour vous, la somme est méprisable. Donnez-moi une chance égale. Cent contre un.

Struan admira l'audace du jeune homme.

— Très bien. La vérité, monsieur Blore. Devant Dieu.

Il tendit la main et Blore se sentit défaillir, car il avait parié avec lui-même qu'en demandant une telle chance le pari ne tiendrait plus. Ne fais pas ça, idiot, s'était-il dit. Cinq cent mille guinées!

Il serra la main de Struan.

— Secrétaire du Jockey Club de Hong Kong, dit Struan.

— Quoi?

— Nous venons juste de fonder le Jockey Club. Vous êtes secrétaire. Votre mission est de trouver des chevaux. De créer un champ de courses. De construire un club. De créer les plus riches, les plus belles écuries de courses d'Asie. Un hippodrome aussi bon qu'Aintree, le plus beau du monde. Qui gagne le pari, petit?

Blore avait le vertige. Ses idées tourbillonnaient. Pour l'amour de Dieu, maîtrise-moi, réfléchis!

— Un hippodrome?

— Sûr. Vous le créez, vous le dirigez — les chevaux, les paris, les guichets, les tribunes, la cote, les prix, tout. Commencez aujourd'hui.

— Mais, Jésus, où allez-vous trouver des chevaux?

— Vous. Où allez-*vous* trouver des chevaux?

— En Australie, bon Dieu, s'écria Blore. Il paraît qu'ils ont des chevaux à ne savoir qu'en faire, là-bas.

Il fourra l'effet de banque dans les mains de Struan et hurla :

— Monsieur Struan, jamais vous ne le regretterez!

Sur quoi il courut à la porte.

— Où allez-vous comme ça? demanda Struan.

— En Australie, naturellement.

— Pourquoi n'iriez-vous pas d'abord voir le général?

— Hein?

— Il me semble me souvenir qu'il a de la cavalerie. Emprun-tez des chevaux. Je dirais que vous pourriez organiser la pre-mière réunion samedi prochain.

— Je pourrais?

— Sûr. Samedi est un bon jour pour les courses. Et les Indes sont plus près que l'Australie. Je vous y enverrai par le pre-mier navire en partance.

— C'est vrai?

Struan sourit.

— Sûr, dit-il en lui rendant le papier. Cinq cents guinées, une prime sur votre première année de salaire, monsieur Blore, fixé à cinq cents par an. Le reste est l'argent des prix pour les quatre ou cinq premières réunions. Je dirais huit courses, cinq chevaux par course, tous les quinze jours, le samedi.

— Monsieur Struan... Que Dieu vous garde!

Struan se retrouva seul. Il craqua une allumette et regarda brûler la lettre. Il réduisit les cendres en poudre et sortit de sa cabine.

May-may était encore au lit, mais sa toilette était faite, elle était coiffée, et ravissante.

— Heya, Taï-pan, dit-elle distraitement en l'embrassant du bout des lèvres, sans cesser de s'éventer. Je suis gracieusement contente de ton retour. Je veux que tu m'achètes un petit morceau de terrain parce que j'ai décidé d'entrer dans les affaires.

— Quel genre d'affaires? demanda-t-il, un peu vexé de cet accueil négligent, mais heureux de la voir accepter ses allées et venues sans poser de questions et sans faire d'histoires.

— Tu verras, ça ne fait rien. Mais je veux des taels pour débuter. Je paie dix pour cent d'intérêt, ce qui est première classe. Cent taels. Tu seras homme d'action.

— Homme d'... Ah, actionnaire? dit-il en avançant la main vers ses seins. A propos d'action...

Elle le repoussa.

— Les affaires avant cette action-là. Tu m'achètes le terrain et tu me prêtes cent taels?

— L'action avant les affaires!

— Ayee yah, avec cette chaleur? s'écria-t-elle en riant. Très bien. C'est terrificalement mauvais se fatiguer dans cette chaleur, déjà ta chemise te colle au dos. Viens donc, ça ne fait rien.

— Je te taquinais. Comment vas-tu? Le bébé ne te donne pas trop de mal?

— Bien sûr que non. Je suis une mère très attentive et je mange seulement des nourritures spéciales pour construire un beau fils. Et je pense des pensées de guerre pour le faire Taï-pan-brave.

— Combien de taels veux-tu?

— Cent. Je l'ai dit. Tu n'as pas d'oreilles? Tu es terrifical bizarre aujourd'hui, Taï-pan. Oui. Très bizarre en vérité. Tu n'es pas malade, dis? Tu as les mauvaises nouvelles? Ou juste fatigué?

— Juste fatigué. Cent taels, certainement. Quelles sont ces fameuses affaires?

Elle battit des mains en riant.

— Oh, tu verras. J'ai beaucoup réfléchi quand tu n'es pas là. Qu'est-ce que je fais pour toi? L'amour et le guidage, conseils, tout ça terrifical bon, sûr, mais pas assez. Alors maintenant, je fais aussi des taels pour toi, et pour mes vieux jours. Mais seulement des barbares, je prends. Je ferai des fortunes — oh oui, et tu penseras que je suis très maligneuse.

— C'est un mot qui n'existe pas!

— Tu comprends très bien.

Elle lui sauta au cou en riant et ce rire lui fit chaud au cœur. Il la serra contre lui.

— Tu veux venir maintenant? souffla-t-elle.

— Il y a la vente des terres dans une heure.

— C'est vrai. Mieux vaut changer habits vite et tu reviens. Un petit terrain le long de Queen's Road. Mais je paie pas plus de dix taels de loyer par an! Tu m'as apporté un cadeau?

— Quoi?

— Allons, c'est une bonne coutume que lorsqu'un homme quitte sa femme, il rapporte un présent. Du jade. Des choses comme ça.

— Pas de jade. Mais la prochaine fois, je serai plus prévenant.

— Une bonne coutume, soupira-t-elle. Ta pauvre vieille mère est très impauvrie. On mange plus tard, heya?

— Sûr.

Struan monta à sa cabine au pont supérieur. Lim Din s'inclina :

— Bain très froid, tout pareil, Massi. Voulez?

— Sûr.

Struan ôta ses vêtements fripés, se plongea dans son bain et réfléchit à la lettre de Sir Charles, rageant contre la stupidité de Lord Cunnington. Il se frictionna ensuite et mit des vêtements propres, et en quelques minutes, sa chemise fut de nouveau trempée de sueur.

Mieux vaut que je reste ici et que je pense à tout ça, se dit-il. Culum peut s'occuper des terrains. Je parie ma vie que Tess a parlé à son père de son projet, pour la colline. Culum sera peut-être pris au piège des enchères. Mais le gamin s'est bien débrouillé. Je peux lui faire confiance, pour ça.

Il fit donc avertir Culum d'avoir à enchérir pour la Noble Maison, et il lui fit dire aussi d'acheter une petite parcelle bien placée sur Queen's Road. Il envoya un message à Horatio le prévenant que Mary était souffrante, et il fit aussi préparer un lorcha pour le conduire immédiatement à Macao.

Puis il s'assit dans son grand fauteuil de cuir, regarda l'île par le hublot et laissa vagabonder son esprit.

Culum acheta les parcelles urbaines et du bord de mer, fier d'enchérir pour la Noble Maison et de gagner encore plus de face. De nombreuses personnes lui demandèrent où était le Taïpan, et où il était allé, mais il répondait sèchement qu'il n'en savait rien, et continuait de feindre une hostilité qu'il n'éprouvait plus.

Il acheta la colline — et les terrains qui en garantissaient la sécurité —, soulagé que les Brock n'aient pas enchéri contre lui, prouvant ainsi qu'il pouvait avoir confiance en Tess. Il décida néanmoins d'être plus prudent à l'avenir, et de ne plus la mettre dans une telle situation. C'était trop dangereux, pour elle comme pour lui. Il songeait aussi à son désir frénétique, que la vue de Tess, sa pensée, le plus léger contact de la main exacerbait. Il ne pouvait en parler à personne, qu'à Gorth, qui comprenait, et qui lui proposait tous les jours de l'emmener dans une maison accueillante de Macao. Mais Culum supportait sa douleur physique, et se jurait que si Brock consentait à les marier le mois suivant, il n'irait pas au bordel.

Au coucher du soleil, Culum et Struan montèrent à bord du *White Witch*. Brock les attendait sur le gaillard d'arrière, Gorth à ses côtés. La nuit était fraîche et plaisante.

— J'ai pris ma décision au sujet du mariage, Culum, dit Brock. Le mois prochain ne serait pas convenable. L'année prochaine, ça vaudrait mieux. Mais je vais vous dire. Dans trois mois, Tess aura dix-sept ans, et ce jour-là, le dix, vous pourrez vous marier.

— Merci, monsieur Brock, murmura Culum. Merci.

Brock sourit à Struan.

— Ça te convient, Dirk?

— C'est toi qui décides, Tyler, pas moi. Mais à mon avis, deux mois ou trois, ça ne fait guère de différence. Je persiste à proposer le mois prochain.

— Le mois de septembre vous va, Culum? Comme je dis? Soyez franc, mon garçon.

— Oui. Naturellement. J'avais espéré... mais... eh bien, oui, monsieur Brock.

Culum se jura qu'il attendrait les trois mois. Mais au fond de son cœur, il savait qu'il en serait incapable.

— Alors c'est dit!

— Sûr, dit Struan. Dans trois mois, alors donc.

Sûr, se dit-il, ce sera trois mois. Tu viens de signer une condamnation à mort, Tyler. Et peut-être deux.

— Dirk, dis-moi, tu pourras peut-être m'accorder un moment demain? Nous devons décider de la dot, et tout.

— A midi?

— Ouais. Midi. Et maintenant, je crois que nous allons rejoindre ces dames en bas. Tu restes à souper, Dirk?

— Merci, mais j'ai à faire.

— Les courses, par exemple, hé? Le chapeau, je te tire. Très malin de faire venir de chez nous ce gars Blore. C'est un jeune gandin tout vif. La dernière course de chaque réunion sera le **Prix Brock. Nous avançons l'argent du prix.**

— Oui, il paraît. C'est légitime que nous ayons le meilleur hippodrome d'Asie.

Blore avait annoncé la nouvelle à la vente des terres. Longstaff avait accepté d'être le premier président du Jockey Club. La cotisation annuelle avait été fixée à dix guinées, et tous les Européens de l'île s'étaient immédiatement inscrits. Blore était assiégé par des volontaires désireux de monter les chevaux de la cavalerie que le général avait consenti à fournir.

— Tu sais monter, Dirk?

— Sûr. Mais j'ai jamais fait de courses.

— Moi de même. Mais on devrait peut-être en tâter un brin, hé? Culum, vous montez?

— Oh oui. Mais je ne suis pas expert.

Gorth lui assena une claque dans le dos.

— Nous pouvons nous procurer des montures à Macao, Culum, et nous exercer un peu. On lancera un défi à nos papas, hé?

Culum répondit par un sourire gêné.

— Pourquoi pas, Gorth, dit Struan. Eh bien, bonsoir. Je te verrai demain à midi, Tyler.

— Ouais. 'Soir, Dirk.

Struan les quitta.

Pendant le dîner, Culum essaya d'apaiser l'hostilité latente entre Gorth et Brock. Il trouvait étrange de les apprécier tous les deux, et comprenait pourquoi Gorth voulait être Taï-pan et pourquoi Brock répugnait à passer la main. Et il s'étonnait de se sentir plus sage que Gorth. Au fond, ce n'est pas tellement surprenant, pensa-t-il. Gorth n'a pas été brusquement livré à lui-même pendant sept longs jours, en endossant toutes les responsabilités. Le jour où j'épouserai Tess, se dit-il, je jetterai les vingt pièces d'or de Brock. Ce ne serait pas bien de les garder. Quoi qu'il arrive, nous commencerons à zéro. Trois mois seulement! Merci, mon Dieu!

Après le dîner, Tess et Culum montèrent seuls sur le pont. La main dans la main sous les étoiles, ils brûlaient de désir. Culum l'embrassa timidement, et Tess se rappela la violence des baisers de Nagrek, et ses mains de feu et la douleur délicieuse qu'elles provoquaient. Elle était heureuse de savoir que bientôt elle pourrait apaiser l'incendie qui faisait rage en elle. Plus que trois mois, et la paix.

Ils redescendirent dans la cabine étouffante, et après le départ de Culum elle se coucha, mais ne put dormir. Son désir lui faisait mal; elle pleura, parce qu'elle savait que Nagrek l'avait caressée d'une façon qui n'aurait dû être réservée qu'à Culum, et parce qu'elle devait garder éternellement ce secret. Mais comment ferait-elle? Oh, mon amour, mon amour...

105

Dans la grande cabine, d'une voix basse et tendue Gorth dit à son père :

— Je te le répète, Pa, on a fait une erreur. Une erreur terrible!

Brock posa brusquement sa chope sur la table et la bière jaillit sur le bois et le plancher.

— C'est moi qui décide, Gorth, et on n'en parle plus! Ils seront mariés en septembre!

— Et on a eu tort de ne pas enchérir pour la colline! Ce démon nous a volé encore un point, bon Dieu!

— Réfléchis, Gorth, gronda Brock. Si nous avions fait ça, alors le jeune Culum aurait compris que Tess, dans sa candeur, m'avait tout raconté. La colline n'a pas d'importance. Y aura peut-être un jour où elle nous dira quelque chose qui sera la mort de Dirk, et c'est ça que nous voulons savoir, pas autre chose.

Brock avait honte d'écouter Tess et de se servir d'elle à son insu pour espionner Culum, et comme instrument contre Dirk Struan. Mais il avait plus encore honte de Gorth, et se méfiait plus que jamais de lui. Parce qu'il savait que Gorth avait raison. Mais le bonheur de Tess lui importait plus que tout, et cela le rendait dangereux. Et maintenant, le rejeton de ce démon de Struan allait s'accoupler avec sa Tess adorée!

— Je jure devant Dieu que je tuerai Culum s'il touche à un seul de ses cheveux! rugit-il d'une voix terrible.

— Alors pourquoi, bon Dieu, laisser Culum l'épouser si vite? Sûr, qu'il lui fera du mal et qu'il se servira d'elle contre nous, à présent!

— Et qu'est-ce qui t'a fait changer d'idée, hé? Tu étais pour, t'étais enthousiaste!

— Oui, mais pas dans trois mois, nom de Dieu! C'est la fin de tout!

— Pourquoi?

— Parce que tout est foutu! Quand j'étais pour, Robb était vivant, pas vrai? Le Taï-pan devait partir cet été pour de bon et passer la main à Robb, et puis à Culum au bout d'un an. C'était vrai. Un mariage au bout d'un an était parfait. Mais à présent, le Taï-pan reste ici. Et maintenant que tu consens au mariage dans trois mois, le Taï-pan va nous arracher Tess et dresser Culum contre nous, et à présent je crois qu'il ne partira plus jamais. En tout cas, pas tant que tu es le Taï-pan de Brock et Fils!

— Il ne partira jamais, de toute façon. Il peut dire ce qu'il veut à Culum, il ne quittera jamais l'Asie. Je connais Dirk.

— Et moi je te connais.

— Quand il partira, ou qu'il sera crevé, alors moi je partirai.

— Alors vaut mieux qu'il crève un peu vite!

— Je te conseille de prendre patience.

— Je suis patient, Pa...

Gorth avait sur le bout de la langue de dire à Brock quelle vengeance il projetait contre Struan — à travers Culum — à Macao. Mais il se tut. Le bonheur de Tess importait plus à son père que de devenir Taï-pan de la Noble Maison. Son père ne possédait plus cette hardiesse sans scrupules qu'avait Struan et qui faisait de lui le seul Taï-pan possible.

— Souviens-toi, Pa. Il a été plus malin que toi pour les lingots, pour leur maison, le mariage et même le bal. Tess est ta faiblesse! Il le sait bien, et elle est pour toi comme le fanal d'un naufrageur et tu cours droit sur les récifs!

— Pas vrai! Pas vrai! Je sais ce que je fais! gronda Brock à voix basse, les veines ressortant sur ses tempes comme les nœuds au bout des lanières du chat à neuf queues. Et je t'ai déjà prévenu. Ne pars pas en guerre tout seul contre ce démon. Il te coupera les couilles et te les fera bouffer! Je le connais!

— Oui, ça oui, Pa!

Gorth sentait vieillir son père, et pour la première fois, il se rendait compte qu'il pourrait l'écraser, d'homme à homme.

— Alors ôte-toi du chemin, lui dit-il, et laisse un homme faire un travail d'homme, nom de Dieu!

Brock se leva si brusquement que la chaise tomba. Gorth était debout, attendant que son père dégaine son couteau, sachant que désormais il pouvait se permettre d'attendre, car il était le plus fort.

Brock comprit que c'était sa dernière chance de dominer son fils. S'il ne tirait pas le couteau, il était perdu. S'il le tirait, il devrait tuer Gorth. Il savait qu'il en était capable, mais plus seulement par la force seule; il lui faudrait user de ruse. Gorth, bon Dieu, c'est ton fils, ton aîné. C'est pas un ennemi...

— C'est pas bien, ça, dit-il en réprimant son envie de tuer. Pas bien pour toi, pour toi et moi, tout ça. Non, bon Dieu! Je te le répète une dernière fois, tu t'attaques à lui, tu feras connaissance avec ton Créateur!

Gorth éprouva l'exaltation de la victoire. Il repoussa sa chaise.

— Seul, le joss nous tirera de ce merdier. Je descends à terre.

Brock était seul. Il vida sa chope, en but une autre, puis une autre. Liza ouvrit la porte mais il ne la vit pas et elle le laissa boire; elle alla se coucher, et pria pour la réussite du mariage. Et pour son homme.

Gorth, à terre, alla tout droit chez Mrs. Fotheringill.

— Je ne veux pas de votre clientèle, monsieur Brock, lui déclara-t-elle. La dernière a été trop abîmée.

— Qu'est-ce que c'est qu'une singesse pour toi, vieille sorcière?

Tiens! cria Gorth en jetant vingt souverains d'or sur la table. Et voilà encore la même chose pour que tu fermes ton clapet!

Elle lui donna une jeune Hakka, et une chambre en sous-sol au plus profond de la maison.

Gorth violenta la fille, la fouetta brutalement et la laissa mourante.

Le lendemain, il partit à bord du *White Witch* pour Macao. à quarante milles au sud-ouest. Il ne manquait que Brock, Culum était là, sur le gaillard d'arrière, tenant Tess par le bras.

32

Cinq jours plus tard, c'était les courses.

Et durant ces cinq jours, on avait creusé les fondations de la nouvelle ville. Suivant l'exemple de la Noble Maison, tous les marchands avaient recruté tous les travailleurs de Tai Ping Shan pour creuser, transporter des matériaux, construire, et ils se hâtaient de réinvestir sur l'île tout l'argent que Longstaff leur avait remboursé. Les briquetiers de Macao, les scieries de Canton, tous les métiers intéressés par le bâtiment se mirent à travailler jour et nuit pour satisfaire aux demandes frénétiques des marchands, pressés de remplacer ce qu'ils avaient dû abandonner. Les salaires augmentèrent. Il y eut pénurie de coolies (la Noble Maison à elle seule employait trois mille maçons, manœuvres et artisans de toute espèce) bien que chaque marée amenât de nouveaux travailleurs, qui trouvaient vite à se placer. Tai Ping Shan s'enfla monstrueusement. Toute la pointe de Glessing était le théâtre d'une animation fiévreuse.

Le jour des courses était le quatorzième, depuis que Struan et May-may avaient quitté leur maison de la Vallée Heureuse pour s'installer à bord du *Resting Cloud*.

— Tu n'as pas bonne mine, fillette, dit Struan. Vaudrait mieux que tu restes au lit, aujourd'hui.

— Je crois que oui, soupira-t-elle. Mais ce n'est rien, ça ne fait rien.

Elle avait mal dormi et souffrait de courbatures dans la nuque et la colonne vertébrale.

— Tu as l'air terrifical beau, déclara-t-elle.

Struan portait un costume neuf, qu'il avait fait faire spécialement pour assister aux courses. Redingote vert foncé du drap le plus fin, pantalon de nankin blanc à sous-pieds sur ses demi-bottes noires, gilet de cachemire primevère, cravate verte.

May-may se hissa péniblement sur l'oreiller qu'Ah Sam arrangeait pour elle.

— Ce n'est qu'un diable d'été. J'ai demandé le docteur. Tu vas à terre maintenant?

— Oui. La réunion commence dans une heure. Je crois que je vais t'envoyer notre médecin. Il...

— Mon docteur chinois. Pas un autre. Et n'oublie surtout pas. Vingt taels sur le cheval numéro quatre dans la quatrième course. L'astrologue m'a dit que c'est le bon gagnant absolument.

— Je n'oublierai pas. Repose-toi, maintenant.

— Quand j'aurai gagné, je me sentirai fantasticalement mieux, heya? Va vite, maintenant.

Il l'embrassa tendrement, remonta ses couvertures et s'assura qu'elle avait du thé et de l'eau bouillante pour son dos. Puis il descendit à terre.

L'hippodrome avait été tracé à l'ouest de la pointe de Glessing. Une foule nombreuse l'envahissait. Une partie de l'étendue, proche du poteau de départ et d'arrivée, avait été réservée pour les Européens et des cordes empêchaient les hordes de Chinois curieux d'en approcher. Des tentes étaient dressées ici et là. On avait construit un paddock et des guichets. Des oriflammes claquant au sommet de perches de bambou délimitaient la piste ovale.

On pariait gros et Henry Hardy Hibbs était le principal bookmaker.

— Choisissez vos gagnants, messieurs, clamait-il en tapant le tableau noir sur lequel il inscrivait les cotes. Major Trent sur Stan, l'étalon noir, favori dans la première! A égalité. Le champ à trois contre un!

— Sacré Hibbs, grommela Glessing, rouge et suant. Le champ à trois contre un et vous êtes sûr de gagner. Je prends la jument grise à six contre un. Une guinée!

Hibbs consulta son tableau et graillonna :

— Pour vous, mon capitaine, cinq, ce sera. Une guinée, c'est tenu. Sur Mary Jane!

Glessing se détourna. Il était furieux de ne pas être à Macao et de ne pas avoir reçu la lettre promise par Culum. Mon Dieu, mon Dieu, songeait-il, rongé d'inquiétude, j'aurais dû déjà avoir des nouvelles! Que signifie ce retard? Et que fait ce bougre d'Horatio? Est-ce qu'il essaie de lui faire changer d'avis, mon Dieu?

Morose, il descendit vers le paddock et vit Struan et Sergueyev, mais Longstaff les rejoignait, aussi ne s'arrêta-t-il pas.

— Quel est votre choix, Altesse? demanda aimablement Longstaff.

— Le hongre, répondit le Russe sans hésiter.

Il s'appuyait sur une canne. L'odeur des chevaux, la surexcitation ambiante l'exaltaient et lui faisaient oublier sa douleur constante. Il regrettait de ne pouvoir monter, mais remerciait la providence d'avoir survécu à sa blessure. Et il bénissait Struan. Il savait que sans l'opération de Struan, il serait mort.

— Eh bien, Altesse, murmura Shevaun en s'approchant, au bras de Jeff Cooper, avez-vous un tuyau pour moi?

Elle portait une robe de soie verte et une ombrelle orange, et souriait à tout le monde, mais plus particulièrement à Struan.

— Le hongre est le meilleur cheval, mais je ne saurais dire quel est le meilleur cavalier, Shevaun, dit le grand-duc.

Shevaun examina le grand cheval bai à la robe luisante. Ses yeux pétillèrent.

— Hélas, pauvre cheval! Si j'étais cheval et qu'on me fasse une chose pareille, je jurerais de ne pas courir une toise. Pour personne. C'est barbare!

Tous les hommes rirent avec elle.

— Pariez-vous sur le hongre, Taï-pan?

— Je ne sais pas, murmura Struan, qui ne pensait qu'à Maymay, et s'inquiétait. J'aime bien la pouliche. Mais je crois que je me déciderai quand ils seront au départ.

Elle l'examina un instant, en se demandant s'il parlait par parabole.

— Allons voir la pouliche de près, proposa Jeff Cooper avec un rire forcé.

— Allez-y donc, Jeff, voulez-vous? Je vous attends ici.

— Je vous accompagne, déclara Longstaff, sans remarquer l'irritation soudaine de Cooper.

Cooper hésita, puis les deux hommes s'éloignèrent.

Brock souleva poliment son chapeau à Shevaun, mais passa sans s'arrêter. Il était heureux que Struan ait décidé de ne pas monter en course, car il n'aimait pas tellement monter et le défi lancé à Struan avait été machinal.

— Comment va votre blessure, Altesse? demanda Shevaun.

— Très bien. Grâce au Taï-pan, je suis presque redevenu moi-même.

— Je n'ai rien fait, protesta Struan que les éloges de Sergueyev gênaient.

Il remarqua Blore au paddock, en grande conversation avec Skinner. Je me demande si j'ai misé juste sur ce galopin, songeat-il.

— Vous avez un fort beau navire, Altesse, disait Shevaun au grand-duc.

Struan remarqua que Sergueyev la contemplait avec une franche admiration.

— J'aimerais avoir l'honneur de vous le faire visiter, dit le Russe. Mon capitaine est à votre disposition.

— Merci, j'en serais ravie.

— Vous aussi, monsieur Struan. Peut-être pourrions-nous parler de ses qualités et de ses défauts?

— Avec plaisir et...

Blore arriva alors en courant, épuisé, couvert de poussière.

— On va bientôt commencer, Taï-pan — oh, dites, vous êtes vraiment chic, Miss Tillman — mes respects, Altesse, dit-il d'une traite. Tout le monde a mis votre argent sur le quatre dans la quatrième, j'ai décidé de la monter moi-même et... ah oui, Taï-pan, j'ai examiné l'étalon, hier soir. Il a pris le mors, alors on pourra l'essayer la prochaine fois... Altesse, si vous voulez bien, je vais vous conduire à votre poste. Vous donnez le départ de la première.

— Moi?

— Son Excellence ne vous en a rien dit? Au diable le... Je veux dire, cela vous plaît-il? Si vous voulez me suivre?

Jamais Blore n'avait tant travaillé, et il n'avait jamais été aussi énervé. Il conduisit Sergueyev en lui frayant un passage dans la foule.

— Blore a l'air d'un gentil garçon, observa Shevaun, heureuse d'être enfin seule avec Struan. Où l'avez-vous trouvé?

— C'est lui qui m'a trouvé. Et je m'en félicite.

Son attention fut attirée par une altercation du côté d'une des tentes. Un groupe de soldats de garde repoussaient un Chinois hors du pesage. Le chapeau de coolie tomba... et la longue natte avec. C'était Aristote Quance.

— Excusez-moi une seconde, murmura Struan.

Il courut vers le groupe et se planta devant le petit homme, en le cachant de toute sa masse.

— Laissez, laissez, dit-il aux soldats. C'est un de mes amis.

Ils s'éloignèrent, en haussant les épaules.

— Tonnerre d'un boulet de canon, Taï-pan, s'écria Quance en remettant vivement son chapeau. Il s'en est fallu d'un cheveu. Merci, de grand cœur!

Struan tira Quance à l'abri de la tente.

— Que diable faites-vous ici, bon Dieu? chuchota-t-il.

— Fallait que je voie les courses. Et puis j'avais à vous parler.

— Ce n'est pas le moment! Maureen est par là dans la foule!

Quance blêmit.

— Que Dieu me protège!

— Sûr; encore que je me demande pourquoi Il le ferait! Courez vite et disparaissez pendant qu'il en est temps. Il paraît qu'elle doit prendre le bateau pour rentrer en Angleterre dans huit jours. Si elle soupçonnait... ma foi, c'est vous que ça regarde.

— Rien que la première course, Taï-pan! supplia Quance. Je vous en prie. Et j'ai un renseignement pour vous.

— Quoi donc?

Suffoqué, scandalisé, Struan apprit ce que Gorth avait fait à la petite prostituée.

— Une horreur! La pauvre fille est à la mort, Taï-pan. Gorth est fou. Fou furieux.

— Faites-moi prévenir si elle meurt. Alors nous... ma foi, il faudra que j'y réfléchisse. Merci, Aristote. Mais je vous conseille de disparaître.

— Rien que la première course? Je vous en supplie. Vous ne savez pas ce que ça représente pour un pauvre homme.

Struan regarda autour de lui. Shevaun se détournait ostensiblement. Puis il remarqua Glessing qui passait.

— Capitaine!

En reconnaissant le peintre, Glessing ouvrit des yeux ronds.

— Ah par exemple! Diable! Je vous croyais en haute mer!

— Rendez-moi service, voulez-vous? lui dit rapidement Struan. Mrs. Quance est près du poteau. Voulez-vous veiller sur Aristote et faire en sorte qu'elle ne le voie pas? Mieux encore, emmenez-le là-bas, avec les Chinois. Qu'il regarde la première course et puis vous l'accompagnerez chez lui.

— Certainement. Grands dieux, Aristote, je suis content de vous voir, dit Glessing, puis il se tourna vers Struan : Avez-vous eu des nouvelles de Culum? Je suis mortellement inquiet au sujet de Miss Sinclair.

— Non. Mais j'ai dit à Culum d'aller la voir dès son arrivée. Nous devrions recevoir un mot d'un moment à l'autre. Je suis certain qu'elle va bien.

— Je l'espère. Ah, où dois-je conduire Aristote après la course?

— Chez Mrs. Fotheringill.

— Dieu de Dieu! Comment est-ce, Aristote? demanda Glessing, dévoré de curiosité.

Quance lui prit le bras.

— Terrible, mon garçon, terrible. Impossible de dormir et la cuisine est abominable. Taï-pan, pouvez-vous me prêter quelques guinées?

Struan grogna et s'éloigna pour rejoindre Shevaun.

— Un de vos amis, Taï-pan?

— Ce n'est pas diplomatique de remarquer certains amis, Shevaun.

Elle lui donna en riant un petit coup d'éventail.

— Inutile de me rappeler la diplomatie, vous le savez bien. Vous m'avez manqué, Dirk.

— Oui...

113

Il se dit que ce serait facile, et sage, d'épouser Shevaun. Mais impossible. A cause de May-may.

— Pourquoi avez-vous voulu vous faire peindre nue? demanda-t-il brusquement, et il comprit à l'éclair de son regard qu'il avait deviné juste.

— Aristote vous a dit ça? dit-elle sans s'émouvoir.

— Dieu, non! Il ne ferait jamais ça. Mais il y a quelques mois, il nous a taquinés. Il parlait d'une certaine commande de nu. Pourquoi?

Elle rougit, s'éventa et se mit à rire.

— Goya a peint la duchesse d'Albe. Deux fois, je crois. Elle est devenue la coqueluche du monde entier.

— Vous êtes une diablesse, Shevaun, dit-il, ses yeux pétillant d'amusement. Lui avez-vous vraiment permis de... de voir le sujet?

— Licence poétique de sa part. Nous avons envisagé deux portraits. Vous n'approuvez pas?

— Je pense que votre oncle, et votre père sauteraient au plafond s'ils en entendaient parler, ou si les portraits tombaient en de mauvaises mains.

— Les achèteriez-vous, Taï-pan?

— Pour les cacher?

— Pour les admirer.

— Vous êtes une fille étrange, Shevaun.

— Je méprise peut-être simplement l'hypocrisie... Tout comme vous.

— Sûr. Mais vous êtes fille dans un monde d'hommes, et il est des choses que vous ne pouvez faire.

— Il est des choses que je voudrais bien faire, moi!

Des cris s'élevèrent. Les chevaux défilaient. Shevaun prit brusquement une décision.

— Je crois que je vais quitter l'Asie. Dans deux mois.

— Vous dites cela comme une menace.

— Non, Taï-pan. Mais je suis amoureuse — et amoureuse de la vie, aussi. Et je suis d'accord avec vous. Le bon moment, pour choisir le gagnant, c'est au poteau du départ.

Elle s'éventa nerveusement, en priant que son coup de dés justifiât le risque.

— Qu'avez-vous choisi? demanda-t-elle.

Sans regarder les chevaux, il répondit doucement :

— La pouliche, Shevaun.

— Comment s'appelle-t-elle?

— May-may, murmura-t-il.

L'éventail hésita puis se remit à voleter.

— Une course n'est pas perdue tant que les juges n'ont pas désigné le vainqueur.

Elle sourit et s'éloigna, la tête haute, plus belle qu'elle ne l'avait jamais été.

La pouliche fut battue. D'une demi-tête. Mais battue quand même.

— Déjà de retour, Taï-pan? souffla May-may.

— Sûr. J'étais las des courses, et je me faisais du souci pour toi.

— Est-ce que j'ai gagné?

Il hocha la tête. Elle sourit et soupira.

— Enfin... Tant pis, ça ne fait rien.

Elle avait les yeux rouges, et le teint plombé.

— Le docteur est venu? demanda Struan.

— Pas encore.

May-may se tourna sur le côté, mais cela ne la soulagea pas. Elle ôta un oreiller, se retourna, et puis le remit en place.

— Ta pauvre vieille mère se fait vieille, dit-elle avec un petit sourire triste.

— Où as-tu mal?

— Nulle part. Partout. Une bonne nuit de sommeil guérira tout, ça ne fait rien.

Il lui massa la nuque et le dos et refusa d'envisager l'impensable. Il commanda du thé et un repas léger et voulut la forcer à manger un peu, mais elle n'avait aucun appétit.

Au coucher du soleil, Ah Sam entra et dit quelques mots à May-may, qui traduisit pour Struan :

— Le docteur est là. Avec Gordon Chen.

— Parfait.

Ah Sam alla ouvrir un petit cabinet à bijoux, y prit une statuette d'ivoire représentant une femme nue couchée sur le côté et l'apporta à May-may. Avec stupéfaction, Struan vit May-may montrer diverses parties du corps de la statue et parler longuement à Ah Sam. L'esclave sortit et Struan, perplexe, la suivit.

Le médecin était un vieillard très digne, à la longue natte bien brillante, vêtu d'une robe noire élimée. Il avait des yeux vifs, de longs doigts effilés et le dessus de ses mains fines était couvert de veines bleues.

— Si navré, Taï-pan, dit Gordon en s'inclinant, ainsi que le médecin. Voici Kee Fa Tan, le meilleur docteur de Tai Ping Shan. Nous sommes venus aussi vite que possible.

— Merci. Venez vite par...

Struan se tut brusquement. Ah Sam s'approchait du médecin, lui montrait la statuette et indiquait les diverses parties du corps, comme l'avait fait May-may. Et elle répondait longuement à des questions.

— Mais qu'est-ce qu'il fait, bon Dieu? s'écria-t-il.

— Son diagnostic, expliqua Gordon Chen en écoutant attentivement Ah Sam et le médecin.

— Sur la statue?

— Oui. Il serait inconvenant qu'il voie la Dame, si cela n'est pas nécessaire, Taï-pan. Ah Sam lui explique où elle a mal. Soyez patient, je vous en prie, je suis sûr que ce n'est rien de grave.

Le médecin examinait la statue en silence. Enfin il se retourna vers Gordon et lui parla tout bas.

— Il dit que ce n'est pas un diagnostic facile. Avec votre permission, il aimerait examiner la Dame.

Brûlant d'impatience, Struan montra le chemin de la chambre. May-may avait tiré les rideaux entourant le lit et n'était qu'une ombre discrète derrière les voiles.

Le médecin chinois alla à son chevet et resta un moment silencieux, puis il dit quelques mots à voix basse. Docilement, May-may passa sa main gauche entre les rideaux. Le médecin la prit et l'examina avec soin. Puis il posa le bout de ses doigts sur le pouls et ferma les yeux. Ses doigts tapotaient légèrement le poignet.

Les minutes passaient. Les doigts tâtonnaient, comme s'ils cherchaient.

— Qu'est-ce qu'il fait, à présent? demanda Struan.

— Il écoute son pouls, Taï-pan, chuchota Gordon. Nous ne devons pas faire de bruit. Il y a neuf pouls sur chaque poignet. Trois à la surface et trois un peu en dessous et trois très profonds. Ceux-là lui disent la raison de la maladie. Je vous en prie, Taï-pan, soyez patient. Il est très difficile d'écouter avec les doigts.

Le léger tapotement continuait. Ah Sam et Gordon Chen regardaient, fascinés. Struan se maîtrisait, pour ne pas bouger ni faire de bruit. Le médecin semblait plongé dans une rêverie mystique. Brusquement, le tapotement cessa et les doigts serrèrent le mince poignet. Puis le médecin prit le poignet droit et recommença.

Enfin, il ouvrit les yeux, posa la main de May-may sur le couvre-pieds, délicatement, et fit signe à Gordon Chen et à Struan.

Ils le suivirent; Gordon ferma la porte de la chambre. Le médecin eut un petit rire nerveux et se mit à parler rapidement. Gordon haussa les sourcils.

— Qu'est-ce qu'il dit? s'écria Struan.

— Je ne savais pas que Mère attendait un enfant, Taï-pan, dit Gordon, puis il posa une question au médecin qui répondit longuement.

Un silence suivit. Struan s'impatientait.

— Alors, quoi? Qu'est-ce qu'il dit?

116

Gordon le regarda et s'efforça, sans grand succès, de paraître très calme.

— Il dit que Mère est très malade, Taï-pan. Qu'un poison est entré dans son sang par les membres inférieurs. Que ce poison s'est fixé dans le foie, et que le foie est maintenant — euh — dérangé. Bientôt il y aura de la fièvre, une très mauvaise fièvre. Et puis trois ou quatre jours bien et encore de la fièvre. Et encore une fois.

— La malaria? La fièvre de la Vallée Heureuse?

Gordon se retourna pour poser la question.

— Il dit que oui.

— Tout le monde sait que ce sont les gaz de la nuit! Pas du poison par la peau, bon Dieu! Ça fait quinze jours qu'elle en est partie!

— Je répète seulement ce qu'il dit, Taï-pan. Je ne suis pas médecin. Mais je ferais confiance à celui-là — je crois que vous devez avoir confiance en lui.

— Quel est son remède?

Gordon interrogea le vieux Chinois.

— Il dit, Taï-pan, il dit ceci : « J'ai soigné certains qui ont souffert du poison de la Vallée Heureuse. Ceux qui ont guéri étaient des hommes forts qui ont pris un certain remède avant la troisième crise de fièvre. Mais cette malade est une femme, et bien qu'elle ait vingt et un ans et un esprit de feu, ses forces vont à l'enfant qui est depuis quatre mois dans son sein... » Il craint, murmura Gordon, pour la Dame et pour l'enfant.

— Dis-lui d'aller chercher son remède et de la soigner maintenant. Pas après une crise!

— Voilà l'ennui. Il ne peut pas, monsieur. Il ne lui reste plus de remède.

— Bon Dieu, dis-lui d'aller en chercher!

— Il n'y en a pas à Hong Kong. Taï-pan. Il en est sûr.

La figure de Struan s'assombrit de colère.

— Il doit y en avoir. Dis-lui de s'en procurer, à n'importe quel prix!

— Mais, Taï-pan, il...

— Sangdieu! Dis-le-lui!

De nouveau, ce fut un échange de paroles incompréhensibles pour Struan.

— Il dit qu'il n'y en a pas à Hong Kong. Qu'il n'y en aura pas à Macao, ni à Canton. Que le remède est fait de l'écorce d'un arbre très rare qui pousse quelque part dans les mers du Sud, ou dans des pays au-delà des mers. La petite quantité qu'il tenait de son père, qui était médecin aussi, lequel le tenait de son père, est épuisée. Il dit qu'il est absolument sûr qu'il n'y en a plus.

117

— Vingt mille taels d'argent si elle guérit!

Gordon ouvrit de grands yeux. Il réfléchit un instant, puis il parla au médecin. Ils s'inclinèrent tous deux et sortirent en hâte.

En s'épongeant le front, Struan retourna dans la chambre.

— Heya, Taï-pan, murmura May-may. Qu'est-ce que c'est mon joss?

— Ils sont allés chercher un remède spécial qui te guérira. Tu n'as pas à t'inquiéter.

Il l'installa du mieux qu'il put, resta un moment à son chevet, le cœur troublé, puis il se fit conduire au navire-amiral et consulta le médecin de la marine au sujet de cette écorce.

— Navré, mon cher Struan, mais c'est un conte de bonne femme. Il y a une légende, qui raconte que la comtesse Cinchon, femme d'un vice-roi espagnol du Pérou, a introduit en Europe, au XVIIᵉ siècle, l'écorce d'un arbre d'Amérique du Sud. On l'appelait l'écorce des Jésuites, et parfois l'écorce *cinchona*. Réduite en poudre et prise avec de l'eau, il paraît qu'elle guérit la fièvre. Mais quand on l'a essayée aux Indes, ce fut un échec complet. Aucune valeur. Ces foutus papistes diraient n'importe quoi pour convertir les gens!

— Où diable puis-je m'en procurer?

— Je n'en sais vraiment rien, mon bon ami. Au Pérou, je suppose. Mais pourquoi cette anxiété? Queen's Town a été abandonnée. Inutile de vous inquiéter si vous ne respirez pas les miasmes de la nuit.

— Un de mes amis vient de tomber malade de la malaria.

— Ah! Purge héroïque au calomel! Dès que possible. Je ne peux rien promettre, bien sûr. Nous lui mettrons tout de suite des sangsues.

Struan alla ensuite consulter le médecin-chef de l'armée, puis les moindres praticiens, militaires et civils, et tous lui dirent la même chose.

Struan se rappela alors que Wilf Tillman était vivant. Il se fit conduire en toute hâte à bord du coureur d'opium de Cooper-Tillman.

Et pendant que Struan interrogeait tous les médecins possibles, Gordon Chen était retourné à Taï Ping Shan et avait convoqué les dix chefs triades qu'il avait sous ses ordres. Ensuite, chacun était retourné à son quartier général et avait fait venir ses dix sous-chefs. Avec une rapidité incroyable, l'ordre courut d'avoir à trouver l'écorce d'un certain arbre. Par sampan, par jonque, l'ordre fut transmis de l'autre côté de la rade, à Kowloon, et vola, de là, aux hameaux, aux villages et aux villes, le long des côtes et à l'intérieur des terres. Bientôt, tous les Chinois de Hong Kong — les Triades et ceux qui n'en faisaient pas partie —

118

surent que l'on recherchait une certaine écorce. Ils ne savaient pas pourquoi ni pour qui, simplement qu'une forte récompense était promise. Et cela parvint aux oreilles des agents des mandarins luttant contre les Triades. Eux aussi, ils se mirent en quête de l'écorce, et pas seulement pour la récompense; ils savaient qu'une petite partie de cette écorce pourrait peut-être servir d'appât pour démasquer les chefs de la société secrète.

— Désolé de venir sans être invité, Wilf, mais...

Struan se tut, alarmé par le spectacle que présentait Tillman. Il était soutenu par un oreiller trempé de sueur, le visage squelettique et grisâtre — couleur de linge sale — la cornée jaune.

— Entrez, souffla-t-il.

Struan vit alors que Tillman, qui avait eu des dents très blanches et bien solides, était édenté.

— Bon Dieu, qu'est-il arrivé à vos dents?

— Le calomel. Certains sont affectés par...

La voix rauque se tut et soudain un éclat particulier brilla dans les yeux de l'Américain.

— Je vous attendais. La réponse est non!

— Quoi?

— Non. Un simple non. Je suis son tuteur et jamais elle ne vous épousera!

— Je ne viens pas la demander. Je suis simplement venu voir comment vous allez et comment la malaria...

— Je ne vous crois pas, se mit à crier Tillman. Vous espérez seulement que je vais mourir!

— C'est ridicule! Pourquoi souhaiterais-je votre mort?

Péniblement, Tillman leva une main affaiblie vers le cordon de sonnette graisseux et le tira. La porte s'ouvrit. Un grand noir, pieds nus, entra. C'était l'esclave de Tillman.

— Jebidiah, demande à Massi Cooper et à Missi de venir ici tout de suite.

Jebidiah s'inclina et ressortit.

— Toujours le trafic d'hommes, Tillman?

— Jebidiah est heureux comme il est, bon Dieu! Vous avez vos façons et nous avons les nôtres! Espèce de porc vérolé!

— La vérole pour vos façons, sale négrier!

Le deuxième navire de Struan restait gravé dans sa mémoire, et il avait encore des cauchemars, quand il rêvait qu'il était encore à son bord. Avec sa part du butin de Trafalgar, il s'était payé sa libération de la marine anglaise et s'était engagé comme garçon de cabine à bord d'un navire marchand britannique qui faisait la route de l'Atlantique. En haute mer il avait découvert que c'était un négrier clandestin, qui allait chercher des esclaves à Dakar et ramenait à Savannah des hommes, des femmes et des enfants entassés dans l'entrepont comme des cancrelats. Leurs cris d'agonie et leurs gémissements l'avaient empêché de dormir et leur puanteur le prenait à la gorge. Il avait huit ans, à l'époque, et ne pouvait rien faire. A Savannah, il avait déserté. C'était le seul navire dont il avait déserté.

— Vous êtes pire que les marchands d'esclaves, gronda-t-il. Vous achetez simplement la chair humaine et vous la livrez et vous empochez les bénéfices. J'ai vu un marché d'esclaves!

— Nous les traitons bien! glapit Tillman. Ce ne sont que des sauvages et nous leur offrons une bonne vie! Si, c'est vrai!

Tillman grimaça et sa tête retomba sur l'oreiller. A bout de forces, il contemplait Struan, lui enviait sa vitalité et se sentait proche de la mort.

— Vous ne profiterez pas de ma mort, nom de Dieu! Que Dieu vous damne pour l'éternité!

Struan se retourna pour sortir.

— Feriez mieux d'attendre. Ce que j'ai à dire vous concerne.

— Rien de ce que vous avez à dire ne peut me concerner!

— Vous me traitez de négrier? Comment avez-vous eu votre maîtresse, sale hypocrite?

La porte s'ouvrit brusquement et Cooper entra en trombe.

— Ah? Bonjour, Taï-pan! Je ne savais pas que vous étiez à bord.

— Bonjour, Jeff, dit Struan en maîtrisant difficilement sa colère.

Cooper regarda Tillman.

— Qu'est-ce que c'est, Wilf?

— Rien. Je voulais vous voir, toi et ma nièce.

Shevaun entra à son tour et s'arrêta net, surprise.

— Tiens, Taï-pan. Bonjour. Tu vas, mon oncle?

— Non, ma fille. Je vais très mal.

— Qu'est-ce qu'il y a, Wilf? demanda Cooper.

Une quinte de toux secoua Tillman, puis il murmura :

— Le taï-pan est venu... « en visite ». J'ai pensé que le moment était bien choisi pour régler une affaire importante. Je dois avoir une nouvelle crise de fièvre demain et je crois... eh bien, soufflat-il en posant son regard fiévreux sur Shevaun, je suis fier de t'annoncer que Jeff a officiellement demandé ta main et que je la lui ai accordée de grand cœur.

Shevaun pâlit.

— Je ne veux pas encore me marier.

— J'ai tout considéré avec grand soin et...

— Non! Je refuse!

Tillman se souleva sur un coude, péniblement.

— Tu vas m'écouter, cria-t-il d'une voix aigre et sa colère lui donna soudain des forces. Je suis ton tuteur légal. Depuis des mois, je corresponds avec ton père. Mon frère a officiellement approuvé le mari que je t'ai choisi, dans ton intérêt. Et...

— Oui, mais pas moi, mon oncle. Nous sommes au xixe siècle, pas au Moyen Âge! Je ne veux pas encore me marier.

— Ce que tu veux ne m'intéresse pas et tu as raison, nous sommes au xixe siècle. Tu es bel et bien fiancée. Tu vas bel et bien te marier. Ton père et moi caressions l'espoir qu'au cours de ton séjour ici, tu plairais à Jeff. C'est arrivé. C'est une union parfaitement assortie. Et tu n'as plus rien à dire.

Cooper s'approcha de Shevaun.

— Shevaun, ma chérie. Vous connaissez mes sentiments. Je ne savais pas que Wilf... j'espérais... enfin...

Shevaun recula vivement et se tourna vers Struan.

— Taï-pan! Dites à mon oncle... dites-lui qu'il ne peut pas faire ça... Il ne peut pas me fiancer... Dites-lui qu'il n'a pas le droit!

— Quel âge avez-vous, Shevaun? demanda Struan.

— Dix-neuf ans.

— Si votre père approuve, si votre oncle approuve, vous n'avez pas le choix, dit-il et il regarda Tillman. Je suppose que vous avez cette approbation par écrit?

— La lettre est là, murmura Tillman en désignant son bureau. Encore que cela ne vous regarde pas.

— C'est la loi, Shevaun. Vous êtes mineure, et soumise aux désirs de votre père.

Struan, le cœur lourd, recula vers la porte mais Shevaun l'arrêta.

— Savez-vous pourquoi je suis vendue? cria-t-elle.

— Tiens ta langue, ma fille, glapit Tillman. Tu ne m'as causé que des ennuis depuis ton arrivée, et il est temps que tu apprennes à bien te tenir, et à respecter tes aînés et tes supérieurs!

— Je suis vendue contre des actions, déclara-t-elle amèrement, des actions de Cooper-Tillman.

— Ce n'est pas vrai, protesta Tillman, le visage cireux.

— Shevaun, intervint Cooper avec gêne, vous êtes énervée. C'est la soudaineté de...

Struan voulut partir mais encore une fois elle le retint.

— Attendez, Taï-pan. C'est un marché. Je sais comment fonctionne l'esprit d'un politicien. La politique est une affaire coûteuse!

— *Tiens ta langue!* cria Tillman, puis il laissa échapper un gémissement de douleur et retomba sur son oreiller.

Elle continua de parler, précipitamment :

— Sans le revenu d'ici, papa n'a pas les moyens d'être sénateur. Mon oncle est l'aîné et si mon oncle meurt, Jeff peut racheter les actions des Tillman pour une somme...

— Voyons, Shevaun, intervint vivement Cooper. Cela n'a rien à voir avec mon amour pour vous. Pour qui me prenez-vous ?

— Soyez franc, Jeff. C'est vrai, n'est-ce pas ? La somme de pure forme ?

— Oui, finit par répondre Cooper. Je pourrais racheter les intérêts des Tillman, dans ce cas-là. Mais je n'ai pas proposé un tel marché. Je n'achète pas un meuble. Je vous aime. Je veux que vous deveniez ma femme.

— Et si je ne le deviens pas, ne rachèterez-vous pas les parts de mon oncle ?

— Je ne sais pas. Je verrais cela le moment venu. Votre oncle pourrait racheter mes parts si je devais mourir avant lui.

Shevaun fit de nouveau appel à Struan.

— Taï-pan, je vous en prie, achetez-moi !

— Je ne peux pas, fillette. Mais je ne crois pas que Jeff vous achète. Je sais qu'il vous aime.

— Je vous en supplie, achetez-moi !

— Je ne peux pas, petite. La loi l'interdit.

— Ce n'est pas vrai ! Non, ce n'est pas vrai...

Elle se mit à sangloter éperdument. Mal à l'aise, Cooper la prit timidement dans ses bras et Struan put enfin partir.

Quand il retourna à bord du *Resting Cloud*, May-may dormait d'un sommeil agité.

En la veillant, il se demandait ce qu'il devrait faire de Culum et de Gorth. Il savait qu'il devrait aller immédiatement à Macao. Mais pas avant que May-may soit guérie... Mon Dieu, faites qu'elle guérisse. Est-ce que j'envoie le *China Cloud* et Orlov... peut-être Mauss ? Ou dois-je attendre ? J'ai dit à Culum de prendre garde, mais le fera-t-il ? Mon Dieu, Jésus, aidez May-may !

À minuit, on frappa à la porte.

— Oui ?

Lim Din entra sans bruit. Il jeta un coup d'œil à May-may et soupira, puis il annonça :

— Grand Gros Massi vient Taï-pan voir, peux ? Heya ?

D'un pas lourd, les épaules et la nuque douloureuses, Struan monta à sa cabine, au pont supérieur. Morley Skinner extirpa sa masse suante d'un fauteuil.

— Désolé de venir comme ça à l'improviste et si tard, Taï-pan. C'est assez important.

— Toujours enchanté de recevoir la presse, monsieur Skinner. Asseyez-vous, je vous prie. Vous buvez quelque chose ?

Struan s'efforça de chasser May-may de son esprit, de concentrer sa pensée sur l'immédiat, car il savait que ce n'était pas là une simple visite de bon voisinage.

— Merci. Du whisky, volontiers.

Skinner examinait la luxueuse cabine, les tapis de Chine verts sur le plancher bien ciré, les fauteuils et les canapés, humait la bonne odeur de cuir bien entretenu, de chanvre et de sel, et le parfum douceâtre, presque imperceptible, montant des cales à opium. Des lampes aux mèches bien mouchées diffusaient une lumière franche et faisaient danser des ombres entre les barrots du plafond. Quel contraste avec son taudis de Hong Kong, une misérable chambre nauséabonde et sale, au-dessus de la grande salle d'imprimerie!

— C'est aimable à vous de me recevoir si tard, dit-il.

Struan leva son verre.

— Santé!

— Oui. Santé, c'est le toast qui convient en ces temps de misère. Avec la malaria et tout... Il paraît que vous avez un ami qui a la malaria, dit-il.

— Savez-vous où je pourrais me procurer du cinchona?

Skinner hocha la tête.

— Non, Taï-pan. Tout ce que j'ai lu là-dessus affirme que c'est une légende.

Il tira de sa poche une morasse de la prochaine édition de son hebdomadaire, l'*Oriental Times*, et la tendit à Struan.

— J'ai pensé que ça vous amuserait de voir l'éditorial sur les courses d'aujourd'hui. Je fais une édition spéciale demain.

— Merci. C'était pour ça que vous vouliez me voir?

— Non, monsieur.

Skinner avala goulûment son whisky et contempla son verre vide.

— Servez-vous, je vous en prie.

— Merci, Taï-pan.

Skinner se déplaça lourdement pour aller prendre la carafe sur la desserte.

— Ah, j'aimerais avoir votre silhouette, monsieur Struan.

— Ne mangez pas tant, alors.

Skinner se mit à rire.

— Manger n'a rien à voir. On est gros ou on ne l'est pas. C'est une de ces choses que le bon Dieu arrête à la naissance. J'ai toujours été fort.

Il remplit son verre, retourna s'asseoir et dit :

— Il m'est venu aux oreilles un petit renseignement, hier soir. Je ne puis en révéler la source, mais j'aimerais vous en parler avant de le publier.

Quel squelette as-tu donc découvert, mon bon ami? se demanda Struan. Il y a tant de charognes à choisir! J'espère que c'est ce que je crois.

— Je suis propriétaire de l'*Oriental Times*, oui. Autant que je sache, nous sommes les seuls à le savoir. Mais je ne vous ai jamais dit ce qu'il fallait publier ou cacher. Vous êtes directeur et rédacteur en chef. Vous êtes entièrement responsable et si ce que vous publiez est diffamatoire, on portera plainte et on vous fera un procès. Quiconque sera diffamé.

— Oui, monsieur Struan. Et je vous suis reconnaissant de la liberté que vous me laissez. La liberté suppose des responsabilités — envers soi-même, le journal, la société. Pas forcément dans cet ordre-là. Mais ceci est autre chose. Les — comment dirais-je? — les implications vont loin.

Il tira un bout de papier couvert d'espèces d'hiéroglyphes griffonnés qu'il était le seul à pouvoir lire, puis il leva les yeux.

— Le traité de Chuenpi a été dénoncé par la Couronne, et Hong Kong avec.

— Est-ce que c'est une plaisanterie, monsieur Skinner?

Struan se demandait à quel point Blore avait été convaincant. Est-ce que tu as misé sur le bon cheval, mon gars? se demanda-t-il. Le gamin a un joli sens de l'humour. *L'étalon a pris le mors.* Hum. Percheron serait plus juste.

— Non, monsieur, répliqua Skinner. Je ferais peut-être bien de le lire moi-même tout haut.

Sur quoi, il lut presque mot pour mot ce que Sir Charles Crosse avait écrit, ce que Struan avait dit à Blore de souffler secrètement à l'oreille de Skinner. Struan avait jugé que Skinner était le mieux placé pour donner un coup de fouet aux marchands et les pousser à une colère telle que tous, chacun à sa façon, refuseraient de laisser périr Hong Kong, qu'ils s'agiteraient comme ils s'étaient tellement démenés, pendant si longtemps, pour réussir enfin à vaincre la Compagnie des Indes.

— Je n'en crois pas un mot, dit-il.

— Je crois que peut-être vous avez tort, Taï-pan, répondit Skinner et il vida son verre. Je peux?

— Bien sûr. Ramenez donc la carafe, ça vous évitera de vous déranger. Qui vous a donné ce renseignement?

— Je ne puis vous le dire.

— Même si j'insiste?

— Même. Cela mettrait fin à ma carrière de journaliste. Une question d'éthique, qui est très importante.

Struan voulut le mettre à l'épreuve.

— Un journaliste doit avoir un journal.

— Très juste. Alors c'est un risque que je cours, un coup de dés que je jette, en m'adressant à vous. Mais si vous le présentez comme ça, je ne vous le dirais quand même pas.

— Êtes-vous sûr que c'est vrai?

— Sûr, non. Mais je le crois.

— La dépêche est datée de quand?

— Du 27 avril.

— Et, sérieusement, vous croyez qu'elle aurait pu arriver si vite? Ridicule!

— Je pense de même. Mais je persiste à croire que le renseignement est exact.

— Dans ce cas, nous sommes tous ruinés.

— Probablement.

— Pas probablement. Certainement.

— Vous oubliez le pouvoir de la presse et la puissance collective des marchands.

— Nous n'avons aucun pouvoir contre le ministre des Affaires étrangères. Et le temps joue contre nous. Allez-vous publier ça?

— Oui. Au moment choisi.

Struan fit tourner son verre entre ses doigts et regarda la lumière jouer sur le cristal taillé.

— Je pense que lorsque vous ferez ça, vous déclencherez une panique monumentale. Et Longstaff vous écrasera très proprement.

— Je ne m'inquiète pas de ça, monsieur Struan.

Skinner était perplexe; Struan n'avait pas les réactions qu'il avait attendues. A moins que le Taï-pan ne fût déjà au courant, se dit-il pour la centième fois. Mais il n'aurait aucun intérêt à m'envoyer Blore. Blore est arrivé il y a huit jours — et cette semaine le Taï-pan a investi des milliers et des milliers de taels à Hong Kong. Ce serait le geste d'un fou. Alors de qui Blore est-il le messager? De Brock? Peu probable. Il dépense aussi largement que Struan. Ce doit être l'amiral, ou le général ou Monsey. Monsey! Qui d'autre que Monsey a des relations en haut lieu? Qui d'autre que Monsey hait Longstaff et guigne son poste? Qui d'autre que Monsey est intéressé à ce point par la réussite de Hong Kong? Car sans un Hong Kong prospère, Monsey n'a aucun avenir dans le corps diplomatique.

— On dirait que Hong Kong est mort. Tout l'argent et tous les efforts que vous avez consacrés, que nous avons tous consacrés à Hong Kong auront été vains.

— Hong Kong ne peut pas être fini. Sans l'île, tous les futurs ports que nous aurons sur le continent ne serviront à rien.

— Je sais. Nous le savons tous.

— Sûr. Mais le ministre pense autrement. Pourquoi? Je me demande pourquoi. Et que pourrions-nous faire? Comment le convaincre? Hein?

Skinner était un partisan de Hong Kong aussi fervent que Struan. Sans Hong Kong, il n'y aurait pas de Noble Maison, et sans la Noble Maison, pas d'*Oriental Times* hebdomadaire, et plus de situation.

— Peut-être n'aurons-nous pas à convaincre ce bougre, dit-il, le regard aigu.

— Hé?

— Ce bougre ne sera pas toujours au pouvoir.

L'intérêt de Struan s'éveilla. C'était une nouvelle perspective inattendue. Skinner était un lecteur vorace de tous les journaux et périodiques et un des hommes les mieux informés des affaires politiques « publiées ». En même temps — avec une mémoire extraordinaire et un intérêt très vif — Skinner avait de multiples sources d'information.

— Vous croyez qu'il y a une chance que le gouvernement tombe?

— Je veux bien parier la forte somme que Sir Robert Peel et les Conservateurs renverseront les Whigs dans l'année.

— Voilà un diable de pari bien dangereux. J'avancerais moi-même de l'argent contre vous.

— Parieriez-vous l'*Oriental Times* contre la chute des Whigs avant la fin de l'année — et une acceptation de Hong Kong par la Couronne?

Struan savait bien qu'un tel pari placerait Skinner entièrement de son côté; la perte du journal était peu de chose, à côté. Mais il se trahirait en acceptant trop vite.

— Vous n'avez pas une chance au monde de gagner ce pari!

— Pas d'accord, Monsieur Struan. L'année dernière, l'hiver, chez nous, a été des plus terribles, industriellement et économiquement. Le chômage est incroyable. Les récoltes ont été épouvantables. Savez-vous que le prix du pain est monté à un shilling et deux *pence* la miche, à en croire le courrier de la semaine dernière? Le sucre est à huit *pence* la livre, le thé à sept shillings et huit *pence*, le savon neuf *pence* le pain, les œufs quatre shillings la douzaine, les pommes de terre un shilling la livre, le bacon trois shillings six *pence* la livre. Prenez les salaires. Les artisans, maçons, plombiers, charpentiers, gagnent dix-sept shillings et six *pence* par semaine pour soixante-quatre heures de travail, les ouvriers agricoles neuf shillings par semaine pour Dieu sait combien d'heures de travail. Les ouvriers d'usine se font dans les quinze shillings, quand ils trouvent du travail. Bon Dieu, monsieur Struan, vous vivez sur les sommets incroyablement riches où vous pouvez donner mille guinées à une fille, simplement parce qu'elle a une jolie robe, alors vous ne savez pas, vous ne pouvez pas savoir, mais en Angleterre, une personne sur onze est un miséreux. A Stockton, près de dix mille personnes ont gagné moins de deux shillings par semaine, l'année dernière. A Leeds, trente mille, moins d'un shilling. Presque toute la population meurt de faim, et nous sommes le pays le plus riche de la terre. Les Whigs ne veulent rien voir et ils refusent de reconnaître des conditions évidentes et monstrueusement injustes. Ils n'ont rien fait contre les chartistes, à part prétendre que ce sont des anarchistes. Bon Dieu! Des enfants de six ou sept ans travaillent douze heures par jour, des femmes aussi, et c'est de la main-d'œuvre à bon marché et ils mettent les hommes en chômage. Pourquoi les Whigs s'en soucieraient-ils? Ils possèdent la majorité des fabriques et des usines. L'argent est leur dieu, de plus en plus, et au diable les autres gens. Les Whigs refusent d'aborder le problème irlandais. Il y a eu une famine l'année dernière, et s'il y en a une autre cette année, l'Irlande entière se révoltera et ce ne sera pas trop tôt. Et les Whigs n'ont pas levé le petit doigt pour réformer la banque. Pourquoi le feraient-ils? Ils possèdent aussi les banques! Voyez donc votre coup de malchance. Si nous avons de bonnes lois pour protéger les titulaires de comptes des maudites machinations de ces maudits Whigs...

La figure congestionnée, les bajoues frémissantes, hors d'haleine, il se tut brusquement.

— Excusez-moi. Je ne voulais pas faire un discours. Mais naturellement, les Whigs doivent céder la place! Je dirai même que s'ils ne partent pas d'ici six mois, il y aura en Angleterre un bain de sang à côté duquel la Révolution française aura l'air d'une partie de plaisir. Le seul homme qui puisse nous sauver est Sir Robert Peel, par tout ce qu'il y a de sacré!

Struan se rappelait ce que Culum lui avait dit, sur les conditions de vie en Angleterre. Robb et lui-même avaient considéré cela comme les divagations d'un étudiant idéaliste. Et lui-même avait négligé ce que son propre père écrivait, en jugeant cela exagéré.

— Si Lord Cunnington est débarqué, qui sera aux Affaires étrangères?

— Sir Robert lui-même. A défaut, Lord Aberdeen.

— Mais tous deux sont opposés au commerce libre.

— Oui, mais tous deux sont libéraux et pacifistes. Et une fois au pouvoir, ils devront changer. Chaque fois que l'opposition obtient le pouvoir et les responsabilités, elle change. Le commerce libre est la seule chance de survie de l'Angleterre — vous le savez — et ils seront obligés de le défendre. Et ils auront besoin de tout le soutien possible des puissants et des riches.

— Vous voulez dire que je devrais les soutenir?

— L'*Oriental Times*, les bâtiments, les presses et le papier, contre la chute des Whigs cette année. Et Hong Kong.

— Vous croyez pouvoir appuyer cela?

— Hong Kong, oui. Oh oui.

Struan étendit plus confortablement sa jambe gauche et se

renversa contre le dossier de son fauteuil. Il laissa le silence s'appesantir.

— Un intérêt de cinquante pour cent, et je tiens le pari, dit-il enfin.

— Tout ou rien.

— Je devrais peut-être vous jeter dehors et qu'on n'en parle plus.

— Peut-être. Vous avez plus qu'assez de fortune pour vous et les vôtres, éternellement. Je vous demande à quel point vous tenez à Hong Kong — et à l'avenir de l'Angleterre. Je crois avoir une clef.

Struan se versa du whisky et remplit le verre de Skinner.

— Tenu, dit-il. Tout ou rien. Voudriez-vous partager un petit en-cas avec moi? Je me sens une légère faim.

— Oui, très volontiers. Merci. Parler aiguise l'appétit. Merci de bon cœur.

Struan agita la sonnette et remercia son joss d'avoir bien misé. Lim Din entra; il lui commanda un souper.

Skinner but son whisky et remercia Dieu d'avoir bien jugé le Taï-pan.

— Vous ne le regretterez pas, Taï-pan. Maintenant, écoutez-moi un moment. La perte de Longstaff — je sais qu'il est de vos amis, mais je parle politiquement — est un énorme coup de chance pour Hong Kong. D'abord, il est noble, ensuite il est Whig et troisièmement c'est un imbécile. Sir Clyde Whalen est fils de hobereau, deuxièmement ce n'est pas un imbécile, et troisièmement il est homme d'action. Quatrièmement, il connaît les Indes, il a servi pendant trente ans dans la Compagnie des Indes. Auparavant, il appartenait à la Royal Navy. Enfin, le plus important, bien qu'il soit ostensiblement un Whig, je suis sûr qu'il doit secrètement haïr Cunnington et le gouvernement actuel et qu'il ferait tout ce qui est en son pouvoir pour précipiter leur chute.

— Pourquoi?

— Il est irlandais. Cunnington a été le fer de lance de presque toute la politique irlandaise au cours des quinze dernières années, et il est directement responsable — tous les vrais Irlandais le pensent — de ses résultats désastreux. C'est la clef de Whalen, ça... si nous trouvons le moyen de nous en servir.

Lim Din et un autre domestique arrivèrent, avec des plats de viandes froides, des saucisses fumées, des pâtisseries, des pâtés, des tartes, d'énormes chopes de bière fraîche et du champagne dans un baquet à glace.

Un sourire gourmand détendit les traits de Skinner.

— Un festin de propriétaire d'usine!

— Digne d'un propriétaire de journal. Servez-vous.

Les idées de Struan tournoyaient à toute allure. Comment tourner Whalen à son profit? Les Whigs seront-ils renversés? Dois-je déjà changer mon fusil d'épaule et soutenir les conservateurs? Cesser de soutenir des hommes comme Crosse? Maintenant, on doit savoir en Angleterre que la Noble Maison est toujours la Noble Maison, et plus puissante que jamais. Est-ce que je joue la carte Sir Robert Peel?

— Quand vous publierez cette dépêche, dit-il, tout le monde sera pris de panique.

— Oui, monsieur Struan. Si je n'étais pas violemment opposé au largage de Hong Kong, je songerais à l'avenir de mon journal, déclara Skinner, la bouche pleine. Mais il y a des façons et des façons de présenter une nouvelle. C'est ça qui est passionnant, dans le journalisme. Oh oui, il faut que je songe à l'avenir de mon journal!

Struan, perdu dans ses pensées, ne faisait guère honneur au souper. Enfin, lorsque Skinner fut repu, il se leva et le remercia de son renseignement et de ses conseils.

— Je vous préviendrai en particulier avant de publier la dépêche, dit le journaliste. Ce sera dans quelques jours, mais j'ai besoin d'un peu de temps pour tirer des plans. Merci, Taï-pan.

Il partit, et Struan descendit au pont inférieur.

May-may s'agitait dans son sommeil. Il fit dresser un lit de fortune dans sa chambre et se laissa glisser dans une vague somnolence.

A l'aube, May-may se mit à grelotter. Elle avait de la glace dans les veines, dans la tête, dans le ventre. C'était le quinzième jour.

33

Frêle et sans défense comme un bébé, May-may gisait sous le poids de douze couvertures. Sa figure était grisâtre, ses yeux faisaient peur. Et puis, brusquement, les grelottements firent place à la fièvre. Pendant quatre heures, elle claqua des dents. Struan lui bassina le visage avec de l'eau glacée, mais cela ne la soulageait pas. Elle eut le délire. Elle s'agitait dans son lit, marmonnait et criait dans un mélange incohérent de chinois et d'anglais, consumée par le feu terrible. Struan la serrait dans ses bras et s'efforçait de la réconforter, mais elle ne le reconnaissait pas, ne l'entendait pas.

La fièvre cessa aussi brusquement qu'elle avait commencé. May-may était trempée de sueur. Elle entrouvrit les lèvres et poussa un soupir de soulagement extasié. Ses yeux s'ouvrirent lentement.

— Je me sens bien, mais si fatiguée, souffla-t-elle.

Struan aida Ah Sam à changer les draps et les taies d'oreiller. May-may mit une chemise sèche et propre, puis elle s'endormit paisiblement. A son chevet, Struan la veilla.

Elle s'éveilla au bout de six heures, sereine mais épuisée.

— Bonjour, Taï-pan. J'ai la fièvre de la Vallée Heureuse?

— Oui. Mais ton docteur a un remède pour ça. Il te l'apportera dans un jour ou deux.

— Bien. Très bien. Ne t'en fais pas, ça ne fait rien.

— Pourquoi souris-tu, fillette?

— Ah, murmura-t-elle en s'étirant entre les draps frais. Comment peut-on autrement dominer son joss? Si tu souris quand tu perds, alors tu gagnes, dans la vie.

— Tu vas guérir. Tu vas voir. Ne te fais pas de souci.

— Je n'ai pas de soucis pour moi. Rien que pour toi.

— Que veux-tu dire?

Sa veille avait épuisé Struan, et il était angoissé de voir May-may amaigrie, fragile, les yeux cernés. Et vieillie.

— Rien. Je voudrais du bouillon. Du bouillon de poulet.

— Le médecin a envoyé un remède pour toi. Pour te donner des forces.

— C'est bien. Je me sens fantasticalement faible. Je prendrai le remède après le bouillon.

Il en commanda et May-may en but un peu, puis elle se laissa retomber sur les oreillers.

— Maintenant, tu vas te reposer, Taï-pan, murmura-t-elle, et puis elle demanda : Combien de jours avant la prochaine fièvre?

— Trois ou quatre.

— T'en fais pas, Taï-pan. Quatre jours, c'est l'éternité, ça ne fait rien. Va, repose-toi, je t'en prie, et après on causera.

Il monta dans sa cabine, et dormit mal, en s'éveillant à chaque instant, rêvant qu'il était éveillé, ou bien dormant d'un sommeil de plomb qui n'apportait pas de repos.

Le soleil touchait à l'horizon quand il se réveilla. Il prit un bain, se rasa et se contempla dans la glace avec terreur. Car ses yeux lui disaient que May-may ne pourrait jamais survivre à trois crises de ce genre. Il ne pouvait lui rester que douze jours à vivre.

On frappa à sa porte.

— Oui?

— Taï-pan?

— Ah, bonjour, Gordon. Quoi de neuf?

— Rien, hélas. Je fais tout ce que je peux. Comment va notre Dame?

— La première crise est passée. Elle ne va pas bien, petit.

— Tout a été mis en œuvre. Le docteur a envoyé un remède pour lui donner des forces, et des aliments spéciaux. Ah Sam sait ce qu'il faut faire.

— Merci.

Gordon sortit, laissant Struan à ses tristes réflexions. Au désespoir, il tâtonnait, à la recherche d'une solution. Où trouver du cinchona? Il doit bien y avoir un endroit... Où trouver de l'écorce du Pérou en Asie? Non, pas de l'écorce du Pérou, de l'écorce des Jésuites.

Soudain, ses pensées vagabondes se cristallisèrent en une idée. L'espoir au cœur, il cria tout haut :

— Pour l'amour de Dieu! Si on veut des mouches d'âne, on cherche un âne! Si tu veux de l'écorce des Jésuites... où veux-tu chercher, bougre d'imbécile?

En deux heures, le *China Cloud* avait été paré, appareillait et cinglait dans la baie ensanglantée par le coucher du soleil, comme une Valkyrie, toutes voiles au vent mais bien prises, contre la mousson. Quand il déboucha du chenal ouest et affronta soudain la violence de la houle et du vent du Pacifique, il roula et les haubans chantèrent joyeusement.

— Sud-sud-est! rugit Struan dans la brise.

— Sud-sud-est, paré! répondit l'homme de barre.

Le *China Cloud* changea de cap et fonça dans la nuit tombante, luttant encore contre le vent et la mer. Bientôt, il virerait à nouveau et alors il aurait le vent en poupe et pourrait cingler librement.

Au bout d'une heure, Struan hurla :

— Tout le monde sur le pont!

L'équipage surgit en courant du gaillard d'avant et se tint prêt, au pied des enfléchures.

— Ouest-sud-ouest! cria Struan.

L'homme de barre prit le nouveau cap et le clipper vira sous le vent. Les voiles chantèrent, les haubans grincèrent en protestant et Struan ordonna :

— Larguez les ris dans la grand-voile et le cacatois!

Le navire fendait les vagues, par bon vent arrière et l'étrave soulevait deux gerbes d'écume.

— Comme ça! ordonna enfin Struan. Capitaine Orlov, prenez la relève.

— Il est grand temps, Taï-pan.

— Peut-être pourriez-vous lui faire donner plus de vitesse. J'aimerais être à Macao au plus tôt.

Orlov remercia ses dieux de s'être tenu prêt, comme toujours, pour un appareillage immédiat. Dès qu'il avait vu la figure du Taï-pan, il avait compris que le *China Cloud* ferait bien de sortir de la rade en un temps record, sinon il se retrouverait sans navire. Et bien que sa prudence de vieux marin lui soufflât qu'il était dangereux de naviguer la nuit dans ces eaux infestées de récifs et de hauts-fonds, il exultait d'être au large, et libre, et au commandement, après tant de longs jours au mouillage. Il largua de nouveaux ris, vira un point à tribord et força l'allure.

— Préparez le canot tribord avant, monsieur Cudahy, criat-il. Vaudrait mieux qu'il soit prêt quand il remontera sur le pont, Dieu sait! Et hissez le fanal du pilote.

— Bien, capitaine.

— Et puis non. Pas la peine. On n'aura pas de pilote en pleine nuit et je m'en vais pas attendre le jour et un foutu pilote de malheur qui confondrait un foc et une trinquette. J'entrerai moi-même au port. Nous avons de la cargaison urgente à bord.

Cudahy se pencha et souffla contre l'oreille de son capitaine :

— C'est-y celle-là, capitaine? La celle qu'on dit qu'il l'a payée son poids en or? Vous avez vu sa figure?

— Va-t'en à l'avant ou je prendrai tes tripes pour en faire des bretelles! Monsieur Cudahy, fermez votre grande gueule et passez la consigne, nom de Dieu! Tout le monde est consigné à bord, quand on sera à Macao!

— Oui, sûr, capitaine, répondit Cudahy en se redressant de toute sa taille pour dominer le petit homme contrefait qu'il aimait et admirait. Nos bouches sont des huîtres, par la barbe de saint Patrick. N'ayez crainte.

Il descendit quatre à quatre l'échelle de la passerelle et courut à l'avant.

Orlov arpentait le gaillard d'arrière, en se demandant ce que signifiait tout le mystère, et ce que pouvait bien avoir la menue jeune femme que le Taï-pan avait portée à bord dans ses bras, tout enveloppée de voiles. Il vit le solide Chinois trapu, Fong, qui suivait Cudahy comme un chien patient, et se demanda encore une fois pourquoi cet homme était venu à bord pour y apprendre à devenir capitaine, et pourquoi le Taï-pan avait mis un de ces mécréants à bord de chacun de ses navires.

J'aurais bien aimé voir la figure de la petite, se dit-il. Son poids en or, oui, oui, à ce qu'il paraît. J'aimerais... Mon Dieu, que j'aimerais ne pas être ce que je suis, pouvoir regarder un homme ou une femme en face sans voir dans leurs yeux de la révulsion, ne pas avoir à prouver que je suis un homme comme les autres, et meilleur en mer que n'importe quel marin. J'en ai assez d'être Stride Orlov le bossu! Est-ce pour ça que j'ai eu peur quand le Taï-pan m'a dit qu'en octobre j'irai dans le nord?

Il se pencha lugubrement à la lisse et regarda filer l'eau sombre. T'es ce que t'es et la mer t'attend. Et tu es le capitaine du plus beau navire du monde. Et une fois dans ta vie, tu as regardé un visage et tu as vu des yeux verts qui te considéraient, comme ils auraient soupesé *un homme*. Ah, Taï-pan aux yeux verts, pensa-t-il en oubliant sa détresse, pour cet instant-là que tu m'as donné, j'irais volontiers en enfer pour toi!

— Ho là! Vous autres, calfats de malheur! Hissez voir le perroquet, nom de Dieu! hurla-t-il.

Sur son ordre, des hommes grimpèrent comme des singes dans les enfléchures pour tirer du vent le maximum de la vitesse qu'il pouvait donner.

Enfin, lorsque Orlov aperçut à l'horizon les feux de Macao, il fit carguer des voiles et fit entrer le navire prudemment, mais aussi rapidement que possible, dans la baie peu profonde de Macao, tandis que le timonier criait ses sondages.

— Belle manœuvre, capitaine, dit Struan.

Orlov sursauta et se retourna.

— Ah, vous avais pas vu. Vous arrivez sur un bonhomme comme un fantôme. Le canot est paré à mettre à la mer, dit-il, et il ajouta, négligemment : Ma foi, j'ai pensé que je pouvais aussi bien le rentrer au port et pas attendre l'aube et un pilote.

— Vous lisez dans les pensées, capitaine.

Struan examina les feux, et la ligne sombre de la ville.

— Mouillez à l'endroit habituel, dit-il. Montez vous-même la garde devant ma cabine. Vous ne devez pas entrer, ni vous ni personne. Tout le monde est consigné à bord. Et bouche cousue.

— J'ai déjà donné les ordres.

— Quand les autorités portugaises monteront à bord, excusez-vous de ne pas avoir attendu le pilote, et payez les droits usuels. Et le pot-de-vin aux Chinois. Dites que je suis à terre.

Orlov n'était pas assez bête pour demander combien de temps le Taï-pan resterait absent.

L'aurore pâlissait à l'horizon quand le *China Cloud* mouilla à un demi-mille des jetées encore invisibles du port. Il n'osait pas s'approcher davantage; la rade était dangereusement peu profonde et, partant, presque inutilisable — une raison de plus de posséder Hong Kong qui devenait une nécessité économique. En exhortant les matelots à souquer ferme vers la terre, Struan aperçut les feux de position d'un autre clipper, au sud, le *White Witch*. Il y avait encore quelques petits bâtiments européens au mouillage, et des centaines de sampans et de jonques, naviguant silencieusement.

Struan courut sur la jetée que la Noble Maison avait encore en location. Il vit que tout était éteint dans la vaste demeure de la Compagnie, également louée aux Portugais. C'était une imposante maison à colonnes, de quatre étages, au fond de la place bordée d'arbres. Struan contourna les douanes chinoises, traversa une avenue et se mit à gravir la petite colline vers l'église Sao Francisco.

Il était heureux de se retrouver à Macao, dans un pays civilisé, dans les petites rues aux pavés ronds, dans la ville des églises majestueuses et des gracieuses maisons latines, des fontaines et des jardins fleuris.

Un jour, se promit-il, Hong Kong sera comme ça..., avec du joss. Et puis il songea à Skinner et Whalen, à la malaria et à May-may, à bord du *China Cloud*, si affaiblie, à la crise de fièvre attendue dans deux ou trois jours. Et le *Blue Cloud?* Il devrait bientôt toucher Londres. Battra-t-il le *Gray Witch?* Où est-il à mille milles derrière, et au fond des mers? Et les autres clippers? Le *Blue Cloud* arrivera premier! Comment va Winifred? Et que fait Culum, et que médite Gorth, et est-ce aujourd'hui qu'on réglera les comptes?

La ville dormait encore, mais il sentait des regards chinois le suivre dans le petit jour. Il arriva au sommet de la colline et traversa la magnifique Praça Sao Francisco.

Au-delà de la place, sur le point culminant de l'isthme, se dressaient les remparts de l'ancien fort de Sao Paulo de Monte. Et au-delà, c'était le quartier chinois de Macao, des ruelles étroites, des taudis, des cabanes, recouvrant le versant nord de la colline et les terres basses.

La petite plaine s'étendait sur quelque huit cents mètres et l'isthme se rétrécissait; il n'avait plus que cent cinquante mètres de large. Il y avait des jardins, des promenades, la tache émeraude d'un petit hippodrome et d'un terrain de cricket que les Anglais avaient créés. Les Portugais réprouvaient les courses de chevaux et ne jouaient pas au cricket.

A cent mètres au-delà du terrain de cricket, Macao finissait contre un mur, et la Chine commençait.

Le mur était haut de sept mètres, épais de trois, et s'étirait d'une rive à l'autre. C'était seulement après la construction du mur, trois siècles plus tôt, que l'empereur avait accepté d'abandonner l'isthme aux Portugais et leur avait permis de s'établir.

Au centre exact du mur, il y avait une tour de guet et un majestueux portail. La porte de la Chine était perpétuellement ouverte, mais aucun Européen ne pouvait la franchir.

Struan traversa vivement la place et poussa les hautes grilles en fer forgé de l'évêché; il pénétra dans le jardin parfaitement soigné depuis trois siècles. Un jour, j'aurai un jardin comme ça, se promit-il.

Ses bottes résonnèrent sur les dalles de la cour d'honneur et il gravit les marches du perron. Il tira la sonnette, l'entendit se répercuter à l'intérieur et sonna encore, et encore, avec insistance.

Enfin, une lumière clignotante apparut à une fenêtre du rez-de-chaussée, et Struan entendit un bruit de pas traînants, puis un torrent de portugais interrogatif. La lourde porte de chêne s'entrebâilla.

— *Bom dia*. Je veux voir Monseigneur.

Le domestique mal réveillé et à demi vêtu regarda l'intrus sans comprendre, grommela quelques mots et voulut lui claquer la porte au nez. Struan avança sa botte, poussa la porte et entra dans le vestibule, puis dans la première pièce venue, une charmante bibliothèque aux murs tapissés de livres. Il alla s'asseoir dans un fauteuil de bois sculpté, et se tourna vers le domestique ahuri :

— L'évêque, dit-il.

Une demi-heure plus tard, Falarian Guineppa, évêque de Macao, entra majestueusement dans la pièce que Struan semblait avoir réquisitionnée. C'était un patricien de haute stature

135

qui portait ses cinquante ans avec alacrité. Il avait le nez aquilin, le front haut, les traits burinés. Il était vêtu de la soutane et de la calotte violettes, et un crucifix d'améthyste pendait à sa ceinture. Ses yeux noirs, sous la paupière lourde, étaient hostiles. Mais quand ils reconnurent Struan, ils s'animèrent brusquement et les paupières se relevèrent. L'évêque s'arrêta sur le seuil, toutes les fibres de son être sur le qui-vive.

Struan se leva.

— Bonjour, Monseigneur. Je m'excuse de m'imposer et d'arriver si tôt.

— Soyez le bienvenu au nom du Seigneur, senhor, dit aimablement l'évêque, en désignant un fauteuil. J'allais déjeuner. Voulez-vous vous joindre à moi?

— Merci.

L'évêque se tourna vers le domestique et lui donna quelques ordres en portugais. L'homme s'inclina et s'en fut. L'évêque s'approcha alors de la fenêtre, en jouant machinalement avec son crucifix, et contempla le lever du soleil sur la baie. Il vit le *China Cloud* et tous les petits sampans qui se pressaient autour du navire, tout en bas dans la rade. Quelle urgente nécessité se demanda-t-il, amène devant moi le Taï-pan de la Noble Maison? L'ennemi que je connais si bien et que pourtant je n'ai jamais vu.

— Je vous remercie de ce réveil, dit-il. Cette aurore est radieuse.

— Sûr.

Chacun de ces hommes feignait une amabilité que ni l'un ni l'autre n'éprouvait.

Pour l'évêque, Struan était le représentant des protestants anglais fanatiques, matérialistes, diaboliques, qui avaient rompu avec la loi de Dieu et qui, pour leur éternelle damnation, avaient renié le pape comme les Juifs avaient renié le Christ, l'homme qui était leur chef, celui qui, à lui seul ou presque, avait détruit Macao et, avec Macao, la domination des catholiques sur les païens d'Asie.

Pour Struan, l'évêque représentait tout ce qu'il méprisait chez les catholiques, le fanatisme dogmatique de ces hommes avides de puissance, froids, qui arrachaient leurs richesses des pauvres au nom d'un Dieu catholique, en leur suçant le sang goutte à goutte, et, avec ces gouttes de sang, érigeaient des cathédrales à la gloire de leur propre version de Dieu, de ces hommes qui avaient idolâtrement installé à Rome un homme, sous le nom de pape, et en avaient fait un infaillible arbitre.

Des serviteurs en livrée apportèrent des plateaux d'argent, du chocolat fumant, des croissants feuilletés, du beurre frais, et cette gelée de cumquat qui était la spécialité du monastère.

L'évêque récita le bénédicité et les phrases latines augmentèrent le malaise de Struan, mais il baissa la tête et ne dit rien.

Les deux hommes déjeunèrent en silence. Les cloches des multiples églises sonnaient matines et le sourd bourdonnement des litanies des moines dans la cathédrale voisine meublait le silence.

Après le chocolat, on leur servit du café, provenant du Brésil portugais, un café brûlant, parfumé, délicieux.

Sur un signe de l'évêque, un domestique ouvrit un coffret et présenta des cigares à Struan.

— Ils sont de La Havane, dit l'évêque. Après le petit déjeuner, j'apprécie assez le cadeau qu'a fait Sir Walter Raleigh à l'humanité.

— Merci.

Struan en prit un. Les valets offrirent du feu, puis le prélat les congédia.

L'évêque contempla un moment les volutes de fumée.

— Pourquoi le Taï-pan de la Noble Maison a-t-il besoin d'aide? murmura-t-il enfin. D'un secours... papiste?

— Vous pouvez parier, à coup sûr, que ce n'est pas à la légère, Monseigneur. Avez-vous entendu parler de l'écorce de cinchona? L'écorce des Jésuites?

— Ainsi donc. Vous avez la malaria? La fièvre de la Vallée Heureuse?

— Navré de vous décevoir. Non. Je n'ai pas la malaria. Mais une personne que je chéris l'a attrapée. Est-ce que le cinchona guérit la malaria?

— Oui. Si la malaria de la Vallée Heureuse est la même que celle qui sévit en Amérique du Sud, dit l'évêque en fixant sur Struan son regard pénétrant. Il y a de nombreuses années, j'étais missionnaire au Brésil. J'ai eu leur malaria. Le cinchona m'a guéri.

— En avez-vous ici? A Macao?

Un silence tomba, animé par le tapotement des ongles du prélat sur le crucifix, qui rappela à Struan le médecin chinois tâtant le pouls de May-may. Il se demanda s'il avait bien jugé l'évêque.

— Je ne sais pas, senhor Struan, dit enfin le Portugais.

— Si le cinchona peut guérir notre malaria, alors je suis disposé à payer. Si vous voulez de l'argent, vous en aurez. La puissance? Je vous en donnerai. Si vous voulez mon âme, elle est à vous. Je ne souscris pas à vos vues, alors ce serait un échange sans risques. Je suis même prêt, de grand cœur, à me convertir, à faire ce qu'il faut pour devenir catholique, mais ce serait sans valeur, comme nous le savons tous les deux. Tout ce que vous voudrez, et ce qui est en mon pouvoir de vous donner, vous l'aurez. Mais je veux de cette écorce. Je veux guérir une personne de la fièvre. Faites votre prix.

137

— Pour quelqu'un qui vient en quémandeur, vos façons sont étranges.

— Sûr. Mais je présume que, compte tenu de mes manières, ou de ce que vous pensez de moi et de ce que je pense de vous, nous avons une monnaie d'échange. Avez-vous du cinchona? Si vous en avez, est-ce que ça guérira la malaria de la Vallée Heureuse? Et dans ce cas, quel est votre prix?

Dans le grand silence, les esprits et les volontés s'affrontèrent.

— Je ne puis encore répondre à aucune de ces questions, dit l'évêque.

Struan se leva.

— Je reviendrai ce soir.

— Il est inutile de revenir, senhor.

— Vous voulez dire que vous refusez le marché?

— Je veux dire que ce soir serait peut-être trop tôt. Il me faudra du temps pour faire prévenir tous ceux qui soignent les malades, et recevoir leurs réponses. Je vous avertirai dès que je saurai à quoi m'en tenir. Et comment répondre à toutes vos questions. Où serez-vous? A bord du *China Cloud* ou chez vous?

— J'enverrai un homme s'asseoir sur une marche de votre perron pour attendre.

— Ce n'est pas nécessaire. Je vous avertirai aussitôt.

Le prélat resta assis, puis, sentant la profondeur de l'inquiétude de Struan, il murmura avec compassion :

— Ne vous troublez pas, senhor. Je vous ferai avertir aux deux endroits, au nom du Christ.

— Merci.

En franchissant le seuil, Struan entendit l'évêque murmurer : « Allez avec Dieu », mais il ne s'arrêta pas. La porte d'entrée claqua derrière lui.

Dans le silence de la petite bibliothèque, le prélat poussa un profond soupir. Les yeux fixés sur la croix d'améthyste, il pria tout bas. Puis il fit venir son secrétaire et donna l'ordre d'entamer les recherches. Resté seul, il se partagea en ces trois personnes que tous les princes de l'Église doivent être simultanément. D'abord saint Pierre, l'élu du Christ et premier vicaire de Jésus, avec tout ce que cela impliquait de spirituel; puis le gardien militant de l'Église temporelle avec tout ce que cela impliquait. Enfin, un homme, simplement, qui croyait aux enseignements du Fils de l'Homme qui était le Fils de Dieu.

Il se carra dans son fauteuil, et laissa ces trois facettes de sa personnalité discuter entre elles. Et il les écouta.

34

Struan gravit les marches de marbre du siège de la Compagnie, le corps las mais l'esprit étrangement en paix. J'ai fait tout ce que j'ai pu, pensait-il.

Avant qu'il ait le temps de sonner, la porte lui fut largement ouverte et Lo Chum, le majordome de la Noble Maison à Macao, lui sourit de toutes ses gencives édentées. C'était un petit vieux au visage de vieil ivoire qui était au service du Taï-pan depuis que Struan avait les moyens de se faire servir. Il portait une tunique bien blanche, un pantalon noir et des sandales de corde.

— Hallo-ah, Taï-pan. Bain prêt, tidéjeuner prêt, habits tout prêts, pourquoi quoi donc Taï-pan veut, heya ? Ça ne fait rien.

— Heya, Lo Chum.

Struan ne cessait jamais de s'émerveiller de l'incroyable rapidité par laquelle les nouvelles se transmettaient. Il savait que s'il avait sauté à terre, couru à perdre haleine sur la jetée et s'était rendu directement chez lui, la porte lui aurait été ouverte de la même façon et Lo Chum aurait été là comme il l'était à présent.

— Bain, habits peux, dit-il.

— Compradore Chen Sheng venir parti. Dis reviens neuf heures, peut. Peut ?

— Peut, soupira Struan.

Lo Chum ferma la porte et trottina devant Struan dans l'escalier de marbre. Il ouvrit la porte de la chambre du maître. La grande baignoire sabot en fer-blanc était pleine d'eau chaude fumante, comme toujours, un verre de lait était posé sur une petite table à côté, comme toujours, ses affaires de toilette étaient préparées, une chemise propre et un habit disposés sur le lit — comme toujours. C'est bon de se retrouver chez soi, pensa Struan.

— Taï-pan veux cow chillo bain avec, heya ?

Un hennissement de rire.

— Ayee yah! Lo Chum. Toujours parler cow chillo jig-jig au bain quoi, ça ne fait rien. Réveiller Massi Culum, dire ici peut!

— Massi Culum pas là dormir.

— Où aller Massi Culum, heya?

Lo Chum ramassa les vêtements dont Struan venait de se dépouiller et haussa les épaules.

— Dehors la nuit, toute, Massi.

Struan fronça les sourcils.

— Tout pareil, les nuits toutes, heya?

Lo Chum hocha la tête.

— Non, Massi. Une, deux nuits dormir ici.

Il sortit en hâte.

Struan se plongea dans son bain, troublé par ce rapport sur les absences de Culum. Bon Dieu, j'espère que le galopin a suffisamment de bon sens pour ne pas aller au quartier chinois!

A neuf heures précises, une luxueuse chaise à porteurs s'arrêta devant le bâtiment. Chen Sheng, compradore de la Noble Maison, en descendit pesamment. Il portait une robe cramoisie, un chapeau orné de pierreries et il avait grande conscience de sa majesté.

Il gravit dignement les marches et la porte lui fut ouverte par Lo Chum en personne, comme toujours. Cela donnait beaucoup de face à Chen Sheng, car Lo Chum n'ouvrait la porte lui-même qu'au Taï-pan et à lui.

— Il m'attend? demanda-t-il en cantonais.

— Naturellement, Excellence. Je suis désolé d'avoir pris rendez-vous pour vous de si bonne heure, mais j'ai pensé que vous voudriez être le premier.

— Il paraît qu'il a quitté Hong Kong en toute hâte. Sais-tu ce qui se passe?

— Il est allé tout droit au Taï-pan des longues jupes et...

— Je sais, je sais, grommela impatiemment Chen Sheng, qui se demandait bien ce que Struan était allé faire à l'évêché. Je ne sais vraiment pas pourquoi je suis aussi tolérant avec toi, Lo Chum, ni pourquoi je continue à te payer tous les mois pour me tenir au courant en ces temps très troublés. Je savais que le navire était dans la rade avant d'avoir reçu ton message. Ce manque d'intérêt pour les affaires est déplorable.

— Excellence, je suis abjectement navré. Naturellement, le Taï-pan a amené sa concubine sur son navire.

— Ah.

Bon, très bon, pensa-t-il. Je serai content de lui rendre les enfants et de me décharger de cette responsabilité.

— C'est un peu mieux, ça, encore que d'autres me l'auraient

dit avant une heure. Quelles autres perles d'information as-tu qui méritent les fortunes que je te paie?

Lo Chum leva les yeux au ciel.

— Que pourrais-je savoir, moi misérable esclave, que ne sait pas un haut mandarin tel que vous, Excellence? Les temps sont durs, soupira-t-il. Ma femme me harcèle et réclame de l'argent et mes fils gaspillent les taels au jeu comme si l'argent pur poussait dans les rizières. Désolant. C'est seulement en connaissant à l'avance les choses de grande importance que l'on peut se prémunir contre le mauvais sort. C'est affreux de penser que ces choses pourraient tomber en de mauvaises oreilles.

Chen Sheng croisa les mains sur son ventre, certain maintenant que Lo Chum avait des renseignements de grand intérêt.

— Je suis entièrement d'accord. En des temps aussi difficiles que ceux que nous traversons il est essentiel, les dieux l'ont décrété, de venir en aide aux pauvres. J'avais dans l'idée de t'envoyer un misérable et indigne présent au nom de tes illustres ancêtres; trois cochons rôtis, quatorze poules pondeuses, deux pièces de soie de Shantoung, une perle valant dix taels de l'argent le plus pur, une belle boucle de jade du début de la dynastie Ch'ing valant cinquante taels, et quelques menues douceurs et pâtisseries qui sont tout à fait indignes de ton palais délicat mais que tu voudras peut-être donner à tes serviteurs.

— Il m'est impossible d'accepter un présent d'une telle munificence, dit Lo Chum en s'inclinant très bas. Cela m'endetterait à jamais auprès de vous.

— Si tu refuses, je vais penser que mon présent est par trop indigne de tes glorieux ancêtres et je perdrai la face.

Finalement, Lo Chum se laissa persuader d'accepter et Chen Sheng voulut bien reconnaître que son cadeau était princier.

— J'ai appris que le Taï-pan est à la recherche de quelque chose, chuchota Lo Chum, pour guérir sa concubine qui est très malade. Elle a la fièvre empoisonnée de Hong Kong!

— Quoi!

Chen Sheng était horrifié par cette nouvelle, mais satisfait de n'avoir pas dépensé en vain l'argent des cadeaux.

Lo Chum lui parla du médecin chinois et de l'étrange remède et répéta tout ce qu'Ah Sam avait chuchoté à l'aurore au sampanier qu'il lui avait envoyé.

— Le bruit court même que le Taï-pan a offert une récompense de vingt mille taels. Son fils, l'illustre fils de votre troisième femme et votre beau-fils, a déclenché des recherches frénétiques pour ce remède, à Hong Kong.

L'esprit subtil de Chen Sheng subodorait mille conséquences. Il fit un signe à Lo Chum et fut introduit dans le bureau de Struan.

— Hallo-ah, Taï-pan, s'exclama-t-il avec bonne humeur. Content vous voir à Macao, ça ne fait rien.

— Hallo-ah, Chen Sheng. Assis-ah?

— Navire *Blue Cloud* premier arrivé, heya?

— Sais pas. Quand je sais pas mal vite-vite je dis. Chen Sheng voulait voir moi, heya?

Chen Sheng était soucieux. Jin-qua lui avait personnellement confié — à lui, le chef des Triades de Macao — la responsabilité de T'chung May-may et de ses enfants. Lui seul, de toutes les relations de Jin-qua, savait qu'elle était sa petite-fille et que pour eux, sa valeur en tant que concubine du Taï-pan était colossale, et inestimable pour la cause des Triades — qui était celle de la Chine. La nouvelle que la flotte se dirigeait sur Canton, au lieu de se rendre directement à Pékin comme tout le monde le croyait, leur avait permis de sauver près de quatre millions de taels, cent fois le prix de l'éducation de May-may. Chen Sheng la bénit; sans elle, il aurait été obligé de fournir lui-même une bonne partie de cette rançon.

Et maintenant, l'idiote misérable avait eu le mauvais joss d'attraper l'incurable maladie. Incurable, du moins, rectifia-t-il vivement en son for intérieur, si nous ne parvenons pas à trouver de ce remède. Et si nous le pouvons, elle guérira et ce que nous avons investi sur elle, et sur le Taï-pan, sera préservé et il y aura en plus vingt mille taels à la clef. Un renseignement qu'il avait reçu prit alors toute signification. Ainsi donc, voilà pourquoi Gordon Chen avait envoyé la veille quarante Triades, membres de la loge de Hong Kong, dans le plus grand secret à Macao. Il doit y avoir du remède ici. Il se demanda ce que Gorden Chen dirait s'il savait que Jin-qua était le grand maître des Triades de Hong Kong et lui-même, Chen Sheng, son lieutenant. Ah, se dit-il, c'est très sage de garder de multiples choses secrètes; on ne sait jamais si quelqu'un ne parlera pas...

— Taï-pan chillo petits dans ma maison très bien, très heureux, dit-il avec un bon sourire. Voir les, veux? Ramener à Hong Kong?

— Voir aujourd'hui. Ramener pas mal bientôt. Je dirai quand.

Struan se demandait s'il devait dire à Chen Sheng que May-may avait la malaria.

— Taï-pan. Tes chillo petits sages et bien. Croire mieux amener mama Chillo à terre. Mama chillo pas mal plus heureuse, peut. Très pas mal docteur numéro un ici peux. Très pas mal numéro un médecine peux. Pas de souci. Croire médecine ici à Macao. Chen Sheng arrange tout pas mal bien.

— Comment sais-tu qu'elle est ici? Et qu'elle est malade?

— Quoi? No compris.

— Comment savoir cow chillo ici pas mal beaucoup malade, heya?

Chen Sheng rit tout bas, et haussa une épaule.

— Savoir tout pareil, ça ne fait rien.

— Médecine ici? Vérité?

— Si ici, je trouve, peux. J'envoie jonque pas mal vite-vite *China Cloud*. Ramener cow chillo à terre. Chen Sheng arranger.

Il s'inclina courtoisement et sortit.

Struan se rendit à bord du *China Cloud* et autorisa des bordées de terre. La jonque de Chen Sheng arriva bientôt et May-may y fut délicatement déposée. Un médecin chinois était là pour veiller sur elle et elle fut transportée à sa maison nichée sur la colline de Sao Antonio.

La demeure était impeccable, les nombreux serviteurs s'affairaient et le thé attendait. Ah Sam courut partout, embrassa les enfants qui étaient venus avec leurs amahs personnelles, installa May-may dans son immense lit et lui amena les petits. Ce furent des pleurs de bonheur, des cris de joie, une activité fébrile, et Ah Sam et May-may furent heureuses de se retrouver enfin à la maison.

·Le médecin avait apporté des aliments spéciaux et des remèdes pour soutenir les forces de May-may et fortifier le bébé qu'elle portait. Il lui ordonna le lit.

— Je reviendrai bientôt, promit Struan.

— Bien. Merci, Taï-pan. Merci.

— Je vais au siège, et puis peut-être chez Brock.

— Ils sont à Macao?

— Sûr. Tous sauf Tyler. Je croyais te l'avoir dit. Tu as oublié? Culum et Tess sont là aussi.

— Ah oui, souffla-t-elle, en songeant soudain à ce qu'elle avait commandé à Gordon Chen. Pardon. Je n'y pensais plus. Ma tête est comme la passoire. Naturellement, je me souviens. Je suis très gracieusement heureuse avoir quitté le navire et retrouvé ma maison. Merci.

Struan retourna à la résidence de la Noble Maison. Culum n'était toujours pas rentré, aussi suivit-il la *praia* pour se rendre chez les Brock. Mais ni Tess, ni Liza ne savaient où était Culum. Gorth lui dit que la veille au soir, ils étaient allés tous les deux jouer à l'English Club, et que lui-même était rentré de bonne heure.

— Je vous raccompagne, dit-il et puis, lorsqu'ils furent seuls dans le vestibule, il ricana en savourant la douceur de la vengeance : Vous savez ce que c'est, je visitais une dame. Si ça se trouve, il visitait de même, hé? Y a pas de mal à ça. Quand je l'ai quitté, il avait une main gagnante, si c'est ça qui vous fait souci.

— Non, Gorth. C'est pas ça. Tu sais qu'il y a de bonnes lois britanniques, sur le meurtre — un procès rapide et une bonne corde au cou sans tarder, pour qui que ce soit. Même si la victime n'est qu'une prostituée.

Gorth pâlit.

— Qu'est-ce que ça veut dire, ça?

— Si quelqu'un devient gibier de potence, je ferai très volontiers le bourreau.

— Ça serait-y que vous me menacez? Y a aussi des lois contre ça, nom de Dieu!

— S'il y a mort, alors il y a inculpation, nom de Dieu!

— Sais pas ce que vous voulez dire, gronda Gorth. Vous m'accusez à tort!

— Je ne t'accuse de rien du tout, Gorth. Je te rappelle simplement quelques vérités. Sûr. Paraît qu'il y aurait deux témoins possibles à une mort possible. Et qui seraient prêts à témoigner en justice.

Gorth maîtrisa à grand-peine sa terreur panique. C'est cette foutue salope de Fotheringill, et ce bougre de Quance, se dit-il. Elle est assez payée pour se taire, la garce. Ma foi, je lui réglerai bien proprement son compte, si c'est nécessaire, mais ça sera pas la peine, parce que la petite pute ne va pas mourir, d'abord.

— J'ai pas peur des types comme vous, dit-il, ni de ces foutues fausses accusations.

— Je ne t'accuse pas, Gorth.

Struan était bien tenté de provoquer tout de suite l'inévitable combat. Mais il savait qu'il devait attendre la première faute de Gorth, une impardonnable insulte en public. Seulement alors pourrait-il ouvertement lui envoyer ses témoins, et le tuer en duel, en public. Seulement alors pourrait-il éviter la rupture des fiançailles de Tess et de Culum, et éviter de donner à Brock les moyens de l'anéantir devant un tribunal. Car May-may avait raison; en Asie, tout le monde savait qu'il mourait d'envie de massacrer Gorth.

— Si tu vois Culum, lui dit-il, préviens-le que je le cherche.

— Faites vos commissions vous-même! Je suis pas votre valet! Et ça sera plus bien longtemps que vous serez Taï-pan de la Noble Maison, nom de Dieu!

— Prends garde, conseilla Struan. Tu ne me fais pas peur.

Gorth mordit aussitôt à l'hameçon :

— Ni vous non plus, Dirk. Je vous le dis, entre quatre-z-yeux et d'homme à homme, faites attention sinon moi j'irai vous chercher!

Struan regagna sa résidence enchanté de lui-même. Je te tiens, Gorth!

Culum n'était pas rentré. Et l'évêque n'avait donné aucune

nouvelle. Struan demanda à Lo Chum d'essayer de retrouver Culum. Il sortit ensuite, gravit la colline vers la cathédrale et s'engagea dans les ruelles tortueuses, en passant devant les charmants restaurants en plein air aux parasols pittoresques. Il traversa la vaste *praça* et franchit un grand portail.

La religieuse assise au bureau de réception leva les yeux. Struan lui demanda si elle parlait anglais.

— Un peu, senhor.

— Vous avez ici une malade, Miss Mary Sinclair. Je suis un de ses amis.

Il y eut un long silence.

— Vous voulez la voir?

— S'il vous plaît.

Elle fit signe à une religieuse chinoise et lui parla rapidement en portugais. Struan suivit la Chinoise dans un couloir et monta un étage.

La chambre de Mary était petite, maculée de crasse, nauséabonde, les fenêtres solidement fermées. Une croix de bois était accrochée au-dessus du lit.

Mary avait les traits tirés. Elle sourit faiblement. Ses souffrances l'avaient vieillie.

— Bonjour, Taï-pan.

— Qu'est-ce qui se passe, Mary? demanda-t-il avec douceur.

— Rien que je ne mérite pas.

— Avant tout, je m'en vais te tirer de cet endroit maudit.

— Je suis très bien ici, Taï-pan. On me soigne bien.

— Sûr, mais ce n'est pas la place d'une Anglaise protestante.

Un religieux tonsuré entra. Il était vêtu d'une robe de bure tachée de sang et de remèdes divers.

— Bonjour, dit-il. Je suis le frère Sébastien. Le médecin de la jeune fille.

— Bonjour. Je crois que je vais vous débarrasser d'elle.

— Je ne le conseille pas, monsieur Struan. Elle ne devrait pas être transportée avant un mois et plutôt deux.

— Qu'est-ce qu'elle a?

— Une affection interne.

— Vous êtes anglais?

— Est-ce si étrange, monsieur Struan? Il y a beaucoup d'Anglais, d'Écossais même, qui reconnaissent la véritable Église du Christ. Mais parce que je suis catholique je n'en suis pas moins médecin.

— Avez-vous de l'écorce de cinchona ici?

— Quoi?

— De l'écorce de cinchona. L'écorce des Jésuites.

— Non. Je n'en ai jamais employé. Je n'en ai jamais vu. Pourquoi?

145

— Pour rien. Quelle est la maladie de Miss Sinclair?

— C'est très compliqué. Miss Sinclair ne devrait pas bouger avant au moins un mois.

— Te sens-tu assez bien pour être transportée, fillette?

— Son frère, M. Sinclair, ne s'oppose pas à ce qu'elle reste ici. Et je crois que M. Culum Struan est d'accord également.

— Culum est passé aujourd'hui, Mary?

Elle hocha la tête et s'adressa au religieux, d'une voix tragique :

— Je vous en prie, dites au Taï-pan ce que... ce que j'ai.

— Je crois que c'est la sagesse, répondit gravement le frère Sébastien. Quelqu'un doit savoir. Miss Sinclair est très malade, monsieur Struan. Elle a bu une potion d'herbes chinoises, un poison devrais-je dire, pour provoquer un avortement. Le poison a délogé le fœtus mais en causant une hémorragie qui est maintenant, par la grâce de Dieu, presque maîtrisée.

Struan se sentit brusquement couvert de sueur.

— Qui d'autre le sait, Mary? Culum? Horatio?

Elle hocha négativement la tête. Struan se tourna vers le moine.

— Presque maîtrisée? Est-ce que ça veut dire que la fillette est tirée d'affaire? Que dans un mois environ elle ira bien?

— Physiquement, oui. S'il n'y a pas de gangrène. Et si telle est la volonté de Dieu.

— Qu'est-ce que ça veut dire, physiquement?

— Cela veut dire, monsieur Struan, qu'il est impossible de considérer le physique sans le spirituel. Cette jeune personne a gravement péché contre les lois de Dieu, contre les lois de l'Église catholique et de votre Église aussi. Alors la paix doit être faite avec Dieu avant que l'on puisse parler de guérison. Voilà ce que je voulais dire.

— Comment... comment est-elle venue ici?

— Elle nous a été amenée par son amah, qui est catholique. J'ai obtenu une dispense spéciale pour la soigner et, ma foi, nous l'avons hospitalisée et nous la traitons de notre mieux. La mère supérieure a insisté pour informer quelqu'un, parce que nous la sentions partir. Nous avons prévenu le capitaine Glessing, en pensant qu'il était le père de l'enfant, mais Miss Sinclair nous jure que non. Et elle nous a supplié de ne pas révéler la nature de sa maladie... Cette crise, par la grâce de Dieu, est passée.

— Vous garderez le secret? Que... que lui est-il arrivé?

— Vous seul, les religieuses et moi sommes au courant. Nous sommes liés à Dieu par des serments qui ne peuvent être rompus. Vous n'avez rien à craindre de nous. Mais je sais qu'il n'y aura pas de guérison possible pour cette pauvre pécheresse tant qu'elle n'aura pas fait sa paix avec Dieu. Car Il sait.

Le frère Sébastien les laissa.

— Le... le père est un de tes « amis », Mary?

— Oui. Je ne regrette pas ma vie, Taï-pan. Je... Je ne peux pas. Ni ce que j'ai fait. C'est le joss... Le joss... J'ai été violée alors que j'étais très jeune, du moins... Non, ce n'est pas vrai. Je ne savais pas... Je ne comprenais pas, mais la première fois j'ai été un peu forcée. Ensuite, ce n'était plus la peine de forcer. J'étais consentante.

— Qui était-ce?

— Un des garçons, à l'école. Il est mort. Il y a si longtemps!

Struan fouilla sa mémoire, mais ne put se rappeler aucun garçon qui était mort. Pas un garçon qui aurait eu ses entrées chez les Sinclair.

— Ensuite, poursuivit Mary d'une voix entrecoupée. J'avais ce besoin. Horatio... il était en Angleterre, alors j'ai demandé à une des amahs de me trouver un amant. Elle m'a expliqué que je pouvais avoir un amant, beaucoup d'amants, que si j'étais astucieuse, et elle aussi, je pourrais avoir une vie secrète, et de jolies choses. Mon existence réelle n'a jamais été agréable. Vous savez quel père j'ai eu. Alors l'amah m'a montré comment... Elle... Elle faisait l'entremetteuse. Nous nous sommes enrichies, toutes les deux, et je suis contente. J'ai acheté les deux maisons, et elle m'a toujours amené des hommes très riches.

Elle se tut, et puis, au bout d'un long moment de silence, elle gémit :

— Ah, Taï-pan, j'ai si peur!

Struan s'assit à son chevet. Il se souvenait de ce qu'il lui avait dit, il y avait quelques mois à peine. Et de sa réponse confiante.

35

A la fenêtre ouverte, Struan contemplait sombrement la foule des passants, sur la *praia*. Le soleil se couchait. Les Portugais étaient tous en vêtements du soir, et ils se promenaient de long en large, se saluaient, s'entretenaient avec animation, les jeunes *fidalgos* et les jeunes filles flirtant prudemment sous le regard attentif des parents et des duègnes. Quelques chaises à porteurs passaient, les coolies cherchant les clients éventuels ou amenant des promeneurs tardifs. Ce soir, il y avait bal chez le gouverneur et Struan avait été invité, mais il ne savait pas encore s'il irait. Culum n'avait toujours pas reparu. Et aucune nouvelle n'était arrivée de l'évêché.

Il avait vu Horatio, dans l'après-midi. Horatio était furieux parce qu'Ah Tat, l'amah de Mary, avait disparu.

— Je suis sûr que c'est elle qui a fait prendre le poison à la pauvre Mary, Taï-pan!

Mary avait simplement dit à son frère qu'elle avait bu par mégarde une tisane qu'elle avait trouvée à la cuisine, la prenant pour du thé.

— C'est ridicule, Horatio! avait protesté Struan. Ah Tat est avec vous deux depuis des années. Pourquoi ferait-elle une chose pareille? C'est un accident.

Après le départ d'Horatio, Struan avait cherché les hommes avec qui Gorth et Culum s'étaient trouvés, ce dernier soir. C'était des amis de Gorth, et ils dirent que Culum les avait quittés quelques heures après Gorth, qu'il avait bu mais qu'il n'était pas plus ivre qu'il ne l'était d'autres soirs.

Struan pesta contre son fils.

De la fenêtre, il vit soudain un valet en livrée s'approcher de la maison et il reconnut tout de suite le blason de l'évêque. L'homme traversait la *praia* sans se presser. Mais il passa sans s'arrêter devant la résidence et disparut dans la foule.

Le jour tombait, et les vieux réverbères à huile de la promenade luttaient avec les ombres du crépuscule. Struan vit une chaise à porteurs fermée s'arrêter devant sa porte. Deux coolies emmitouflés la laissèrent là et disparurent rapidement dans une ruelle.

Struan se rua hors de la pièce et dévala l'escalier.

Culum était vautré dans la chaise, sans connaissance, les vêtements déchirés et souillés. Il empestait l'alcool.

Struan était plus amusé que fâché. Il tira Culum de la chaise, le jeta sur son épaule et, sans se soucier des regards curieux des passants, il le porta dans la maison.

— Lo Chum! Bain, vite-vite!

Struan allongea Culum sur le lit et le déshabilla. Il ne portait pas de blessures, mais des coups d'ongle sur le ventre, et des suçons.

— Imbécile, grommela-t-il en l'examinant avec soin.

Pas de fractures, rien de cassé, pas de dents arrachées. La chevalière et la montre avaient disparu, les poches étaient vides.

— T'as été proprement entôlé, petit. Peut-être pour la première fois, mais sûrement pas pour la dernière.

Struan savait que le puissant narcotique glissé dans le dernier verre du gamin était une pratique classique des bordels.

Des serviteurs apportèrent des baquets d'eau chaude et remplirent la baignoire de fer. Struan y déposa Culum, le savonna et le rinça. Lo Chum soutenait la bête ballante.

— Massi pas mal plein terrible boisson folle, pas mal terrible jig-jig, heya.

— Ayee yah!

En sortant Culum du bain, Struan éprouva une douleur aiguë à sa cheville gauche et comprit que ses longues marches de la journée l'avaient trop fatigué, sans qu'il y prît garde. Je ferai bien de la bander serrée pendant quelques jours, se dit-il.

Il essuya Culum et le mit au lit. Puis il le gifla doucement. Culum ne se réveilla pas. Struan dîna, et attendit. Son inquiétude croissait au fil des heures, car il savait que quelle que fût la quantité d'alcool ingurgitée par Culum, il devrait s'être déjà réveillé.

Le jeune homme respirait bien régulièrement, et son cœur battait normalement.

Struan se leva et s'étira. Il n'y avait rien à faire, qu'attendre.

— Je vais voir Massi numéro un. Toi rester bien veiller, heya?

— Lo Chum veiller tout pareil momman!

— Envoyer mot prévenir, savvez? Quelle heure Massi réveiller, ça ne fait rien, envoyer mot. Savvez?

— Pourquoi faire Taï-pan dire savvez, heya? Toujours savvez pas mal très bien, ça ne fait rien. Heya?

Mais Lo Chum ne le fit pas prévenir de la nuit.

A l'aube, Struan quitta la maison de May-may et regagna sa résidence. Elle avait dormi paisiblement, mais Struan avait entendu tous les passants et toutes les chaises à porteurs — et d'autres qui n'étaient que les fantasmes de son imagination.

Lo Chum lui ouvrit la porte.

— Pourquoi faire Massi bonne heure, heya? Déjeuner prêt, bain prêt, pourquoi faire lequel veux, heya?

— Massi réveillé, heya?

— Pourquoi faire demander? Si réveiller moi envoyer mot. Savvez pas mal très bien moi, Taï-pan, répliqua Lo Chum, offensé dans sa dignité.

Struan monta. Culum dormait toujours, d'un sommeil lourd.

— Une fois, deux fois, Massi faire comme...

Et Lo Chum grogna et gémit et claqua des dents et renifla et bâilla bruyamment.

Après avoir déjeuné, Struan fit prévenir Liza et Tess du retour de Culum, mais sans dire dans quelles conditions ce retour s'était effectué. Ensuite, il s'efforça de se consacrer aux affaires.

Il signa des papiers, approuva des dépenses accrues pour la construction de Hong Kong et s'indigna des prix de plus en plus élevés du bois de charpente, de la brique, de la main-d'œuvre et des réparations des navires et du matériel.

Nom de Dieu! Les prix ont monté de cinquante pour cent, tempêta-t-il, et il n'y a aucun signe de baisse prochaine. Est-ce que je fais mettre en chantier de nouveaux clippers pour l'année prochaine, ou bien je m'arrange avec ceux qu'on a? En comptant que la mer ne m'en enverra aucun par le fond? Tu dois en acheter d'autres.

Il commanda donc un nouveau clipper. Il l'appellerait le *Tessan Cloud* et ce serait le cadeau d'anniversaire de Culum. Mais il n'était pas heureux et enthousiasmé comme il l'aurait dû, en songeant à un beau clipper neuf. Cela lui rappelait le *Lotus Cloud*, dont la construction allait bientôt commencer à Glasgow, et le combat naval de l'année prochaine contre Wu Kwok — s'il était encore en vie — ou contre Wu Fang Choi et ses pirates. Il se demanda si les gamins de Scragger arriveraient à bon port. Il faudrait attendre un mois avant qu'ils arrivent en Angleterre, et trois mois de plus pour le savoir.

Il ferma son bureau, se rendit au club anglais et bavarda un moment avec Horatio, puis avec quelques marchands; il fit une partie de billard mais n'y trouva aucun plaisir. On ne parlait que de commerce, de l'incertitude des temps, des signes de danger à l'échelle internationale.

Il alla s'asseoir dans la vaste salle de lecture silencieuse et prit un des journaux du dernier courrier, dont les nouvelles étaient vieilles de trois mois.

Avec effort, il parcourut un éditorial. Il parlait de l'agitation dans la zone industrielle des Midlands et déclarait qu'il était impératif de payer des salaires honnêtes pour un travail honnête. Un autre article déplorait le chômage et réclamait l'ouverture de nouveaux marchés pour soutenir la production, demandait à la production des marchandises meilleur marché, de l'embauche, des salaires plus élevés.

Il y avait des articles sur la tension et le danger de guerre entre la France et l'Espagne au sujet de la succession d'Espagne; la Prusse étendait ses tentacules sur tous les États allemands et un conflit franco-prussien était imminent; des nuages de guerre planaient sur la Russie et le Saint-Empire des Habsbourg, et sur les États italiens qui voulaient se débarrasser du roi de Naples, l'usurpateur français, et s'unir ou ne pas s'unir, et le pape, soutenu par la France, était entraîné dans l'arène politique; la guerre menaçait en Afrique du Sud, parce que les Boers — qui au cours des quatre dernières années avaient quitté la colonie du Cap pour créer le Transvaal et l'État libre d'Orange — visaient à présent la colonie anglaise du Natal et l'on s'attendait à ce que le prochain courrier annonçât la guerre. Il y avait des émeutes antisémites et des pogroms en Europe centrale; les catholiques se battaient contre les protestants, les musulmans contre les hindous, les catholiques et les protestants, et se battaient entre eux; il y avait des guerres indiennes en Amérique, de l'hostilité entre les États du Nord et du Sud des États-Unis, de l'animosité entre l'Amérique et la Grande-Bretagne à cause du Canada, des troubles en Irlande, en Suède, en Finlande, aux Indes, en Égypte, dans les Balkans...

— Peu importe ce qu'on lit! fulmina soudain Struan sans s'adresser à personne. Le monde entier est fou, nom de Dieu!

— Qu'est-ce qui ne va pas, Taï-pan? demanda Horatio, tiré de sa rêverie haineuse.

— Le monde entier devient fou, voilà ce qui ne va pas! Pourquoi diable les gens ne veulent-ils pas vivre en paix? Pourquoi se battre perpétuellement?

— Tout à fait d'accord, cria Masterson de l'autre bout de la pièce. Absolument. Un endroit terrible pour y mettre des enfants au monde, par Dieu. Le monde entier s'en va à vau-l'eau. C'était bien mieux autrefois, non? Répugnant.

— Oui, dit Roach. Le monde va trop vite. Le maudit gouvernement a la tête à la place du cul, comme toujours. Bon Dieu, on croirait qu'ils comprendraient, mais pensez-vous. Tous les foutus jours que Dieu fait, on lit que le Premier ministre a déclaré qu'il fallait se serrer la ceinture. Pour l'amour de Dieu! Avez-vous jamais entendu quelqu'un dire qu'on pouvait la desserrer d'un cran?

— Il paraît que la taxe d'importation sur le thé a été doublée, annonça Masterson. Et si jamais cet aliéné de Peel prend le pouvoir, le bougre est sûr de nous amener l'impôt sur le revenu! Cette invention du diable!

Il y eut des vociférations générales et chacun jeta son venin sur la tête de Peel.

— C'est un foutu anarchiste! déclara Masterson.

— Ridicule, protesta Roach. C'est pas les impôts; c'est tout simplement qu'il y a trop de gens. La régulation des naissances, voilà ce qu'il faut.

— Quoi? rugit Masterson. Vous n'allez pas recommencer avec cette répugnante idée blasphématoire! Bon Dieu, est-ce que vous êtes contre le Christ?

— Non, bon Dieu. Mais nous sommes envahis et débordés par les basses classes. Je ne dis pas que *nous* devrions le faire, mais ces gens-là oui, par Dieu! Du gibier de galère, tous tant qu'ils sont!

Struan jeta les journaux sur la table et alla à l'English Hotel. C'était une grande bâtisse imposante, à colonnes, comme le club.

Chez le barbier, il se fit faire une coupe de cheveux et un shampooing, puis il demanda Svenson, le masseur suédois.

Le vieux marin noueux le pétrit avec des mains d'acier, le frotta de glace et le frictionna avec une serviette rugueuse.

— Par la barbe de saint Pierre, Svenson, je suis un homme neuf!

Svenson rit mais ne dit rien. Il avait eu la langue coupée par des pirates, en Méditerranée, jadis. Il fit signe à Struan de se reposer sur la table capitonnée, et l'enveloppa de couvertures, puis il le laissa dormir.

— Taï-pan?

C'était Lo Chum. Struan fut immédiatement éveillé et lucide.

— Massi Culum?

Lo Chum hocha la tête et sourit :

— Massi Longue Jupe.

Struan suivit le Jésuite taciturne sous le cloître de la cathédrale, autour du ravissant jardin.

Quatre heures sonnèrent au clocher.

Le religieux tourna au fond du passage et franchit un grand portail de teck pour pénétrer dans une vaste antichambre aux murs ornés de tapisseries. Le sol de marbre ancien, poli par les ans, était réchauffé par des tapis.

Il frappa respectueusement à la porte du fond, et entra.

152

L'évêque était majestueusement assis dans un fauteuil à haut dossier sculpté qui ressemblait à un trône. Il congédia le religieux d'un geste et sourit à Struan.

— Asseyez-vous, senhor, je vous en prie.

Struan prit le siège qu'on lui indiquait. Il était un peu plus bas que le fauteuil de l'évêque et il se sentit dominé par la force de la volonté de cet homme.

— Vous vouliez me voir, monseigneur?

— Je vous ai fait venir, oui. Le cinchona. Il n'y en a pas à Macao, mais je crois que nous en avons à notre mission de Lo Ting.

— Où est-ce?

— A l'intérieur des terres. A quelque deux cent cinquante kilomètres au nord-ouest.

Struan se leva.

— J'y envoie quelqu'un immédiatement!

— Je l'ai déjà fait, senhor. Asseyez-vous, je vous prie. Notre courrier est parti à l'aube avec l'ordre de brûler les étapes. Je crois qu'il le fera. Il est chinois et vient de cette région.

— Combien de temps mettra-t-il? Sept jours? Six?

— C'est une chose qui m'inquiète aussi. Combien de crises de fièvres a eues la jeune fille?

Struan aurait aimé demander à l'évêque comment il savait qu'il s'agissait de May-may, mais il se retint. Il n'ignorait pas que les sources secrètes de renseignements des catholiques étaient légion, et que d'autre part, « jeune fille » serait une déduction facile à faire pour un homme aussi astucieux que l'évêque.

— Une. La fièvre est tombée il y a deux jours, vers cette heure-ci.

— Alors elle aura une nouvelle crise demain, en tout cas avant quarante-huit heures. Le courrier mettra sept jours à aller à Lo Ting et revenir, si tout va bien et s'il ne rencontre pas de difficultés imprévues.

— Je ne crois pas qu'elle pourra supporter deux autres crises.

— Il paraît qu'elle est jeune, et solide. Elle devrait pouvoir tenir huit jours.

— Elle est enceinte de quatre mois.

— Voilà qui n'est pas bon.

— Non. Où est Lo Ting? Donnez-moi une carte. Je pourrais peut-être gagner un jour.

— Pour ce voyage, mes relations pèsent mille fois plus lourd que les vôtres. Peut-être durera-t-il sept jours, si telle est la volonté de Dieu.

Sûr, pensa Struan. Mille fois plus. Je donnerais cher pour savoir tout ce que les catholiques ont accumulé au cours des siècles, par leurs constantes incursions en Chine. Quel Lo Ting?

Il pourrait y en avoir cinquante dans un rayon de trois cents kilomètres.

— Sûr, murmura-t-il. Si telle est la volonté de Dieu.

— Vous êtes un homme étrange, senhor. Je suis heureux d'avoir cette occasion de vous connaître. Voulez-vous un verre de madère?

— Combien coûte l'écorce? Si elle existe et si elle arrive à temps et si elle guérit?

— Voulez-vous un verre de madère?

— Merci.

L'évêque tira un cordon de sonnette et un valet en livrée apparut aussitôt, avec une carafe et deux verres de cristal sur un plateau d'argent ciselé.

— A une meilleure compréhension de beaucoup de choses, senhor.

Ils burent — et se mesurèrent du regard.

— Le prix, Monseigneur?

— Il y a encore trop de « si » pour le moment. Cette réponse peut attendre. Mais deux choses ne le peuvent pas.

Le prélat savoura son vin.

— Le madère est un apéritif parfait, murmura-t-il, puis il parut ordonner ses pensées et déclara :

— La senhorita Sinclair m'inquiète beaucoup.

— Moi aussi.

— Le frère Sébastien est un merveilleux guérisseur. Mais il me laisse entendre que si la senhorita n'est pas aidée, spirituellement, elle risque de se tuer volontairement.

— Pas Mary! Elle est très forte. Elle ne ferait pas ça.

Falarian Guineppa joignit ses longues mains. Un rayon de soleil fit flamber son énorme améthyste.

— Si elle se confiait aujourd'hui au frère Sébastien, et à l'église du Christ, nous pourrions transformer sa damnation en bénédiction. Ce serait le mieux, pour elle. Je crois, du fond de mon cœur, que c'est la seule solution réelle. Mais si cela n'est pas possible, avant de la laisser aller je devrai la confier en toute responsabilité à quelqu'un qui voudra bien assumer cette charge.

— Je ne demande pas mieux.

— Très bien, mais je ne crois pas que vous agissiez avec sagesse, senhor. Cependant, votre vie et votre âme — et les siennes — sont aussi entre les mains de Dieu. Je prie qu'il vous soit donné la grâce de comprendre. Très bien. Avant qu'elle parte, je ferai tout ce qui est en mon pouvoir pour sauver son âme, mais dès qu'elle sera assez vaillante pour être transportée, je vous aviserai.

Les cloches de la cathédrale sonnèrent cinq heures.

— Comment va la blessure du grand-duc Alexei Sergueyev?

Les sourcils de Struan se froncèrent.

— C'est la deuxième chose qui ne peut pas attendre?

— Pour vous autres Britanniques, peut-être.

Le prélat ouvrit un tiroir et y prit un volumineux portefeuille de cuir, scellé.

— Il m'a été demandé de vous donner ceci avec prudence. Il paraîtrait que certaines autorités diplomatiques s'inquiètent vivement de la présence du grand-duc en Asie.

— Les autorités de l'Église?

— Non, senhor. On m'a demandé de vous dire que vous pouvez, si vous le désirez, repasser ces documents à qui de droit. Je crois que certains sceaux prouvent leur validité. Le portefeuille est scellé, lui aussi, ajouta l'évêque avec un mince sourire.

Struan reconnut le sceau du bureau du gouverneur général.

— Pourquoi me confierait-on des secrets diplomatiques? Il y a les voies diplomatiques. M. Monsey n'est qu'à huit cents mètres d'ici et Son Excellence à Hong Kong. Ils connaissent tous deux le protocole.

— Moi, je ne vous remets rien. Je fais simplement ce qu'on m'a demandé de faire. N'oubliez pas, senhor, que même si je réprouve tout ce que vous représentez, vous êtes puissant à la cour de Saint James, et vos relations commerciales s'étendent dans le monde entier. Nous vivons des temps dangereux et le Portugal est un des plus anciens alliés de la Grande-Bretagne. La Couronne a là un excellent ami, et les amis doivent s'entraider, n'est-ce pas? C'est aussi simple que cela.

Struan prit le portefeuille.

— Je vous ferai prévenir dès que le courrier de Lo Ting sera de retour, dit le prélat. A quelque heure que ce soit. Voudriez-vous que le frère Sébastien examine la jeune femme?

— Je ne sais pas... Peut-être. J'aimerais y réfléchir, Monseigneur.

— A votre aise, senhor.

Struan se leva. L'évêque hésita, puis il murmura :

— Allez avec Dieu.

— Allez avec Dieu, Monseigneur, répondit Struan.

— Bonjour, Taï-pan, marmonna Culum, la tête douloureuse et la voix embarrassée.

— Bonjour, petit.

Struan posa le portefeuille encore scellé, qui lui brûlait les mains depuis qu'il l'avait pris, et alla se verser une solide rasade de cognac.

— Manger, Massi Culum? demanda avidement Lo Chum. Cochon? Pataterres? Sauce-ah? Heya?

Culum hocha faiblement la tête et Struan congédia Lo Chum.

— Tiens, bois, dit-il en tendant le cognac à son fils.

— Je ne pourrais pas, protesta Culum, écœuré.

— Bois.

Culum l'avala d'un trait, s'étrangla, toussa et se précipita sur le thé, sur la petite table de nuit. Les tempes bourdonnantes, il se laissa retomber sur son oreiller.

— Te sens-tu de parler? Raconte-moi ce qui s'est passé.

— Je ne me souviens de rien. Bon Dieu, que je me sens mal!

Culum avait le teint terreux, et les yeux rouges.

— Commence par le commencement.

— J'ai joué au whist avec Gorth et quelques amis. Je me rappelle avoir gagné cent guinées. Nous avions pas mal bu. Mais je me souviens très bien d'avoir mis l'argent dans ma poche. Et puis... ma foi, plus rien.

— Te rappelles-tu où tu es allé?

— Non. Pas précisément... Dieu, j'ai l'impression de mourir...

— Te rappelles-tu dans quel bordel tu es allé?

Culum hocha la tête.

— Y en a-t-il un où tu vas régulièrement?

— Dieu de Dieu! Non!

— Pas la peine de monter sur tes grands chevaux, mon garçon. Tu en as visité un, c'est clair. Tu as été entôlé, c'est clair aussi. Ton alcool a été drogué, c'est clair.

— J'ai été drogué?

— C'est le plus vieux truc du monde. C'est pour ça que je t'ai dit de ne jamais aller dans une maison qui ne t'a pas été recommandée par un homme en qui tu peux avoir confiance. C'est la première fois que tu vas dans un bordel de Macao?

— Oui. Oui. Mon Dieu! J'ai été drogué?

— Réfléchis un peu, que diable! Tu ne te souviens pas de la maison?

— Non. Rien. Un trou noir.

— Qui t'a indiqué la maison, hé?

Culum se souleva.

— Nous buvions, nous jouions aux cartes. J'étais — ma foi — j'avais beaucoup bu. Et puis, je ne sais pas, tout le monde s'est mis à parler de... des filles. De bordels. Et puis, ma foi, murmura-t-il sans oser regarder Struan, honteux et confus, j'étais — l'alcool, et tout, et, eh bien, j'avais envie d'une fille. J'étais en feu. Voilà. J'ai décidé qu'il fallait que... que j'aille dans une de ces maisons.

— Y a pas de mal à ça, petit. Qui t'a donné l'adresse?

— Je crois... je ne sais pas, mais je crois qu'ils m'en ont chacun donné une. Ils ont écrit les adresses, ou bien ils me les ont données comme ça, je ne me souviens plus. Attends, attends! Oui! Je me rappelle! Je lui ai dit d'aller au F et E!

— Jamais ils ne t'entôleraient là-bas, petit. Pas plus qu'ils ne te drogueraient. Pas plus qu'ils ne te renverraient chez toi comme ça. Leur réputation vaut plus que ça.

— Non. J'en suis sûr. C'est ce que j'ai dit à l'homme. Oui, j'en suis absolument sûr.

— De quel côté t'a-t-il emmené? Au quartier chinois?

— Je ne sais pas. Il me semble... Non, je ne sais pas.

— Tu m'as dit que t'étais en feu. Quel genre de feu?

— Eh bien, c'était comme... Je me rappelle avoir eu très chaud et... Sangdieu! Je suis malade de désir pour Tess, et puis l'alcool, et tout... Je n'avais plus de paix, alors... alors je suis allé à cette maison... Dieu, ma tête éclate. Je t'en prie, laisse-moi tranquille.

— Est-ce que tu portais une protection?

Culum fit signe que non.

— Ce feu. Ce besoin. C'était différent, hier soir?

Culum hocha de nouveau la tête.

— Non. C'était comme depuis des semaines, mais — ma foi, dans un sens je suppose que c'était — mais non, pas exactement. J'avais les reins en feu et il me fallait une fille et... Oh, je ne sais pas. Laisse-moi tranquille, je t'en prie! Excuse-moi... Mais...

Struan alla ouvrir la porte et hurla :

— Lo Chum!

— Massi?

— Va vite maison Chen Sheng. Prends pas mal vite-vite médecin cow chillo numéro un malade et ici! Savvez?

— Savvez pas mal bien! grommela Lo Chum. Déjà pas mal bon médecin en bas pour tête boum-boum malade et tout malade différent. Jeune Massi comme Taï-pan, tout pareil, ça ne fait rien!

En bas, Struan s'entretint avec le médecin par l'entremise de Lo Chum. Il promit d'envoyer promptement des remèdes et des aliments spéciaux, et accepta de généreux honoraires.

Struan remonta.

— Tu ne peux rien te rappeler d'autre, petit?

— Non, rien. Excuse-moi. Je ne voulais pas te parler comme ça.

— Écoute-moi, petit! Allons, Culum! C'est important!

— Je t'en prie, Père, pas si fort, soupira Culum. Quoi?

— J'ai l'impression qu'on t'a fait boire un aphrodisiaque.

— Quoi?

— Sûr. Un aphrodisiaque. Il en existe des douzaines qu'on peut glisser dans un verre.

— Impossible. C'était simplement l'alcool et mon... mon besoin de... C'est impossible!

— Il n'y a que deux explications. Premièrement, les coolies

157

t'ont conduit dans une maison, qui n'était pas la succursale de Mrs. Fotheringill à Macao, où ils ont touché une commission plus importante pour un riche client, et leur part sur le vol par-dessus le marché. Là les filles t'ont drogué, t'ont volé et t'ont réexpédié. J'espère pour toi que c'est ça qui est arrivé. L'autre possibilité c'est qu'un de tes amis t'a fait boire un aphrodisiaque au club, s'est arrangé pour que la chaise à porteurs t'attende et t'a fait conduire dans cette maison-là.

— C'est grotesque. Qui voudrait faire ça? Pourquoi? Pour cent guinées, une montre et une chevalière? Un de mes amis? C'est de la folie!

— Mais supposons que quelqu'un te haïsse, Culum. Supposons que le plan était de te jeter dans les bras d'une fille malade. D'une fille vérolée.

— Quoi!

— Sûr. C'est ce que je crains.

Culum crut mourir.

— Tu cherches à me faire peur!

— Par le Seigneur Dieu, non, mon garçon. Mais c'est une possibilité très nette. Je dirais qu'elle est plus probable que l'autre parce qu'on t'a ramené.

— Qui me ferait une chose pareille?

— Faudra trouver tout seul ta réponse à celle-là, petit. Mais même si c'est ça qui s'est passé, tout n'est pas perdu. Pas encore. J'ai envoyé chercher des remèdes chinois. Tu les prendras tous, tous, tu entends?

— Mais il n'y a pas de remède contre la vérole!

— Sûr. Une fois que la maladie est bien installée. Mais les Chinois croient qu'on peut tuer le poison de la vérole ou ce qui la cause, si on prend immédiatement des précautions pour purifier le sang. Il y a bien des années, au début que j'étais ici, la même chose m'est arrivée. Aristote m'a trouvé dans un ruisseau du quartier chinois, il a fait venir un médecin chinois et je n'ai rien eu. C'est comme ça que j'ai fait sa connaissance, c'est pour ça qu'il est mon ami depuis si longtemps. Je ne peux pas affirmer que la maison — ou la fille —, était malade, mais tout ce que je sais, c'est que j'ai jamais eu la vérole.

— Seigneur, ayez pitié de moi!

— Sûr. Nous ne saurons rien avant une semaine. S'il n'y a pas d'enflure, ni de douleurs, ni d'écoulement à ce moment, alors tu y auras échappé pour cette fois.

Il vit la terreur dans les yeux de son fils, et son cœur se serra.

— Une semaine d'enfer devant toi, petit, dit-il avec douceur. Faut attendre. Je sais ce que c'est, alors te fais pas de mauvais sang, je t'aiderai de mon mieux. Comme Aristote m'a aidé.

— Je me tuerai. Je me tuerai si... Mon Dieu, comment ai-je pu être aussi fou? Tess! Dieu, je ferais mieux de lui dire...

— Tu ne feras rien de tel! Tu lui diras que tu as été attaqué par des voleurs en rentrant chez toi. Nous dirons ça à tout le monde, à tes amis. Que tu crois avoir un peu trop bu — *après* la fille. Que tu ne te souviens de rien, sauf que tu as rudement bien rigolé et que tu t'es réveillé ici. Et pendant cette semaine, tu te comporteras aussi normalement que possible.

— Mais Tess! Comment pourrais-je...

— C'est ce que tu feras, petit! Bon Dieu, c'est ce que tu feras!

— Je ne peux pas, Père, c'est imp...

— Et sous aucun prétexte tu ne parleras des remèdes chinois. Ne va pas dans une de ces maisons avant d'être sûr, et ne touche pas Tess avant d'être marié.

— Ah, que j'ai honte!

— Y a pas de quoi, mon gars. C'est difficile d'être jeune. Mais dans ce monde-ci, un homme doit veiller sur ses arrières. C'est pas les chiens enragés qui manquent autour de soi.

— Tu dis que c'était Gorth?

— Je ne dis rien. Tu le crois?

— Non, bien sûr que non. Mais c'est ce que tu penses, n'est-ce pas?

— N'oublie pas, tu dois agir normalement, ou tu perdras Tess.

— Pourquoi?

— Tu crois que Liza et Brock te laisseraient l'épouser s'ils découvraient que tu n'es qu'un gamin idiot, un petit morveux sans cervelle si bête qu'il s'en va courir les bordels de Macao ivre mort et se faire entôler dans un bordel inconnu après s'être laissé glisser un aphrodisiaque? Si j'étais Brock, je dirais que t'as pas assez de bon sens pour être mon gendre!

— Pardon...

— Allez, repose-toi, petit. Je reviendrai plus tard.

Sur le chemin de la maison de May-may, Struan envisageait des moyens de tuer Gorth... si Culum avait la vérole. De la façon la plus cruelle. Sûr, pensa-t-il froidement, je sais très bien être cruel. Ce ne sera pas un simple assassinat... ni une mort rapide, bon Dieu!

— Tu as une mine épouvantable, Culum chéri, dit Tess. Tu devrais vraiment te coucher de bonne heure.

— Oui.

Ils se promenaient sur la *praia*, dans la nuit paisible, après le dîner. Il avait la tête plus dégagée, mais ses souffrances étaient presque intolérables.

— Qu'est-ce que tu as? demanda-t-elle, devinant son tourment.

— Rien, ma chérie. J'ai un peu trop bu, c'est tout. Et ces

159

bandits ne sont pas toujours très aimables. Par le Seigneur Dieu, je jure de ne plus boire d'un an!

Mon Dieu, faites qu'il n'arrive rien. Que la semaine passe vite — et qu'il n'arrive rien!

— Rentrons, dit-elle en lui prenant fermement le bras pour retourner chez les Brock. Une bonne nuit de repos te fera le plus grand bien.

Elle se sentait très maternelle, et ne pouvait s'empêcher d'être heureuse de le voir ainsi sans défense.

— Je suis contente que tu jures de ne plus boire, chéri. Papa s'enivre affreusement, de temps en temps, et Gorth! Les fois où que je l'ai vu rouler sous la table!

— Les fois où je l'ai vu... rectifia-t-il.

— Les fois où je l'ai vu... Oh, que je suis heureuse de penser que nous serons bientôt mariés!

Quelle raison invraisemblable Gorth aurait-il pu avoir de faire ça? se demanda Culum. Le Taï-pan exagère sûrement.

Un domestique leur ouvrit la porte et Culum escorta Tess au salon.

— Déjà de retour, mon cœur? s'étonna Liza.

— Je me sens un peu lasse, Ma.

— Eh bien, dit Culum, je vais rentrer. A demain. Irez-vous au cricket?

— Oh oui, allons-y, Ma!

— Vous nous escorterez peut-être bien, Culum, petit?

— Merci, très volontiers. A demain. Bonsoir, Mrs. Brock.

Culum embrassa la main de Tess et se retourna comme Gorth entrait.

— Salut, Culum. Je t'attendais. Je vais boire un verre au club. Viens donc.

— Pas ce soir, merci. Je suis vanné. Trop de sorties. Et demain, il y a le cricket.

— Un petit coup te fera pas de mal. Après avoir été attaqué, rien de tel.

— Pas ce soir, Gorth. Merci quand même. A demain.

— Comme tu veux, mon vieux. Allez, soigne-toi bien!

Gorth l'accompagna jusqu'à la porte et la ferma sur lui, puis il rentra au salon. Liza l'examina attentivement.

— Gorth, qu'est-ce qui s'est passé hier soir?

— Le pauvre en a pris une terrible. J'ai quitté le club, comme je t'ai dit, avant lui, alors j'en sais rien. Qu'est-ce qu'il t'a dit, Tess?

— Simplement qu'il avait trop bu, et que des bandits l'avaient attaqué. Pauvre Culum, dit-elle en riant, je crois qu'il est guéri pour bien longtemps du démon de l'alcool!

— Tess, chérie, tu veux aller me chercher mes cigares? Ils sont sur ma commode.

Tess sortit en courant.

— Il paraît, dit Gorth, paraît que notre Culum a comme on dit pris le mors au dent.

— Quoi?

— Y a pas de mal. J'aurais peut-être mieux fait de me taire. Y a pas de mal si un homme fait attention, bon Dieu. Tu sais ce que c'est qu'un homme.

— Mais il va se marier avec Tess! Elle va pas épouser un roué!

— Ouais. Je crois que je dirai deux mots au gamin. A Macao, mieux vaut faire attention, y a pas de doute. Si Pa était là, ce serait différent. Mais faut que je protège la famille, et le pauvre gars de ses faiblesses. Tu ne diras rien de tout ça, hé?

— Non, naturellement, grommela Liza, en pensant qu'elle devrait peut-être se raviser... Tess ira pas épouser un coureur! Mais Culum est pas comme ça. Tu es bien sûr de ce que tu racontes?

— Ouais. Du moins, c'est ce que les camarades ont dit.

— J'aimerais bien que votre père soit là.

— Ouais, dit Gorth, puis il ajouta, comme s'il prenait brusquement une décision : Je crois que je m'en vais aller faire un tour à Hong Kong dans un jour ou deux. Je causerai à Pa. Ce sera le mieux. Et puis j'aurai une bonne conversation avec Culum. Oui. Je partirai par la marée.

36

Struan posa le dernier feuillet de la traduction anglaise des documents russes. Lentement, il rassembla les pages et les rangea dans le portefeuille.

— Et alors? dit May-may. Pourquoi si fantastical silencieux, heya?

Elle était assise dans son lit, sous une moustiquaire, sa robe de soie jaune d'or faisant ressortir sa pâleur.

— Ce n'est rien, fillette.

— Mets les affaires de côté et parle-moi. Pendant une heure, tu es comme un savant.

— Laisse-moi réfléchir cinq minutes. Après on causera, hein?

— Ha. Si c'était pas ma maladerie, alors tu voudrais coucher tout le temps.

— Allez donc, fille!

Struan alla à la porte du jardin, et contempla le ciel étoilé. La nuit claire et les étoiles scintillantes présageaient du beau temps.

May-may l'observait. Il a l'air bien fatigué, pensa-t-elle. Pauvre Taï-pan, trop de soucis.

Il lui avait parlé de Culum et de ses craintes, mais pas de Gorth. Il lui avait également annoncé que dans quelques jours, elle aurait l'écorce contre la fièvre. Et il lui avait parlé de Mary, en maudissant Ah Tat.

— Foutue imbécile criminelle. Jamais elle n'aurait dû... Et puis si Mary s'était confiée à moi, ou à toi, nous aurions pu l'envoyer au loin pour avoir son bébé en sécurité, discrètement. En Amérique, je ne sais pas. Le bébé aurait pu être adopté et...

— Et l'homme Glessing? Est-ce qu'il l'aurait épousée quand même? Après neuf mois?

— De toute façon, ça, c'est fini.

— Qui est le père? avait demandé May-may.

— Elle n'a pas voulu me le dire, avait répondu Struan, sans remarquer l'imperceptible sourire de May-may.

— Pauvre Mary, avait-il soupiré. Maintenant, sa vie est finie.

— Ridicule, Taï-pan. Le mariage peut se faire, si le Glessing et l'Horatio ne savent jamais rien.

— As-tu perdu l'esprit, fille? Bien sûr que c'est fini. Ce que tu dis est impossible. Malhonnête, terriblement malhonnête.

— Sûr. Mais ce qui n'est jamais connu n'a pas d'importance, et la raison du secret est bonne et pas mauvaise, ça ne fait rien.

— Comment pourrait-il ne jamais rien savoir, bon Dieu? Hein? Il s'en apercevra bien. Il verra bien qu'elle n'est plus vierge!

Il y a des moyens, Taï-pan, songeait May-may. Des moyens de tromper. Vous, les hommes, vous êtes bien simplets, pour certaines choses. Les femmes sont tellement plus habiles que les hommes pour presque toutes les choses importantes!

Elle prit la résolution d'envoyer à Mary quelqu'un qui saurait lui expliquer ce qui était nécessaire et mettre ainsi fin à ces ridicules idées de suicide. Qui? De toute évidence, Sœur Aînée, la troisième épouse de Chen Sheng, qui avait été en maison et connaissait ces secrets. Je l'enverrai demain. Elle savait ce qu'il fallait dire à Mary. Donc, les ennuis de Mary, c'est fini. Avec du joss. Mais Culum et Gorth et Tess? Bientôt pas du tout d'ennuis, car un assassinat se produire. Ma fièvre? Cela se résoudra selon mon joss. Toutes choses se résolvent selon le joss, alors pourquoi est-il nécessaire de s'inquiéter? Mieux vaut accepter. Je te plains, Taï-pan. Tu penses et tu réfléchis et tu tires des plans et tu essaies éternellement de plier le joss à ta volonté et à tes humeurs — mais non, ce n'est pas vrai, n'est-ce pas? se demanda-t-elle. Il ne fait sûrement que ce que tu fais, ce que font tous les Chinois. Il rit au destin et au joss et aux dieux et il essaie d'utiliser des hommes et des femmes pour parvenir à ses fins. Et tourner le joss. Oui, c'est sûrement ça. Par bien des côtés, Taï-pan, tu es plus chinois que moi!

May-may s'enfonça douillettement sous le couvre-pied parfumé et attendit que Struan veuille bien venir lui faire la conversation.

Struan, cependant, n'était occupé que de ce qu'il avait appris des documents contenus dans le portefeuille.

Il y avait parmi ces papiers la copie traduite d'un rapport secret à l'intention du tsar Nicolas Ier, daté du mois de juin 1840, il y avait donc un an, accompagné, chose incroyable, de cartes des terres entre la Russie et la Chine. Ces cartes seules, les premières que Struan voyait, étaient inestimables. Il y avait aussi une analyse des implications de ces documents.

Le rapport secret avait été rédigé par le prince Tergine, chef du Comité secret des Affaires étrangères. Il disait en substance :

« Notre opinion réfléchie est que d'ici un demi-siècle, le tsar régnera de la Baltique au Pacifique, de la mer de Glace du Nord à l'océan Indien, et sera en mesure de dominer le monde, *si* la stratégie suivante est adoptée au cours des trois prochaines années.

« La clef de l'hégémonie mondiale est l'Asie, plus l'Amérique du Nord. L'Amérique du Nord est presque entre nos mains. Si la Grande-Bretagne et les États-Unis nous laissent dix ans de liberté en Alaska russo-américain, toute l'Amérique du Nord est à nous.

« Notre position là-bas est solide et amicale. Les États-Unis ne considèrent absolument pas notre vaste expansion territoriale dans les terres désertiques du nord comme une menace. La consolidation de notre position de l'Alaska jusqu'à notre « fort de commerce » le plus méridional en Californie du Nord — et de là par voie de terre jusqu'à l'Atlantique — peut être accomplie selon la méthode habituelle : immigration immédiate sur une grande échelle. La majorité des États de l'ouest, et le Canada tout entier, à part une petite zone à l'est, sont à l'heure actuelle déserts, sans colons. Par conséquent, l'importance de notre émigration dans les solitudes de l'ouest pourrait être tenue secrète, comme il se doit. De là les émigrants, choisis parmi nos solides tribus guerrières euro-asiatiques — Uzbeks, Turcomans, Sibériens, Kirghizes, Tadzhiks et Ouigours — et les nomades, se déploieraient en éventail et s'empareraient du territoire pratiquement à leur guise.

« Nous devons maintenir des relations cordiales avec la Grande-Bretagne et les États-Unis pendant les dix années qui viennent. A cette date, l'émigration aura fait de la Russie une puissance américaine, la plus virile, et nos tribus, qui aux temps anciens ont composé les hordes de Gengis Khan et de Tamerlan, équipées d'armes modernes et commandées par des Russes, pourront à notre gré balayer les Anglo-Saxons dans la mer.

« Mais il y a plus important, mille fois plus important : *l'Asie.* Nous pouvons renoncer aux Amériques, jamais à l'Asie.

« La clef de l'Asie est la Chine. Et la Chine s'étend à nos pieds. Nous partageons près de huit mille kilomètres de frontière commune continue avec l'Empire Céleste. *Nous devons contrôler la Chine sinon nous ne serons jamais en sécurité.* Nous ne pourrons jamais l'autoriser à devenir forte, ni dominée par une autre Grande Puissance, sinon nous nous trouverions pris au piège entre l'Orient et l'Occident, et risquerions de devoir faire la guerre sur deux fronts. Notre politique asiatique est axiomatique : la Chine doit être maintenue faible, vassale et transformée en zone d'influence russe.

« Une seule puissance — la Grande-Bretagne — se dresse entre notre but et nous. Si elle était empêchée, par ruse ou par pressions, d'acquérir et de consolider une île-forteresse définitive au large de la Chine, l'Asie est à nous.

« Naturellement, nous n'osons pas encore nous aliéner la Grande-Bretagne. La France, la Pologne, la Prusse et les Habsbourg ne sont pas du tout satisfaits de la détente des Dardanelles, pas plus que ne l'est la Russie, et nous devons être constamment sur le qui-vive, contre leur harcèlement. Sans le soutien britannique, notre sainte patrie serait ouverte à l'invasion. A condition que la Grande-Bretagne adhère à son statut en Chine, tel qu'elle l'annonce — « nous désirons simplement établir des relations commerciales et des comptoirs d'échange que toutes les nations occidentales pourront se partager à égalité » — nous pouvons nous avancer dans le Sinkiang, le Turkestan et la Mongolie, et nous rendre maîtres de la route de terre vers la Chine. (Nous sommes déjà maîtres des grandes voies d'invasion à portée du col de Khyber et du Cachemire conduisant aux Indes britanniques.) Si jamais la nouvelle se répandait de nos conquêtes territoriales, notre position officielle serait que « La Russie réduit simplement des tribus sauvages hostiles dans ses marches de l'est ». En cinq ans, nous devrions être installés au seuil du cœur de la Chine, au nord-ouest de Pékin. Alors, par simple pression diplomatique, nous serions en mesure de placer de force des conseillers auprès de l'empereur mandchou, et, à travers lui, de nous rendre maîtres de l'Empire chinois jusqu'à ce que le moment soit venu de le partager en États vassaux. L'hostilité entre les seigneurs mandchous et les sujets chinois est un immense avantage pour nous et, naturellement, nous ne manquerons pas de l'entretenir.

« A n'importe quel prix, nous devons encourager et soutenir les intérêts commerciaux britanniques et les pousser à s'installer dans les ports du continent chinois, où les Britanniques seraient soumis à une pression directe des Chinois qui, avec le temps deviendrait un contrôle diplomatique. Et à n'importe quel prix, nous devons décourager l'Angleterre de fortifier et de coloniser l'île, quelle qu'elle soit — comme elle l'a fait pour Singapour, Malte, Chypre (ou un rocher imprenable comme Gibraltar) — qui ne pourrait être soumise à nos pressions et servirait de bastion permanent pour sa puissance navale et militaire. Il serait avantageux de créer dès maintenant d'étroits rapports commerciaux avec quelques maisons choisies dans cette zone.

« La clef de voûte de notre politique étrangère doit être : « Que l'Angleterre règne sur mer et sur les routes commerciales, et qu'elle soit la première nation industrielle du monde. Mais que la Russie règne sur terre! » Car une fois la terre assurée — et notre droit sacré, notre apanage divin, est de civiliser la terre — les mers deviendront russes. Et, ainsi, le tsar de toutes les Russies régnera sur le monde. »

Sergueyev pourrait bien être une clef de ce plan, songea Struan.

Est-il l'homme envoyé pour sonder notre puissance en Chine? Pour établir « des rapports commerciaux étroits avec quelques maisons choisies »? Sa mission est-elle de faire un rapport, de première main, sur l'attitude américaine en Alaska russe? L'homme a-t-il été envoyé pour préparer l'Alaska russe aux hordes d'invasion? Rappelle-toi qu'il t'a dit : « A nous la terre, à vous les mers! »

Ce rapport était suivi d'un commentaire également hardi et pénétrant :

« En se fondant sur ce document secret et les cartes attenantes, dont la validité est incontestable, certaines conclusions d'une importance à long terme peuvent être tirées :

« Premièrement, en ce qui concerne la stratégie américaine : il faut noter que tout en étant gravement préoccupés par l'actuelle querelle de frontière entre les États-Unis et le Canada britannique, les États-Unis ne semblent pas désirer acquérir de nouveaux territoires sur le continent nord-américain. Et par suite des relations amicales existant entre les États-Unis et la Russie — relations soigneusement cultivées, il faut le dire — l'actuel sentiment politique, à Washington, est que la présence de la Russie en Alaska et plus au sud le long de la côte occidentale ne menace pas leur souveraineté. En bref, les États-Unis d'Amérique n'invoqueront pas la Doctrine Monroe contre la Russie et sont prêts en conséquence — chose ahurissante — à laisser leur porte de derrière ouverte à une puissance étrangère, contrairement à leur évident intérêt. Contrairement, c'est certain, aux intérêts du Canada britannique. Si cinq cent mille hommes appartenant aux tribus euro-asiatiques devaient être discrètement introduits dans le nord, comme la chose est possible, les Anglais et les Américains se trouveraient certainement dans une situation des plus précaires.

« On doit noter, de plus, que bien que le tsar actuel méprise la Russie d'Amérique, ce territoire est véritablement une clef russe du continent. Et s'il devait y avoir une guerre civile aux Etats-Unis au sujet de la question esclavagiste, comme cela semble inévitable, ces tribus russes seraient en mesure d'influer sur ce conflit, ce qui ne manquerait pas d'entraîner dans la guerre la France et l'Angleterre. Des hordes nomades russes, avec des voies de communications rapides par le détroit de Béring et la faculté primitive de vivre des ressources de la terre, auraient un avantage très net. Et comme la plus grande étendue des terres occidentales et du sud-ouest sont très peu peuplées, ces colons — ou « guerriers » — pourraient sans peine envahir le sud.

« Ainsi, si la Grande-Bretagne désire maintenir son hégémonie et contrecarrer le désir exacerbé de la Russie de dominer le monde, elle devra d'abord éliminer la menace que présente l'Alaska russe pour le Canada et les États-Unis affaiblis. Elle devra persuader les États-Unis, par tous les moyens en son pouvoir, d'invoquer la Doctrine Monroe pour pallier la menace russe. Ou bien elle devra exercer des pressions diplomatiques et acheter ce territoire ou s'en emparer par la force. Car à moins que la Russie ne soit rapidement éliminée, l'Amérique du Nord tout entière sera, d'ici un demi-siècle, entre ses mains.

« Deuxièmement, l'Angleterre doit conserver une domination absolue sur la Chine. Il est nécessaire de retracer les conquêtes russes au-delà de l'Oural et de voir la longue pénétration déjà effectuée dans des territoires placés sous le commandement historique relâché de l'empereur de Chine. »

Grâce à une suite de cartes, de dates et de lieux et à la traduction de traités, tout le panorama du mouvement russe vers l'est était explicite.

« Depuis trois siècles (depuis 1552) les armées moscovites s'étendent régulièrement vers l'est à la recherche d'une frontière définitive. Okhotsk, sur la mer d'Okhotsk — au nord de la Mandchourie, sur l'océan Pacifique — a été atteint en 1640. Ces armées ont aussitôt fait mouvement vers le sud et se sont heurtées pour la première fois aux hordes sino-mandchoues.

« En 1689, le traité de Nerchinsk, signé entre la Russie et la Chine, établissait la frontière septentrionale entre les deux pays le long de la rivière Argoun et des monts Stanovoï. L'ensemble de la Mandchourie sibérienne orientale était cédée à la Russie. Depuis, cette ligne a été la frontière « définitive » de la Russie au nord de la Chine.

« Vers cette époque (en 1690), un Russe nommé Zaterev fut envoyé par terre à Pékin, comme ambassadeur. En chemin, il chercha d'éventuelles voies d'invasion dans le cœur incroyablement riche de la Chine. La meilleure route qu'il trouva était le corridor naturel de la rivière Selenga, dans les plaines au nord de Pékin. La clef de cette route est la possession du Turkestan, de la Mongolie Extérieure et de la province chinoise du Sinkiang.

« Et, comme en fait état le rapport du prince Tergine, leurs armées sont déjà maîtresses de l'Eurasie, du nord de la Mandchourie au Pacifique, et sont déjà installées sur les frontières du Turkestan, du Sinkiang et de la Mongolie Extérieure. C'est par là que viendra l'investissement de la Chine proprement dite, et qu'il continuera de se faire pendant de longues années. »

Le rapport ajoutait :

« A moins que la Grande-Bretagne ne soutienne fermement que la Chine et l'Asie sont sa zone d'influence, les conseillers russes seront à Pékin au cours de la génération actuelle. Les armées russes maîtriseront facilement les routes d'accès faciles du Turkestan, de l'Afghanistan, du Cachemire, ouvrant sur les Indes britanniques, et tout l'Empire des Indes pourra être envahi et conquis.

« Si la Grande-Bretagne désire demeurer puissance mondiale, il est capital que la Chine devienne un rempart contre la Russie. Il est capital que l'avance russe soit arrêtée dans la région du Sinkiang. Il est capital qu'une forteresse britannique s'établisse en Chine, car la Chine, par elle-même, est impuissante. Si la Chine est autorisée à se scléroser dans ses anciennes habitudes et n'est pas aidée à prendre pied dans une ère moderne, elle sera facilement conquise par la Russie et l'équilibre de l'Asie sera détruit.

« En conclusion : Il est extrêmement regrettable que le Portugal ne soit pas assez fort pour tenir en échec la boulimie territoriale russe. Notre seul espoir est que notre ancienne alliée, la Grande-Bretagne, empêche par la force ou par sa seule puissance ce qui semble *inévitable*.

« C'est pour cette seule raison que nous avons illégalement établi ce dossier, sans aucune autorisation officielle ou officieuse. Le rapport du prince Tergine et les cartes ont été acquis à Saint-Pétersbourg et ont abouti entre des mains amies officieuses, au Portugal, et de là entre les nôtres.

« Nous avons demandé à Monseigneur — qui n'est au courant de rien de ce que renferme ce dossier — de bien vouloir placer ces documents entre les mains du Taï-pan de la Noble Maison, un homme qui, nous le pensons, veillera à leur faire atteindre leur bonne destination, afin que des mesures soient prises avant qu'il ne soit trop tard. Et pour donner la preuve de notre sincérité, nous avons signé de nos noms, en priant Dieu que nos carrières, et nos vies même, seront placées en des mains sûres. »

Le rapport portait la signature de deux Portugais subalternes experts en politique étrangère, que Struan connaissait un peu.

Il jeta dans le jardin le mégot de son cigare et le regarda se consumer puis s'éteindre. Sûr, se dit-il, c'est inévitable. Mais pas si nous conservons Hong Kong! Au diable, ce maudit Lord Cunnington!

Comment utiliser ces renseignements? C'est facile. Dès que je serai de retour à Hong Kong, un mot dans l'oreille de Longstaff et dans celle de Cooper. Mais qu'est-ce que j'ai à y gagner? Pourquoi ne pas aller moi-même à Londres? Ce genre de connaissances, c'est la chance d'une vie. Et Sergueyev? Parlerons-nous de « spécifiques » maintenant? Est-ce que je cherche à marchander avec lui?

— Taï-pan!

— Fillette?

— Tu ne voudrais pas fermer la porte-fenêtre? Il fait très gracieusement froid, ce soir.

Or, la nuit était chaude.

37

Les frissons secouaient May-may. La fièvre la dévorait. Dans son délire, elle sentit ses entrailles se déchirer et elle hurla. La vie à venir la quitta, et en mourant ne lui laissa qu'une infime étincelle d'âme et de force. Pendant quatre heures, elle vacilla entre la vie et la mort. Mais son joss avait décidé qu'elle reviendrait.

— Bonjour, Taï-pan, souffla-t-elle enfin. Mauvais joss de perdre le bébé.

— Ne t'inquiète pas. Prends des forces, c'est tout. L'écorce de cinchona va arriver d'un moment à l'autre. J'en suis sûr.

May-may fit un effort et retrouva un peu de sa vivacité agressive :

— La vérole sur les longues jupes! Comment faire un homme peut courir avec des jupes, heya?

Mais elle avait présumé de ses forces; elle sombra dans l'inconscience.

Deux jours plus tard, elle allait beaucoup mieux.

— Alors, petite? Comment te sens-tu ce matin?

— Fantasticalement bien. Il fait joli, heya? Tu as vu Mary?

— Sûr. Elle a bien meilleure mine. Un changement énorme. Presque miraculeux!

— Pourquoi faire si bon changement, heya? demanda-t-elle innocemment, sachant que Sœur Aînée était allée la voir la veille.

— Sais pas. J'ai vu Horatio juste avant de partir. Il lui apportait des fleurs. Au fait, elle te remercie de ce que tu lui as fait porter. Qu'est-ce que tu as envoyé?

— Des mangues et des tisanes que mon docteur a recommandées. Ah Sam est allée la voir il y a deux ou trois jours.

May-may se tut. Parler la fatiguait énormément. Et elle se disait qu'aujourd'hui, elle devait être très forte.

Il y a beaucoup à faire aujourd'hui, et demain ce sera de nouveau la fièvre. Enfin, il n'y a au moins plus de problème pour Mary, elle est sauvée. Si facile, maintenant que Sœur Aînée lui a expliqué ce que toutes les jeunes filles apprennent dans les maisons, qu'avec du soin et une comédie bien jouée et des larmes de douleur feinte et de peur, et le détail final de taches révélatrices soigneusement placées, une fille peut, s'il le faut, être vierge dix fois, pour dix hommes différents.

Ah Sam entra, se prosterna et murmura quelques mots. La figure de May-may s'éclaira.

— Ah, très bien, Ah Sam! Tu peux aller, dit-elle, puis elle se tourna vers Struan : Taï-pan, j'ai besoin de taels d'argent, s'il te plaît.

— Combien?

— Beaucoup. Je suis très pauvre. Ta vieille mère t'aime beaucoup. Pourquoi tu demandes ça?

— Si tu te dépêches de guérir, je te donnerai tous les taels que tu voudras.

— Tu me donnes beaucoup de face, Taï-pan. La plus grande face. Vingt mille taels pour le remède — ayee yah, je vaux pour toi autant qu'une dame impératrice!

— Gordon te l'a dit?

— Non. J'écoutais à la porte. Naturellement! Tu crois que ta vieille mère ne veut pas savoir ce que le docteur dit et ce que tu dis, heya?

Elle se tourna vers la porte. Struan se retourna aussi, et vit une ravissante jeune fille qui se prosternait avec grâce. Ses cheveux noirs formaient un épais cordage noué au sommet de sa tête exquise et des ornements de jade et des fleurs la couronnaient. Son visage en amande était de l'albâtre pur.

— Voici Yin-hsi, dit May-may. C'est ma sœur.

— Je ne savais pas que tu avais une sœur, petite. Elle est très jolie.

— Oui, enfin, elle n'est pas vraiment ma sœur, Taï-pan. Les dames chinoises s'appellent souvent « sœurs ». C'est la politesse. Yin-hsi est ton cadeau d'anniversaire.

— Quoi!

— Je l'ai achetée pour ton anniversaire.

— Est-ce que tu as complètement perdu la tête?

— Oh, Taï-pan, des fois tu es pas mal beaucoup fatigant, gémit May-may en se mettant à pleurer. Ton anniversaire est dans quatre mois. A ce moment, j'aurais été grosse du bébé alors je me suis arrangée pour te chercher une sœur. C'était difficile de trouver ce qu'il y avait de mieux. Elle est la mieux, et maintenant parce que je suis malade, je te la donne tout de suite, sans attendre. Elle ne te plaît pas?

— Bon Dieu, fillette, ne pleure pas! May-may, ne pleure pas, écoute... Bien sûr, que ta sœur me plaît. Mais on n'achète pas une fille comme cadeau d'anniversaire, pour l'amour de Dieu!

— Pourquoi pas?

— Eh bien, parce que ça ne se fait pas.

— Elle est très bien. Je veux qu'elle soit ma sœur. Je voulais bien la dresser et tout lui apprendre pour les quatre mois, mais maintenant...

Sa voix se brisa et elle éclata en sanglots.

Yin-hsi courut au lit, s'agenouilla près de May-may, lui prit la main, essuya doucement ses larmes et l'aida à boire un peu de thé. May-may l'avait avertie que les barbares sont parfois étranges et montrent leur joie en criant et en jurant, mais qu'il n'y avait pas à s'inquiéter.

— Regarde, Taï-pan, comme elle est jolie! murmura May-may. Sûrement, elle te plaît?

— Là n'est pas la question, May-may. Bien sûr.

— Alors c'est réglé, soupira-t-elle en fermant les yeux.

— Rien n'est réglé!

May-may eut recours à une dernière offensive :

— Si, et je ne veux plus discuter avec toi, bon Dieu! J'ai payé beaucoup d'argent et elle est la mieux et je ne peux pas la renvoyer parce qu'elle perdra la face et sera obligée de se pendre.

— Ne sois pas stupide!

— Je te promets qu'elle le fera, Taï-pan. Tout le monde sait que je cherchais une nouvelle sœur, pour moi et pour toi, et si tu la renvoies sa face est perdue. Fantasticalement perdue. Elle se pendra, de sûr!

— Ne pleure pas, fillette! Je t'en prie.

— Mais tu n'aimes pas mon cadeau d'anniversaire!

— Je l'aime bien et tu n'as pas besoin de la renvoyer, dit-il vivement. Garde-la ici. Elle... elle sera une sœur pour toi et quand tu iras mieux, eh bien, nous lui trouverons un bon mari. Là. Tu vois? Pas besoin de pleurer. Allons, sèche tes larmes.

May-may se calma enfin et se laissa retomber sur ses oreillers. Son éclat avait trop sapé sa précieuse énergie. Mais ce n'était pas trop payé, exultait-elle. Maintenant, Yin-hsi va rester. Si je meurs, il sera en bonnes mains. Si je vis, elle sera ma sœur, et la deuxième sœur de cette maison, car naturellement il aura envie d'elle. Bien sûr qu'il la voudra, se dit-elle en s'abandonnant. Elle est si jolie.

Ah Sam entra.

— Massi? Jeune Massi dehors. Voir peut?

La pâleur mortelle de May-may terrifia Struan.

— Docteur pas mal vite-vite! Savvez?

— Savvez, Massi.

Le cœur serré, Struan sortit de la chambre. Ah Sam ferma

la porte derrière lui, s'agenouilla près du lit et dit à Yin-hsi :

— Seconde Mère, je dois changer Suprême Dame avant l'arrivée du docteur.

— Oui. Je vais t'aider, Ah Sam. Père est certainement un bien curieux géant. Si Suprême Dame et toi ne m'aviez pas prévenue, j'aurais eu très peur.

— Père est très bien. Pour un barbare. Il faut dire naturellement que Suprême Dame et moi, nous l'avons bien dressé.

Ah Sam considéra May-may, profondément endormie.

— Elle a vraiment l'air bien malade.

— Oui, mais mon astrologue prévoit des bonnes choses, alors nous devons prendre patience.

Struan descendit dans le ravissant jardin clos.

— Culum?

— Bonjour, Taï-pan. J'espère que tu ne m'en veux pas d'être venu ici, dit Culum en se levant, et tendant une lettre. Ceci vient d'arriver et... ma foi, au lieu d'envoyer Lo Chum, j'ai pensé que je pourrais venir voir comment tu allais. Et prendre de ses nouvelles. Comment est-elle?

Struan prit la lettre. Elle était de Morley Skinner et portait les mots « Personnel et Urgent ».

— Elle a perdu le bébé avant-hier.

— C'est affreux! Le cinchona est arrivé?

— Non... Assieds-toi, petit.

Il ouvrit la lettre. Morley Skinner lui écrivait qu'il avait eu l'intention de garder la nouvelle de la « répudiation » jusqu'au retour de Struan — il estimait qu'il serait dangereux de la publier en son absence — mais qu'à présent il était urgent de publier le rapport immédiatement : « Une frégate d'Angleterre est arrivée ce matin. Mon informateur à bord du navire amiral me dit que l'amiral a été enchanté de la dépêche secrète de l'Amirauté qu'il vient de recevoir et il l'a entendu dire textuellement : « Il était grand temps, nom de Dieu. Avec un peu de chance, nous serons dans le Nord avant un mois. » Cela ne peut que signifier qu'il est lui aussi au courant de la nouvelle et que l'arrivée de Whalen est imminente. Je ne saurais trop insister sur l'urgence de votre retour. A propos, il paraît qu'il y a un curieux codicille privé à l'accord Longstaff-Ching-so au sujet de la rançon de Canton. Enfin, j'espère que vous avez eu l'occasion de prouver, d'une façon ou d'une autre, la valeur de l'écorce de cinchona. Je regrette bien que, autant que je sache, on n'en trouve pas ici. Je demeure, monsieur, votre très humble serviteur, Morley Skinner. »

May-may ne supportera pas une nouvelle crise de fièvre, se

dit Struan avec angoisse. C'est la vérité et tu dois l'accepter. Demain, elle sera morte — à moins que le cinchona arrive. Et qui sait si ça la guérira?

Si elle meurt, tu dois sauver Hong Kong. Si elle vit, tu dois sauver Hong Kong. Mais pourquoi? Pourquoi ne pas laisser cette île maudite? Tu te trompes peut-être; Hong Kong n'est peut-être pas indispensable à la Grande-Bretagne. Qu'est-ce que tu veux prouver, avec ta folle croisade pour l'ouverture de la Chine, pour l'amener, à ta façon, selon tes conditions, dans le monde actuel? Laisse la Chine à son joss et rentre chez toi. Avec May-may, si elle vit. Laisse Culum devenir Taï-pan à sa manière. Un jour tu mourras et la Noble Maison continuera sans toi. C'est la loi — la loi de Dieu, la loi de nature, et la loi du joss.

— Encore de mauvaises nouvelles?

— Hé? Pardon, Culum, je t'avais oublié. Que disais-tu?

— Mauvaises nouvelles?

— Non, mais urgentes.

Struan remarqua que ces derniers sept jours avaient marqué Culum. Il était devenu un homme. Et puis il songea à Gorth et comprit qu'il ne pourrait jamais quitter l'Asie sans avoir réglé ses comptes avec Gorth, et avec Brock.

— Aujourd'hui, c'est ton septième jour, le dernier, hé?

— Oui.

Mon Dieu, pensa Culum, épargnez-moi de vivre encore pareille semaine! A deux reprises, il avait eu une peur terrible. Une fois, il avait eu des brûlures en urinant, une autre fois il avait cru déceler une enflure et une inflammation. Mais le Taï-pan l'avait réconforté et le père et le fils s'étaient rapprochés. Struan lui avait parlé de May-may.

Et durant les longues veilles, Struan avait parlé à Culum comme un père le peut parfois, lorsque le chagrin — et parfois le bonheur — ouvre des portes. Parlé de projets d'avenir, du passé.

Struan se leva.

— Je veux que tu ailles immédiatement à Hong Kong, lui dit-il. Tu partiras par le *China Cloud*, avec la marée. Je placerai le capitaine Orlov entièrement sous tes ordres. Pour ce voyage, tu seras le maître du *China Cloud*.

Culum était enchanté à l'idée d'être le maître d'un vrai clipper. Oui.

— Dès que tu arriveras à Hong Kong, demande à Orlov de faire venir Skinner à bord. Tu lui remettras en mains propres la lettre que je vais te confier. Tu feras de même pour Gordon. Sous aucun prétexte ne descends toi-même à terre et ne laisse venir personne d'autre à bord. Dès que Skinner et Gordon auront

173

écrit leurs réponses, renvoie-les à terre et reviens ici immédiatement. Tu devrais être de retour demain soir. Pars par la marée de midi.

— Bien. Je ne pourrai jamais te remercier assez... pour tout.

— Qui sait, petit? Tu n'as peut-être jamais été seulement menacé par la vérole.

— Oui. Quand même... merci.

— Je te verrai dans mon bureau dans une heure.

— Bon. Cela me donnera le temps de dire au revoir à Tess.

— As-tu envisagé de prendre vos vies entre tes mains? De ne pas attendre trois mois?

— Tu veux dire, l'enlever?

— Je te demande si tu y as songé, c'est tout. Je ne dis pas que tu devrais le faire.

— J'aimerais bien pouvoir... Cela résoudrait... C'est impossible, sinon je le ferais. Personne ne nous marierait.

— Brock serait certainement furieux. Et Gorth. Je ne le recommande pas. Gorth est de retour? demanda Struan, sachant qu'il ne l'était pas.

— Non. On l'attend ce soir.

— Fais prévenir le capitaine Orlov de nous rejoindre dans mon bureau, dans une heure.

— Tu le placeras sous mes ordres absolus? demanda Culum.

— Pas en ce qui concerne la manœuvre, mais pour le reste, oui. Pourquoi?

— Pour rien, Taï-pan. A tout à l'heure.

— Bonsoir, Dirk, dit Liza en entrant résolument dans la salle à manger de la résidence. Navrée d'interrompre votre souper.

— Ça ne fait rien, Liza, dit-il en se levant. Asseyez-vous, je vous en prie. Voulez-vous vous joindre à moi?

— Non, merci. Les jeunes gens sont là?

— Hein? Comment pourraient-ils être ici?

— J'ai attendu plus d'une heure avec leur souper, grommela Liza. Je pensais qu'ils étaient encore à traîner.

— Je ne comprends pas. Culum est parti par la marée de midi avec le *China Cloud*. Comment pouviez-vous l'attendre à souper?

— Quoi?

— Il a quitté Macao par la marée de midi, répéta Struan.

— Mais Tess... Je croyais qu'elle était avec lui. Cet après-midi au cricket.

— J'ai dû l'envoyer là-bas brusquement. Ce matin. Aux dernières nouvelles, il allait dire au revoir à Tess. Oh, ça devait être juste avant midi.

174

— Ils ne m'ont jamais dit qu'il partait aujourd'hui, simplement qu'il me verrait plus tard. Oui, c'était avant midi. Alors, où est Tess? Elle est pas rentrée de la journée!

— Il n'y a pas de quoi s'inquiéter. Elle doit être chez des amis. Vous savez bien que la jeunesse ne voit pas passer le temps.

Liza se mordit la lèvre, d'un air anxieux.

— Elle n'est jamais rentrée si tard. Jamais. C'est une petite fille sage, pas de ces coureuses... Si jamais il lui arrive quelque chose, Tyler, je... Si elle est partie avec Culum, ça va faire du bruit!

— Mais pourquoi feraient-ils ça, Mrs. Brock?

— Dieu leur pardonne s'ils l'ont fait! Et vous, si vous les avez aidés!

Après le départ de Liza, Struan se versa un verre de cognac et s'approcha de la fenêtre pour contempler la *praia* et la rade. Quand il vit mouiller le *White Witch*, il descendit.

— Club je vais, Lo Chum.

— Oui, Massi.

38

Gorth fonça dans le hall du club comme un taureau furieux, un chat à neuf queues à la main. Il repoussa brutalement les clients et les serviteurs stupéfaits et se rua dans la salle de jeu.

— Où est Struan?

— Je crois qu'il est au bar, Gorth, répondit Horatio, effrayé par l'expression de Gorth et par le fouet à neuf lanières qu'il brandissait.

Gorth tourna les talons, traversa le foyer d'un bond et entra au bar. Il aperçut Struan à une table avec un groupe de marchands. Tout le monde s'écarta quand il avança sur le Taï-pan.

— Où est Tess, sale enfant de putain?

Un silence mortel tomba brusquement. Horatio et quelques autres se pressaient sur le seuil.

— Je ne sais pas, répondit Struan. Et si tu m'appelles encore une fois ainsi, je te tuerai.

Gorth empoigna le bras de Struan et le fit lever de force.

— Elle est à bord du *China Cloud?*

Struan se dégagea avec rage.

— Je ne sais pas. Et si elle y est, qu'est-ce que ça peut faire? Y a pas de mal à ce que des jeunes gens...

— Vous l'avez voulu! Vous avez fait ça, racaille! Vous avez dit à Orlov de les marier!

— S'il l'a enlevée, ce n'est pas grave. Qu'ils soient mariés maintenant plutôt que dans trois mois, qu'est-ce que ça peut faire?

Gorth leva le bras et cingla la figure de Struan avec le chat. Une des mèches à pointe de fer lui trancha la joue. Gorth rugit :

— Notre Tess mariée à ce fumier vérolé! Fils de putain maudite!

Ainsi, je ne me suis pas trompé, se dit Struan. C'est bien toi! Il se rua sur Gorth et saisit le manche du fouet, mais les autres s'interposèrent et les séparèrent. Au cours de la mêlée, un chandelier tomba d'une table et Horatio se hâta de piétiner les flammes qui léchaient déjà l'épais tapis.

Struan se libéra et regarda fixement Gorth.

— Je t'enverrai mes témoins ce soir, dit-il.

— Pas besoin de témoins, nom de Dieu! Tout de suite! Choisissez vos foutues nom de Dieu d'armes! Allez! Et après vous, Culum! Je le jure!

— Pourquoi me provoquer, Gorth? Et pourquoi menacer Culum?

— Vous le savez bien, enfant de putain! Il a la vérole, nom de Dieu!

— Tu es fou!

— Vous l'avez caché, bon Dieu! Lâchez-moi! Mais lâchez-moi, nom de Dieu!

— Culum n'a pas la vérole! Qui le dit?

— Tout le monde le sait. Il a été au quartier chinois. Vous le saviez et c'est pour ça qu'il est parti — avant que ça se voit trop!

Struan fit passer le fouet dans sa main droite.

— Lâchez-le, les amis.

Tout le monde recula. Gorth dégaina son couteau et se prépara à l'assaut, mais un couteau apparut comme par magie dans la main gauche du Taï-pan.

Gorth feinta, mais Struan resta de marbre et laissa voir un instant à Gorth la soif de meurtre qui le dévorait. Et sa joie. Gorth s'immobilisa, hésita, ses sens sonnant l'alarme.

— Ce n'est pas un lieu pour se battre, dit Struan. Ce n'est pas moi qui ai voulu ce duel. Mais il n'y a rien que je puisse faire. Horatio, voulez-vous être mon témoin?

— Oui. Oui, bien sûr.

La conscience d'Horatio le tourmentait, parce qu'il s'était occupé de l'affaire des graines de thé pour Longstaff. Est-ce ainsi que tu le repaies d'une vie entière de soutien et d'amitié? Le Taï-pan t'a fait prévenir de la maladie de Mary et il a envoyé un lorcha pour te conduire à Macao. Il a été un père pour toi et pour elle, et maintenant tu lui plantes un couteau dans le dos. Oui... mais tu n'es rien pour lui. Tu ne fais que détruire quelque chose de maudit. Si tu y réussis, cela compensera ta propre malédiction quand tu te trouveras devant Dieu...

— Je serais honoré d'être votre second témoin, Taï-pan, dit Masterson.

— Si vous voulez venir avec moi, messieurs.

Struan essuya le filet de sang sur sa figure et se dirigea vers la porte.

Gorth avait retrouvé son assurance confiante.

— Vous êtes mort! hurla-t-il. Faites vite, fumier de chien!

177

Struan ne se retourna pas. Il sortit du club et une fois dehors il dit à ses témoins :

— Je choisis le fer de combat.

— Dieu de Dieu, Taï-pan, s'écria Horatio. Ce n'est pas très... Ça ne s'est jamais vu! Et puis vous... il est jeune et très fort et vous venez de passer une semaine harassante et...

— Tout à fait d'accord, intervint Masterson. Une balle entre les deux yeux. Que oui, Taï-pan. Ce serait plus sage.

— Retournez lui annoncer mon choix des armes. Ne discutez pas. Ma décision est prise.

— Où... où voulez-vous que... Ma foi, il faut sûrement agir discrètement, n'est-ce pas? Les Portugais tenteraient peut-être de vous en empêcher?

— Sûr. Louez une jonque. Vous deux, moi, Gorth et ses témoins, nous partirons à l'aube. Je veux des témoins et un duel régulier. Il y a bien assez de place sur le pont d'une jonque.

Et je ne te tuerai pas, Gorth, exultait Struan. Non, oh non, ce serait trop facile. Mais par Dieu, à partir de demain tu ne marcheras plus, tu ne mangeras plus tout seul, tu ne verras plus, tu ne coucheras plus avec une fille, jamais. Je m'en vais te montrer ce que c'est que la vengeance!

Le soir venu, la nouvelle du duel était sur toutes les lèvres, volant de bouche en bouche, et les paris commencèrent. Beaucoup misaient sur Gorth : il était dans la force de l'âge et, après tout, il avait de bonnes raisons de porter un défi au Taï-pan si c'était vrai ce qu'on racontait, que Culum avait attrapé la vérole et que, le sachant, le Taï-pan l'avait envoyé en mer avec Tess pour qu'un capitaine les marie au-delà des eaux territoriales.

Ceux qui misaient sur le Taï-pan le faisaient parce qu'ils espéraient, sans le croire, qu'il gagnerait. Tout le monde était au courant de son attente fébrile du cinchona et savait que sa mystérieuse maîtresse agonisait. Tout le monde pouvait voir qu'il ne dormait pas depuis huit jours, et qu'il était épuisé. Seuls, Lo Chum, Ah Sam et Yin-hsi avaient emprunté tout ce qu'ils pouvaient pour miser avec confiance sur le Taï-pan et faire des pétitions aux dieux afin qu'il le protègent. Sans le Taï-pan, ils étaient perdus, de toute manière.

Personne ne parla du duel à May-may. Struan la quitta de bonne heure et retourna chez lui. Il voulait passer une bonne nuit. Le duel ne l'inquiétait pas, il était sûr de pouvoir résister à Gorth. Mais il ne tenait pas à se faire mutiler dans cette affaire et il savait qu'il lui faudrait être très rapide et très puissant.

Calmement, il marcha dans les rues paisibles, sous un merveilleux ciel étoilé.

Lo Chum lui ouvrit la porte et fit un signe discret, pour montrer l'antichambre.

Liza Brock attendait.

— Bonsoir, dit Struan.

— Est-ce que Culum est vérolé?

— Jamais de la vie! Sangdieu, nous ne savons même pas s'ils se sont mariés! Ils sont peut-être simplement allés faire une promenade en mer à deux!

— Mais il a été dans cette maison... qui sait où? Cette nuit-là, des bandits?

— Culum n'a pas la vérole, Liza.

— Alors pourquoi les autres ils disent qu'il l'a?

— Demandez à Gorth.

— J'y ai demandé et il dit qu'on lui a dit.

— Je le répète, Liza. Culum n'a pas la vérole.

Les lourdes épaules de Liza furent soudain secouées de sanglots.

Elle aurait aimé empêcher le duel. Elle aimait bien Gorth, bien qu'il ne fût pas son propre fils. Elle savait que ses mains, à elle, seraient souillées aussi du sang qui allait être versé, celui de Gorth, ou du Taï-pan, ou de Culum, ou de son homme à elle. Si elle n'avait pas forcé Tyler à conduire Tess au bal, rien ne serait arrivé.

— Allons, Liza, calmez-vous, lui dit Struan avec gentillesse. Tess ne risque rien, j'en suis sûr. S'ils se mariaient, alors vous n'auriez rien à craindre.

— Quand va-t-il revenir, le *China Cloud?*

— Demain soir.

— Vous laisserez mon docteur l'examiner?

— C'est Culum que ça regarde. Mais je ne le lui interdirai pas. Il n'a pas la vérole, Liza. S'il l'avait, vous croyez que j'autoriserais le mariage?

— Oui, je le crois, gémit Liza. Vous êtes un diable et seul le Diable sait ce qui se passe dans votre esprit, Dirk Struan. Mais je jure devant Dieu, si vous mentez, moi je vous tuerai si mes hommes le font pas!

En larmes, elle chercha la porte à tâtons. Lo Chum la lui ouvrit et la referma sur elle.

— Massi, mieux bon dormir, dit-il joyeusement. Demain bientôt, heya?

— Va-t'en au diable!

Le heurtoir de fer de la grande porte réveilla de sourds échos dans la résidence endormie. Struan tendit l'oreille dans les ténèbres aérées de sa chambre et entendit le pas léger de Lo Chum. Il sauta du lit, le couteau à la main, et enfila vivement sa robe de chambre de soie, puis il courut sans bruit sur le palier et se pencha sur la rampe. Deux étages plus bas, Lo Chum posait sa lanterne et tirait les verrous. L'horloge sonna le quart d'une heure du matin.

Le frère Sébastien fit un pas dans le vestibule.

— Taï-pan me voir peut?

Lo Chum hocha la tête et posa le hachoir à viande qu'il cachait derrière son dos. Il s'engageait dans l'escalier quand Struan hurla :

— Oui?

Le frère Sébastien sursauta et s'étira le cou pour voir dans les ténèbres du grand escalier.

— Monsieur Struan?

— Sûr, répondit le Taï-pan d'une voix sourde d'angoisse.

— Monseigneur m'envoie. Nous avons l'écorce de cinchona.

— Où est-elle?

Le jésuite leva un petit sac.

— Ici. Monseigneur m'a dit que vous attendiez un messager.

— Et le prix?

— Je ne suis pas du tout au courant, monsieur Struan. Monseigneur a simplement dit que je devais soigner la personne auprès de qui vous me conduirez. C'est tout.

— Je descends dans une seconde, cria Struan en courant déjà vers sa chambre.

Il enfila précipitamment ses vêtements, ses bottes, courut à la porte et s'arrêta net. Il hésita, puis il prit le fer de combat et descendit quatre à quatre.

En voyant l'arme insolite le frère Sébastien ne put réprimer un sursaut.

— Bonsoir, frère. Lo Chum, quand Massi Sinclair ici, tu cherchez, savvez?

— Savvez, Massi.

— Venez, frère Sébastien.

Struan était écœuré par la saleté de la robe du moine et son horreur des médecins lui revint.

— Un instant, monsieur Struan. Je dois vous expliquer quelque chose. Je n'ai jamais employé le cinchona. Aucun de nous ne le connaît.

— Et alors, qu'est-ce que ça peut faire, hé?

— Mais c'est important! Tout ce que je sais, c'est que nous devons faire une tisane, en le faisant bouillir. L'ennui, c'est que nous ne savons pas exactement combien de temps cela doit infuser ni s'il faut le faire fort ou non. Ni combien le patient doit en boire. Ni combien de jours il doit en prendre, ni à quelles heures. Le seul ouvrage que nous ayons traitant du cinchona est en mauvais latin, et très vague.

— L'évêque a dit qu'il avait eu la malaria. Il en a pris combien, de ces tisanes?

— Monseigneur a oublié. Il se souvient seulement que c'était très amer et lui donnait la nausée. Il en a bu pendant quatre jours, croit-il. Monseigneur m'a bien recommandé de vous dire que le traitement se fait à vos risques et périls.

— Sûr. Je comprends. Venez.

Struan courut dans l'avenue, le Jésuite sur ses talons. Ils suivirent d'abord la *praia*, puis s'engagèrent dans une avenue silencieuse, bordée d'arbres.

— Je vous en prie, monsieur Struan, haleta le frère Sébastien. Pas si vite, je n'en puis plus.

— Une fièvre doit se déclarer de nouveau demain. Il n'y a pas de temps à perdre!

Struan traversa la place Sao Paulo et fonça dans une autre rue, mais soudain son instinct lui lança un avertissement; il s'arrêta net et se jeta de côté. Une balle de mousquet s'écrasa contre le mur, à côté de lui. Il s'aplatit sur la chaussée, en tirant avec lui le religieux terrifié. Un autre coup de feu claqua. La balle érafla l'épaule de Struan et il se maudit de ne pas avoir songé à prendre ses pistolets.

Des lumières s'allumaient à quelques fenêtres. Struan aida le moine à se relever et le poussa à l'abri d'une encoignure de porte.

— Par ici! siffla-t-il en ressortant en courant.

Il changea brusquement de direction et une nouvelle balle le manqua de peu comme il atteignait le havre d'une ruelle, le frère Sébastien haletant à côté de lui.

— Vous avez toujours le cinchona? demanda Struan,

— Oui. Pour l'amour de Dieu, que se passe-t-il?

— Des bandits.

Struan prit le moine terrifié par le bras et courut dans la ruelle, puis sur la place devant le fort de Sao Paulo do Monte. A l'ombre du fort, il s'arrêta pour reprendre haleine.

— Où est le cinchona?

Le frère Sébastien souleva le sac d'une main tremblante. Le clair de lune éclaira la marque livide sur la joue de Struan, et alluma dans ses yeux des reflets qui lui donnèrent une expression démoniaque.

— Qui était-ce? demanda le moine. Qui nous a tiré dessus?

— Des bandits, répéta Struan.

Il était convaincu que c'était les hommes de Gorth — ou Gorth lui-même — qui lui avaient tendu une embuscade. Il se demanda un instant si le frère Sébastien n'avait pas été envoyé pour l'y attirer. Non, peu probable de la part de l'évêque, et pas avec le cinchona. Enfin, on le saura bientôt. Et si c'est le cas, je m'en vais trancher quelques gorges papistes!

Prudemment, il fouilla les ténèbres du regard. Il tira son couteau de sa botte et assura la courroie du fer de combat à son poignet. Lorsque le souffle du frère parut plus normal, Struan repartit le premier, passa l'église et Sao Antonio, descendit sur l'autre versant de la colline et longea le grand mur du jardin de May-may. Une porte y était percée.

Il frappa rapidement avec le heurtoir. Quelques instants plus tard, Lim Din regardait par le judas. La porte s'ouvrit. Ils entrèrent dans le jardin et les verrous furent solidement poussés sur eux.

— Nous sommes en sécurité, à présent, dit Struan. Lim Din, thé — pas mal vite-vite boire beaucoup!

Il posa son fer de combat sur la table et fit signe à frère Sébastien de s'asseoir.

— Reprenez haleine, d'abord.

Le moine lâcha le crucifix qu'il serrait dans sa main et s'épongea le front.

— Est-ce que vraiment on a cherché à nous tuer?

— C'est l'impression que j'ai eue, grommela Struan.

Il ôta sa redingote et regarda son épaule. La balle avait foré une rigole de feu dans la chair.

— Laissez-moi vous soigner, dit le moine.

— Ce n'est rien, grommela Struan en se revêtant. Ne vous inquiétez pas. Vous allez la soigner à mes risques et périls. Ça va?

— Oui, souffla le Jésuite, mort de peur. D'abord, il faut préparer la tisane de cinchona.

— Bien. Mais avant de commencer, vous allez jurer sur la croix que vous ne parlerez jamais à personne de cette maison ni de ce qui s'y passe.

— Mais...

— Si vous ne jurez pas, je la soignerai moi-même. J'ai dans l'idée que j'en sais toujours autant que vous sur le traitement au cinchona. Alors?

Le moine hésita, désespéré par son ignorance, et prêt à tout pour guérir au nom de Dieu.

— Très bien. Je jure sur la croix que mes lèvres resteront scellées.

— Merci.

Struan le fit entrer dans la maison et longer un couloir. Ah Sam sortit de sa chambre et s'inclina, en hésitant. Elle avait la figure bouffie de sommeil et les cheveux défaits. Elle les suivit dans la cuisine, avec une lanterne.

La cuisine était petite; il y avait un âtre et un brasero, et une multitude de casseroles de toutes tailles, de marmites et de théières. Les murs noircis par la fumée étaient couverts de petits paquets d'herbes et d'épices, de saucisses et de légumes accrochés à des clous.

— Thé, Massi? demanda Ah Sam, ahurie.

Struan hocha la tête, dégagea la table d'un tas de vaisselle sale et choisit une casserole propre. Puis il prit le petit sac des mains du moine et l'ouvrit. Il était plein de petits morceaux d'écorce brune. Il renifla. Cela ne sentait rien.

— Et maintenant?

— Il nous faut le faire cuire.

— Bon, mais d'abord, lavez-vous les mains, s'il vous plaît, dit Struan en montrant un petit baquet et un morceau de savon posé à côté.

— Comment?

— Lavez-vous les mains. Là. Vous ne ferez rien tant que vous ne vous serez pas lavé les mains.

— Pourquoi est-ce nécessaire?

— J'en sais rien. Vieille coutume chinoise. Je vous en prie...

Ah Sam, les yeux brillants, regarda le frère Sébastien se frotter consciencieusement les mains avec le savon, les rincer, les essuyer sur un torchon propre.

Puis le jésuite ferma les yeux, joignit les mains et murmura une prière.

— Maintenant, dit-il en revenant sur terre, il nous faut une mesure.

Il prit au hasard un petit bol, le remplit de cinchona à ras bords, le versa dans la casserole et y ajouta lentement, avec méthode, dix bols d'eau. Il mit la casserole à chauffer sur le brasero au charbon de bois.

— Dix mesures pour une, pour commencer, souffla-t-il d'une voix altérée. Maintenant, j'aimerais voir la malade.

Struan fit signe à Ah Sam et lui montra la casserole.

— Pas toucher-ah!

— Pas toucher-ah, Massi! assura Ah Sam.

Maintenant qu'elle s'était remise de son brusque réveil, elle commençait à savourer ces étranges procédés.

— Pas toucher-ah, Massi, ça ne fait rien!

Struan et le moine sortirent de la cuisine et montèrent dans la chambre de May-may. Ah Sam les suivit.

Une lanterne jetait des taches de lumière dans l'ombre. Yin-hsi se brossait les cheveux devant la glace. Elle s'interrompit et se prosterna en hâte. Sa paillasse était par terre, à côté du grand lit à colonnes de May-may.

Sous le poids des multiples couvertures, May-may grelottait.

183

— Bonsoir, fillette. Voilà le cinchona, lui dit Struan en s'approchant. Enfin, nous l'avons. Tout va bien, maintenant.

— J'ai si froid, Taï-pan, chevrota-t-elle. Si froid. Qu'est-ce que tu as fait à ta figure?

— Rien, petite.

— Tu t'es coupé... J'ai froid...

Struan se tourna vers le Jésuite et vit son expression atterrée.

— Qu'est-ce qui ne va pas, hé?

— Rien, rien.

Le moine posa un petit sablier sur une table, s'agenouilla près du lit, prit le poignet de May-may et se mit à compter les battements de cœur. Comment une Chinoise peut-elle parler anglais? L'autre est-elle la seconde maîtresse? se demanda-t-il. Suis-je dans le harem du Diable? Mon Dieu, protégez-moi, et donnez-moi cette nuit le pouvoir de guérir et de soulager!

Le pouls de May-may était très lent et si léger qu'il avait du mal à le tâter. Avec une extrême douceur, il lui prit la figure et la fit retourner, pour regarder dans ses yeux.

— N'ayez pas peur, dit-il. Il ne faut pas avoir peur. Vous êtes entre les mains de Dieu. Je dois vous regarder dans les yeux. N'ayez pas peur.

Pétrifiée, May-may obéit. Yin-hsi et Ah Sam se tenaient à l'écart et contemplaient anxieusement la scène.

— Qu'est-ce qu'il fait? Qui est-ce? chuchota Yin-hsi.

— Un diable barbare qui est docteur sorcier, répondit Ah Sam tout bas. C'est un moine. Un des prêtres à longue jupe de l'Homme-Dieu nu qu'ils ont cloué sur la croix.

— Oh, frémit Yin-hsi. J'en ai entendu parler. C'est affreux de faire une chose pareille! Ce sont vraiment des diables. Tu devrais apporter du thé à Père. C'est toujours bon pour l'anxiété.

— Lim Din en prépare, Seconde Mère, murmura Ah Sam en se jurant que pour rien au monde elle ne bougerait, de peur de manquer quelque chose de passionnant. J'aimerais bien comprendre cette affreuse langue.

Le moine posa la main de May-may sur le couvre-pieds et leva les yeux vers Struan.

— Monseigneur m'a dit que la malaria avait provoqué une fausse couche. Je dois l'examiner.

— Allez-y.

Quand le Jésuite rabattit les draps et les couvertures, May-may voulut s'y opposer et Yin-hsi et Ah Sam se précipitèrent, mais Struan les repoussa. Il s'assit sur le bord du lit et prit les mains de May-may.

— Tout va bien, laisse-toi faire, fillette, là...

Le frère Sébastien l'examina, puis l'installa de nouveau confortablement.

— L'hémorragie est presque tarie. Tout va très bien. Avez-vous une montre, monsieur Struan?

— Sûr.

— Descendez à la cuisine et dès que l'eau bouillira, notez l'heure. Lorsqu'elle aura frissonné une heure...

Une heure? Deux? Combien de temps d'infusion? Mon Dieu, aidez-moi en cette heure de détresse! Les yeux du moine reflétaient son désespoir.

— Une heure, dit Struan avec fermeté et confiance. Nous allons mettre la même quantité à infuser pendant deux heures. Si le premier thé n'est pas bon, nous essaierons le deuxième.

— Oui. Oui.

Struan vérifia l'heure encore une fois sous la lanterne de la cuisine. Il prit la décoction sur le brasero et plongea la casserole dans une bassine d'eau froide. La seconde casserole bouillait déjà.

— Comment va-t-elle? demanda-t-il en voyant entrer le religieux, suivi d'Ah Sam et de Yin-hsi.

— Les frissons sont terribles. Son cœur est très faible. Vous souvenez-vous combien de temps elle a grelotté avant que la fièvre se déclare complètement?

— Quatre heures, cinq, peut-être. Je ne sais pas.

Struan versa un peu d'infusion chaude dans une minuscule tasse à thé, la goûta et s'écria :

— Sangdieu, que c'est amer!

Le moine prit la tasse et goûta à son tour. Il fit la grimace.

— Eh bien, commençons. Je prie Dieu qu'elle le garde. Une tasse à thé toutes les heures.

Il chercha un récipient, mais Struan avait préparé une théière de porcelaine immaculée et un passe-thé. Il versa l'infusion dans la théière avec grand soin, en espérant que les proportions étaient bonnes.

Il porta lui-même le plateau dans la chambre.

May-may rejeta la première tasse et la deuxième. En dépit de ses supplications, Struan la força à en boire une troisième. Cette fois, May-may l'avala et la garda, surtout de peur d'en avoir une autre à boire.

Les frissons augmentèrent.

Une heure plus tard, Struan la fit encore boire. Elle ne rejeta pas l'infusion, mais les frissons continuèrent d'empirer.

— On va lui donner deux tasses, décida Struan, en luttant contre la panique, et il la força à ingurgiter la double ration.

Toutes les heures, ils recommencèrent. Le jour pointait.

Struan consulta sa montre. Six heures. Aucune amélioration. May-may tremblait de froid comme une brindille au vent d'hiver.

— Pour l'amour de Dieu! explosa Struan. Il faut que ça réussisse!

— Avec l'amour de Dieu, ça réussit, monsieur Struan, dit le frère Sébastien, qui ne lâchait pas le poignet de May-may. La grosse chaleur de fièvre devait apparaître il y a deux heures. Si elle ne se déclare pas, nous avons une chance. Son pouls est imperceptible, certes, mais le cinchona fait réellement son effet.

— Tiens bon, fillette, murmura Struan en serrant entre les deux siennes la petite main de May-may. Encore quelques heures. Tiens bon!

Un peu plus tard, on frappa à la porte, dans le mur du jardin. Struan sortit de la maison, les yeux rouges et piquants, et alla tirer lui-même les verrous.

— Bonjour, Horatio. Heya, Lo Chum.

— Elle est morte?

— Non, petit. Je crois qu'elle est guérie, par la grâce de Dieu.

— Vous avez reçu le cinchona?

— Sûr.

— Masterson est à la jonque. Il est temps, pour Gorth. Je vais leur dire de... je vais dire à ses témoins de remettre le duel à demain. Vous n'êtes pas en état de vous battre!

— Allons donc. Il y a d'autres façons de tuer un serpent qu'en lui marchant sur la tête. J'y serai dans une heure.

— Très bien, Taï-pan.

Horatio s'en alla rapidement, avec Lo Chum.

Struan referma soigneusement la porte et remonta dans la chambre.

May-may était parfaitement immobile, au milieu du lit. Le frère Sébastien paraissait angoissé. Il se courba et posa l'oreille sur son cœur. Des secondes passèrent, puis il leva les yeux et dévisagea attentivement Struan.

— Pendant un instant, j'ai cru... mais elle va. Ses battements de cœur sont terriblement lents, mais quoi, elle est jeune. Avec l'aide de Dieu... la fièvre est vaincue, monsieur Struan. Le cinchona péruvien guérit la fièvre de la Vallée Heureuse. Ah, que les voies du Seigneur sont admirables!

Struan se sentait étrangement détaché.

— La fièvre reviendra-t-elle?

— Peut-être. De temps en temps. Mais de nouveau le cinchona la vaincra — il n'y a plus d'inquiétude à avoir, maintenant. La fièvre est *vaincue!* Comprenez-vous ce que je dis? Elle est guérie de la malaria.

— Vivra-t-elle? Vous dites que son cœur est très faible. Est-ce qu'elle vivra?

— Dieu aidant, ses chances sont bonnes. Très bonnes. Mais je ne puis rien dire de certain.

— Il faut que je parte, maintenant. Voulez-vous rester ici jusqu'à mon retour?

— Oui.

Le frère Sébastien allait machinalement faire le signe de la croix sur lui, mais il se ravisa.

— Je ne puis bénir votre départ, monsieur Struan. Vous allez tuer, n'est-ce pas?

— L'homme est né pour mourir, mon frère. J'essaie simplement de me protéger, moi et les miens, du mieux que je peux, et de choisir moi-même l'heure de ma mort, c'est tout.

Il prit le fer de combat sur la table, l'accrocha à son poignet et sortit de la maison.

En marchant d'un bon pas, il sentait des regards qui le suivaient, mais il n'y prit pas garde. Il tirait sa force du petit matin et du soleil, et de la vue et de l'odeur de la mer.

C'est une bonne journée pour écraser un serpent, se dit-il. Mais c'est toi qui es mort. Tu n'as plus assez de forces pour affronter Gorth avec un fer de combat. Pas aujourd'hui.

39

Une véritable foule s'agglutinait près de la jonque. Des marchands, un détachement de soldats portugais sous les ordres d'un jeune officier, des marins... La jonque était amarrée à une jetée de la *praia*. Lorsque Struan apparut, ceux qui avaient misé sur lui furent accablés, et les tenants de Gorth exultèrent.

L'officier portugais barra fermement mais courtoisement la route au Taï-pan.

— Senhor, le gouverneur général désire que vous sachiez qu'à Macao les duels sont interdits.

— Je le comprends. Peut-être auriez-vous la bonté, capitaine Machado, de remercier le gouverneur pour moi, et de lui dire que je serais le dernier à violer les lois portugaises? Je sais que nous sommes des invités, et les invités sont tributaires de leur hôte.

Struan fit passer le fer de combat dans son autre main; le capitaine s'écarta et le laissa marcher vers la jonque. La foule recula; Struan vit de l'animosité dans les yeux des hommes de Gorth, et de ceux qui voulaient la mort du Taï-pan. Ils étaient nombreux.

Lo Chum attendait sur le gaillard d'arrière surélevé, avec Horatio.

— Bonjour, Massi, dit-il en tendant le nécessaire de toilette. Voulez raser?

— Où est Gorth, Horatio?

— Ses témoins le cherchent.

Struan pria la providence que Gorth soit sur le dos dans une maison close, ivre-mort. Dieu, si nous pouvions nous battre demain!

Il commença de se raser. La foule le regardait faire, silencieuse, et nombreux furent ceux qui se signèrent, avec une admiration craintive, en voyant la sérénité du Taï-pan.

Une fois soigneusement rasé, il se sentit mieux. Il contempla le ciel. Des bandes de cirrus s'effilochaient et la mer était calme comme un lac. Il appela Cudahy, qu'il avait pris au *China Cloud*.

— Montez la garde à mon dos, lui dit-il.

— Oui, monsieur.

Struan s'étendit sur un panneau de cale et s'endormit aussitôt.

— Bon Dieu, s'écria Roach. Il est pas humain!

— Oui, reconnut Vivien. C'est le Diable, pas de doute.

— Doublez la mise, alors, hein? Si vous avez tellement confiance?

— Non. A moins que Gorth arrive fin soûl.

— Une supposition qu'il tue Gorth. Et Tyler?

— Ils se battront à mort, probablement.

— Et Culum, qu'est-ce qu'il va faire? Si Gorth est vainqueur aujourd'hui?

— Rien. Qu'est-ce qu'il peut faire? Haïr, peut-être. Pauvre gamin, il me plaît assez. N'importe comment, il déteste le Taï-pan — alors si ça se trouve, il bénira Gorth, non? Il devient Taï-pan, de droit. Mais où diable est Gorth?

Inexorablement, le soleil montait dans le ciel. Un soldat portugais déboucha en courant d'une rue adjacente et parla précipitamment à l'officier, qui mit immédiatement ses hommes en marche et leur fit remonter la *praia* au pas accéléré. Une partie de la foule les suivit.

Struan se réveilla à la douloureuse réalité, toutes les fibres de son corps protestant et réclamant du sommeil. Il se releva, péniblement. Horatio le contemplait d'un air étrange.

Le corps sauvagement mutilé de Gorth gisait dans l'ordure d'une impasse près des docks du quartier chinois, entouré des cadavres de trois Chinois. Un quatrième, plus mort que vivant avec la moitié d'une lance cassée dans l'aîne, gémissait aux pieds d'une patrouille portugaise.

Marchands et Portugais se pressaient pour mieux voir. Ceux qui avaient pu apercevoir Gorth se détournaient avec la nausée.

— La patrouille dit qu'elle a entendu des cris et des bruits de bataille, dit à Struan l'officier portugais. Quand les soldats se sont précipités, ils ont trouvé le senhor Brock par terre, comme il est à présent. Trois ou quatre Chinois le transperçaient à coups de lances. Quand les assassins ont vu arriver nos soldats, ils ont disparu par là (il montrait un labyrinthe de ruelles et de taudis), et nos soldats leur ont donné la chasse, mais...

Il haussa les épaules. Struan comprenait qu'il avait été sauvé par les assassins.

— J'offre une récompense pour ceux qui se sont échappés, dit-il. Cent taels morts, cinq cents vivants.

— Inutile de gaspiller votre argent pour les « morts », senhor, conseilla l'officier. Les mécréants présenteront simplement trois cadavres, les premiers qu'ils trouveront. Quant à les trouver vivants, si ce *bastardo degenerado* ne nous révèle pas qui sont les autres, votre argent ne risque rien. Réflexion faite, je crois que les autorités chinoises seraient — comment dire — plus habiles à l'interrogatoire.

Il donna quelques ordres en portugais; des soldats déposèrent l'homme sur un volet arraché, et l'emportèrent.

— Une mort stupide et inutile, grommela l'officier. Le senhor Brock n'aurait pas dû avoir l'imprudence de s'aventurer dans ce quartier. Il semblerait qu'aucun honneur ne va être satisfait.

— Vous avez de la chance, Taï-pan! ricana un des amis de Gorth. Une sacrée chance, oui!

— Sûr. Je suis heureux de ne pas avoir son sang sur les mains.

Struan tourna le dos au cadavre et s'éloigna à pas lents.

Il déboucha de la ruelle et gravit la colline vers l'ancien fort. Au sommet, entouré par la mer et le ciel, il s'assit sur un banc et remercia l'infini pour la grâce de la nuit et la grâce du matin.

Il ne prenait pas garde aux passants, ni aux sentinelles du fort, ni au carillon de la cathédrale. Il n'entendait pas les oiseaux chanter, il ne sentait pas la brise légère ni le soleil guérisseur. Ni le temps qui passait.

Il essaya finalement de savoir ce qu'il devait faire, mais son esprit refusait de fonctionner.

— Ressaisis-toi! s'écria-t-il à haute voix.

Il redescendit de la colline et se rendit à l'évêché. L'évêque n'y était pas. Il alla le demander à la cathédrale et un moine lui dit d'aller attendre dans le jardin du cloître.

Struan s'assit sur un banc, à l'ombre, et il écouta le murmure des fontaines. Les fleurs lui semblaient plus éclatantes, leur parfum plus exquis. Les battements de son cœur, la force de ses membres, et même la douleur constante à sa cheville — tout cela n'était pas un rêve, mais la réalité.

Dieu! Mon Dieu, merci pour la vie.

De l'ombre du cloître, l'évêque observait Struan.

— Ah, Monseigneur, bonjour, dit le Taï-pan, merveilleusement rafraîchi. Je suis venu vous remercier.

L'évêque pinça ses lèvres minces.

— Que contempliez-vous, senhor?

— Je ne sais pas. Je regardais le jardin. Je l'appréciais. J'appréciais la vie, je suppose. J'en sais rien.

— Je crois que vous étiez très près de Dieu, senhor. Vous ne le pensez peut-être pas, mais je le sais.

Struan hocha la tête.

— Que non, Monseigneur. Simplement heureux par une journée radieuse dans un beau jardin. Pas plus.

Mais l'expression du prélat ne changea pas. Ses longs doigts effilés caressèrent son crucifix.

— Il y a un long moment que je vous observe. Je sentais que vous étiez très près. *Vous!* C'est sûrement mal. Et pourtant, soupira-t-il, les pauvres pécheurs que nous sommes ignorent les voies de Dieu. Je vous envie, senhor. Vous désiriez me voir?

— Sûr, Monseigneur. Le cinchona a guéri la fièvre.

— *Deo gratias!* Mais c'est merveilleux! Que les voies du Seigneur sont admirables!

— Je vais immédiatement affréter un navire pour le Pérou, pour aller chercher une cargaison de cinchona. Avec votre permission, j'aimerais y envoyer frère Sébastien, pour qu'il découvre comment ils récoltent l'écorce, d'où elle provient, comment ils traitent leur malaria — tout. Nous partageons la cargaison et les renseignements à parts égales, à son retour. J'aimerais que, sous votre autorité, il rédige un article médical immédiatement, pour l'envoyer au *Lancet* en Angleterre — et au *Times* —, relatant votre traitement efficace de la malaria au cinchona.

— Un tel traité médical devrait être expédié par les voies officielles du Vatican. Mais je lui donnerai l'ordre de le rédiger. Quant à l'envoyer, lui... je dois y réfléchir. Cependant, j'enverrai certainement quelqu'un par votre navire. Quand partira-t-il?

— Dans trois jours.

— Très bien. Nous partagerons à parts égales la cargaison et les connaissances. C'est extrêmement généreux.

— Nous n'avions pas fixé de prix pour le traitement. Elle est guérie. Alors maintenant, voulez-vous me dire le prix, s'il vous plaît?

— Rien, senhor.

— Je ne comprends pas.

— Il n'y a pas de prix pour une poignée de cinchona qui a sauvé la vie d'une jeune femme.

— Sûr! Naturellement, qu'il y a un prix. J'ai dit que je vous donnerais ce que vous voulez! Je suis prêt à payer. Vingt mille taels, j'avais offerts à Hong Kong. Je vous enverrai un billet à ordre.

— Non, senhor, répondit patiemment le grand prélat. Si vous le faites, je déchirerai le papier. Je ne veux pas être payé, pour l'écorce.

— Je ferai construire une église catholique à Hong Kong! Un couvent, si vous voulez. Ne jouez pas avec moi, Monseigneur! Un marché est un marché. Faites votre prix.

— Vous ne me devez rien, senhor. Vous ne devez rien à l'Église. Mais vous devez beaucoup à Dieu.

Il leva la main et fit lentement le signe de la croix devant Struan.

— *In nomine Patris, et Filii, et Spiritu sancto, amen,* murmurat-il, et il s'éloigna.

40

May-may s'éveilla lentement, pour se trouver soutenue par Struan, et la tasse à ses lèvres. Vaguement, elle entendit Struan murmurer quelque chose au frère Sébastien, mais elle ne fit pas l'effort de comprendre les paroles anglaises. Docilement, elle avala le cinchona et se laissa retomber dans une demi-inconscience.

Elle entendit partir le moine et le départ de cette présence étrangère lui fit plaisir. Struan la souleva encore une fois et lui fit boire la deuxième tasse de la décoction au goût horrible, qui lui donnait la nausée.

Dans un brouillard plaisant, elle comprit que Struan s'installait dans le fauteuil de bambou, et elle ne tarda pas à entendre sa respiration régulière. Il dormait. Ce sommeil lui donna une impression de grande sécurité. Les bruits des amahs jacassant à la cuisine, et du rire d'Ah Sam, et le parfum de Yin-hsi étaient si agréables que May-may lutta contre la somnolence.

Elle ne bougeait pas, et sentait revenir ses forces, de seconde en seconde. Et elle savait qu'elle ne mourrait pas.

Je ferai brûler de l'encens aux dieux pour mon joss. Peut-être même une chandelle au dieu des longues jupes. Après tout, c'est le moine qui a apporté l'écorce, n'est-ce pas. Je devrais peut-être devenir chrétienne longues jupes. Cela donnerait une grande face au moine. Mais mon Taï-pan n'aimerait pas ça. Mais tout de même, je devrais, peut-être... car s'il n'y a pas de dieu des longues jupes, ça ne peut pas faire de mal, et s'il y en a un — alors j'aurai été très habile.

Elle entendit bruire les vêtements de Yin-hsi et respira son parfum près d'elle. Elle ouvrit les yeux.

— Tu as bien meilleure mine, Suprême Dame, chuchota Yin-hsi en s'agenouillant auprès du lit. Regarde, je t'ai apporté des fleurs.

Le minuscule bouquet était ravissant. May-may sourit faiblement. Struan était vautré dans le fauteuil, profondément endormi, sa figure au repos rajeunie, mais avec de grands cernes sous les yeux et une balafre à la joue.

— Père est là depuis plus d'une heure, souffla Yin-hsi.

Elle portait un pantalon de soie bleu pâle, une tunique de soie croisée vert océan qui lui tombait aux genoux, et des fleurs dans les cheveux. May-may lui sourit, tourna la tête vers la fenêtre et s'aperçut que le soir tombait.

— Combien de jours depuis le commencement de la fièvre, Petite Sœur?

— C'était hier soir. Père est venu avec le moine longue jupe. Ils apportaient la potion magique, as-tu oublié? J'ai envoyé Ah Sam, la misérable esclave, à la maison du joss, ce matin de bonne heure, pour remercier les dieux. Tu ne veux pas que je te fasse ta toilette? Laisse-moi te coiffer. Tu te sentiras beaucoup mieux.

— Oh, oui, Petite Sœur! Je dois être affreuse.

— Oui, Suprême Dame, mais c'est seulement parce que tu as failli mourir. Dans dix minutes, tu seras belle comme toujours, je te le promets!

— Sois discrète comme un papillon, Petite Sœur. Ne réveille pas Père, quoi que tu fasses, et dis à ces excréments de tortue d'esclaves que si Père se réveille avant que je sois présentable tu leur mettras les poucettes, toi-même, sur mon ordre.

Avec délices, Yin-hsi s'éloigna. Un grand silence tomba sur la maison.

Yin-hsi et Ah Sam, à pas de loup, soulevèrent May-may, la baignèrent, la frottèrent d'huiles parfumées, et l'aidèrent à revêtir un pantalon carmin du shantoung le plus fin, avec la tunique assortie. Elles lui soignèrent les pieds et changèrent les bandelettes. May-may se lava les dents et mâchonna quelques feuilles de thé odorantes; elle se sentit toute purifiée. Ah Sam et Yin-hsi la coiffèrent ensuite, brossant longuement ses cheveux et les tressant pour en faire une couronne entremêlée de fleurs fraîches. Elles changèrent les draps et les oreillers, les arrosèrent d'un peu de parfum frais et glissèrent un bouquet d'aromates sous les coussins.

Bien que tout ce remue-ménage l'eût épuisée, May-may se sentait revivre.

— Maintenant, du bouillon, Suprême Dame. Et puis une belle mangue, proposa Yin-hsi.

— Et après, annonça fièrement Ah Sam, nous avons de merveilleuses nouvelles pour toi.

— Quoi donc?

— Seulement quand tu auras mangé, Mère, dit Ah Sam et elle coupa court aux protestations de May-may : Nous devons veiller sur toi, tu es encore notre malade. Seconde Mère et moi nous savons que la nouvelle sera merveilleuse pour la digestion. Mais avant, il faut que tu aies quelque chose à digérer.

May-may but du bouillon de poulet, et la moitié de la mangue au sirop. Elles la pressèrent de tout manger.

— Tu dois prendre des forces, Suprême Dame!

— Je finirai la mangue si vous me dites la nouvelle tout de suite.

Yin-hsi soupira, puis elle regarda Ah Sam.

— Raconte, Ah Sam. Mais commence par ce que Lo Chum t'a dit. Comment tout a commencé.

— Pas si fort! chuchota May-may. Vous allez le réveiller!

— Eh bien, commença tout bas Ah Sam, la nuit avant notre arrivée — il y a sept abominables jours — le fils barbare de Père est tombé entre les griffes du démon incarné, un barbare. Ce monstrueux barbare avait conçu un projet si abominable que je ne puis presque pas le dire...

Elle raconta toute l'histoire, avec des pauses haletantes, des soupirs incroyables et des gestes d'horreur.

— Et là, dans l'ordure de l'impasse, acheva Ah Sam en étouffant un sanglot d'émotion, coupé en quarante morceaux, entouré des cadavres de quinze assassins, gisait le corps du démon barbare. Gorth! Ainsi, Père a été sauvé!

May-may battit joyeusement des mains, et se félicita de sa prévoyance. Les dieux veillent sur nous, c'est certain! Heureusement que j'ai parlé à Gordon Chen ce jour-là! Sans lui...

— Ah, comme c'est merveilleux! Ah Sam, tu as raconté l'histoire admirablement. J'ai failli mourir quand tu en es venue au moment où Père quittait la maison ce matin, et si vous ne m'aviez pas dit que ce serait une bonne nouvelle, je serais vraiment morte!

— Heya, fillette?

Struan se redressait, réveillé par les battements de main de May-may. Yin-hsi et Ah Sam se relevèrent et se prosternèrent vivement.

— Je me sens fantasticalement mieux, Taï-pan, déclara May-may.

— Tu en as l'air.

— Tu as besoin de manger, Taï-pan. Tu n'as sans doute rien du tout mangé de la journée.

— Merci, petite, mais je n'ai pas faim. Je me ferai servir quelque chose à la résidence, tout à l'heure.

— Je t'en prie, mange ici. Reste ici cette nuit. Je t'en prie. Je ne veux pas... enfin, reste! J'en serais très heureuse.

— Bien sûr, fillette. Il faut que tu prennes encore le cinchona pendant quatre jours. Trois fois par jour.

— Mais, Taï-pan, je me sens gracieusement bien. Je t'en supplie, fini!

— Trois fois par jour, May-may. Pendant encore quatre jours.

— Sangdieu! On croirait boire des fientes d'oiseaux diluées dans du vinaigre et de la bile de serpent!

On apporta dans la chambre une table dressée. Yin-hsi fit le service, puis les laissa seuls. May-may choisit délicatement des langoustines frites.

— Qu'est-ce que tu as fait aujourd'hui? demanda-t-elle.

— Rien d'important. Mais un problème est résolu. Gorth est mort.

— Ah? Comment? s'exclama May-may, surprise et choquée comme il convenait. Tu es très malin, Taï-pan. Mais ton joss est fantastical.

Struan repoussa son assiette, étouffa un bâillement et songea au joss en général.

— Sûr.

— Est-ce que Brock va être terrible furieux?

— La mort de Gorth n'est pas sur mes mains. Et même si son sang y était, il méritait de mourir. D'un côté, je regrette qu'il soit mort comme ça.

La mort de Gorth et l'enlèvement vont rendre Brock complètement fou. Je ferais bien de me tenir prêt, avec le couteau et le pistolet. Est-ce qu'il viendra m'attaquer comme un assassin dans la nuit? Ou bien ouvertement? Bah, je m'inquiéterai demain.

— Culum devrait bientôt rentrer, dit-il.

— Pourquoi tu ne te couches pas? Tu as l'air très fatigué. Quand Lo Chum apportera la nouvelle, Ah Sam te réveillera, heya? Je crois que je vais dormir un peu, maintenant.

— Je crois que je vais y aller aussi, fillette.

Struan se pencha, l'embrassa tendrement, puis il la serra dans ses bras.

— Ah, fillette, fillette, j'ai eu bien peur!

— Merci, Taï-pan. Va dormir, maintenant et demain j'irai encore bien mieux, et toi aussi.

— Il faut que j'aille à Hong Kong, petite. Dès que possible. Pour quelques jours.

Le cœur de May-may se serra.

— Quand tu pars, Taï-pan?

— Demain, si tu vas bien.

— Tu veux faire quelque chose pour moi, Taï-pan?

— Bien sûr.

— Emmène-moi. Je ne veux pas... je ne veux pas rester seule ici quand tu n'es pas là.

— Tu n'es pas assez vaillante pour bouger, fillette, et moi je dois partir.

196

— Oh, mais demain je serai tout à fait bien, je te le promets. Je resterai au lit sur le bateau et nous pourrons habiter *Resting Cloud*, comme avant. Je t'en supplie.

— Ce ne sera que pour quelques jours, petite, et tu es vraiment mieux ici. Vraiment.

May-may se pelotonna contre lui, et insista tendrement :

— S'il te plaît. Je serai très sage et je boirai le cinchona sans rien dire et je resterai au lit et je guérirai et je mangerai, plein, plein, plein et je serai fantasticalement sage. Je promets. Je t'en supplie, ne me quitte pas avant que j'aille mieux!

— Bon, bon. On verra. Et nous ne partirons pas demain. Après-demain, à l'aube. Si tu te sens tout à fait bien. Si tu...

— Ah, merci, Taï-pan! J'irai très bien.

Il la serra très fort, puis la tint à bout de bras et l'examina attentivement. Il savait qu'il lui faudrait des mois pour retrouver sa fraîche beauté. Mais ce n'est pas une figure qui fait la beauté d'une personne, se dit-il. C'est ce qu'il y a en dessous, dans le cœur et dans les yeux.

— Ah, fillette! Tu es belle. Je t'aime.

Elle lui noua les bras autour du cou et soupira :

— Pourquoi faire tu dis ça à ta vieille mère? Toi, je te trouve fantasticalement joli!

Il lui fit boire ses deux tasses de cinchona; elle se pinça le nez et les but sans protester, puis elle mâchonna quelques feuilles odorantes pour chasser l'abominable goût. Il la borda comme un bébé, l'embrassa une dernière fois et alla dans sa propre chambre.

Nu entre les draps délicieusement frais, il s'endormit presque aussitôt.

Et pendant que Struan dormait, l'assassin chinois continuait d'être questionné avec beaucoup de raffinement. Ses bourreaux étaient très patients, et très habiles dans l'art de soutirer des aveux et des renseignements.

41

Le *China Cloud* revint à Macao juste avant le lever du jour. Struan se hâtait déjà sur la jetée quand il mouilla. Son canot l'attendait.

— Dirk!

Il sursauta et se retourna.

— Ah! Bonjour, Liza.

— Je vais avec vous, déclara Liza Brock.

Elle était hagarde, les traits tirés. Struan lui tendit la main pour l'aider à descendre dans le canot, mais elle refusa son aide.

— Larguez les amarres, ordonna-t-il quand elle fut assise.

Il faisait une journée radieuse; la mer était d'huile. Struan aperçut la petite silhouette du capitaine Orlov sur le gaillard d'arrière et comprit qu'on l'observait. Bien, pensa-t-il.

— Je ramène le corps de Gorth demain à Hong Kong, déclara Liza.

Struan ne répondit pas. Il se contenta de hocher la tête, et contempla son navire. Quand ils arrivèrent à l'échelle de coupée, il laissa Liza monter la première.

— Bonjour, grogna le capitaine Orlov.

— Miss Brock est à bord? demanda Struan.

— C'est-y... c'est-y que vous les avez mariés? Culum et ma Tess? s'écria Liza.

— Sûr, répondit Orlov et il se tourna vers Struan : Vous m'avez placé sous ses ordres. Il m'a donné l'ordre de les marier. Le maître est le maître et c'est votre loi. J'ai obéi aux ordres.

— Je le comprends fort bien, dit aimablement Struan. Vous n'étiez responsable qu'en matière de manœuvre. Je l'ai dit très nettement à Culum.

Furieuse, Liza se tourna vers Struan.

— Alors c'était exprès! C'est vous qui avez organisé tout ça! Vous saviez qu'il l'enlevait!

— Non, Mrs. Brock, il ne le savait pas, assura Culum en arrivant sur le pont, crispé mais confiant. C'est moi qui en ai eu l'idée. Bonjour, Taï-pan. J'ai donné l'ordre à Orlov de nous marier. Je suis entièrement responsable.

— Sûr. Descendons à la cabine, petit.

Liza, blême et défaite, prit Culum par l'épaule.

— La vérole? haleta-t-elle.

— Mais non, voyons! Qui diable vous a mis ça dans la tête? Vous croyez que j'aurais épousé Tess si j'avais été malade? C'est insensé!

— Je prie Dieu que vous disiez la vérité. Où est Tess?

— Dans la cabine. Nous... Mais venez donc.

— Mon Dieu... Elle... comment est-elle?

— Très bien, Mrs. Brock.

— Ce n'est pas un endroit pour les affaires de famille, intervint Struan.

Il descendit par l'échelle et Liza le suivit.

Timidement, Tess sortit de la cabine principale.

— Maman... Bonjour, maman.

— On t'a rien fait? Tu vas bien?

— Oh non! Oh oui!

Et puis la mère et la fille se jetèrent dans les bras l'une de l'autre. Struan fit signe à Culum de le rejoindre dans la coursive.

— Je suis désolé, Taï-pan, mais nous avons décidé que c'était ce qu'il y avait de mieux.

— Écoute, petit. Il y a eu des événements pendant ton absence.

Il lui raconta les menaces de Gorth et sa mort, en ajoutant :

— Il n'y a aucun doute, c'était bien lui. Il t'a attiré dans un piège, comme nous le pensions.

— Il n'y a... je ne risque rien, après sept jours, n'est-ce pas?

— Non. Mais je te conseille de voir le médecin de Brock. Ça tranquillisera Liza.

— Tu avais raison, encore une fois. Tu m'avais prévenu. Dieu du ciel, tu m'avais averti! Mais pourquoi Gorth a-t-il fait ça? Comment a-t-il pu?

— Sais pas. Tout va bien, entre Tess et toi?

— Oh oui! Maudit soit Gorth! Il a tout gâché! Tiens, dit Culum en tirant deux lettres de sa poche, voilà les réponses de Skinner et de Gordon.

— Merci, petit. Ne te fais pas de souci pour...

— Nous descendons à terre, annonça Liza, formidablement dressée sur le seuil. J'emmène Tess et...

— Vous n'emmènerez pas ma femme, Mrs. Brock! Quant à ces rumeurs de vérole, nous allons immédiatement voir votre docteur pour régler cette question.

— Tyler fera casser le mariage. C'était sans consentement.

— Nous avons été mariés devant Dieu, légalement, et c'est définitif. Je regrette d'avoir enlevé... Non, nous ne regrettons rien. Nous sommes mariés et je ferai tout ce qui est en mon pouvoir pour être un bon gendre, mais Tess reste avec moi et fait ce que je lui dis.

— Tyler vous fouettera!

— Oh, maman, non! cria Tess en courant dans les bras de Culum. Nous sommes mariés et c'est la même chose que dans trois mois et c'est fini. Dites-le-lui, Taï-pan, dites-lui qu'elle a tort!

— Je suis sûr que votre père sera furieux, Tess. A juste titre. Mais je suis certain aussi qu'il vous pardonnera à tous les deux. Liza, ne pouvez-vous leur pardonner tout de suite?

— Ce n'est pas moi, Dirk Struan, qui dois pardonner.

— Allons, viens, maman. Nous allons prendre le petit déjeuner tous ensemble.

Rien ne peut nous arriver maintenant, pensait-elle. Maintenant que nous sommes mari et femme, et qu'il m'a aimée et que j'ai eu mal comme avant mais d'une autre façon. Et il est satisfait et si doux et si tendre et si merveilleux! Nagrek était à jamais oublié.

Liza soupira.

— Nous ferions mieux de rentrer à la maison. Et toi de venir chez nous. Je vais faire prévenir ton Pa.

— Nous descendons à l'English Hotel, dit Culum.

— Pas la peine, petit, voyons. Il y a un appartement pour vous à la résidence.

— Merci, mais nous pensons que cela vaut mieux. Nous pensons que nous devrions retourner immédiatement à Hong Kong pour voir M. Brock et lui demander pardon. Je vous en prie, Mrs. Brock, soyons amis. Père m'a dit ce qui est arrivé à Gorth. Ce n'est pas lui le responsable.

— Je crois que oui, petit. Et vous ne pouvez pas partir immédiatement. Nous devons ramener le cercueil demain.

— Le... quoi? demanda Tess.

— Gorth a été tué, ma chérie, lui dit Culum. Hier.

— Quoi!

— Il a été lâchement assassiné par des tueurs à gages! glapit Liza.

— Oh, mon Dieu! Non!

Struan lui raconta tout, sauf ce que Gorth avait essayé de faire à Culum. Tess sanglotait tout bas, dans les bras de Culum.

— Allons, viens, ma chérie, murmura-t-il. Ce n'est pas notre faute, ni celle de Père. Viens...

Il la fit sortir de la cabine. Et puis Struan rompit le silence :

— Ils sont mariés, et heureux, Liza. Pourquoi ne pas les laisser tranquilles?

— S'il n'y avait que moi, je dirais oui. Si Culum dit la vérité. Mais pas Tyler. Vous le connaissez comme il vous connaît. Je sais que vous avez arrangé tout ça, Dirk. Il le saura aussi. Il vous tuera — ou il essaiera de vous tuer et je crois que c'est ce que vous avez cherché. Tyler et vous, vous allez vous entre-tuer, une fois que vous aurez commencé de vous battre. Pourquoi vous avez fait ça? Trois mois, c'était pas long à attendre! Mais maintenant... Seigneur!

Struan leva les yeux des deux lettres, tandis que Culum entrait et s'asseyait d'un air las.

— Alors? Tout va bien?

— Oui, le docteur a dit que je n'avais rien.

— As-tu déjeuné?

— Non. Nous n'avions pas faim. Ah, bon Dieu, tout allait si bien! Maudit soit Gorth et sa maudite folie de malheur!

— Comment va Mrs. Brock?

— Aussi bien qu'on peut l'espérer, comme diraient les journaux. Comment va... est-ce que le cinchona est arrivé?

— Sûr. Elle va tout à fait bien, maintenant.

— Ah, c'est merveilleux!

— Sûr.

Mais en dépit de sa joie, Struan se sentait troublé par un vague malaise, une sourde angoisse. Ce n'était rien de défini, rien qu'une impression de danger latent. Les lettres ne lui apportaient aucun indice de ce que pourrait être ce danger. Gordon Chen écrivait qu'il avait encore bon espoir de trouver le cinchona, et Skinner annonçait qu'il publiait immédiatement la dépêche et qu'il attendait Struan ce jour-là.

Mais je ne peux pas être là aujourd'hui, bon Dieu. J'aurais dû être catégorique et dire à May-may qu'elle restait.

— Je retourne demain à Hong Kong, dit-il. Vous feriez bien de m'accompagner tous les deux.

— Je crois qu'il serait préférable que nous y allions par le *White Witch*, avec Mrs. Brock et Lillibet. Elle a fait prévenir Brock ce matin, par lorcha. A notre sujet, et puis... et puis pour Gorth.

— Te soucie pas, petit, va. Liza Brock se radoucira et Tyler aussi. Il a fait un serment sacré, rappelle-toi.

Culum examina son père un moment.

— Tu savais que j'allais emmener Tess à bord du *China Cloud?*

— Ma foi, petit, quand j'ai su qu'elle avait disparu, je l'ai bien espéré.

Culum prit sur la table un lourd presse-papier en jade blanc, le soupesa un instant et murmura :

— J'ai été parfaitement stupide.

— Je ne pense pas. C'était ce que tu pouvais faire de mieux. Tu es établi, maintenant.

— J'ai été stupide parce qu'une fois de plus, j'ai été un pantin.

— Hein?

— Je crois que c'est toi qui m'as mis dans la tête cette histoire d'enlèvement. Je crois que tu as délibérément placé Orlov sous mon commandement, sachant que je lui donnerais l'ordre de nous marier. Je crois que tu m'as fait enlever Tess parce que tu savais que ça rendrait Gorth fou furieux, que ça le pousserait à t'insulter publiquement et te donnerait l'occasion de le tuer ouvertement! C'est vrai?

Struan était immobile, à son bureau. Ses yeux ne quittaient pas ceux de Culum.

— Je ne sais pas très bien comment te répondre, Culum. Je ne sais pas si tu tiens vraiment à une réponse. Le fait est que tu voulais épouser Tess rapidement, et vous êtes mariés. Le fait est que Gorth a cherché à t'assassiner de la manière la plus abjecte et la plus lâche qui se puisse concevoir. Le fait est qu'il est mort. Le fait est que je regrette de ne pas avoir eu le plaisir de le tuer, mais le fait est que je n'ai pas son sang sur mes mains. Le fait est que parce qu'il est mort, tu es vivant — toi et Tess. Le fait est que quoi que Brock en veuille faire, il a fait le serment sacré de vous donner bon bord et bonne rade. Et, pour conclure, le fait est que bientôt tu pourras prendre la relève. En tant que Taï-pan.

Culum posa le presse-papier.

— Je ne suis pas prêt.

— Je sais. Mais tu le seras bientôt. Je vais rentrer chez nous pour quelques mois. Je ramènerai le *Lotus Cloud* l'année prochaine et je m'occuperai de Wu Kwok. Mais tout le reste te regardera.

Culum réfléchit... être Taï-pan, être libre. Mais il n'était plus libre. Il avait Tess.

— Je crois que je peux faire ma paix avec Brock, dit-il, si tu n'essaies pas de le faire pour moi. Est-ce que tu as projeté tout cela? Peux-tu me répondre par oui ou par non?

Culum attendit désespérément un « non ».

— Sûr, dit posément Struan. Je me suis servi de certains faits pour atteindre un but calculé.

— Quand je serai Taï-pan, j'associerai la Noble Maison à Brock et Fils. Brock sera le premier Taï-pan et je lui succéderai!

Struan se dressa d'un bond :

— Ce fumier ne sera pas Taï-pan de la Noble Maison! Il ne commandera pas mes navires!

— Ce ne sont pas tes navires! Ce sont ceux de la Compagnie. Brock n'est-il pas simplement un autre pion qu'on peut utiliser et abuser par caprice?

— Je jure devant Dieu, Culum, que je ne te comprends pas. On te met toute ta vie entre tes mains, et la première chose que tu fais, c'est justement ce qui la détruira!

Brusquement, Culum vit son père clairement — comme un homme. Il vit la taille et la force et la dure figure burinée, les cheveux d'or roux et l'étonnant vert des yeux. Et il comprit qu'il serait toujours l'instrument de cet homme. Il savait qu'il ne pourrait jamais lutter contre lui, ni le persuader que le seul moyen de survivre seul en tant que Taï-pan serait pour lui de s'associer avec Brock, en espérant que Brock les laisse en paix, Tess et lui.

— Je ne pourrai jamais être *le* Taï-pan de *la* Noble Maison. Je ne suis pas comme toi. Je ne veux pas l'être et je ne le serai jamais.

Dans le silence, on frappa à la porte.

— Oui? gronda Struan.

— Soldat Massi là voir, peut? demanda Lo Chum.

— Une minute.

Culum se leva.

— Je crois que je vais aller...

— Un instant, Culum. Lo Chum, voir tout de suite, savvez?

Lo Chum renifla d'un air irrité et ouvrit la porte en grand. Le jeune officier portugais entra.

— Asseyez-vous donc, capitaine Machado. Vous connaissez mon fils Culum?

Ils se serrèrent la main et l'officier s'assit.

— Mes supérieurs m'ont prié de vous annoncer officiellement, en votre qualité de chef des ressortissants britanniques, le résultat de notre enquête sur le meurtre du senhor Brock.

— Avez-vous arrêté les autres?

L'officier hocha la tête en souriant.

— Non, senhor. Je doute que nous les retrouvions un jour. Nous avons remis le tueur entre les mains des autorités chinoises, comme il se doit. Il a été interrogé, à leur inimitable façon. Il a avoué appartenir à une société secrète, le Hung Mun Tong. Je crois que vous les appelez les Triades. Il paraît qu'il est arrivé de Hong Kong, il y a quelques jours. A l'en croire, il y a une loge très prospère à Tai Ping Shan. Il paraît aussi que vous avez beaucoup d'ennemis, senhor Struan. Ce brigand a prétendu que votre... votre fils naturel, Gordon Chen, en était le chef.

— Ça, c'est la meilleure plaisanterie que j'entends depuis des années! s'écria Struan en riant.

Mais au fond de lui-même il envisageait très sérieusement que ce pût être vrai. Possible, en tout cas. Et s'il l'est? se demanda-t-il. Sais pas. Mais tu ferais bien de t'en assurer au plus tôt, d'une manière ou d'une autre.

— Les mandarins ont beaucoup ri, eux aussi, assura Machado. Quoi qu'il en soit, le mécréant est malheureusement mort avant qu'ils puissent lui faire avouer le nom du véritable chef. Cet homme proclamait avoir été envoyé par le chef pour assassiner le senhor Brock. Il a donné les noms de ses complices, naturellement, mais cela n'a pas plus de valeur que le reste de son récit. Ces fichus Triades ne sont que des bandits de grand chemin. A moins, ajouta-t-il, que ce ne soit une vengeance.

— Hein?

— Ma foi, senhor, le jeune senhor Brock était — comment dire — n'était pas précisément apprécié dans certains quartiers mal famés. On raconte qu'il fréquentait une certaine maison près de laquelle il a été retrouvé. Il a sauvagement assailli et frappé une prostituée, il y a une semaine. Elle est morte avant-hier. Nous venons de recevoir une plainte des mandarins contre lui. Qui sait? Les mandarins ont peut-être décidé que la loi du talion s'imposait, et le reste n'est que diversion. Vous savez combien ils sont subtils et sournois. Peut-être cela vaut-il mieux qu'il soit mort, car nous aurions été forcés de prendre des mesures qui risquaient d'être gênantes pour tout le monde. (Il se leva.) Mes supérieurs vont naturellement envoyer un rapport officiel à Son Excellence, puisque c'est un sujet de Sa Majesté qui est en cause.

— Voulez-vous les remercier de ma part? dit Struan en tendant la main. Et... Je me demande si on ne pourrait pas étouffer tout cela? L'histoire de cette prostituée, par exemple. Mon fils vient d'épouser sa sœur, et j'aimerais préserver le nom de Brock d'une souillure. Tyler Brock est une vieille connaissance.

— Je sais, dit l'officier en réprimant un sourire ironique, puis il s'inclina légèrement devant Culum. Toutes mes félicitations, monsieur.

— Merci.

— Je ferai part de votre suggestion à mes supérieurs, senhor Struan. Je suis sûr qu'ils comprendront la délicatesse de la situation.

— Merci. Et si vous attrapez les autres, la récompense est toujours bonne.

L'officier salua et sortit.

— Merci d'avoir eu cette pensée, dit Culum. Que serait-il arrivé à Gorth?

— Il aurait été pendu. Il existe de bonnes lois anglaises contre le meurtre.

- - Ce serait ironique, si l'histoire était vraie!

— Laquelle?

— Gordon Chen et la société secrète. Si en réalité tu n'avais pas poussé Gorth au défi parce que tu t'étais déjà secrètement arrangé pour le faire assassiner!

— C'est une accusation terrible! Terrible.

— Je ne t'accuse pas. Je dis simplement que ce serait ironique. Je sais que tu es ce que tu es; toute tuerie que tu projettes, elle doit se faire à ciel ouvert. C'est comme ça que marche l'esprit du Taï-pan. Mais pas le mien. Jamais. J'en ai assez de prendre des gens au piège, de me servir d'eux. Je ne suis pas toi, et je ne le serai jamais. Il faudra que tu me supportes du mieux que tu pourras. Et si la Noble Maison meurt entre mes mains — eh bien, pour parler comme toi, c'est le joss. Tu auras sauvé la face. Tu quitteras la place en tant que Taï-pan, *le* Taï-pan, quoi qu'il arrive ensuite. Je ne te comprendrai jamais et je sais que tu ne me comprendras jamais. Mais nous pouvons quand même être amis.

— Mais bien sûr, nous sommes amis! Une seule chose — promets de ne jamais t'associer avec Brock!

— Quand je serai Taï-pan, je ferai ce que je jugerai bon pour la Maison. Ce ne sera plus toi qui décideras. C'est la loi que tu as faite, celle à laquelle j'ai juré d'obéir.

Dans le lointain, les cloches de la cathédrale se mirent à sonner.

— Tu dîneras avec nous, ce soir? Au club?

— Sûr.

Culum partit. Struan resta assis à son bureau.

Comment puis-je enflammer Culum? se demanda-t-il, et ne trouva pas de réponse.

Il demanda son secrétaire et prit des dispositions pour que toutes les affaires de la compagnie soient conclues avant qu'il retourne à Hong Kong, puis il sortit.

Sur le chemin de la maison de May-may, il songea à Brock. Est-ce qu'il surgira en trombe au club, ce soir, comme l'a fait Gorth?

Struan s'arrêta un moment et regarda au large. Le *White Witch* et le *China Cloud* étaient merveilleux sous le soleil de l'après-midi. Ses yeux glissèrent sur les toits de Macao, et sur la cathédrale. Pourquoi diable ce démon d'évêque n'a-t-il pas mis un juste prix à son cinchona? Sois juste toi-même, Dirk. C'est pas un démon. Sûr, mais il t'a pris au piège. Maintenant, tu ne pourras plus jamais l'oublier jusqu'à la fin de ta vie — et tu feras toutes sortes de dons à l'Église. Et des faveurs aux démons catholiques. Est-ce que ce sont des démons, au fond? Allons, la vérité.

Non.

Le seul démon que tu aies connu, c'est Gorth, et Gorth est mort — fini. Grâce à Dieu!

Sûr. Gorth est mort. Mais pas oublié.

Livre sixième

42

Le *China Cloud* appareilla à l'aube. La mer était calme, le vent d'est bien établi. Mais au bout de deux heures de route, la brise fraîchit et Struan quitta May-may, la laissant dans la cabine principale, et monta sur le pont.

Orlov examinait le ciel avec attention. Il était clair à l'horizon mais très loin quelques cumulus s'amassaient.

— Pas de danger de ce côté, dit-il.

— Rien de mauvais par là non plus, répondit Struan en désignant la mer.

Il longea le pont, puis il sauta d'un bond dans les enfléchures de la misaine et se mit à grimper avec aisance, agréablement tiraillé par le vent, pour ne s'arrêter qu'au sommet du mât, les pieds calés sur les marchepieds de la vergue de petit cacatois.

Il fouilla le ciel et la mer, cherchant méticuleusement le grain ou le coup de chien qui se préparait peut-être, ou le récif caché, le haut-fond inconnu. Mais aussi loin qu'il pouvait voir, il ne distinguait aucun signe menaçant.

Pendant quelques instants, il savoura la rapidité du beau navire effilé, le vent et l'immensité infinie, en remerciant son joss de vivre et d'avoir May-may guérie. Elle était encore affaiblie, mais en comparaison de la veille, elle était pleine de forces.

Il examina la mâture, les voiles et les haubans à sa portée, puis il redescendit et regagna le gaillard d'arrière. Une heure plus tard, le vent fraîchit encore et le clipper se coucha légèrement, ses basses voiles trempées d'écume.

— Je serai content d'être dans la rade, ce soir, bougonna Orlov.

— Sûr. Vous avez aussi cette impression?

— J'ai pas d'impression. Je dis simplement que je serai content d'être dans la rade ce soir, grogna Orlov. La mer est belle, la brise est bonne, le temps est clair, mais quand même, y a de la diablerie qui mijote.

Il cracha un long jus de tabac sous le vent et fit passer sa chique à l'autre joue.

— Il en mijote toujours dans ces eaux, observa Struan.

— Avec votre permission, on va prendre un ris et je vais dire au gabier de sonder et de crier les brasses. Si ça se trouve, c'est rien qu'un foutu haut-fond ou un sale crevard de récif par là, quelque part.

Orlov frissonna et releva le col de sa vareuse, bien que la journée fût chaude et le vent sûr.

— Oui.

On envoya le gabier à l'avant, et il commença à annoncer les brasses de fond. Et l'équipage envahit la voilure pour la réduire.

A la fin de l'après-midi, le *China Cloud* était à l'abri dans le chenal ouest, avec l'île de Hong Kong à tribord et le continent à bâbord. La traversée avait été parfaite, sans le moindre incident.

— Je dois me faire vieux, dit Struan avec un rire amer.

— Plus on devient vieux, plus la mer cherche à vous aspirer par le fond, murmura Orlov en contemplant l'horizon sans rancune. Si c'était pas mon beau navire, j'en finirais tout de suite.

Struan alla à la barre.

— Je vous relève un coup, gabier. Allez faire un tour à l'avant.

— Bien, monsieur.

Le matelot les laissa seuls sur le gaillard d'arrière.

— Pourquoi? demanda Struan à Orlov.

— Je sens la mer qui me guette. Elle guette toujours le marin, elle le met à l'épreuve, elle le jauge. Mais vient un temps où elle le guette d'une autre façon, elle est jalouse, sûr, comme la femme qu'elle est. Et aussi dangereuse. (Orlov cracha son tabac par-dessus bord, et se rinça la bouche avec le thé froid du sac de toile accroché près de la roue.) J'ai jamais point fait le curé ni marié personne, avant. C'était bizarre, hé, bougrement bizarre, Taï-pan, de regarder ces deux-là, si jeunes, si enthousiastes, si confiants. Et d'écouter un écho de vous, tout gonflé comme un paon : « Par Dieu, Orlov, vous allez nous marier, nom de Dieu, je suis le maître du *China Cloud*, par Dieu. Vous connaissez la loi du Taï-pan, par Dieu! » Et moi j'étais là à faire des euh et des ah et à lever les bras au ciel en tempêtant et je renâclais terriblement, pour lui donner de la face, tout en sachant bien tout le temps que le vieux Taï-pan tirait les ficelles. Ouais, de quoi rire. Mais j'ai bien joué la comédie et je l'ai laissé me commander, comme c'est que vous vouliez qu'il me commande. C'était comme qui dirait mon cadeau de mariage au gamin. Je vous ai pas dit notre marché?

— Non.

— Mariez-nous et vous conserverez votre navire, bon Dieu.

Sinon, je vous chasserai des mers, par Dieu. Bah, je les aurais mariés quand même, tiens, dit Orlov en riant.

— J'étais en train de songer à vous retirer votre navire moi-même.

Le sourire d'Orlov s'effaça.

— Quoi?

— Je songe à réorganiser la compagnie, à placer la flotte sous l'autorité d'un seul homme. Vous aimeriez ça?

— A terre?

— Sûr, bien sûr, à terre. On peut pas diriger une flotte entière du gaillard d'arrière d'un clipper!

Orlov crispa le poing et le secoua sous le nez de Struan.

— Vous êtes un démon monté de l'enfer! Vous me tentez avec un pouvoir dépassant mes rêves, pour m'ôter la seule chose que j'aime au monde. Sur un gaillard, j'oublie ce que je suis, bon Dieu, vous le savez bien! A terre, qu'est-ce que je suis, hein? Stride Orlov le bossu!

— Vous pourriez être Stride Orlov, taï-pan de la plus noble flotte du monde. Il me semble que c'est un travail d'homme.

Le regard de Struan ne quittait pas celui du bossu. Orlov fit demi-tour, courut au bordé du vent et se mit à débiter une tempête de jurons russes et norvégiens. Enfin, un peu calmé, il revint vers Struan.

— Ça serait pour quand?

— La fin de l'année. Plus tard, peut-être.

— Et mon voyage dans le Nord? Les fourrures? Vous avez oublié?

— Vous voudriez l'annuler, non?

— Qu'est-ce qui vous donne le droit de tirer les ficelles du monde entier, hé?

— Gabier! A l'arrière!

Struan lui rendit la barre au moment où le *China Cloud* débouchait du chenal dans les eaux calmes de la rade. Devant eux, à un mille sur bâbord avant, la péninsule de Kowloon avançait vers la baie. De chaque côté, la terre était aride et desséchée. Ils doublèrent le promontoire rocheux, et se dirigèrent majestueusement vers le nouveau port.

— Alors? dit Struan à Orlov.

— J'ai pas le choix. Je vous connais quand vous avez une idée en tête. Vous me débarqueriez sans hésiter. Mais j'ai des conditions.

— Quelles?

— D'abord, je veux le *China Cloud*. Pour six mois. Je veux rentrer chez nous. Une dernière fois.

Ou bien ta femme et tes fils reviendront avec toi, ou bien ils voudront rester, se dit Orlov. Ils resteront et ils te cracheront à la figure et ils te maudiront jusqu'en enfer et t'auras encore gaspillé six mois de ta vie.

— Accordé. Dès que j'aurai ici un nouveau clipper, le *China Cloud* est à vous. Vous rapporterez une cargaison de fourrures. Ensuite?

— Ensuite, Taï-pan, votre loi; que lorsque vous êtes à bord, vous êtes capitaine. Je veux que ça marche pour moi.

— Accordé. Ensuite?

— Y a pas d'ensuite.

— Nous n'avons pas discuté argent.

— La vérole de l'argent! Je serai taï-pan de la flotte de la Noble Maison. Qu'est-ce qu'un homme peut désirer de plus?

Struan avait une réponse à cela. *May-may.* Mais il se tut. Ils se serrèrent la main pour sceller le marché, et quand le navire fut à un quart de mille de Kowloon, Struan ordonna un changement de cap et fit entrer le *China Cloud* dans la rade proprement dite.

— Tout le monde sur le pont! Paré à manœuvrer! Prenez la relève, capitaine. Accostez bord contre bord au *Resting Cloud*. Nos passagers transborderont en premier. Ensuite, au mouillage de tempête.

Struan examina la côte à la jumelle. Il voyait maintenant les profondeurs de la Vallée Heureuse, les bâtiments abandonnés, la solitude. Il déplaça légèrement les jumelles et les mit au point; les sites en construction de la nouvelle Queen's Town à la pointe de Glessing se précisèrent. Il voyait l'échafaudage déjà terminé de son nouvel immense comptoir et les coolies grouillant comme des fourmis, qui portaient des briques, creusaient, élevaient des murs. Il y avait aussi des échafaudages sur la colline où il avait ordonné que l'on érigeât la Grande Maison. Et il distinguait l'étroit ruban de route qui serpentait à présent vers le sommet.

Tai Ping Shan s'était encore étendu. Là où quelques centaines de sampans avaient fait la navette entre l'île et le continent, ils étaient à présent plus d'un millier.

Il y avait davantage de bâtiments de guerre et de transports de troupes et quelques navires marchands de plus, aussi. Des maisons, des cabanes, des abris provisoires s'étalaient de part et d'autre de Queen's Road, le long de la côte. Toute la plage bouillonnait d'activité.

Le *China Cloud* salua le navire amiral en contournant la pointe et un coup de canon lui répondit.

— Signal du navire amiral, capitaine! cria la vigie.

Struan et Orlov braquèrent leurs jumelles sur les signaux battants et lurent : « Capitaine demandé à bord au rapport immédiatement. »

— Je l'accoste? demanda Orlov.

— Non. Faites-moi mettre mon canot à la mer quand nous serons à deux encâblures. Vous êtes responsable du transbordement de mes passagers à bord du *Resting Cloud*. Sans des yeux à renifler partout, hé?

— Laissez-moi faire.

Struan descendit et dit à May-may qu'il la verrait bientôt, et à Yin-hsi et Ah Sam de se préparer au transbordement.

Orlov contemplait amoureusement son navire. Un poste à terre, hé? Ma foi, on verra bien. Il y a encore bien des milles à couvrir, se dit-il. Le diable l'emporte. Oui, mais je me battrais contre le Diable en personne, pour ce diable-là, le chiot d'Odin! Il a besoin d'un homme comme moi. Mais il a raison, encore une fois. Ce serait un travail *d'homme!*

Cette idée lui fit chaud au cœur.

Struan poussa la porte de la grande cabine du navire amiral.

Longstaff se précipita sur lui, en proie à la plus vive agitation, et lui secoua sous le nez un numéro de l'*Oriental Times*.

— Dirk! Par la mordieu, nous sommes ruinés! Vous avez vu ça? Ruinés! Ruinés!

Struan prit le journal. Le grand titre de la page éditoriale intérieure lui sauta aux yeux : LE MINISTRE LES AFFAIRES ÉTRANGÈRES RÉPUDIE LES MARCHANDS CHINOIS.

— Non, Will, dit-il.

— Par tout ce qu'il y a de sacré, comment ose-t-il faire une chose aussi stupide, quoi? Fieffé imbécile! Qu'allons-nous faire?

— Laissez-moi lire ça, Will. Ensuite, je verrai de quoi il s'agit au juste.

— Ce crétin de Cunnington a résilié notre traité, voilà de quoi il s'agit. Et je suis saqué! Révoqué! Remplacé! Moi! Comment ose-t-il?

Struan haussa les sourcils et sifflota.

— Vous n'avez pas encore été informé par dépêche officielle?

— Mais non, naturellement! Qui diable va informer un plénipotentiaire, voyons, quoi!

— C'est peut-être une fausse nouvelle?

— Ce Skinner jure qu'elle est vraie. Cela vaudra mieux pour lui, sinon je lui intente un procès en diffamation, par Dieu!

— Quand est-ce sorti, Will?

— Hier. Comment diable ce grotesque poussah obèse de Skinner a-t-il pu mettre ses sales pattes graisseuses sur une dépêche secrète que je n'ai même pas encore reçue? Il mérite le fouet!

Il se versa un verre de porto, le vida, s'en versa un autre et rebut.

— Pas fermé l'œil, la nuit dernière, terriblement soucieux de mon avenir en Asie. Lisez, lisez! Sale foutu Cunnington de malheur!

Au fur et à mesure qu'il lisait, Struan se sentait bouillir. Bien que l'article présentât ostensiblement les faits dans leur simplicité et répétât la dépêche mot pour mot, exactement comme Crosse l'avait écrite à Struan, l'éditorial de Skinner laissait entendre que Cunnington, bien connu pour sa façon impérieuse de traiter les affaires étrangères, avait totalement répudié non seulement le traité mais tout l'ensemble du commerce et des échanges avec l'Asie et la Royal Navy et l'armée par-dessus le marché.

« Lord Cunnington, qui n'est jamais allé plus à l'est que Suez, se prononce comme un expert sur la valeur de Hong Kong. Il est plus que probable qu'il ne sait pas si Hong Kong est à l'ouest de Pékin, au nord ou au sud de Macao. Comment ose-t-il laisser supposer que l'amiral de notre glorieuse flotte est un sac de vent et ne connaît rien à la mer et qu'il est incapable de comprendre la valeur historique de la plus vaste rade d'Asie? Où serions-nous sans la Royal Navy? Où, sans l'armée, qui est également méprisée — non, insultée — par la stupide interférence dans nos affaires? Sans Hong Kong, où les soldats trouveront-ils un havre et nos navires un sanctuaire? Comment cet homme, qui est depuis bien trop longtemps au gouvernement, ose-t-il prétendre que la longue expérience de tous les marchands sans exception qui tous ont à juste titre investi leur avenir et leur fortune à Hong Kong, ne compte pas et qu'ils sont des imbéciles? Comment ose-t-il faire entendre que ceux qui ont donné leur vie en Chine pour la gloire de l'Angleterre ne connaissent rien aux affaires de Chine ni de l'immense valeur d'un port franc, centre commercial et forteresse dans une île... »

L'article évaluait l'île et décrivait comment, à grands frais et à leurs propres risques, les marchands avaient construit dans la Vallée Heureuse et, lorsqu'elle avait dû être abandonnée, s'étaient remis au travail avec acharnement pour construire une nouvelle ville, à la gloire de la Couronne. C'était un chef-d'œuvre de manipulation des nouvelles.

Struan dissimula son ravissement. Il savait que si lui-même qui avait soufflé l'histoire — pouvait être ému par un tel éditorial, les autres seraient emportés!

— Par exemple! Je suis profondément choqué. Qu'il ait osé...! Ce Cunnington devrait être mis en accusation!

— Mon avis, absolument, s'exclama Longtaff. Eh bien, voilà. Maintenant, je suis saqué. Tout le travail et le souci et l'angoisse et les discussions et les batailles, tout cela à vau-l'eau par la faute de ce fou furieux stupide et mégalomane qui se croit le maître du monde!

214

— Du diable s'il s'en tirera comme ça, Will! Nous devons faire quelque chose! Ah non, ça ne se passera pas comme ça!

— Mais ça s'est passé, nom de Dieu!

Longstaff vida son verre de porto, le plaqua rageusement sur la table et se mit à marcher de long en large, les mains derrière le dos. Struan avait presque pitié de lui.

— Qu'est-ce qui va se passer, quoi? Ma carrière est fichue, fichue. Nous sommes tous ruinés!

— Qu'avez-vous fait à ce sujet, Will?

— Rien, grommela Longstaff en s'arrêtant devant sa fenêtre. Cette maudite île est la cause de tout. Un fichu récif d'enfer, qui m'a démoli. Qui nous détruit tous! Hier, dit-il plus calmement, en se retournant, il y a eu presque une émeute. Des marchands sont venus ici en députation pour me demander de refuser de partir. Une autre députation est arrivée sous les ordres de Brock, exigeant que je quitte immédiatement l'Asie avec la flotte pour aller me présenter à Londres et réclamer la mise en accusation de Cunnington et, s'il le faut, faire le blocus du port de Londres!... Enfin, c'est ma faute. J'aurais dû suivre mes instructions à la lettre. Mais ça n'aurait pas été juste. Je ne suis pas un conquérant avide de puissance et de terres. Ah, vérole de Dieu, tiens!

Il se jeta dans un fauteuil, regarda Struan, et lui dit, plus calmement :

— L'amiral et le général sont enchantés, naturellement. Vous buvez quelque chose?

— Merci. Tout n'est pas perdu, Will, répondit Struan en allant se verser un cognac. Au contraire. Une fois à Londres, vous pourrez mettre votre influence au travail.

— Hein?

— Ce que vous avez fait ici est très bien. Vous pourrez en convaincre Cunnington. S'il est encore en poste. Face à face, votre position est très forte. Vous avez le droit pour vous. Absolument.

— Avez-vous déjà rencontré Cunnington? demanda amèrement Longstaff. On ne discute pas avec ce monstre.

— Exact. Mais j'ai quelques amis. Supposons que vous ayez une clef pour prouver que vous avez raison et qu'il a eu tort?

Les yeux de Longstaff s'allumèrent. Si Struan n'était pas affolé par la terrible nouvelle, alors tout n'était pas perdu.

— Quelle clef, mon cher ami?

Struan goûta son cognac, le dégusta lentement.

— Les diplomates sont permanents; les gouvernements changent. Avant que vous arriviez à Londres, Peel sera Premier ministre.

— Impossible!

— Très probable. Supposons que vous apportiez des nouvelles de la plus haute importance, prouvant que Cunnington est un idiot. Comment seriez-vous considéré par Pell et les Conservateurs, à votre avis?

— Admirablement! Parole d'honneur! Quelle nouvelle, Dirk! Et...

Un fracas dans la coursive l'interrompit. Brock fit irruption dans la cabine, échappant à une malheureuse sentinelle qui tentait de se cramponner à ses basques. En un éclair, Struan fut debout, la main près de son couteau.

La figure de Brock grimaçait de haine.

— Ils sont mariés?

— Sûr.

— Gorth a été assassiné?

— Sûr.

— Quand arrive le *White Witch?*

— Avant la nuit, je pense. Ils devaient appareiller dans la matinée.

— D'abord, j'ai à causer à Liza. Ensuite aux deux-là. Et enfin, bon Dieu de Dieu, c'est à toi que je dirai deux mots!

Il sortit en coup de vent. Longstaff renifla.

— Grossier personnage! Il aurait pu frapper, il me semble.

Struan se détendit, comme un chat lorsque le danger est passé, les muscles assouplis mais prêts à se bander à la première menace, et les yeux toujours sur le qui-vive.

— Vous n'avez rien à craindre de Cunnington, Will. Il est fini.

— Oui, bien sûr, Dirk. Et bon débarras!

Longstaff regarda la porte, se rappela le combat de boxe et se dit que la lutte entre Brock et Struan serait tout aussi impitoyable.

— Qu'est-ce qu'il a, Brock, hé? Est-ce qu'il va vous provoquer? Naturellement, j'ai entendu parler de votre altercation avec Gorth. Les mauvaises nouvelles ont la fâcheuse habitude de voyager vite, quoi? Triste affaire. Une chance qu'il ait été tué par d'autres.

— Sûr.

Maintenant que le danger était passé, Struan éprouvait comme une vague nausée.

— Mais qu'est-ce qui a pris, à ces deux enfants, de se marier comme ça? Il est normal que Brock perde la tête. Petits imbéciles!

— Non, Will. Ce qu'ils avaient de mieux à faire.

— Bien sûr. Si vous le dites...

Longstaff se demanda si les bruits qui couraient étaient fondés, si réellement le Taï-pan avait délibérément précipité le mariage et provoqué le duel. Le Taï-pan était astucieux...

— Et Peel, Dirk?

— Vous êtes un diplomate. Les diplomates ne devraient pas être affiliés à un parti, ou tout au moins ils devraient être de tous les partis et bien vus de chacun.

— C'est entièrement mon avis. Alors... Vous voulez dire, que je devienne conservateur? que je soutienne Peel?

— Soyez Whig et Conservateur à égalité. Hong Kong est bon pour l'Angleterre. Vous êtes Hong Kong, Will. Cette histoire, dit Struan en agitant le journal, est peut-être un sacré coup de chance pour vous. Elle prouve que Cunnington est non seulement un crétin mais un bavard. C'est choquant de prendre connaissance d'une dépêche secrète par les journaux!

Il parla alors du contenu du portefeuille, mais à peine de quoi donner le vertige à Longstaff.

— Dieu de Dieu!

Si, comme le laissait entendre le Taï-pan, il y avait une copie du rapport secret avec des cartes des zones frontières russo-chinoises et des territoires voisins, Dieu de Dieu, ce serait un passeport pour une ambassade et, qui sait, la pairie!

— D'où vous viennent ces documents?

— D'une source digne de confiance, indiscutablement. Je le remettrai entre vos mains avant votre départ. Faites-en l'usage qui vous conviendra. Ces documents prouvent irréfutablement, en tout cas, que vous avez raison et Cunnington tort, en dehors de tout le reste.

— Voulez-vous dîner avec moi, Dirk? proposa joyeusement Longstaff, qui se sentait revivre. Nous pourrions bavarder du bon vieux temps.

— Pas ce soir, si vous m'excusez. Demain, peut-être?

— Parfait. Merci. Et je suis si heureux que notre jugement trouve sa justification!

— Une autre chose, la dernière, exige votre attention immédiate. Les Triades.

— Hein?

— Gorth Brock a été assassiné par des Triades de Hong Kong, venus de Tai Ping Shan.

— Parole d'honneur! Pourquoi?

— Je ne sais pas.

Struan lui rapporta ce que lui avait dit l'officier portugais, au sujet des Triades. Et de Gordon Chen. Il savait qu'il devait confier ce renseignement à Longstaff, sinon cela donnerait l'impression qu'il cherchait à protéger son fils, lorsque le rapport officiel lui parviendrait. Si Gordon faisait partie de cette bande, cela le débusquerait. Sinon, aucun mal n'était fait.

— Par exemple! Quelle histoire ridicule! s'écria Longstaff en riant.

— Sûr, répandue par mes ennemis, sans aucun doute. Mais publiez une proclamation au sujet des Triades et donnez au major Trent l'ordre de les écraser sans pitié. Autrement, nous allons avoir tous les maudits mandarins sur le dos.

— Bonne idée. Excellent, morbleu. Je vais demander à Horatio de... Ah diable, je lui ai accordé deux semaines de permission à Macao. Puis-je vous emprunter Mauss?

— Certainement. Je vous l'envoie.

Struan parti, Longstaff s'assit à son bureau.

— Mon cher Sir William, déclara-t-il à son verre, je nage dans l'euphorie. Pour parler franchement, je suis enchanté de quitter cette île malodorante. Je me moque éperdument de ce qui peut lui arriver — ainsi qu'aux marchands, aux Chinois ou aux foutus Triades. Nous verrons ce que contient ce fameux portefeuille. Et quand nous serons de retour en Angleterre, nous prendrons notre décision. Si Cunnington a été renversé, nous pourrons soutenir Hong Kong, à notre avantage... Si Cunnington est encore en place, je pourrai tomber d'accord avec lui et larguer cette île. Parce que j'aurai les papiers, la clef de la chambre à coucher de n'importe quel ministre des Affaires étrangères et aussi beaucoup de thé.

Il se renversa dans son fauteuil en éclatant de rire. Quelques jours plus tôt, un émissaire privé de Ching-so était arrivé pour annoncer que les graines demandées par Horatio seraient expédiées dans deux semaines.

— Je dirai, Excellence, que vous n'avez pas perdu votre journée! jubila-t-il.

A bord du *Resting Cloud*, Struan trouva May-may déjà couchée dans ses appartements; elle avait bien meilleure mine et paraissait plus forte.

— Je suis très gracieusement heureuse d'être chez nous, Taï-pan. Là, tu vois! Ta vieille mère obéit comme un matelot. J'ai bu deux tasses de cinchona et je suis prête à en avaler trois de plus.

— Hein? grogna Struan, pris de soupçons.

— Mais oui, absolu oui. Et ne me regarde pas comme ça? C'est la vérité que je dis! Est-ce que je suis une putain Hoklo. Une mendiante de moins que rien? Est-ce que je mens comme je parle? Une promesse est une promesse, et ne l'oublie pas. Naturellement, ajouta-t-elle d'une voix mielleuse, maintenant je prends la potion magique infecte avec du jus de mangue, ce que n'importe quelle femme normale aurait eu l'idée immédiate, mais pas un homme, grands dieux non, c'est bien trop simple. Pffft! Les hommes!

218

Struan réprima son sourire et sa joie de la voir redevenir elle-même.

— Je vais revenir tout à l'heure. Et toi, reste au lit.

— Ha! Est-ce que je romps les promesses? Est-ce que je suis une fiente de tortue de rien? protesta-t-elle en tendant la main comme une impératrice. Taï-pan!

Il lui baisa la main galamment; elle lui sauta au cou, en éclatant de rire.

— Va vite, mon fils, et pas dans le sale bordel, heya!

Struan monta dans sa propre cabine, ouvrit son coffre et prit une des deux copies des rapports et des cartes du portefeuille, qu'il avait fait faire avec soin. Il les glissa dans sa poche, en même temps que le petit sac contenant le restant du cinchona.

Puis il reprit son canot.

— *Boston Princess*, dit-il, nommant le ponton de Cooper-Tillman.

Le soleil vacillait sur l'horizon, mais ses feux semblaient voilés par une brume invisible.

— Qu'est-ce que vous pensez de ça, bosco?

— Sais pas. J'ai déjà vu ça dans les mers du Sud, avant du beau temps et du mauvais aussi. Si la lune a un halo cette nuit, peut-être bien qu'on va avoir de la pluie.

Ou pire, se dit Struan. Il se leva et se tourna vers le chenal ouest. Pas le moindre signe du *White Witch*. Ma foi, pensa-t-il, ils ont peut-être attendu, pour appareiller à l'aube. Je ne veux pas encore penser à toi, Tyler.

Le canot accosta le long du *Boston Princess*. C'était un énorme trois-ponts, un ancien navire marchand converti en ponton et définitivement au mouillage.

Struan escalada l'échelle de coupée et s'adressa à l'officier de pont américain :

— Permission de monter à bord. M. Cooper me recevra peut-être. C'est urgent.

— Une minute, monsieur Struan.

En attendant le retour de l'officier, Struan alluma un cigare et contempla le *China Cloud* qui gagnait son mouillage en eau profonde, face à la Vallée Heureuse.

— Bonjour, Taï-pan, dit Jeff Cooper en s'avançant d'un pas vif. Je suppose que vous êtes au courant de ce que cet imbécile de Cunnington a fait? Nous avons été navrés d'apprendre le duel, et tout. Est-ce que ces deux jeunes fous se sont mariés?

— Sûr. Comment va Wilf?

— Il est mort.

— Damnation! Quand est-il mort?

— Il y a trois jours.

— Descendons, voulez-vous?

— Bon. Qu'est-ce que vous dites du renvoi de Longstaff et de la résiliation du traité?

— Ça ne veut rien dire. Rien qu'une stupide gaffe politique. Je suis certain qu'elle sera réparée.

Cooper descendit devant. La cabine principale était luxueuse.

— Cognac?

— Merci, dit Struan en acceptant. A votre santé.

— Santé.

Struan ouvrit le petit sac et prit une pincée de cinchona.

— Voyez ça, Jeff? C'est de l'écorce. De l'écorce de cinchona. On l'appelle quelquefois écorce des Jésuites. On en fait une infusion et ça guérit la malaria.

— Vous en êtes sûr?

— Sûr. Ça a guéri ma maîtresse. Ceci entre nous, mais ça guérit, c'est certain.

D'une main tremblante, Cooper prit un petit morceau d'écorce.

— Mon Dieu, Taï-pan, souffla-t-il, vous rendez-vous compte de ce que vous avez fait? Vous rendez-vous compte de ce que vous dites?

— Sûr. La malaria sévit partout dans le monde. Vous en avez aux États-Unis, en Floride et en Louisiane. Je connais le traitement et comment se procurer l'écorce. Qu'est-ce que ça représente?

— Un grand service pour l'humanité — et la fortune pour quiconque arrive le premier.

— Sûr. Je vous propose une association...

Struan remit l'écorce dans le sac et se sentit soudain très triste.

— C'est ironique, non? Quelques semaines plus tôt, et nous aurions pu sauver Robb et la petite Karen. Et tous les autres. Même Wilf, encore que je le méprisais.

— Il a eu une sale mort.

— Je suis navré.

Struan goûta son cognac et chassa le passé de son esprit.

— Ma proposition est simple. Nous formons une nouvelle compagnie spécialisée dans l'écorce. Nous avançons des fonds à parts égales. Quatre directeurs, vous et votre adjoint, moi-même et Culum. Vous dirigez la compagnie. Je fournis les connaissances et la matière première et vous commencez l'organisation dès demain.

Cooper tendit la main.

— Marché conclu.

Struan lui expliqua comment et par qui il s'était procuré l'écorce et lui parla du navire qu'il avait affrété et qui appareillait le lendemain de Macao pour le Pérou.

— L'évêque m'a fait prévenir que le frère Sébastien serait

du voyage. La compagnie sera débitée du coût de cet affrète-ment, et nous enverrons un autre navire, mais directement d'Amérique. Nous embaucherons deux médecins et deux hommes d'affaires, qui feront le voyage. Ils découvriront tout ce qu'ils pourront sur le cinchona. Le jour du départ du navire améri-cain, nous ferons annoncer la nouvelle aux États-Unis, par l'in-termédiaire de vos relations. Nous aurons une bonne avance sur nos concurrents. Nous annoncerons la nouvelle tout de suite, ici, pour lever la malédiction de la Vallée Heureuse. Et dès que nous pourrons, en Europe. Le temps que nos navires soient de retour, les médecins du monde entier réclameront du cinchona à grands cris. Mes navires feront le transport dans l'Empire britannique, vous, vous vous occuperez du continent américain, et nous nous partagerons le reste du monde. Rien qu'en Italie, nous pourrions en vendre à la tonne.

— Qui d'autre est au courant?

— Vous seul. Aujourd'hui. Si je peux mettre la main sur Skin-ner, je le lui annoncerai ce soir. Bon, fini les affaires. Comment va Shevaun?

— Bien et mal. Elle accepte le fait d'être fiancée. Mais je dois reconnaître, malgré tout mon amour, qu'elle ne m'aime pas.

— Allez-vous racheter les parts de Wilf?

— Pas si Shevaun m'épouse. Si elle n'avait pas consenti, ma foi, ce serait de mauvaise guerre de ne pas le faire. Maintenant que Wilf est mort, je dois me trouver un autre associé. Cela entend que je devrai remettre des parts... enfin, vous connaissez les problèmes.

— Sûr. Et Sergueyev?

— Oh, il est toujours là. Sa hanche ne le gêne pas trop. Nous le voyons souvent. Nous dînons avec lui deux ou trois fois par semaine. Il est très attaché à Shevaun, et semble lui plaire, soupira Cooper avec un triste sourire. Elle est à son bord, en ce moment.

Struan se frotta le menton d'un air songeur.

— Dans ce cas, j'ai un autre coup de dés pour vous. Plus dangereux que le cinchona.

— Quoi donc?

— Renvoyez Shevaun chez elle pour un an. Lâchez-lui la bride. C'est une pouliche pur-sang. Si elle veut revenir à la fin de l'année, vous l'épouserez avec joie. Si elle refuse, vous lui rendez sa liberté. Quoi qu'il en soit, dites-lui que vous conti-nuerez à payer sa « part » à son père sa vie durant. Ses frères peuvent crever. N'oubliez pas que pour l'affaire du cinchona, les relations du sénateur Tillman nous seront précieuses. L'ar-gent que vous lui donnerez fera de nombreux petits.

Cooper alla prendre une boîte de cigares sur son bureau, pour se donner le temps de la réflexion. Pourquoi le Taï-pan suggérait-il cela? Avait-il l'intention de se mettre lui-même sur les rangs, auprès de Shevaun? Non, il n'aurait pas à faire tant de façons. S'il faisait un signe, Shevaun se précipiterait.

— Il va falloir que je réfléchisse, Taï-pan. Un cigare?

— Non, merci. Et pendant que vous réfléchissez, un troisième coup de dés. Demandez à Sergueyev de lui offrir le passage à son bord. Chaperonnée, bien sûr.

— Vous perdez la tête?

— Non, petit, dit Struan en tirant de sa poche une copie des documents, soigneusement roulée et nouée d'un ruban vert. Tenez, lisez.

— Qu'est-ce que c'est?

— Lisez. Prenez votre temps.

Cooper s'assit à son bureau et dénoua le ruban.

Allons, se dit Struan, le cinchona est lancé. Et Culum? Le gamin a peut-être raison, il a besoin d'un associé. Jeff serait parfait. Struan-Cooper-Tillman. Ou du moins Struan-Cooper, maintenant nous pouvons oublier Tillman. Pourquoi pas? Pour Jeff, ce serait fort avantageux. De notre côté, les Américains seraient avantageux pour nous. Jeff est honnête et astucieux. Réfléchis bien. C'est une bonne solution. Longstaff? Plus grand-chose à faire de ce côté. Une fois hors de ta vue, il fera ce que le prochain homme fort lui dira. Et Skinner? Jusqu'ici, il a été très bien. Blore? Le surveiller. Mauss aussi. Et quoi encore? Ensuite? Londres et May-may. Orlov a peut-être raison. Ce que tu ressentais, c'était peut-être simplement la mer qui te guettait — tu en as eu pour ton argent. N'écarte pas de telles impressions à la légère.

Inexorablement, son esprit le ramenait à Brock. Sûr. Il va y avoir à tuer. Liza avait raison. Une fois que ça commencera, ça ne finira peut-être jamais. Ou bien ça finira avec nous deux.

Cooper relevait la tête du dossier.

— Qu'y a-t-il de vrai dans tout ça?

— La source pourrait être qualifiée de sûre, sans le moindre doute. Qu'en pensez-vous?

— C'est diabolique. Sergueyev est manifestement celui — un de ceux-là, certainement — qui a été envoyé pour se rendre compte de la sphère d'influence britannique en Asie et pour étudier les moyens d'émigration en Alaska russe.

Cooper mit un peu d'ordre dans ses pensées, puis il dit à Struan :

— Que faire? Ma foi, je suis votre idée : Shevaun. Sergueyev serait enchanté de l'escorter en Amérique. Elle le séduit, délibérément ou à son insu, et l'emmène à Washington. Le père de Shevaun, qui est l'homme à qui tout ceci doit être confié, indiscutablement, dira à Sergueyev, officieusement, que les États-

Unis sont irrités par la Russie et veulent la chasser de l'Alaska. Doctrine Monroe et tout le bazar. Était-ce ce que vous pensiez?

— Vous êtes un homme habile, Jeff.

— Ces documents font passer Lord Cunnington pour un fieffé crétin.

— Pas de doute.

— Et ils rendent manifestes la nécessité et l'importance vitale de Hong Kong.

— Sûr.

— Maintenant, ce que nous devons établir, c'est comment faire parvenir ces documents rapidement et sûrement entre les mains du sénateur. Ça va faire monter ses actions dans les milieux politiques, alors il en tirera profit tant qu'il pourra. Devons-nous courir le risque de mettre Shevaun au courant, ou simplement lui donner une copie du dossier à remettre à son père?

— Il ne faut pas le lui laisser lire, ni même lui dire ce qu'il renferme. C'est une femme, après tout. On ne sait jamais de quoi les femmes sont capables. Elle pourrait tomber amoureuse de Sergueyev. Alors elle larguerait les États-Unis d'Amérique, parce que la logique féminine lui dit qu'elle doit protéger le conjoint, sans tenir compte de l'héritage ni du reste. Ce serait désastreux que Sergueyev sache que nous sommes au courant de tout ce qu'il y a dans ce dossier.

— J'aimerais réfléchir à tout cela, dit Cooper en renouant le ruban. Je vais vous paraître pompeux, mais ma patrie saura vous remercier.

— Je ne veux pas de remerciements, Jeff. Mais ça me rendrait peut-être service si le sénateur Tillman et d'autres diplomates commençaient à tourner en ridicule la gaffe de Lord Cunnington au sujet de cette région-ci.

— Oui. Considérez que c'est fait. Au fait, vous me devez vingt guinées.

— Pour quoi?

— Vous avez oublié notre pari? A propos du nu? Le premier jour, Dirk. La peinture d'Aristote, représentant la prise de possession de l'île, entrait dans le pari, souvenez-vous.

— Sûr. Qui est-ce? demanda Struan.

Vingt guinées, ce n'est pas beaucoup contre l'honneur d'une femme, pensa-t-il. Sûr, mais, sangdieu, j'aimais bien ce tableau.

— Shevaun. Elle me l'a dit il y a deux jours. Elle m'a dit qu'elle allait se faire peindre, comme la duchesse d'Albe.

— Vous allez la laisser faire?

— Je ne sais pas.

Un léger sourire éclaira les traits de Cooper, et en chassa, momentanément, l'angoisse habituelle.

— Le voyage en mer mettrait fin à cette histoire, n'est-ce pas?

— Pas avec cette fillette. Je vous ferai porter une bourse demain. Si j'ai bonne mémoire, le perdant s'engageait à faire peindre le gagnant sur le tableau. Ce sera fait.

— Peut-être accepteriez-vous la peinture? En cadeau. Je demanderai à Aristote de nous peindre tous les deux dessus, hé?

— Ma foi, merci. Ce tableau m'a toujours bien plu.

Cooper agita le rouleau de papiers.

— Nous reparlerons de tout cela demain. J'aurai pris une décision, sur le voyage de Shevaun.

— Très bien. Mettez les documents dans votre coffre-fort, pour plus de sécurité.

— Oui. Merci de votre confiance, Taï-pan.

Struan descendit à terre et se rendit au bureau provisoire qu'il avait fait installer sur les nouvelles parcelles du bord de mer. Vargas l'y attendait.

— Commençons d'abord par toutes les mauvaises nouvelles, Vargas.

— Nous avons reçu un rapport de nos agents à Calcutta. Il semblerait que le *Gray Witch* a trois jours d'avance sur le *Blue Cloud*.

— Ensuite?

— Les prix de la construction sont énormes, senhor. Après l'éditorial d'hier, ma foi, j'ai interrompu tous les travaux. Peut-être devrions-nous limiter les pertes.

— Faites reprendre le travail immédiatement et doublez notre main-d'œuvre demain.

— Bien, senhor. Les nouvelles de la bourse de Londres sont mauvaises. Le marché est très instable. Le budget n'a pas encore été équilibré et on s'attend à une crise financière.

— C'est normal. Vous n'avez donc pas de désastre particulier à rapporter?

— Aucun, senhor. Naturellement, les vols sont incroyablement fréquents. Depuis votre départ, il y a eu trois actes de piraterie et une douzaine de tentatives. Deux jonques pirates ont été capturées et les équipages au complet pendus en public. Quarante à cinquante voleurs et coupe-jarrets sont fouettés tous les mercredis. Il ne se passe guère de nuit qu'une maison ne soit cambriolée. Désolant. Ah, au fait, le major Trent a ordonné un couvre-feu pour tous les Chinois, au coucher du soleil. Il semble que ce soit le seul moyen de les maîtriser.

— Où est Mrs. Quance?

— Toujours sur le petit ponton, senhor. Elle a fait annuler son passage pour l'Angleterre. Apparemment, le bruit court que le senhor Quance est toujours à Hong Kong.

224

— L'est-il?

— Je n'aimerais pas penser que nous avons perdu l'immortel Quance, senhor.

— Et où en est notre M. Blore?

— Il dépense de l'argent comme si les rochers de Hong Kong étaient en or massif. Naturellement, ce n'est pas notre argent, dit Vargas en essayant de ne pas montrer sa désapprobation, mais les « fonds du Jockey Club ». Je crois comprendre que le club ne doit pas faire de bénéfices, et que tous les profits doivent aller à l'amélioration de l'hippodrome, des chevaux, et tout. Il paraît que le senhor Blore organise un combat de coqs. Sous les auspices du Jockey Club.

Le visage de Struan s'éclaira.

— Parfait. Quand doit-il avoir lieu?

— Je ne sais pas, senhor.

— Et que fait Glessing?

— Tout ce que doit faire un capitaine de port. Mais j'entends dire qu'il est furieux contre Longstaff qui lui interdit d'aller à Macao. Le bruit court qu'il va être renvoyé en Angleterre.

— Mauss?

— Ah, le révérend Mauss! Il est revenu de Canton et a pris une chambre à l'hôtel.

— Pourquoi le « ah », Vargas?

— Pour rien, senhor. Rien qu'une autre rumeur, répondit le Portugais en se maudissant d'avoir trop parlé. Eh bien, il semblerait... naturellement les catholiques le réprouvent et sont affligés que tous les protestants n'aient pas les mêmes croyances que nous, pour le salut de leurs âmes. Quoi qu'il en soit, il a un disciple bien-aimé, un Hakka baptisé nommé Hung Hsiu-ch'uan.

— Est-ce que Hung Hsiu-ch'uan aurait quelque chose à voir avec le Hung Mun? Les Triades?

— Oh non, senhor. C'est un nom courant.

— Ah oui, je le remets. Un grand bonhomme, l'air bizarre. Continuez.

— Eh bien, il n'y a plus grand-chose. C'est simplement qu'il s'est mis à prêcher les Chinois de Canton, à l'insu du révérend Mauss, en se faisant appeler le frère de Jésus-Christ, et il dit qu'il parle à son père, à Dieu, toutes les nuits. Qu'il est le nouveau messie, qu'il va chasser les marchands du temple, comme l'a fait son frère, et un tas de sornettes idolâtres. Il est manifestement fou. Si ce n'était pas sacrilège, ce serait très amusant.

Struan songea à Mauss. L'individu lui plaisait, et lui faisait pitié. Et puis il se rappela les paroles de Sarah. Sûr, se dit-il, tu as utilisé Wolfgang de bien des manières. Mais en retour, tu lui as donné ce qu'il désirait, l'occasion de convertir les païens.

225

Sans toi, il y a longtemps qu'il serait mort. Sans toi... laisse donc. Mauss a son propre salut à trouver. Les voies de Dieu sont bougrement étranges.

— Qui sait, Vargas? Hung Hsiu-ch'uan est peut-être ce qu'il prétend. Mais, ajouta-t-il en voyant le Portugais se hérisser, je suis d'accord. C'est pas amusant. Je parlerai à Wolfgang. Merci de me l'avoir dit.

Vargas s'éclaircit la gorge.

— Est-ce que je pourrais avoir un congé, la semaine prochaine? Cette chaleur et... ma foi, ce serait bon de revoir ma famille.

— Sûr. Prenez deux semaines, Vargas. Et je crois que ce serait bon pour la communauté portugaise d'avoir son propre club. Je vais lancer une souscription. Vous êtes nommé trésorier provisoire et secrétaire.

Il griffonna rapidement quelques mots sur une feuille de papier et la tendit à Vargas.

— Encaissez ceci tout de suite.

C'était un effet de mille guinées. Vargas en était suffoqué.

— Merci, senhor.

— Pas de merci. Sans le soutien de la communauté portugaise, nous n'aurions pas de communauté.

— Mais sûrement, senhor, cette nouvelle... l'éditorial! Hong Kong est fini! La Couronne a résilié le traité. Doubler la main-d'œuvre? Mille guinées? Je ne comprends pas.

— Hong Kong est vivant, tant qu'un seul marchand y demeure, tant qu'un navire mouille dans la rade. Ne vous inquiétez pas. Pas de messages pour moi?

— M. Skinner a fait savoir qu'il aimerait vous voir, à votre convenance. M. Gordon Chen aussi.

— Faites dire à Skinner que je passerai au journal ce soir. Et à Gordon que je le verrai à bord du *Resting Cloud* à huit heures.

— Très bien, senhor. Ah, autre chose. Vous vous souvenez, Ramsey? Le matelot qui a déserté? Eh bien, depuis, il vivait dans une grotte, dans les montagnes, comme un ermite. Sur le Peak. Il volait de quoi manger dans le village de pêcheurs d'Aberdeen. Il paraît qu'il y a violé plusieurs femmes et les Chinois se sont emparé de lui, l'ont ligoté et remis aux autorités. Il a été jugé hier. Cent coups de fouet et deux ans de bagne.

— Ils auraient aussi bien pu le pendre, grommela Struan. Il ne survivra pas deux ans.

Les bagnes étaient mortels, indescriptibles.

— Oui, c'est terrible. Merci encore, senhor. Notre communauté saura l'apprécier. Merci.

Vargas sortit mais reparut aussitôt.

— Excusez-moi, Taï-pan. Il y a là un de vos matelots. Le Chinois Fong.

— Faites-le entrer.

Fong entra en se courbant en deux. Struan examina le Chinois trapu, au visage grêlé de petite vérole. Depuis trois mois qu'il était à bord, il avait beaucoup changé. Maintenant, il portait avec aisance le costume de marin européen, sa longue natte soigneusement roulée dans le bonnet de laine. Son anglais était passable. Excellent marin. Obéissant, docile, apprenant vite.

— Que fais-tu à terre?

— Capitaine dit pouvoir, Taï-pan. Ma bordée de terre.

— Que me veux-tu, Fong?

Fong tendit un bout de papier froissé. L'écriture était enfantine : « Aberdeen. Même endroit. Huit coups, dernier quart. Venez seul. » C'était signé « Le papa à Bert et Fred ».

— D'où tiens-tu ça?

— Coolie m'a arrêté, m'a donné.

— Tu sais ce qui est écrit?

— Je lis, oui. Pas facile lire. Très difficile, ça ne fait rien.

Struan relut encore une fois le billet.

— Le ciel. Tu l'as remarqué?

— Oui, Taï-pan.

— Qu'est-ce qu'il te dit?

Fong savait qu'on le mettait à l'épreuve.

— Tai-fung, dit-il.

— Combien de temps?

— Sais pas. Trois jours, quatre, plus, moins. Tai-fung, ça ne fait rien.

Le soleil avait déjà plongé derrière l'horizon, la nuit tombait vite. Des lanternes s'allumaient le long de la plage et sur les sites en construction. Le voile qui recouvrait le ciel s'était épaissi. Une gigantesque lune sanglante semblait accrochée à dix degrés au-dessus de l'horizon clair.

— Je crois que tu as un bon nez, Fong.

— Merci, Taï-pan.

Struan agita le papier.

— Qu'est-ce que ton nez te dit, pour ça?

— Pas y aller seul, répondit Fong.

43

Avec la nuit, le ciel se couvrit et l'humidité augmenta. Les marchands chinois, habitués depuis longtemps aux humeurs du vent et de la mer, comprirent que la pluie ne tarderait pas. Les nuages annonçaient simplement la première des pluies de la saison, qui soulagerait momentanément de la touffeur moite et de la poussière. Une simple averse, si le joss était avec eux. Si leur joss était mauvais, ce serait une tempête. Et le joss seul déciderait si la tempête se transformerait en typhon.

— J'ai chaud, Taï-pan, soupira May-may, qui s'éventait dans son lit.

— Moi aussi, répliqua Struan. Je t'avais dit de rester à Macao. Il y fait bien plus frais.

— C'est possible, mais je n'aurais pas le plaisir de te dire que j'ai chaud, bon Dieu!

— Je te préférais quand tu étais malade. Pas d'insolences, alors, et pas de jurons vulgaires.

May-may laissa échapper un soupir forcé.

— Taï-pan veut-ah cow chillo jig-jig, Massi? peux, oh ko, ça ne fait rien!

Struan s'approcha du lit et May-may recula.

— Non, Taï-pan, je plaisantais!

Il la prit dans ses bras et la serra très fort.

— Ah, fillette, guéris vite, c'est la seule chose qui importe! Elle portait une tunique de soie bleu pâle, et ses cheveux étaient élégamment coiffés, son parfum enivrant.

— Je te défends bien d'aller dans les maisons à filles, heya!

— Ne sois pas bête.

Il acheva de s'habiller, glissa son couteau dans la petite gaine noire et la dague dans sa botte gauche, puis il renoua proprement ses cheveux sur la nuque avec un ruban.

— Pourquoi faire tu coupes les cheveux, Taï-pan? Laisse pousser une natte comme une personne civilisée. Très joli.

Lim Din frappa et entra.

— Massi? Massi Chen ici. Peut?

— Voir cabine à moi.

— Tu redescendras, Taï-pan?

— Non, fillette. Je vais directement à terre.

— Demande à Gordon de me voir, oui?

— Sûr.

— Où tu vas?

— Je sors, bon Dieu. Et je te conseille d'être sage en mon absence. Je ne serai rentré qu'après minuit. Mais je passerai te voir!

— Oui, oh oui, ronronna-t-elle, mais réveille-moi si je dors. Ta vieille mère aime savoir son fils sain et sauf.

Il lui caressa tendrement la joue et monta à sa cabine sur le pont supérieur.

— Bonsoir, Gordon.

Gordon Chen paraissait extrêmement soucieux.

— Bonsoir, Taï-pan. Je suis si heureux d'apprendre la bonne nouvelle du cinchona. Comment va la Dame T'chung?

— Très bien, merci.

— Je suis désolé que mes pitoyables efforts aient été vains.

— Merci d'avoir tout essayé.

Gordon Chen était affreusement vexé, parce qu'il avait consacré un bon nombre de taels aux recherches, mais cette vexation n'était rien à côté de son angoisse pour Hong Kong. Toute la hiérarchie des Triades de Canton était en effervescence, après la divulgation de la dépêche d'Angleterre. Il avait été convoqué par Jin-qua qui lui avait ordonné de sonder le Taï-pan et d'employer tout le pouvoir des Triades et tous les moyens nécessaires — de l'argent, des pots-de-vin, un commerce accru — pour empêcher les barbares de quitter l'île.

— Il s'agit d'une affaire de la plus haute importance, Taï-pan, sinon je ne me serais pas permis. Hong Kong. Cet éditorial. Est-ce vrai? Si c'est vrai, nous sommes perdus. Ruinés.

— Il paraît que tu es le Taï-pan des Triades de Hong Kong?

— Quoi?

— Taï-pan des Triades de Hong Kong, répéta paisiblement Struan, et il lui apprit ce qu'avait dit l'officier portugais. C'est stupide, non?

— Pas stupide, Taï-pan, vraiment terrible! Un mensonge éhonté, scandaleux!

Si Gordon avait été seul, il se serait déchiré les vêtements en poussant des cris de rage.

— Pourquoi les Triades auraient-ils assassiné Gorth?

— Je ne sais pas. Comment voulez-vous que je sache ce que

font ces anarchistes? Taï-pan des Triades? Moi? Quelle infecte accusation!

Ma vie ne vaut pas le prix d'un excrément de coolie, se hurlait-il. Le traître! Comment ose-t-il divulguer des secrets? Allons, ressaisis-toi. Le Taï-pan des barbares te regarde et tu ferais bien de lui donner une réponse habile.

— Je n'en ai pas la moindre idée. Dieu du ciel! Des Triades à Taï Ping Shan, sous mon nez! Abominable!

— As-tu des ennemis qui feraient courir un pareil bruit?

— Je dois en avoir, Taï-pan. Seigneur! Je me demande...

— Quoi donc?

— Eh bien, je... vous êtes mon père. Se pourrait-il qu'on cherche à vous attaquer, à travers moi?

— C'est possible, Gordon. Il est possible aussi que tu sois vraiment le chef des Triades.

— Un anarchiste? Moi?

Oh dieux, pourquoi m'avez-vous abandonné? J'ai dépensé cinquante taels d'encens et d'offrandes et pour faire dire des prières, la semaine dernière encore. Et ne suis-je pas le plus généreux donateur de vos temples, tous sans préférences? N'ai-je pas personnellement subventionné trois temples et quatre cimetières et n'ai-je pas parmi ma suite quarante-trois prêtres bouddhistes?

— Pourquoi me compromettrais-je avec ces félons? s'indigna-t-il. Grâce à vous, je deviens riche; je n'ai pas besoin de voler.

— Mais tu aimerais chasser les Mandchous du trône de Chine?

— Mandchous ou Chinois, c'est pareil pour moi, Taï-pan. Que voulez-vous que ça me fasse? Cela ne me regarde pas. (Oh, dieux, fermez vos oreilles un instant!) Je ne suis pas chinois, je suis anglais. Je crois que je suis bien la dernière personne en qui une société secrète chinoise aurait confiance. Ce serait dangereux, ne croyez-vous pas?

— Peut-être. Je ne sais pas. Peut-être devrais-tu dépenser quelques taels, Gordon. Créer un réseau d'espionnage. Découvrir qui sont ces hommes, qui sont leurs chefs.

— Immédiatement, Taï-pan.

— Trois mois devraient suffire, pour un homme aussi astucieux que toi, pour livrer les chefs.

— Six mois, marchanda automatiquement Gordon Chen, en cherchant désespérément comment se tirer de ce piège.

Il eut une inspiration subite : Naturellement. Laisser les barbares nous débarrasser des excréments de tortue antitriades. Nous recruterons des espions parmi eux et nous nous arrangerons pour les faire entrer dans une sous-loge où nous les initierons avec de fausses cérémonies. Excellent! Ensuite... voyons. Nous laisserons entendre que le véritable chef des Triades est... est qui? Je trouverai bien un ennemi, le moment venu. Alors nous les présenterons aux barbares comme de vrais Triades et ils y laisseront leur tête.

— Oui, Taï-pan, oui. Je m'en occupe sur l'heure.

— Je crois que tu le devrais. Parce que, d'une façon ou d'une autre, je vais écraser les Triades.

— Et je vous y aiderai dans la mesure de mes possibilités, assura Gordon avec ferveur.

Dix têtes devraient vous satisfaire. Dommage que Chen Sheng soit de la famille, autrement il serait parfait comme « chef des Triades ». Avec un peu de joss, je serais le suivant sur les rangs, pour devenir compradore de la Noble Maison. Ne t'inquiète pas; Jin-qua t'aidera à trouver quelqu'un.

— Taï-pan? Passons aux choses plus importantes. Cet éditorial? Est-ce que c'est la fin de Hong Kong? Nous risquons de perdre une fortune. Ce serait un désastre si nous perdions l'île.

— Il y a quelques petits problèmes mineurs. Mais ils seront résolus. Hong Kong est définitif. Ce gouvernement sera bientôt renversé. Ne t'inquiète pas. La Noble Maison et Hong Kong ne font qu'un.

L'anxiété de Gordon Chen s'évapora.

— Vous en êtes sûr? Ce Cunnington sera éliminé?

— D'une façon ou d'une autre. Sûr.

Il contempla son père avec admiration. Ah, se dit-il, même par l'assassinat. Excellent. Il aurait aimé pouvoir dire qu'il avait éliminé Gorth, lui sauvant ainsi la vie. Mais cela pouvait attendre un moment plus opportun.

— Excellent, Taï-pan. Vous m'avez merveilleusement rassuré. Je suis d'accord. Hong Kong et la Noble Maison ne font qu'un. (Sinon, tu es mort, songea-t-il. Mais tu ferais bien de ne plus jamais remettre les pieds sur le continent. Pas avec cette histoire de Triades. Non. Tu es voué à Hong Kong. Ce sera ton palais ou ta tombe.) Alors, nous ferions bien de miser gros, de nous étendre. Je travaillerai à rendre Hong Kong très fort. Oh oui! Vous pouvez compter sur moi! Merci, Taï-pan, de m'avoir rassuré.

— Ma Dame désire te dire bonjour. Descends la voir, veux-tu?

— Merci. Et merci de m'avoir averti de cette histoire ridicule mais dangereuse.

Gordon s'inclina et sortit.

Struan avait très attentivement observé son fils. L'est-il, ne l'est-il pas? se demanda-t-il. La surprise pouvait être réelle, et ce qu'il avait dit était plein de bon sens. Je ne sais pas. Mais si Gordon l'est, tu devras être très malin pour l'attraper. Et puis ensuite?

Struan trouva Skinner à l'imprimerie de l'*Oriental Times*. La salle était étouffante et bruyante. Il félicita le journaliste de sa façon habile de présenter la nouvelle.

— Vous en faites pas, Taï-pan, dit Skinner. Il y aura une suite demain. Je serai heureux quand ce maudit été sera fini.

Malgré la chaleur, il portait sa redingote de drap épais et un lourd pantalon de lainage. Il tendit à Struan une épreuve.

Struan lut l'article; le texte était plein d'invectives et de sarcasmes, et préconisait à tous les marchands de s'unir pour attaquer le Parlement et abattre Cunnington.

— Il me semble que ça va faire bouillir quelques-uns de nos gars, ça, approuva-t-il.

— Je l'espère bien. Sacrée sale chaleur! Vous risquez votre vie, Taï-pan, en vous promenant comme ça la nuit.

Struan était vêtu d'une simple chemise et d'un pantalon de toile et chaussé de bottes molles.

— Vous devriez l'essayer. Vous sueriez moins. Et plus de gratouillis.

— Ne me parlez pas de ce maudit fléau. Mais y a rien à faire contre la chaleur, c'est la plaie de l'été. L'homme est né pour suer.

— Sûr, et pour être curieux. Vous m'avez parlé dans votre mot d'un étrange codicille à l'accord de Longstaff avec le vice-roi Ching-so. Qu'est-ce que c'était?

— Rien qu'une de ces bribes d'informations bizarres qu'un journaliste récolte.

Skinner s'épongea la figure avec un chiffon qui traînait et qui le barbouilla d'encre d'imprimerie. Il parla des graines à Struan.

— Des graines de mûrier, de camélia, de riz, de thé, de toutes espèces de fleurs.

Struan réfléchit un moment.

— Oui, pas de doute, c'est curieux, ça.

— Longstaff n'est pas jardinier, que je sache. C'est peut-être une idée de Sinclair? Il a la passion du jardinage. Sa sœur, tout au moins... A propos, il paraît qu'elle est très malade?

— Elle se remet, je suis heureux de vous l'apprendre. Le médecin a dit que c'était une maladie de l'estomac.

— On dit que Brock était à bord du navire amiral cet après-midi.

— Vos renseignements sont bons.

— Je me demandais si je devais préparer une notice nécrologique.

— Parfois, je ne trouve pas votre humour très drôle.

La sueur ruissela de plus belle sur les bajoues du journaliste et coula sur sa chemise maculée.

— Je ne voulais pas plaisanter, Taï-pan.

232

— Je préfère le prendre comme ça. Mauvais joss de parler de nécrologies.

Struan contempla un moment les coolies qui s'affairaient autour des presses, et le journal du lendemain qui commençait à sortir des machines.

— J'ai pensé à une chose, au sujet de Whalen. Longstaff avait baptisé l'ancienne ville Queen's Town. Maintenant, nous avons une nouvelle ville. Peut-être Whalen devrait-il avoir l'honneur de lui donner un nouveau nom.

Skinner rit doucement.

— Ça l'engagerait, pas de doute. Quel nom avez-vous choisi, Taï-pan?

— Victoria.

— Victoria me plaît. Victoria, hé? Un trait de plume annule Longstaff. Considérez que c'est déjà « suggéré », Taï-pan. Laissez-moi faire. Whalen ne saura jamais que ce n'est pas sa propre idée, je vous le garantis. Et quand est-ce que je serai propriétaire du journal?

— Le jour où Hong Kong sera accepté par la Couronne et le traité ratifié par les deux gouvernements, dit Struan en lui tendant un document. Tout est là. Mon chop est dessus. A condition, naturellement, que l'*Oriental Times* soit toujours en vie à l'époque.

— N'en doutez pas, Taï-pan!

Skinner voyait l'avenir s'étaler devant lui. Dix ans, se dit-il. Alors je serai riche. Alors je rentrerai en Angleterre et j'épouserai la fille d'un hobereau et j'achèterai un petit manoir dans le Kent et je lancerai un journal à Londres. Oui, Morley, mon petit vieux, tu as fait un sacré chemin depuis les ruelles de Limehouse et ce maudit orphelinat et le ruisseau. Maudits soient les foutus démons qui m'ont mis au monde et abandonné!

— Merci, Taï-pan. Je ne faillirai pas, n'ayez crainte.

— Au fait, vous aimeriez peut-être avoir une nouvelle exclusive. Le cinchona guérit la malaria de la Vallée Heureuse.

Skinner resta un moment sans voix.

— Oh mon Dieu, Taï-pan! Ce n'est pas une nouvelle, ça, c'est l'immortalité! bredouilla-t-il enfin. Exclusive, vous dites? C'est la plus grande nouvelle du monde! Naturellement, ajouta-t-il d'un air rusé, l'essentiel de la nouvelle, c'est de savoir *qui* a été guéri.

— Imprimez ce que vous voudrez, mais n'y mêlez pas les miens, ni moi.

— Personne ne le croira à moins d'avoir vu la guérison de ses propres yeux. Les médecins diront que ce sont des sornettes.

— Laissez-les dire. Leurs malades mourront. Dites-le. Moi, j'y

233

crois tellement que j'y engage de gros capitaux. Cooper et moi sommes maintenant associés dans le commerce du cinchona. Nous aurons des stocks disponibles dans six mois.

— Je peux publier ça?

— Je ne vous le révélerais pas si c'était un secret, répliqua Struan en riant.

44

A minuit, le lorcha s'échoua sur la plage d'Aberdeen et Struan sauta dans l'eau, Fong à côté de lui. Quelques minutes plus tôt, il avait secrètement débarqué ses hommes à l'ouest et les avait postés autour du puits. Il traversa la plage et s'engagea dans le sentier du puits, vers la fourche. Fong, très nerveux, portait une lanterne.

Des nuages cachaient la lune, mais son reflet filtrait quand même. L'air était lourd et chargé du relent pestilentiel des algues de la marée basse. Dans l'étroit goulet, les centaines de sampans silencieux étaient sombres. Seule la lanterne de Fong trouait les ténèbres.

Le village était tout aussi menaçant. On n'entendait rien, que les chiens se disputant des ordures.

En débouchant de la fourche du chemin, Struan fouilla l'obscurité. Il sentait des milliers d'yeux qui l'observaient des sampans.

Il dégagea les pistolets à sa ceinture et s'avança avec circonspection dans la lumière de la lanterne que Fong avait posée sur la margelle du puits.

Le silence s'épaissit. Soudain, Fong se raidit et pointa un index tremblant. Juste au-delà de la fourche, en travers du sentier, il y avait un sac. On aurait dit un gros sac de riz. Pistolet au poing, Struan fit signe à Fong de marcher devant. Il n'avait guère confiance en lui. Fong avança, terrifié.

Quand ils atteignirent le sac, Struan lança une dague au Chinois, le manche en avant.

— Ouvre-le.

Fong s'agenouilla et coupa la toile de chanvre. Il poussa un gémissement d'horreur et recula.

Dans le sac, il y avait Scragger. Il n'avait ni bras, ni jambes, ni langue, et ses moignons avaient été cautérisés au goudron.

— Bien le bonsoir, mon matelot!

Le rire mauvais de Wu Kwok se répercuta dans la nuit et Struan se redressa d'un bond.

Le rire semblait venir des sampans.

— Qu'est-ce que tu veux, diable d'enfer? rugit Struan.

Un torrent de chinois guttural lui répondit, et Fong frémit. Il répondit quelque chose, d'une voix étranglée.

— Qu'est-ce qu'il dit?

— Il... Wu Kwok dit que... que je dois aller là-bas.

— Tu restes où tu es. Qu'est-ce que tu veux, Wu Kwok? hurla Struan vers les sampans.

— Toi vivant! Pour Quemoy, nom de Dieu! Toi et tes foutues bon Dieu de sales frégates!

Soudain, des silhouettes jaillirent des sampans et s'élancèrent à l'assaut de la colline, avec des lances et des coutelas. Struan attendit de voir nettement le premier pirate et il l'abattit d'un seul coup de pistolet. Aussitôt, les mousquets de l'équipage embusqué crachèrent le feu. Des cris s'élevèrent, et la première vague de vingt à trente pirates fut anéantie.

Une nouvelle vague de tueurs hurlants se rua sur le sentier. Encore une fois, les mousquets les taillèrent en pièces, mais quatre d'entre eux atteignirent le puits. Struan en abattit un à la dague, Fong un autre et des balles de mousquet les deux derniers.

Et le silence retomba.

— La vérole sur toi, mon matelot!

— Et toi, Wu Kwok! tonna Struan.

— Ma flotte va partir en guerre contre le Lion et le Dragon!

— Sors de ton trou de rat et viens donc que je te tue tout de suite, ordure!

— Quand je t'attraperai, voilà comment tu crèveras, mon gars. Un membre par semaine. Cette racaille a vécu cinq, six semaines, mais tu mettras un an à crever, je parie. On se rencontrera face à face dans un an, sinon avant!

Le mauvais rire résonna encore une fois, et puis ce fut le silence. Struan était tenté d'incendier les sampans, mais il savait qu'il y avait à bord des centaines d'hommes, de femmes et d'enfants.

Il contempla le sac entrouvert.

— Ramasse-le, Fong. Porte-le. Holà, vous autres, au lorcha!

Il couvrit Fong, et ils se retirèrent.

Lorsque le lorcha fut en haute mer, il fit mettre une chaîne autour du sac et lut la prière des morts avant de le confier aux profondeurs. Il le regarda plonger et disparaître dans un petit cercle d'écume.

Struan aurait aimé raconter à Scragger les adieux qu'il avait faits à ses fils.

Il les avait mis entre les mains du capitaine, à Whampoa, avec des lettres pour les agents de la Noble Maison à Londres qu'il chargeait des enfants, et de leur éducation.

— Eh bien, bonne chance, les enfants. Quand j'irai à Londres, j'irai vous dire bonjour.

— Est-ce que je peux vous voir, Votre Honneur, comme qui dirait en particulier? avait demandé le petit Fred, en refoulant ses larmes.

— Sûr, petit. Viens donc.

Struan l'avait emmené dans sa cabine; Bert, l'Eurasien, avait paru inquiet d'être laissé seul, et Wu Pak lui avait pris la main.

— Alors, Fred? avait-il demandé, une fois seul avec le petit garçon.

— Mon papa a dit qu'on devait avoir un nom bien comme il faut avant que c'était qu'on quitterait les eaux de chez nous, Vot' Honneur.

— Sûr, petit. C'est sur tes papiers. Je te l'ai dit hier soir. Tu ne te rappelles plus?

— Sauf vot'respect, non Vot'Honneur. J'oublie. C'est-y que je pourrais le savoir encore un coup, s'il vous plaît!

— Tu es Frederick Mac Struan, avait répondit Struan, car il s'était attaché au gamin et le nom du clan était un beau nom. Et Bert est Bert Chen.

— Ah... Oui, je me rappelle. Mais pourquoi c'est pas pareil, moi et mon frère?

— Eh bien, vous avez des mamans différentes, pas vrai? C'est pour ça.

Struan avait ébouriffé les cheveux blonds du petit, en se rappelant son terrible chagrin à la mort des siens. Et puis il avait vu les yeux de Fred se remplir de larmes.

— Oui. Mais on est frères, Vot'Honneur. Sauf vot'respect, on pourrait pas avoir le même nom? Chen est bien comme nom. Frederick Chen, ce serait bien, Taï-pan.

Alors Struan avait changé le nom sur un des papiers et le capitaine avait été témoin de la signature.

— Voilà, mes enfants. Maintenant, vous êtes tous les deux Mac Struan. Albert et Frederick Mac Struan.

Ils avaient pleuré de bonheur tous les deux, et lui avaient sauté au cou.

Struan descendit dans la cabine du lorcha et chercha le sommeil. Mais il ne put dormir. La mort de Scragger l'avait écœuré. Il savait que c'était une des tortures favorites de Wu Fang Choi, le père de Wu Kwok et le grand-père du petit Wu Pak. La victime qui devait être démembrée avait trois jours pour choisir quel membre serait arraché en premier. Et la troisième nuit, un ami de la victime lui était envoyé pour lui chuchoter que des secours arrivaient. Alors l'homme choisissait le membre dont il pensait pouvoir se passer, en attendant les secours. Une fois que le goudron avait cicatrisé le moignon, on lui demandait de choisir un autre membre, et encore une fois, il y avait la promesse d'un secours qui ne venait jamais. Peu d'hommes résistaient à deux amputations.

Struan quitta sa couchette et monta sur le pont. Il y avait une très légère houle et les nuages s'étaient épaissis. On ne voyait plus le reflet de lune. La mer s'agitait mais n'était pas dangereuse.

— De la pluie demain, monsieur Struan, dit Cudahy.

— Sûr.

Struan se tourna à l'est, vers le vent. Il sentait la mer qui le guettait.

— Suprême Dame, chuchota Ah Sam en secouant légèrement May-may. Le canot de Père approche.

— Est ce que Lim Din a préparé son bain?

— Oui, Mère. Il est monté accueillir Père.

— Tu peux retourner te coucher, Ah Sam.

— Dois-je réveiller Seconde Mère?

Yin-hsi était pelotonnée sur une couchette à l'autre bout de la cabine.

— Non. Retourne te coucher. Mais d'abord, donne-moi ma brosse et mon peigne et assure-toi que Lim Din a préparé le petit déjeuner, si Père a faim.

May-may attendit un moment, puis elle se leva avec précautions. Elle eut d'abord du mal à se tenir debout mais au bout d'une minute ou deux, elle cessa de vaciller et put se tenir droite.

— Ah, dit-elle à haute voix. Ça va mieux!

Elle alla au miroir, et s'examina longuement d'un œil critique.

— Tu as l'air d'une vieille, dit-elle à son reflet.

— Pas du tout, s'écria Yin-hsi en se redressant. Et tu ne devrais pas être levée. Laisse-moi te brosser les cheveux. Père est de retour? Je suis si heureuse que tu ailles mieux. Tu as l'air vraiment très bien.

— Merci, Petite Sœur. Le bateau approche.

May-may se laissa coiffer sagement, puis elle se parfuma et se recoucha.

Struan entra sur le pointe des pieds.

— Qu'est-ce que tu fais là tout éveillée? s'écria-t-il.

— Je voulais te voir bien de retour. Ton bain est prêt. Et le petit déjeuner. Je suis très heureuse que tu sois revenu sain et sauf.

238

— Je crois que je vais dormir quelques heures. Rendors-toi, fillette, et nous déjeunerons quand je me réveillerai. J'ai dit à Lim Din de me laisser dormir, à moins qu'il n'y ait quelque chose d'urgent.

Il l'embrassa, brièvement parce que la présence de Yin-hsi le gênait. May-may le remarqua et sourit secrètement. Comme ces barbares étaient curieux!

Struan fit un vague signe de tête à Yin-hsi et quitta la cabine.

— Écoute, chère Petite Sœur, dit May-may quand elle fut sûre que Struan ne pouvait plus entendre. Frotte-toi d'eau parfumée et quand Père sera profondément endormi, va dans son lit et couche avec lui.

— Mais, Suprême Dame, je suis sûre que Père n'a indiqué en aucune façon qu'il veut que j'aille avec lui. Je l'observais très attentivement. Si je vais sans être priée, je... il risque d'être très en colère et de me renvoyer et alors je perdrai beaucoup de face devant toi et devant lui.

— Il faut que tu comprennes que les barbares ne sont pas comme nous, Yin-hsi. Ils ne savent pas comme nous ce que c'est que la face. Fais ce que je te dis. Il va prendre son bain et se coucher. Attends une heure et puis va le rejoindre. S'il se réveille et t'ordonne de sortir, tu n'auras qu'à être patiente et lui dire (elle passa à l'anglais) « Suprême Dame m'envoie ».

Yin-hsi répéta les mots anglais, et les apprit par cœur.

— S'il n'y a rien à faire, alors reviens ici. Tu ne perdras pas la face, je te le promets. N'aie pas peur. Je connais bien Père et ce qu'il pense de la face. Nous ne pouvons pas le laisser aller fréquenter de mauvaises maisons. Le vilain homme est allé hier soir dans une de ces maisons.

May-may ne pouvait évidemment pas savoir que si Struan était allé chez Mrs. Fotheringill en quittant Skinner, c'était pour voir Quance.

— Non! s'écria Yin-hsi. Nous avons terriblement perdu la face! C'est affreux! Je dois répugner à Père. Peut-être ferais-tu mieux de me vendre à un fossoyeur.

— Fi! Si j'étais bien valide, je lui ferais quelque chose! Ne t'inquiète pas, Yin-hsi. Il ne t'a même pas encore vue. Je te le répète. C'est un barbare. Ce dégoûtant, qui va au bordel alors que tu es ici, et même Ah Sam!

— Je suis bien d'accord. Oh, le vilain homme!

— Ils sont tous mauvais, ma chérie. J'espère qu'il sera si fatigué qu'il ne te chassera pas comme je m'y attends. Dors dans son lit, c'est tout. Avec Père, il faut faire les choses patiemment. Même à son âge, il est encore très intimidé par les choses de l'amour.

— Est-ce qu'il sait que je ne suis pas vierge?

— Il est bien trop jeune pour avoir besoin d'une vierge pour l'exciter, et bien trop vieux pour avoir la patience d'enseigner l'amour à une vierge. Tu n'as qu'à lui dire « Suprême Dame m'envoie ».

Yin-hsi répéta encore une fois la phrase anglaise.

— Tu es très jolie, Petite Sœur. Laisse-moi, maintenant. Dans une heure, va le retrouver.

May-may ferma les yeux et s'installa confortablement pour dormir.

Yin-hsi contemplait Struan. Un bras levé autour de la tête, il dormait profondément. Les rideaux soigneusement tirés sur des hublots préservaient du petit matin. Tout était très calme.

Yun-hsi ôta son pyjama et se glissa timidement entre les draps, à côté de lui.

La chaleur du lit l'excita.

Retenant son souffle, elle attendit, mais il ne se réveilla pas. Elle se rapprocha, posa doucement une main sur son bras et attendit. Il ne bougeait toujours pas. Elle se rapprocha plus près encore, jeta un bras en travers de sa poitrine et resta ainsi. Et elle attendit.

Il s'agita un peu, dans son sommeil, et se réveilla à demi pour sentir le corps tiède et doux à côté de lui, contre lui. Sa main s'égara, se referma sur un sein et il sentit un frisson les parcourir tous les deux.

Dans la pénombre de la chambre, il hésitait au bord du sommeil. Le sein était doux, dans sa main.

Il ouvrit enfin les yeux.

Yin-hsi sourit en baissant les yeux.

Struan se souleva sur un coude.

— Sangdieu! Qu'est-ce que tu fais là?

Yin-hsi cligna des yeux, sans comprendre.

— Sup-rême Dame m'en-voie.

— Hein? grogna Struan en s'efforçant de s'éclaircir les idées.

— Suprême Dame m'envoie, Taï-pan.

— Hein? May-may? Elle est complètement folle? Allez, ouste, dehors, cria-t-il en montrant la porte.

Yin-hsi hocha la tête.

— Suprême Dame m'envoie.

— Je me fous que ce soit la reine d'Angleterre qui t'envoie, bon Dieu! Dehors!

Yin-hsi fit la moue.

— Suprême Dame m'envoie, répéta-t-elle en posant résolument sa tête sur l'oreiller.

Struan éclata de rire.

240

Yin-hsi était stupéfaite. Ma parole, Suprême Dame avait raison. Les barbares sont ahurissants. Mais je ne bouge pas de ce lit! Comment oses-tu aller dans une maison à filles et me faire perdre la face devant Taï-taï? Est-ce que je suis une vieille horreur laide et ridée? Oh non, Taï-pan! Je ne bouge pas! Je suis très jolie et je suis Seconde Sœur et Seconde Dame dans ta maison et c'est comme ça!

— Par tous les dieux, s'écria Struan en se ressaisissant. Je m'en vais épouser May-may si c'est la dernière chose que je fais! Et au diable tout le monde!

Il se rallongea et sourit à la pensée de ce que May-may et lui feraient, en Angleterre. Elle sera la coqueluche de Londres... tant qu'elle ne s'habillera pas à l'européenne. Maintenant, il faut que je rentre vite. Je pourrai peut-être abattre moi-même le ministre des Affaires étrangères! Ou bloquer Whalen! Sûr. Maintenant, la clef de Hong Kong est à Londres. Alors, je rentre — le plus tôt sera le mieux.

Il tourna la tête sur l'oreiller et regarda Yin-hsi, et la vit réellement pour la première fois. Elle était extrêmement désirable. Son parfum était exquis, sa peau délicate...

— Ah, fillette, je suis bien tenté, murmura-t-il.

Elle se rapprocha plus près encore.

45

Le *White Witch* se traîna dans la rade juste avant midi. Son mât de misaine avait été emporté et un enchevêtrement d'espars, de voiles déchirées et de haubans tordus encombrait le pont.

Brock accosta en canot alors qu'il arrivait au mouillage.

— Nom de Dieu, rugit-il, quelqu'un va payer!

Il arpenta rageusement le pont, en remarquant instinctivement, au nombre de voiles en lambeaux et sans ris sur le pont, que le navire avait porté trop de toile.

— Qu'est-ce qui s'est passé, nom de Dieu?

Michaelmas s'approcha. C'était le second du bord, un homme dur au visage grêlé de petite vérole.

— Bonjour, monsieur. J'ai remplacé M. Gorth. Le temps de savoir ce que vous vouliez. On a rencontré un grain à deux heures hors de Macao. Une foutue bourrasque de bon Dieu qu'a failli nous faire virer cap pour cap. Nous a emporté le mât et chassés à cinquante milles de notre route.

Brock serra son poing énorme et le brandit sous le nez du marin.

— T'es pas foutu de voir venir un grain? T'as jamais appris qu'on prend des ris, en cette saison?

— Sûr, monsieur Brock, répliqua Michaelmas, sans crainte. Mais la bourrasque est survenue sous le vent. Faut pas m'en vouloir pour un grain, nom de Dieu!

Le poing de Brock l'envoya contre le bordé et il s'écroula sans connaissance sur le pont.

— Pennyworth! rugit Brock au premier officier, un jeune homme trapu. Tu seras capitaine jusqu'à nouvel ordre! Mouille les ancres de tempête. On est bons pour du mauvais temps.

Brock aperçut alors Culum sur le gaillard d'arrière. Les matelots disparurent dans toutes les directions quand ils le virent enjamber des haubans cassés et gravir les quelques marches. Il domina Culum de sa masse.

— Bonjour, monsieur Brock. Je voulais...

— Où est Mrs. Brock?

— En bas, monsieur. Ce n'est pas la faute de M. Michaelmas. Et je voulais...

— Ferma ça! gronda Brock et il tourna le dos avec mépris. Culum rougit sous l'insulte. Jamais Brock n'aurait ainsi tourné le dos au Taï-pan!

— Tout le monde consigné à bord! tonna Brock. Qu'on me nettoie tout ça! Pennyworth, fais-moi dégager ce fatras un peu vite si tu veux pas être débarqué comme Michaelmas! Otezmoi ce bougre de mon navire!

Il se tourna vivement vers Culum et lui déclara d'une voix menaçante :

— Quant à vous, j'aurai deux mots à vous dire tout à l'heure.

— J'aimerais vous parler tout de suite.

— Encore un mot avant que je sois prêt et je te réduis en poussière!

Culum suivit Brock en bas, en regrettant que le Taï-pan ne soit pas là. Dieu, comment pourrais-je m'entendre avec Brock, le maîtriser? Pourquoi avons-nous été surpris par ce foutu grain?

Tess était à la porte de sa cabine. Elle sourit timidement et fit une petite révérence, mais Brock lui passa devant et poussa la porte de la grande cabine, qu'il claqua derrière lui.

— Oh mon Dieu, mon chéri, s'écria Tess en se jetant dans les bras de Culum. Dieu ait pitié de nous!

— Ne t'inquiète pas. Tout ira bien.

Culum essayait de parler posément et se maudissait de ne pas avoir de pistolet. Il alla prendre un espar à un râtelier et fit signe à Tess de rentrer dans la cabine.

— Ne t'inquiète pas, répéta-t-il. Il a fait un serment sacré. Il a promis.

— Fuyons pendant qu'il est encore temps!

— Nous ne pouvons pas, ma chérie. Mais n'aie pas peur. Il vaut mieux que nous réglions la question tout de suite. Il le faut.

— Alors, comme ça, tu as laissé Tess et ce bougre filer tous les deux, hein? dit Brock.

— Oui, répondit Liza en s'efforçant de maîtriser sa terreur. Je faisais bien attention, et j'aurais jamais pensé, mais ils l'ont fait et j'ai pas fait de faute. Mais ils sont mariés, mon gars, et y a rien que...

— C'est moi qui décide, nom de Dieu! Qu'est-ce qui est arrivé à Gorth?

Elle lui dit tout ce qu'elle savait.

— C'est Gorth qu'est allé provoquer Dirk Struan. C'est Gorth, Tyler. Il a traité le Taï-pan de noms terribles. Et il l'a frappé

243

avec le fouet. Devant tout le monde, il l'a fait, au club. J'ai dit à Gorth d'attendre, de venir ici et te chercher — mais il m'a battue et il est parti.

— Quoi?

Elle écarta ses cheveux de son oreille droite. L'oreille était enflée et noirâtre et l'intérieur était couvert de sang séché.

— Ça fait mal, tu peux pas savoir, gémit-elle en déboutonnant son corsage pour montrer sa poitrine horriblement meurtrie. C'est lui qui a fait ça. Ton fils. C'était un vrai démon d'enfer et tu le sais bien.

— Bon Dieu... Nom de Dieu, Liza. S'il... Si j'avais su ça... vaut mieux qu'il soit mort. Mais pas par des assassins et pas sans honneur, bon Dieu.

La figure de Brock était terrible. Liza se sentait prise de panique; ce n'était pas seulement pour elle qu'elle avait peur, mais encore plus pour Tess et Culum et son homme. Si Tyler s'attaquait à un démon comme Struan... Brock alla se tirer une chope de bière et Liza se félicita d'avoir eu la prévoyance de faire mettre en perce un tonnelet frais.

— Le docteur est bien sûr, pour la vérole? Ce jeune bougre?

— Il a pas la vérole et c'est pas un bougre. C'est ton gendre.

— Je le sais. Dieu le maudisse!

— Tyler, pardonne aux deux enfants. Je t'en supplie. C'est un bon garçon et il est terriblement amoureux de Tess et elle est heureuse et...

— Tiens ta langue! tonna Brock en plaquant sa chope sur la table. C'est Dirk qu'a manigancé tout ça. Je le sais. Pour me jouer un tour! D'abord il détruit mon fils aîné, et puis il me prive de marier ma fille bien comme il faut. Dieu maudisse Struan! Il m'a même volé ça!

Il reprit la chope et la jeta violemment contre la paroi.

— On ensevelira Gorth en mer aujourd'hui.

— Tyler, trésor, murmura Liza en lui effleurant le bras. Tyler, trésor, y a autre chose. Ça doit être dit. Tu dois pardonner... il y a beaucoup à pardonner. Pour Nagrek.

— Hein?

— Gorth m'a dit ce que vous lui aviez fait, à Nagrek, tous les deux. C'était terrible, mais il le méritait. Parce qu'il a couché avec Tess. Oui, il l'a fait. Mais Culum n'en sait rien, à ce qu'il paraît. Alors ta petite fille a été sauvée d'un malheur terrible.

Les muscles, autour de l'œil crevé de Brock, se mirent à tressauter nerveusement, sous le bandeau noir.

— Qu'est-ce que tu dis?

— C'est la vérité. Je te l'ai caché parce que j'avais peur. Je le lui ai caché à elle, du moins je l'ai persuadée que Nagrek était pas... qu'enfin, c'était pas de vrai, que c'était pas ça l'amour et que ça n'avait rien fait.

— Qu'est-ce que tu dis?

— C'est vrai, Tyler, s'écria Liza et puis son tourment prit le pas sur la peur. Donne-leur au moins une chance! C'est ton serment, devant Dieu! Et Dieu nous a aidés, pour Tess, ne l'oublie pas. Pardonne-leur!

Elle se laissa tomber sur une chaise devant la table, enfouit sa tête entre ses bras et se mit à sangloter. Brock bougea les lèvres, mais aucun son n'en sortit. Il traversa la coursive d'un pas lourd et se planta devant Tess et Culum.

Il vit dans les yeux de sa fille une terreur qui lui fit mal et sa douleur le rendit plus cruel encore.

— Tu as choisi d'aller contre ma volonté. Trois mois, j'avais dit. Mais tu...

— Oh Pa... Oh Pa!

— Monsieur, puis-je...

— Ferme ta gueule. T'auras à parler bien assez tôt! Et toi, Tess, tu as préféré aller courir comme une putain des rues. Très bien! Va dire adieu à ta mère. Et puis sors de ma vie, sors de notre vie et débarque avec ton homme.

— Pa, je t'en supplie, écoute...

— Va-t'en, j'ai à lui parler!

— Je ne sors pas, je ne sors pas, glapit Tess en pleurant. Et tu ne le toucheras pas! Je te tuerai! hurla-t-elle en ramassant l'espar.

Il le lui prit des mains sans qu'elle l'ait même vu bouger.

— Dehors et à terre! Va!

Brock se voyait agir comme dans un cauchemar. Il voulait pardonner, et il voulait sentir les bras de sa fille à son cou, mais un autre lui-même dépravé le poussait irrésistiblement.

— Dehors, nom de Dieu!

— Tout va bien, ma chérie, dit Culum. Va faire nos paquets.

Elle sortit de la cabine à reculons puis s'enfuit en courant.

Brock ferma la porte d'un coup de pied.

— J'ai juré de vous donner bon bord et bonne rade. Mais ça, c'était pour quand vous seriez mariés comme il faut.

— Écoutez, monsieur Brock...

— Écoutez-moi vous-même, nom de Dieu! ou je vous écrase comme une punaise! Je vous ai demandé, tout bien, d'homme à homme, si trois mois c'était d'accord. Vous avez dit oui. Mais vous n'avez pas tenu votre parole! J'ai dit « Soyez franc, mon gars ».

Culum ne répondit pas. Il priait Dieu de lui donner de la force mais il se savait battu.

— Alors, oui ou non?

— Oui.

— Alors je pense que je suis relevé de mon serment.

— Puis-je parler maintenant?

— J'ai pas fini. Vous avez triché, mais vous êtes mariés. Vous voulez répondre à une question? Devant Dieu? Alors on sera quittes.

— Naturellement.

Culum voulait expliquer à Brock l'histoire de la vérole, du bordel, et ses raisons.

— Devant Dieu?

— Oui. Je n'ai rien à cacher et...

Brock l'interrompit.

— Est-ce que votre père a manigancé tout ça? Cet enlèvement, il vous l'a fourré dans la tête? Sachant que Gorth serait furieux? Sachant qu'il rendrait Gorth si furieux qu'il irait le provoquer en public pour que votre papa puisse se battre en duel avec lui, régulier et tout? Vous avez pas besoin de répondre. C'est écrit sur votre figure.

— Oui, mais vous devez m'écouter. Il y a beaucoup...

— Je vous donne bonne rade. Mais je vais vous le dire tout net. C'est à votre père que j'en ai. Après la Noble Maison, j'en ai. Je n'aurai pas de repos qu'elle ne soit écrasée. Maintenant, votre seule rade, c'est chez Brock et Fils. Seulement là, Culum foutre de Dieu Struan! Et jusqu'à ce jour, vous êtes mort pour moi. Vous et Tess.

Il ouvrit violemment la porte.

— Vous n'avez pas écouté ma version, hurla Culum. Ce n'est pas juste!

— Parlez pas de justice! Je vous l'ai demandé en face! Trois mois! J'ai dit « Soyez franc, mon gars ». Mais malgré ça vous avez failli à votre parole. Y a pas d'honneur devant moi, par Dieu!

Il tourna le dos et s'en alla. Culum le regarda partir, déchiré de soulagement, de honte, d'angoisse et de haine.

— Ce n'est pas juste, dit-il d'une voix brisée.

Brock surgit sur le pont et l'équipage garda ses distances.

— Pennyworth!

Le premier officier quitta la bordée qui dégageait le pont des vergues cassées et des voiles déchirées et monta avec méfiance sur le gaillard d'arrière.

— Trouve-moi Struan, lui dit Brock. Dis-lui que je l'attends la Vallée Heureuse. Entre sa jetée et la mienne. Non!

Il s'interrompit et sa figure grimaça un sourire sans joie.

— Non. A la colline de la Vallée Heureuse. Et pareil comme il voulait aller contre Gorth. Compris?

— Oui, monsieur, Oui.

— Et si tu en souffles mot à tout autre que lui, par le Seigneur Dieu, je te couperai les couilles!

Brock lui tourna le dos pour redescendre et Pennyworth lui cria :

— Qui va s'occuper de remettre le navire en état?

— Toi. T'es capitaine du *White Witch*. Après que t'auras porté le message!

Struan contemplait Yin-hsi, endormie à côté de lui. Il la comparait à May-may. Et May-may à sa maîtresse chinoise de jadis, et toutes les trois à Ronalda, sa seule femme. Si différentes. Et cependant si semblables par tant de côtés. Il se demanda pourquoi les trois Orientales l'excitaient plus que Ronalda, qui avait été son amour — jusqu'à ce qu'il connaisse May-may. Et il se demanda ce que c'était que l'amour.

Les trois Chinoises avaient beaucoup en commun, une peau incroyablement soyeuse, et une sagesse, une soumission dépassant tout ce qu'il avait pu connaître. Mais la plus merveilleuse était May-may. Elle était parfaite.

Il caressa affectueusement la joue de Yin-hsi. Elle remua un peu mais ne s'éveilla pas. Sans bruit, tout doucement, il se leva et alla regarder le ciel au hublot. Il était encore plus plombé. Struan s'habilla et descendit au pont inférieur.

— Alors, dit May-may.

Elle était assise dans son lit, sa toilette faite, adorable.

— Alors, dit-il.

— Où est ma sœur?

— Sup-rême Dame m'en-voie.

— Ha, s'écria May-may. Tu n'es qu'un luxurieux coureur et tu n'adores plus ta vieille mère.

— C'est vrai, taquina Struan. Je crois que je vais t'expédier ailleurs.

Il la trouvait plus belle que jamais et son visage diaphane et amaigri était un charme de plus.

— Ayee yah! Je m'en fiche pas mal!

Il rit et la souleva dans ses bras.

— Attention, Taï-pan! As-tu bien aimé Yin-hsi? J'en suis si heureuse! Je le vois bien.

— Est-ce que ça te dirait d'être Tai-tai?

— Quoi?

— Ma foi, si ça ne t'intéresse pas, on n'en parlera plus.

— Oh non, Taï-pan! Tu veux dire Tai-tai? Vraiment Tai-tai selon les coutumes? Oh, tu te moques de moi, heya? Je t'en supplie, ne me taquine pas pour quelque chose d'aussi important!

247

— Je ne te taquine pas, May-may, dit-il en s'asseyant dans un fauteuil, sans la lâcher. Nous allons rentrer. Ensemble. Nous prendrons le premier clipper en partance et nous serons mariés sur le chemin du retour. Dans quelques mois.

— Oh! C'est merveilleux! Oh... Lâche-moi...

Il la libéra et, en chancelant un peu, elle marcha jusqu'au lit.

— Là, tu vois. Je suis presque tout à fait guérie.

— Recouche-toi vite.

— Tu veux dire vraiment mariés? Selon tes coutumes? Et les miennes?

— Sûr. Les deux, si tu veux.

Elle s'agenouilla gracieusement devant lui et se prosterna, le front sur le tapis.

— Je jure d'être digne de ta confiance.

Il la releva vivement et la mit au lit en grondant gentiment :

— Ne fais jamais ça, fillette.

— Je kowtow parce que tu m'as donné la plus énorme fantastiquement belle face du monde... Dis, tu as aimé mon cadeau d'anniversaire? C'est pour ça que tu épouses ta pauvre vieille, heya?

— Non et oui. C'est la pensée, simplement.

— Elle est charmante. Je l'aime gracieusement beaucoup. Je suis heureuse que tu l'aimes aussi.

— Où l'as-tu trouvée?

— Elle était concubine dans la maison d'un mandarin qui est mort il y a six mois. Elle a dix-huit ans, je te l'ai dit? La maison du mandarin a passé des moments difficiles alors Tai-tai a demandé à un marieur de lui trouver un bon parti. J'ai entendu parler d'elle et je l'ai convoquée.

— Quand? A Macao?

— Oh non. Il y a deux ou trois mois. A Canton. La Tai-tai de Jin-qua m'a parlé d'elle. Quand je suis devenue avec un bébé, je me suis dit Ah, très bien, je vais la faire venir. Parce que mon homme est luxurieux et coureur et au lieu de rester à la maison il ira dans les maisons des filles. Tu avais promis de ne pas y aller, mais hier soir tu es allé au bordel. Sale excrément de tortue!

— Je ne suis pas allé voir les filles. Rien qu'Aristote.

— Ha! C'est toi qui le dis! Les putains ça m'est égal, mais pas celles-là! Oh bon, très bien, cette fois je veux bien te croire.

— Merci de bon cœur.

— Yin-hsi est spéciale gentille, alors pas besoin de maisons mauvaises. Oh, je suis si heureuse! Elle chante admirablement et elle joue de nombreux instruments et elle sait bien coudre et elle apprend très vite. Je lui apprendrai l'anglais. Elle viendra en Angleterre avec nous. Et aussi Ah Sam et Lim Din. Mais... Nous reviendrons en Chine? Très souvent?

— Sûr. Peut-être.

— Bon. Nous reviendrons bien sûr... Yin-hsi est très accomplie. Elle est bien, au lit?

Les yeux de Struan pétillèrent d'amusement.

— Je n'ai pas fait l'amour, si c'est ça que tu veux dire.

— Quoi?

— J'aime choisir qui vient dans mon lit et quand.

— Elle est dans ton lit **et tu n**'as pas fait l'amour?

— Eh non.

— Je jure devant Dieu, Taï-pan, jamais je ne te comprendrai. Tu ne l'as pas désirée?

— Si, naturellement. Mais j'ai pensé qu'aujourd'hui n'était pas le jour. Ce soir, peut-être. Ou demain. Quand je le voudrai. Pas avant. Mais j'apprécie ta sollicitude.

— Je jure devant Dieu tu es pas mal beaucoup bizarre! Ou peut-être tu étais trop épuisé après les sales putains, heya?

— Allez donc!

Un coup à la porte les interrompit.

— Sûr?

Lim Din entra.

— Taï-pan? Massi là. Voir Taï-pan. Peut?

— Massi comment?

— Massi Pennyworth.

46

De l'ombre d'un pan de mur de l'église inachevée et abandonnée, Brock regardait Struan suivre le sentier serpentant au flanc de la colline. Il voyait le fer de combat roulé dans sa main et il éprouva comme une nausée. Cependant, il était heureux qu'enfin ils en fussent venus à s'affronter face à face.

Il serra la courroie de son propre fer de combat, se leva et avança au grand jour. Sa main gauche serrait le manche de son couteau.

Struan vit Brock dès qu'il eut quitté l'abri du mur et il oublia un instant le plan qu'il avait mûri. Il s'arrêta. Il oubliait tout, sauf que cet homme était son ennemi qu'il devait abattre. Avec un effort, Struan se secoua et reprit sa montée, les muscles frémissant d'impatience et d'angoisse.

Enfin, les deux hommes s'affrontèrent.

— T'as manigancé l'enlèvement et le duel, pas vrai? grinça Brock.

— Sûr.

Struan laissa se dérouler la chaîne de son arme qui cliqueta horriblement. Il dut encore faire un effort pour se rappeler ce qu'il avait projeté de dire. Brock serra les doigts sur le manche de son fouet de fer et avança d'un pas.

Seuls, les yeux de Struan bougèrent.

— Je regrette que Gorth soit mort comme ça, dit-il. J'aurais eu plaisir à le tuer.

Brock ne répondit pas. Mais il changea imperceptiblement de position; le vent d'est soulevait ses cheveux. La dague de Struan jaillit à sa main et il fléchit légèrement les genoux.

— Tess est vérolée, dit-il.

Brock sursauta.

— Elle l'est pas! Le docteur a dit que Culum avait rien!

— Les docteurs, ça s'achète, insista Struan, cédant à l'appel du sang. Elle a été vérolée, délibérément!

— Bon Dieu, tu...

Brock leva le fer de combat et se rua sur Struan. Les pointes de métal manquèrent d'un cheveu les yeux du Taï-pan. Struan recula et frappa à son tour, mais Brock avait fait un saut de côté et ils se mirent à tourner l'un autour de l'autre comme des bêtes fauves.

— Par Gorth! C'était ce que Gorth voulait! hurla Struan pressé d'en avoir fini de parler. T'entends? C'est Gorth qui a fait ça!

La tête de Brock bourdonnait. Il ne pensait qu'à une chose, tuer son ennemi.

Il y eut une nouvelle escarmouche violente et les fers de combat cliquetèrent et se heurtèrent en l'air. Brock para un coup de couteau et Struan pivota hors de portée en comprenant qu'il ne pourrait plus se maîtriser longtemps.

— Gorth a voulu la vérole!

— Tu mens, nom de Dieu!

— Gorth a fait boire de l'alcool drogué à Culum. Et un aphrodisiaque. Gorth a payé un bordel pour qu'on le fasse coucher avec une fille vérolée. Il voulait que Culum ait la vérole! Voilà ton maudit fils du diable! Compris?

— Menteur!

— Par la grâce de Dieu, Culum n'a pas la vérole. J'ai seulement dit ça pour te faire comprendre pourquoi je voulais tuer Gorth. Culum n'a rien et Tess non plus!

— Quoi?

— Sûr. C'est la vérité, devant Dieu!

— Démon! Blasphémateur! Tu mens devant Dieu!

Struan feinta et Brock recula, menaçant. Mais Struan ne leva pas son arme. Il franchit le portail de l'église abandonnée et alla jusqu'à l'autel.

— Devant Dieu, je jure que c'est la vérité!

Il se retourna, et perdit toute raison. Il n'entendait plus rien qu'un sourd grondement de sang à ses tempes, et le monde entier n'était plus que Brock et le désir frénétique de tuer. Il redescendit vers le portail, lentement.

— Gorth a assassiné une putain à Macao et une autre ici, siffla-t-il. Voilà encore une vérité. Son sang n'est pas sur mes mains, mais le tien va y être.

Brock recula à l'air, sans quitter Struan des yeux. Le vent était tombé et il comprit inconsciemment que c'était étrange, insolite. Mais il n'y prit pas garde.

— Alors... alors tu avais une raison, murmura-t-il. Je retire ce que j'ai dit. Tu avais une raison, bon Dieu.

Il était maintenant dehors, et il s'arrêta, dérouté.

— Je retire tout ce que j'ai dit, pour Gorth. Mais c'est pas ça qui règle les comptes entre toi et moi.

Sa rage le brûlait, sa fureur contre Gorth et contre Struan, et il savait maintenant qu'il devait se battre et frapper et tuer. Pour sauver sa peau.

Et puis il sentit un vent différent sur sa joue.

Brusquement, ses idées s'éclaircirent. Il se tourna vers le continent.

Struan fut décontenancé par le brusque mouvement de Brock, et il hésita.

— Le vent a changé, souffla Brock d'une voix rauque.

— Hein?

Méfiant, craignant une ruse, Struan recula. Puis il se tourna lui aussi vers le continent chinois, l'oreille tendue, goûtant le vent.

Il soufflait du nord.

Doucement, mais indiscutablement.

— Un grain, peut-être, gronda Brock.

Sa propre voix était douloureuse à ses oreilles, son cœur battait follement; toutes ses forces l'abandonnaient.

— Ça viendrait pas du nord! dit Struan, calmé lui aussi.

Mon Dieu, songea-t-il, pendant une minute j'ai été comme une bête. Sans la saute de vent...

— Typhon!

Ils contemplèrent la rade. Les jonques et les sampans regagnaient précipitamment la terre.

— Sûr, dit Struan. Mais c'est la vérité que je disais. Pour Gorth.

Brock sentit la bile dans sa bouche et cracha.

— Je te fais des excuses pour Gorth. Ouais. C'était provoqué et il est mort et c'est dommage. Ce qui est fait est fait. Je t'ai dit ce que j'avais à dire, à la Concession à Canton et j'ai pas changé. Je changerai pas plus que toi. Mais le jour où tu viendras encore contre moi avec le fouet sera le jour où rien ne nous arrêtera plus. Tu choisiras le jour, comme j'ai dit. D'accord?

Struan se sentait étrangement faible.

— D'accord.

Il recula, défit la courroie du fer de combat, rengaina sa dague, en surveillant Brock avec méfiance.

Brock rangea aussi ses armes.

— Et tu pardonneras à Tess et Culum?

— Ils sont morts devant ma face, comme j'ai dit. Jusqu'à ce que Culum appartienne à Brock et Fils et que Brock et Fils soient la Noble Maison et que je sois Taï-pan de la Noble Maison.

Struan laissa tomber par terre son fouet de fer et Brock l'imita.

En hâte, les deux hommes descendirent de la colline par des sentiers différents.

47

Toute la journée, le vent du nord fraîchit. A la nuit tombée, Queen's Town était aussi prête qu'elle pouvait l'être. Les volets étaient fermés et les portes solidement coincées et ceux qui avaient eu la prévoyance de creuser des caves bénissaient leur joss. Ceux qui vivaient dans des logements de fortune ou des cabanes provisoires cherchaient des bâtiments plus solides. Mais il y en avait peu, sauf à la Vallée Heureuse. Et peu d'hommes consentaient à courir le risque de respirer les miasmes de la nuit, bien qu'ils aient lu ce matin dans l'*Oriental Times* que la malaria était vaincue. Aujourd'hui, il n'y avait pas de cinchona.

Tous les navires étaient à sec de toile et avaient mouillé toutes leurs ancres. Ils étaient aussi éloignés que possible les uns des autres, afin de leur donner le plus d'évitage quand le vent tournerait.

Il y en avait, cependant, pour dire que puisque le vent était constant, du nord, il ne pouvait absolument pas annoncer un typhon. Jamais, de mémoire d'homme, on n'avait vu de typhon souffler seulement du nord. Un vent de typhon tournait et virait constamment.

Struan lui-même avait tendance à le penser. Jamais le baromètre n'était resté aussi haut. Et il n'y avait jamais eu de typhon sans que le baromètre baisse brusquement.

A la nuit, un crachin tomba d'un ciel bas, apportant un soulagement à la touffeur.

Struan avait soigneusement calculé les dangers. S'il n'avait eu à se soucier que de lui-même, il aurait immédiatement appareillé avec le *China Cloud* et aurait cinglé vers le sud jusqu'à ce que le vent s'abatte ou vire. Alors il aurait choisi la route la plus sûre pour la fuite. Mais un instinct qu'il ne comprenait pas lui disait de ne pas risquer la fuite en mer. Il installa alors May-may, Yin-hsi et Ah Sam dans le vaste comptoir abandonné de la Vallée Heureuse, dans ses appartements du deuxième étage. Il pensait que la pluie et le vent chasseraient les gaz nocturnes. May-may serait plus en sécurité, protégée par de la pierre et de la brique, qu'en mer ou dans une cave, et c'était tout ce qui importait.

Culum avait remercié Struan qui lui proposait de l'héberger dans le comptoir, mais répondit qu'il préférait mettre Tess à l'abri dans le bureau du capitaine du port. C'était un long bâtiment de granit bas, et Glessing avait trouvé de la place pour Tess et Culum dans ses propres appartements.

Struan leur avait raconté ce qui s'était passé sur la colline, et qu'une sorte de trêve avait été conclue. Et toute la journée, tandis qu'il prenait des dispositions en vue d'un typhon qui ne viendrait peut-être jamais, il songeait sombrement à la violence humaine.

— Qu'est-ce que tu as, Mari? avait demandé May-may.

— Je ne sais pas. Brock, moi, le typhon... je ne sais pas. Le plafond des nuages est peut-être trop bas.

— Je m'en vais te dire ce qui ne va pas. Tu penses trop à ce qui s'est passé et pire que ça, tu te fais du souci pour ce qui aurait pu se passer. Ha! Ridicule! Sois Chinois! Je te l'ordonne! Le passé est le passé. La paix est faite avec Brock. Perds pas ton temps à être abattu comme un poulet constipé! Mange des nourritures et bois du thé et fais l'amour à Yin-hsi.

Elle se mit à rire et appela Yin-hsi, qui arriva en courant, s'assit sur le lit et lui prit la main.

— Regarde-la, bon Dieu! Je lui ai déjà bien fait la leçon.

Il sourit, et se sentit revivre.

— Là! C'est mieux, s'écria May-May. Je pense à toi tout le temps, ça ne fait rien. Yin-hsi est dans la chambre à côté toute seule. Elle attend docilement toute la nuit.

— Allez donc, fillette!

Il rit, et elle se mit à parler à Yin-hsi, en chinois. Yin-hsi écouta avec beaucoup d'attention, puis elle battit des mains, regarda Struan d'un air extasié et s'enfuit en courant.

— Qu'est-ce que tu lui as dit, May-may? demanda-t-il, soupçonneux.

— Je lui ai expliqué comment tu fais l'amour. Et comment te rendre fantastical excité. Et de ne pas avoir peur quand tu cries à la fin.

— Le diable t'emporte! Je n'ai donc rien de privé?

— Tai-tai sait ce qui est bon pour son petit garçon coléreux. Yin-hsi t'attend, maintenant.

— Quoi?

— Yin-hsi. Je lui ai dit de se préparer. L'amour dans la soirée est plaisant, ça ne fait rien. Tu as oublié?

Struan rit de bon cœur.

— Merci, mais j'ai à faire, dit-il.

Il descendit et s'aperçut soudain qu'il se sentait beaucoup mieux. Sûr, c'était ridicule de s'inquiéter de ce qui était passé. Et, encore une fois, il bénit son joss de lui avoir donné May-may.

Brock avait fait démonter le mât de misaine cassé et l'avait fait solidement amarrer, par précaution. Tous les espars brisés, les haubans enchevêtrés et les lambeaux de voiles avaient été triés et rangés, et les panneaux et sabords condamnés. Il avait fait mouiller trois ancres à l'avant et à l'arrière une ancre de fortune en toile pour le garder nez au vent.

Brock avait passé une mauvaise journée. Il avait mal à la tête et dans la poitrine, et savait qu'il aurait des cauchemars la nuit prochaine. Il aurait aimé boire, à rouler sous la table, pour oublier, pour se perdre. Mais il savait que le danger n'était pas loin. Il fit une dernière fois le tour du pont luisant de pluie avec une lanterne, puis il descendit voir Liza et Lillibet.

— Voilà ton thé, trésor, lui dit Liza. Tu ferais bien de mettre quelque chose de sec. Tout est prêt, là.

Sur la couchette, la vareuse, le pantalon, le chapeau et les bottes attendaient.

— Merci, grommela-t-il en s'asseyant devant son thé.

— Pa, dit Lillibet, tu veux jouer un jeu avec moi?

Comme Brock ne répondait pas, parce qu'il n'entendait rien, elle tira le bas de sa vareuse mouillée.

— Pa, tu veux jouer avec moi, dis, s'il te plaît?

— Laisse ton père, lui dit Liza. Viens, je vais jouer avec toi.

Elle emmena Lillibet dans la cabine voisine en remerciant Dieu que la paix ait été faite entre son homme et Struan. Brock lui avait raconté ce qui était arrivé et elle remerciait le Seigneur d'avoir exaucé ses prières. Le vent est un miracle, se dit-elle. Maintenant, tout ce qu'il faut c'est de la patience. Il y viendra bien, à bénir Tess. Liza demanda à Dieu de protéger Tess et Culum, et le navire et eux tous, puis elle s'assit et se mit à jouer aux dames avec Lillibet.

Dans l'après-midi, le cercueil de Gorth avait été placé dans un canot. Liza et Brock étaient allés au large et Brock avait récité le service funèbre. Quand il eut fini, il maudit son fils et jeta le cercueil à la mer. De retour à bord, Brock s'était enfermé à double tour dans sa cabine et il avait pleuré sur son fils et sa fille. C'était la première fois qu'il pleurait depuis qu'il était homme. Il avait perdu toute sa joie de vivre.

Durant la nuit, le vent et la pluie empirèrent. A l'aube, l'averse était diluvienne mais pas effrayante et la mer grosse mais pas menaçante.

Brock avait dormi tout habillé, et il monta sur le pont en bâillant, les yeux rougis. Il vérifia le baromètre. Il n'avait pas varié. Il le tapota de l'ongle, mais l'aiguille ne bougea pas.

— Bonjour, monsieur, dit Pennyworth.

Brock grogna une vague réponse.

— C'est simplement une grosse pluie, je crois, dit-il, troublé par l'attitude apathique de Brock.

Brock inspecta le ciel et la mer. Le plafond de nuages était très bas et cachait les montagnes de l'île, mais ce n'était pas extraordinaire.

Il se força à aller à l'avant vérifier les ancres. Les aussières tenaient bon. Il y avait trois ancres et trois cordages gros comme une cuisse d'homme. De quoi tenir dans n'importe quelle tempête, se dit-il. Mais cela ne lui fit pas plaisir. Il était comme privé de sentiment.

Le *China Cloud* était bien mouillé dans la rade, la bordée de quart tassée à l'abri du gaillard d'arrière. Tous les autres navires étaient au mouillage, paisiblement, le navire amiral trônant au milieu de la rade. Quelques sampans et jonques retardataires cherchaient leur mouillage près du village flottant, dans une petite crique près de la pointe de Glessing.

Brock redescendit, au grand soulagement de Pennyworth et des hommes de quart.

— Il a vieilli depuis hier, observa Pennyworth. Il a l'air de mourir debout.

Dans la lumière grise de l'aube, Struan s'assurait que les gros volets de bois du rez-de-chaussée étaient bien fermés. Il alla consulter le baromètre. 29,8, régulier.

— Par tous les dieux, rugit-il. Tu vas tomber ou en finir avec cette foutue pluie, nom de Dieu!

— Taï-pan? Qu'est-ce que tu as? cria May-may, du palier.

— Rien, fillette. Va vite te recoucher.

May-may écoutait le crépitement de la pluie et regrettait de ne pas être à Macao où le bruit de la pluie sur le toit était doux.

— Je n'aime pas cette pluie, dit-elle. J'espère que les enfants vont bien. Ils me manquent beaucoup.

— Sûr. Va te recoucher, voilà une gentille fille. Je sors un moment.

Elle lui fit un signe affectueux de la main.

— Sois bien prudent, heya?

Struan enfila un gros manteau et sortit.

La pluie tombait en diagonale. Depuis une heure, elle ne s'était pas aggravée. De fait, pensa-t-il, elle a l'air de se calmer. Les nuages étaient très bas. Il examina le mouillage du *China Cloud*. Il est bien beau, et solidement mouillé, se dit-il.

Il rentra consulter encore une fois le baromètre. Pas de changement.

Il mangea un généreux petit déjeuner, et s'apprêta à ressortir.

— En haut! En bas! Pourquoi si impatient? Où tu vas encore, heya? demanda May-may.

— Chez le capitaine du port. Je veux voir si Culum est bien installé. En aucun cas n'ouvre les portes ou les fenêtres, Suprême Dame Tai-tai.

— Bien, Mari!

Queen's Road était presque déserte, et complètement détrempée. Mais le vent et la pluie semblaient vivifiants, et cela valait mieux que d'être enfermé dans le comptoir. C'est un peu comme le nordé de printemps en Angleterre, pensa Struan; non, même pas si fort.

Il entra dans le bureau et secoua la pluie de ses vêtements. Glessing leva les yeux.

— Bonjour. Temps bizarre, hé? Du thé?... Je suppose que vous cherchez Culum et Mrs. Struan. Ils sont allés au premier service.

— Hein?

— Ils ne vont pas tarder. C'est dimanche.

— Ah, j'avais oublié.

Glessing versa le thé, puis il alla remettre la grosse théière sur le brasero. La pièce était vaste, et tapissée de cartes. Un mât traversait le plafond aux poutres apparentes, avec un panneau de cale à côté. Des pavillons à signaux étaient soigneusement rangés dans des casiers, des mousquets au râtelier et tout était en ordre comme sur un navire.

— Qu'est-ce que vous pensez de cette tempête?

— Si c'est un typhon, nous sommes en plein sur sa route. C'est la seule réponse. Si le vent ne tourne pas, alors le tourbillon nous passera dessus.

— Que Dieu nous garde si vous avez raison.

— Sûr.

— Il m'est arrivé d'être pris dans un typhon au large de Formose. Pour rien au monde je ne voudrais revoir une mer pareille, et nous n'étions même pas dans le centre, de loin.

Une bourrasque soudaine fit claquer les volets. Ils se tournèrent vers l'indicateur de vent. Toujours du nord, régulier, inexorable.

Glessing posa sa tasse.

257

— Je vous suis endetté, monsieur Struan. J'ai reçu avant-hier une lettre de Mary. Elle m'a parlé de votre bonté, de ce que Culum et vous aviez fait pour elle. Vous surtout. Elle a l'air d'aller beaucoup mieux.

— Je l'ai vue juste avant de partir. Elle était indiscutablement dix fois mieux que la première fois que je l'avais vue.

— Elle dit qu'elle sera sur pied dans deux mois, et que vous aviez dit aux papistes que vous acceptiez d'être responsable pour elle. Naturellement, c'est moi que cela regarde, à présent.

— A votre aise. Ce n'est qu'une formalité.

Struan se demanda ce que ferait Glessing s'il apprenait la vérité sur Mary. Et il s'en apercevrait, naturellement. Comment May-may pouvait-elle croire que non?

— Qu'est-ce que le médecin a dit qu'elle avait?

— Une maladie d'estomac.

— C'est ce qu'elle m'écrit. Encore une fois, merci.

Glessing déplaça des papiers sur son bureau, repoussa sa tasse, essuya une goutte de thé sur le bois ciré.

— Culum m'a dit, je crois, que vous étiez dans la Royal Navy, dans votre enfance. A Trafalgar. J'espère que vous me pardonnerez de poser la question, mais mon père a eu l'honneur d'y être aussi. Je me demandais sur quel navire vous serviez. Il était officier d'ordonnance de l'amiral Lord Collingwood à bord...

— Du *Royal Sovereign*, acheva Struan à sa place. Sûr. J'étais à bord.

— Dieu de Dieu!

Glessing en avait le souffle coupé. Struan avait fait exprès de le lui cacher; il savait qu'ainsi il avait toujours un atout dans la manche, au cas où il aurait besoin de s'assurer le soutien de Glessing.

— Sûr. Naturellement, je ne me rappelle pas votre père, j'étais moussaillon aux poudres et à moitié mort de peur. Mais l'amiral était à bord, et j'étais sur le *Royal Sovereign*.

— Dieu de Dieu, répéta Glessing. Un équipage de huit cent trente-six hommes et le futur Taï-pan de la Noble Maison. Pas étonnant qu'on ait eu la victoire, mordieu!

— Merci. Mais je n'avais pas grand-chose à voir dans la bataille.

— Bon Dieu, Taï-pan — si vous permettez que je vous appelle ainsi — je trouve ça admirable. Je suis très heureux. Si, si, heureux. Ma parole! Je ne pouvais pas vous voir, comme vous le savez. C'est fini, ça. Je persiste à penser que j'ai pris la bonne décision à la bataille de Chuenpi, mais je comprends maintenant que cet âne bâté de triste fausse couche de Longstaff avait raison quand il disait que si j'avais été vous, et si vous aviez été moi nos attitudes auraient été les mêmes.

— Pourquoi en voulez-vous à Longstaff?

La figure de Glessing se ferma.

— Le foutu bougre a eu l'impertinence d'intervenir dans les affaires navales! Il a « suggéré » à l'amiral de me renvoyer en Angleterre! Grâce à Dieu, l'amiral est de la Royal Navy et le bougre est saqué! Et puisque nous parlons d'imbéciles, vous avez certainement lu le journal hier soir. Ce bâtard fieffé de Cunnington! Comment ose-t-il prétendre que Hong Kong est un maudit rocher stérile sans même une maison? Quel infernal toupet! La plus belle rade du monde! Comment ose-t-il dire que nous ne connaissons rien à la mer?

Struan se rappela le premier jour — mon Dieu, il n'y avait que six mois? — et il comprit qu'il avait eu raison. Glessing sombrerait peut-être avec Hong Kong, mais il se battrait jusqu'à la mort pour protéger la pointe de Glessing.

— Le nouveau, Whalen, sera peut-être de l'avis de Cunnington?

— Pas si j'ai mon mot à dire! Ou l'amiral. Il a failli tomber d'apoplexie en lisant ça. C'est normal. Regardez la flotte. Bien mouillée et aussi abritée que dans la baie de Portsmouth. Où diable serions-nous un jour comme aujourd'hui, sans Hong Kong? Dieu du ciel! Je serais mort de peur si j'étais mouillé à Macao. Il nous faut Hong Kong et voilà tout. Même cet imbécile de général a vu clair, une fois dans sa vie, et il est entièrement d'accord...

Il continua un moment sur ce ton, maudissant Cunnington et Longstaff, au grand amusement de Struan.

La porte s'ouvrit et la bourrasque entra avec Tess et Culum, tout joyeux malgré le mauvais temps.

— Tiens, bonjour, Taï-pan. Glessing, vieux, nous pouvons avoir du thé? Nous avons fait une prière en votre honneur.

— Merci... Servez-vous.

Tess fit sa révérence à Struan et ôta sa cape trempée.

— Vous êtes bien jolie ce matin, Mrs. Struan.

Elle rougit, baissa les yeux et alla prendre la théière.

— Vous avez l'air assez heureux, tous les deux.

— Oui, nous le sommes, assura Culum. Nous avons rendu grâce à Dieu. Et d'avoir envoyé le changement de vent.

— Tu ne veux pas changer d'avis, petit? Venir à la résidence?

— Non, merci, nous sommes en sécurité ici.

Struan remarqua une petite boîte d'argent et de pierreries pendant en breloque à la chaîne de montre de Culum.

— Qu'est-ce que c'est que ça, petit?

— Un souvenir. Tess me l'a donné.

La petite boîte contenait les vingt souverains de Brock et Culum éprouva un nouveau pincement de culpabilité, parce qu'il n'avait pas avoué leur signification à Tess. Il avait mis les pièces d'or dans la boîte après qu'ils furent descendus du *White Witch* pour la dernière fois, pour qu'elles lui rappellent Tyler Brock, et qu'il n'avait pas été juste, en lui refusant de le laisser s'expliquer.

— C'était à ma grand-mère, dit Tess. Ce n'est pas un bien beau cadeau de noces, mais une fille qui n'a pas de dot...

— Ne vous souciez pas de ça, fillette. Vous faites partie de la Noble Maison. Quand allez-vous emménager dans votre maison à vous?

— Dans trois semaines, répondirent en chœur Culum et Tess, et ils éclatèrent de rire.

— Très bien. Nous fêterons ça. Bon, à plus tard.

— Regardez-moi ce fou, Taï-pan! s'écria Glessing, qui braquait sa longue-vue sur un lorcha ballotté dans le chenal est, voiles carguées ou presque.

— Qu'est-ce qu'il fait? Ce n'est pas un jour à se promener en mer, bon Dieu, grommela Struan.

— Avec votre permission, monsieur Struan, je vais lui signaler de s'amarrer à votre jetée de la Vallée Heureuse. Il aurait du mal à venir mouiller par ici, et votre wharf est dégagé.

— Sûr, avec plaisir. Qui est-ce?

— Lorcha naval. Battant le pavillon du Capitaine Surintendant adjoint, dit Glessing en refermant son télescope. Son capitaine a besoin de se faire soigner. Quitter Macao par un temps pareil! Ou alors M. Monsey est diablement pressé. Qu'en pensez-vous?

Struan sourit.

— Je ne suis pas devin, capitaine Glessing.

Le capitaine du port donna des ordres à un marin qui se hâta de glisser les pavillons sur une drisse. Puis il ouvrit le panneau du plafond. De la pluie tomba dans le bureau tandis que le signal était envoyé.

— Où est Longstaff? demanda Struan.

— A bord du navire amiral. Je dois avouer que je serais plus heureux à flot, moi-même.

— Pas moi, déclara Culum.

— Oh, mon Dieu, non, s'exclama Tess.

Struan avala son thé.

— Eh bien, je m'en vais. Vous savez où je suis, si vous avez besoin de moi.

— Mais... ce n'est pas dangereux, Taï-pan? demanda Tess. La fièvre de la Vallée Heureuse et tout? De rester là-bas?

— Le vent et la pluie chasseront les gaz empoisonnés, allez, assura Struan avec une confiance qu'il n'éprouvait pas.

— N'oublie pas, Tess, qu'il reste du cinchona, et que bientôt nous en aurons tant que nous voudrons. Taï-pan, je trouve que cette entreprise est magnifique. Un service rendu à l'humanité!

Struan avait parlé à Culum de son accord avec Cooper avant la publication de la nouvelle dans le journal. Il avait aussi encouragé Culum à passer le plus de temps possible chez les Américains; plus il envisageait une association entre Cooper et Culum, plus l'idée le séduisait.

— Jeff est très intelligent et habile, petit. Ça te plaira de travailler avec lui, dit-il en enfilant son manteau de pluie. Bon, cette fois je m'en vais. Écoutez, vous deux. Ne vous souciez pas de Brock. Ne vous inquiétez pas pour votre père, petite. Je suis sûr qu'il se radoucira si vous lui en laissez le temps. Laissez-lui le temps, simplement.

— Je l'espère, murmura Tess, je l'espère de tout mon cœur.

En sortant, Struan s'arrêta devant le baromètre.

— Doux Jésus Dieu, s'écria-t-il. Il a baissé à 29,5!

Angoissé, Glessing regarda l'heure. Il était presque dix heures.

— Il est tombé de près d'un demi-pouce en une demi-heure!

Il griffonna une note sur le tableau de la pression et suivit Struan, qui avait couru dehors.

Un quart de l'horizon, à l'est, était noir, et il n'y avait plus de division entre le ciel et la mer. Le vent était plus violent, irrégulier mais toujours plein nord, et la pluie redoublait.

— Le voilà, pas de doute, dit Struan entre ses dents. Claque-murez-vous tous!

Il se mit à courir le long de Queen's Road, vers la Vallée Heureuse.

— Rentrez! Tess! Culum! cria Glessing.

Il claqua la porte et poussa les verrous.

— Quoi que vous fassiez, n'ouvrez aucune porte ni fenêtre jusqu'à nouvel ordre!

Il rabattit les mantelets sur les hublots et vérifia soigneusement toutes les fermetures. Struan avait raison. Le tourbillon allait passer juste au-dessus d'eux.

— Je suis heureux que vous ayez fait la paix avec votre père, Culum. Et maintenant, je crois qu'il serait temps de déjeuner, dit-il d'une voix rassurante. Mrs. Struan, peut-être voudriez-vous donner des ordres?

48

Struan courait, aussi vite qu'il le pouvait. Quelques coolies de chaises à porteurs se hâtaient vers Tai Ping Shan et de rares Européens cherchaient un abri. A travers le rideau de pluie, Struan aperçut le lorcha de la marine dans la rade, à sa hauteur, cinglant vers la Vallée Heureuse en prenant des ris. La mer bouillonnante était d'un gris vert terne. La ligne sombre d'un grain courait à une vitesse incroyable en travers de la rade; son extrémité cueillit le lorcha, arracha sa grand-voile et le fit virer cap pour cap. Struan se planta les jambes écartées, penché en avant, et le grain l'enveloppa. Cela ne dura que quelques secondes, mais il sentit le coup de fouet cinglant du vent chargé de pluie et faillit être jeté par terre. Lorsqu'il put enfin ouvrir les yeux, il se tourna vers la mer. Chose ahurissante, le lorcha était toujours à flot, sur le flanc, et se traînait encore avec sa seule misaine et les lambeaux de la grand-voile en bannière.

Struan se remit à courir. Il arriva sur sa jetée de la Vallée Heureuse à temps pour voir les rouleaux aux crêtes blanches soulever le lorcha et le projeter contre les pilotis. Un matelot sauta du plat-bord avec une amarre mais il glissa et tomba entre le wharf et le bateau. Il réussit à se cramponner des deux mains au bord de la jetée, mais la mer projeta le lorcha contre lui et il fut coupé en deux. Quand le bateau s'écarta, il avait disparu.

Struan héla les matelots affolés et se rua en avant. Un marin lui lança l'amarre et il réussit à l'assurer autour d'une bitte. Un autre matelot, risquant sa vie, sauta sur la jetée avec l'amarre arrière et réussit à prendre pied sans mal.

La mer se soulevait, le lorcha et les pilotis hurlaient et puis le bateau fut amarré solidement et les hommes sautèrent à terre.

— Au comptoir! leur cria Struan en s'élançant et en leur faisant signe de le suivre.

Il courut vers la grande porte, réussit à l'ouvrir et le vent faillit l'emporter. L'équipage de huit hommes se précipita à l'intérieur en jurant et en remerciant leur chance.

Struan se dépouilla de son manteau ruisselant, puis il reconnut Horatio et Monsey.

— Dieu de Dieu! Qu'est-ce que vous faites là, Horatio? Bonjour, monsieur Monsey.

— Je croyais... que nous ne reverrions jamais la terre, souffla Monsey.

Horatio, haletant, s'appuya au mur et vomit.

La porte se rouvrit et dans un tourbillon de vent et de pluie le capitaine — un jeune lieutenant — entra d'un pas rageur et s'ébroua comme un gros chien. Struan courut claquer la porte.

— Par le bon Dieu de Moïse! s'écria l'homme en s'adressant à Struan. Vous avez vu ce ciel?

— Bon Dieu, que diable foutiez-vous en mer par un temps pareil? Vous n'étiez donc pas foutu de lever les yeux avant de quitter Macao?

— Si, par Dieu! Mais j'ai reçu l'ordre d'aller à Hong Kong, alors je suis allé à Hong Kong! Nous sommes entre les mains d'un fou furieux.

— Hein?

— Ce foutu fumier de Capitaine Surintendant du Commerce, Sir nom de Dieu Clyde mes fesses Whalen! Ce foutu crétin de bougre d'Irlandais a bien failli nous faire perdre corps et biens. Je lui ai dit qu'il y avait du mauvais temps et il a regardé le ciel et m'a répondu tranquillement : « Bien assez de temps pour arriver là-bas. Je vous donne l'ordre de prendre la mer! » Merci, mon Dieu, pour Hong Kong!

— Comment est la mer, au large?

— Une heure de plus et nous n'arrivions jamais. Des vagues de huit, dix, douze mètres. Mais ce foutu vent! Il ne vire pas, il ne tombe pas. C'est impossible! C'est un typhon, ou non? Comment est-ce possible?

— La tempête est en route à l'est et nous sommes en plein sur son chemin, petit.

— Dieu nous garde!

— Faites comme chez vous. Je vais voir si on peut servir du thé et du rhum à tout le monde.

— Merci, dit le jeune homme. Pardonnez-moi mon éclat.

Struan alla rejoindre Monsey et Horatio.

— Pouvez-vous monter un étage, monsieur Monsey?

— Oui. Merci, Taï-pan. Vous êtes très prévenant.

— Aidez-moi à faire monter Horatio.

— Certainement. Je ne sais pas du tout ce qu'a ce pauvre garçon. Il gémit et marmonne des mots incohérents depuis le départ de Macao. Fort singulier.

263

— C'est la peur, jugea Struan.

Ils aidèrent Horatio à ôter son manteau trempé. Sa figure était grisâtre, et il était pratiquement incapable de se tenir debout. A eux deux, Monsey et Struan le portèrent dans l'escalier et l'allongèrent sur un canapé, dans l'aile ouest, dans les anciens appartements de Robb.

Struan ouvrit la desserte et servit du cognac. Monsey prit son verre d'une main tremblante et le vida d'un trait. Il en accepta un second.

— Merci.

— Faites-en boire à Horatio. Je reviens tout de suite.

Struan traversa toute la longueur de l'immeuble et gagna ses propres appartements au bout de l'aile est.

May-may, Yin-hsi et Ah Sam jouaient au mah-jong devant une petite table dans le grand salon. Des lanternes étaient allumées et les flammes dansaient joyeusement.

— Ah, Taï-pan.

May-may prit une des petites pièces de bambou et d'ivoire et la plaqua rageusement sur la table.

— Oh, jour maudit, Taï-pan! Mon joss est terrifical mauvais. Je n'ai pas gagné une seule partie. J'ai perdu quatre cents taels et nous jouons depuis des heures. Malheur, malheur, malheur! Je suis heureuse de te voir, ça ne fait rien.

La pluie crépitait contre les volets et le vent hurlait.

— Maudit bruit! Tu peux me prêter des taels? Je suis impauvrie.

— Je te les retiendrai sur ton argent de poche. Retourne à ton jeu, fillette, dit Struan en riant. Nous avons de la compagnie, en bas et partout, alors ne sors pas.

— Pour quoi faire sortir?

Struan retourna chez Robb.

Monsey avait meilleure mine. Il avait ôté ses vêtements mouillés et s'était enroulé dans une couverture. Horatio dormait d'un sommeil agité.

— Dieu nous a sauvés à temps, Taï-pan, dit Monsey.

— Pourquoi diable avez-vous quitté Macao? C'était chercher les ennuis. Vous devriez bien avoir vu le temps!

— Affaires officielles, Taï-pan, ricana Monsey. Son Excellence Impériale Whalen est arrivé hier soir par frégate. Il m'a ordonné de gagner Hong Kong avec une dépêche pour l'ex-plénipotentiaire. Par ce temps, s'il vous plaît! Comme si un jour ou deux y changeaient quelque chose! Je n'ai pas eu le cœur de lui dire que la « grande nouvelle » avait déjà été publiée dans notre journal.

— Comment est-il?

— Je dirais qu'il est assez éprouvant. Il est arrivé en rade de Macao vers minuit, à bord d'une frégate, sans être annoncé.

Quatre minutes plus tard, j'étais convoqué à bord. Il m'a présenté ses lettres de crédit, m'a donné à lire la dépêche du ministre des Affaires étrangères — c'est, mot pour mot, l'article de Skinner; on se demande comment ces foutus journalistes se procurent des documents secrets, hé? — et il m'a ordonné de partir à l'aube pour porter immédiatement la dépêche à Longstaff. Il dit qu'il arrivera à Hong Kong au plus tôt, que Longstaff doit partir sur l'heure. Que je devais voir l'amiral et le général et les prévenir que tout doit être préparé pour un départ immédiat dans le nord. Un Irlandais! Que voulez-vous que je vous dise de plus?

Monsey se laissa tomber dans un fauteuil.

— Pourquoi n'est-il pas venu directement ici?

— Peux pas voir deux plénipotentiaires en même temps, c'est contraire au règlement, monsieur Struan. Le protocole, voyons, qu'en faites-vous? Je dois immédiatement prendre la relève de Longstaff. Dès qu'il aura quitté la rade j'en informerai Son Excellence. Alors il arrivera.

Une rafale de vent s'abattit contre les volets et les secoua.

— Au diable le bonhomme. Il a failli causer ma mort. Les choses vont drôlement marcher en Asie, avec lui à la tête des affaires. La première chose qu'il a dit, c'est : « Ce maudit rocher peut couler, en ce qui me concerne. » Mon Dieu! Si ça ne vous fait rien, je vais aller me reposer un moment. Je ne me sens pas moi-même.

Horatio se remit à gémir et puis il vomit.

— Donnez-lui encore du cognac, conseilla Struan. Il y a une chambre à coucher, à côté.

Il descendit voir comment allait l'équipage du lorcha. Les hommes avaient déjà trouvé les provisions et l'alcool. Ceux qui ne mangeaient et ne buvaient pas dormaient, ou s'y efforçaient.

Le baromètre marquait 29,1, et continuait de baisser.

— Dieu de Dieu, ça fait plus de trois dixièmes de pouce à l'heure, soupira le jeune lieutenant. Ah, au fait, monsieur Struan, je suis le lieutenant Vasserly-Smythe, de la Royal Navy.

Struan serra la main tendue.

— Merci de nous donner asile.

Une fenêtre au nord s'ouvrit brusquement et le vent chassa la pluie jusqu'au milieu du vestibule. Trois matelots coururent refermer les volets et la fenêtre.

— Je crois que je vais jeter un coup d'œil à mon navire, dit le lieutenant.

— Par ici, alors.

Struan le conduisit dans un couloir, vers une fenêtre aux volets solidement clos, mais qui était à l'abri du vent du nord. Il l'ouvrit avec prudence et regarda dehors.

Le *China Cloud* et le *Resting Cloud* étaient solidement mouillés et ne semblaient pas souffrir. Les rouleaux soulevaient le lorcha du lieutenant qui grinçait et se heurtait aux pilotis. A l'est, il n'y avait pas d'horizon. Rien que du noir. Et ce noir se ruait vers eux.

— Votre bateau va aussi bien que possible, lieutenant.

— Oui.

Le lieutenant jeta un dernier regard effrayé à l'est et referma les volets.

— C'est mon premier commandement, dit-il. Je ne suis dans ces eaux que depuis quelques mois. Qu'est-ce qui se passe, dans un typhon?

— Les Vents Suprêmes sortent de la bourrasque pour vous attaquer.

— Quels sont-ils?

— Des rafales. Des grains. On les appelle parfois les Vents du Diable.

49

Le premier des Vents Suprêmes balaya la rade une heure plus tard et tomba sur le *Resting Cloud*. Ses cordages se rompirent net et le navire s'en alla dériver dans les ténèbres. Mauss, dans une des cabines, leva les yeux de sa bible et remercia Dieu de ses bienfaits, et pour Hung Hsiu-ch'uan. Le vent fit virer le *Resting Cloud* cap pour cap, projetant Mauss sans connaissance contre la paroi et le navire fut poussé par le travers vers la terre. Le *Boston Princess* de Cooper-Tillman se trouvait sur son passage. Les deux navires entrèrent violemment en collision et le beaupré du *Resting Cloud* emporta une partie du château du *Boston Princess* avant de se briser. Le navire reprit sa course folle, l'arrière tourné vers l'île. La tempête le projeta dans le village flottant, écrasant des dizaines de sampans, et l'envoya échouer sur les rochers. Des centaines de Chinois se noyaient, et ceux qui étaient encore à l'abri sur leurs sampans se terraient sous leurs légers toits de bambou. Mais le Vent Suprême suivant arracha les toits et avec eux de nombreuses familles.

A bord du *Boston Princess*, Jeff Cooper se releva péniblement du plancher de la cabine principale et alla aider Shevaun. La tempête redoublait de violence mais les amarres tenaient bon.

— Vous n'avez rien? hurla Cooper dans le tumulte.

— Je ne crois pas. Oh mon Dieu, protégez-nous!

— Restez là.

Cooper ouvrit la porte de la cabine et se traîna sur le pont un instant, dans un enfer de violence. Mais la pluie horizontale et le vent le chassèrent en bas. Il descendit trois ponts au-dessous et suivit une coursive vers la cale. Avec une lanterne, il regarda autour de lui. Là où le *Resting Cloud* les avait heurtés, la paroi de bois était enfoncée et les joints commençaient à céder. Cooper remonta auprès de Shevaun.

— Tout va bien, dit-il pour la rassurer. Tant que nous ne romprons pas les amarres.

Un Vent Suprême frappa la pointe de Glessing et brisa le mât du drapeau, le projetant comme un javelot dans le bureau du capitaine du port.

Le mât traversa le mur de granit et coupa le bras de Glessing au coude, puis continua sa course à travers le mur opposé, en jetant Culum à terre et faisant cascader sur Tess des briques et des charbons ardents du brasero avant de tomber.

Le vent et la pluie se ruèrent par les trous des murs. La robe de Tess avait pris feu. Culum se précipita et étouffa les flammes avec les mains.

Quand il eut tout éteint, il prit Tess dans ses bras. Elle avait perdu connaissance. Sa figure était livide, ses cheveux en partie brûlés. Il lui arracha sa robe et l'examina. Elle était brûlée dans le dos.

Culum entendit hurler. Il se retourna et vit Glessing, le sang jaillissant de son moignon, et, de l'autre côté de la pièce, l'autre moitié de son bras. Culum voulut avancer, mais ses jambes refusèrent de lui obéir.

— Faites quelque chose, Culum! hurla Glessing.

Il se ressaisit, s'empara d'une brisse de pavillon, fit rapidement un garrot au bras et arrêta l'hémorragie. Il hésita un instant, en se demandant ce qu'il fallait faire, et puis il se rappela son père, quand Sergueyev avait été blessé.

— Nettoyer la plaie, dit-il à haute voix. Voilà ce qu'il faut faire. Et puis la cautériser.

Il trouva la théière. Il restait encore de l'eau dedans. Il s'agenouilla près de Glessing et se mit à laver la blessure.

— Bougez pas, vieux, marmonna-t-il, l'horrible souffrance de Glessing lui déchirant les entrailles.

Tess gémit en reprenant connaissance. Elle se releva tant bien que mal dans le vent qui faisait danser des papiers, des pavillons et de la poussière, et l'aveuglait. Et puis sa vision s'éclaircit et elle poussa un hurlement aigu.

Pris de panique, Culum sursauta et se retourna. Il la vit qui regardait fixement le bras arraché.

— Viens m'aider! Les pincettes! glapit-il dans le fracas de la tempête.

Elle hocha la tête et recula, comme une folle, sans quitter le bras des yeux et puis elle se mit à vomir.

— Trouve-moi les nom de Dieu de pincettes! rugit Culum. Tu seras malade après!

Tess se redressa, choquée par la voix dure de Culum. Elle chercha les pincettes.

— Nom de Dieu, dépêche-toi!

Elle finit par les trouver et, dans un cauchemar, les tendit à Culum.

Il prit un charbon ardent avec les pincettes et l'appliqua sur la blessure. Glessing hurla et s'évanouit. La puanteur de chair grillée était intolérable. Culum lutta contre la nausée jusqu'à ce que le moignon soit tout à fait cautérisé.

Et puis il se détourna et fut atrocement malade.

Brock leva les yeux du baromètre. Le navire vibrait, le bois grinçait et protestait.

— 28,2, Liza! Il n'a jamais été aussi bas!

Liza tenait Lillibet contre elle et s'efforçait de maîtriser sa terreur.

— Je me demande où est Tess. Mon Dieu, protégez-la!

— Ouais, grommela Brock.

Il y eut un assourdissant grincement de bois et le navire frémit tout entier, mais il se redressa.

— Je m'en vais sur le pont!

— Reste ici! Pour l'amour de Dieu, ne va pas risquer...

Elle se tut, car il était déjà parti.

— Maman, sanglota Lillibet, quand ça va s'arrêter?

— Bientôt, ma chérie, dans quelques minutes. C'est fini.

Brock sortit prudemment la tête du panneau de l'échelle sous le vent du gaillard d'arrière. Il haussa le cou pour voir les mâts. Ils étaient courbés comme des brindilles. Un monstrueux craquement retentit et sous ses yeux l'étai de grand-mât se fendit.

— Parer à la manœuvre! hurla Brock. Bordée bâbord sur le pont!

Un Vent Suprême fonça du nord en hurlant et un hauban claqua, puis un autre et encore un autre. Le grand mât se cassa à ras du pont et se jeta dans le mât de misaine et les deux mâts, les vergues, les haubans et le gréement s'écroulèrent sur le pont, écrasant l'échelle du gaillard d'arrière. Le *White Witch* prit une gîte terrible.

Brock se dégagea de l'enchevêtrement de voiles carguées et de haubans et hurla à son équipage pétrifié :

— Sur le pont, racaille! Nom de Dieu, pour vos vies! Jetez les mâts par-dessus bord ou nous sommes perdus!

Il aiguillonna ses hommes et, cramponné d'une main, secoué par les rafales, aveuglé par le vent, il se mit à sabrer frénétiquement les haubans, en se rappelant cet autre typhon qui lui avait coûté un œil, en priant Dieu de lui conserver son œil

269

restant, que Tess fût en lieu sûr, que Liza et Lillibet ne périssent point en mer.

Les échafaudages de la nouvelle ville avaient été emportés depuis longtemps. Un Vent Suprême se rua sur la plage, démolissant ce qui restait des tentes des soldats et saccageant le chantier naval. Il emporta les bars et les tripots et les bordels des docks et il aplatit l'établissement de Mrs. Fotheringill, ensevelissant dans les décombres Aristote Quance et pulvérisant ses tableaux. Puis il se trancha une route droite comme une flèche dans les taudis de Tai Ping Shan, fit disparaître une centaine de familles et balaya les débris à deux kilomètres de là sur les contreforts de Peak.

Dans un très profond souterrain, sous la colline de Tai Ping Shan, Gordon Chen se terrait dans l'abri secret qu'il avait fait construire et se félicitait de sa prévoyance. La cave était creusée dans le roc, et très solide, et bien qu'il sût que sa maison, au-dessus, avait disparu, il se rappelait joyeusement que ses biens les plus précieux étaient là, en sécurité, et que la maison pourrait facilement être reconstruite. Ses yeux errèrent sur ses registres en tas, ses dossiers de titres de possession de terrains, ses billets à ordre, ses reçus, ses hypothèques, ses coffres d'argent en lingots ou en pièces, ses coffrets de jade, ses pièces de soie inestimable, ses tonneaux de vins fins. Et sur sa concubine, Fleur Précieuse. Elle était confortablement installée sous des couvre-pieds du duvet le plus fin, soutenue par des coussins de soie, sur un grand lit poussé contre une des parois. Il se versa encore une minuscule tasse de thé, puis il alla s'étendre auprès d'elle.

Tu es un garçon très astucieux, se dit-il.

Le vent et la pluie assenaient leurs coups de boutoir sur le mur nord du comptoir de Struan, à la Vallée Heureuse, et de temps en temps un des Vents du Diable essayait de tirer dessus. Mais à part un frémissement, de temps en temps, et le bruit infernal, la bâtisse tenait bon.

Struan allumait un cigare. Il avait horreur d'être là, enfermé, et de ne pouvoir rien faire.

— Tu fumes trop, lui cria May-may dans le tumulte de la tempête.

— Fumer calme les nerfs.

— Sale habitude puante. Puante.

Il ne dit rien, et alla de nouveau consulter le baromètre.

— Pourquoi faire tu regardes ça toutes les dix minutes?

— Il me dit où est la tempête. Quand il s'arrêtera de baisser, le tourbillon sera sur nous. Ensuite, il remontera. Je crois.

— Je ne suis pas très plaisamment heureuse d'être ici, Taï-pan. Ce serait bien mieux à Macao.

— Je ne crois pas.

— Quoi?

— Je ne crois pas!

— Oh. Il nous faut encore dormir ici ce soir? demanda-t-elle, lasse de hurler. Je ne veux pas que Yin-hsi, ou toi, ou même cet excrément de tortue d'Ah Sam attrapent la fièvre.

— Je crois que nous ne risquons rien.

— Quoi?

— Nous ne risquons rien!

Il regarda l'heure. Deux heures vingt. Mais quand il mit un œil à une fente du volet, il ne vit rien. Rien qu'un vague mouvement dans les ténèbres et des stries de pluie horizontales sur les carreaux. Il se félicita d'être sous le vent. Ce coin de la résidence donnait à l'est, au sud et à l'ouest, et il était protégé ainsi de la pleine violence du vent. Et Struan se félicitait d'être à terre. Aucun navire ne pourra survivre à ça, pensa-t-il. Aucune rade au monde n'est assez sûre pour protéger les flottes d'une telle force de Dieu. Je parie que Macao en subit sa part. Pas de protection, là-bas. Je parie que la moitié des navires sont en pontons et dix mille jonques et sampans par le fond sur cinq mille milles de côte. Sûr. Et le navire envoyé au Pérou? Je parie qu'il s'est trouvé sur son passage et qu'il est allé par le fond, le frère Sébastien avec.

— Je vais voir les autres.

— Reviens vite, Taï-pan.

En longeant le couloir, il vérifia les fermetures des volets. Puis il traversa le palier et redressa distraitement un tableau de Quance avant d'entrer dans l'ancien appartement de Robb.

Horatio était assis dans la pénombre, sur ce même fauteuil de rotin où Sarah avait été assise, il y avait, semble-t-il, si longtemps, et dans la pauvre lumière vacillante des lanternes, Struan crut un instant revoir sa belle-sœur.

— Bonjour, Horatio. Où est Monsey?

Horatio regarda Struan sans le reconnaître.

— J'ai trouvé Ah Tat, dit-il, d'une voix bizarre.

— Je n'entends pas, petit. Faudra crier.

— Ah Tat. Je l'ai retrouvée. Oh oui.

— Hé?

Horatio se mit à rire, d'un rire hideux, comme si Struan n'était pas là.

— Mary s'est fait avorter. Elle n'est qu'une sale putain de sales mécréants de païens et elle l'est depuis des années.

— Ridicule! Vous êtes fou, petit. Ça ne tient pas debout. Faut pas croire ça, dit Struan.

— J'ai retrouvé Ah Tat et je lui ai fait cracher la vérité à coups de fouet. Mary est une sale catin de Chinois et elle portait un bâtard chinois en elle. Mais Ah Tat lui a donné le poison pour assassiner le bâtard.

Horatio poussa un hurlement de rire et poursuivit, en entrecoupant son récit de ricanements hideux :

— Mais j'ai retrouvé Ah Tat et je l'ai battue jusqu'à ce qu'elle me dise la vérité. Elle était la maquerelle de Mary. Mary s'est vendue aux païens. Glessing n'épousera jamais une pute à Chinois. Alors elle sera de nouveau à moi. Rien qu'à moi. Je lui pardonnerai tout si elle rampe à mes genoux.

— Horatio! Horatio!

— A moi. Elle sera toute mienne. Comme quand nous étions petits. Elle sera de nouveau à moi. Je lui pardonnerai.

Une rafale du diable plus brutale encore secoua la bâtisse, suivie d'une autre, d'une autre encore, et il leur sembla qu'ils étaient au centre de dix mille maelstroms en furie. Struan entendit voler en éclats des volets et des fenêtres. Il s'élança et courut dans le couloir vers ses appartements. May-may et Yin-hsi étaient pelotonnées dans le lit et Ah Sam, pétrifiée, gémissait faiblement. Struan courut au lit et prit May-may dans ses bras. Les rugissements incroyables redoublèrent de violence.

Brusquement, la tempête cessa.

Ce fut le silence.

Du jour commença de filtrer par les fentes des volets, et devint plus brillant, plus éblouissant de seconde en seconde.

— Qu'est-ce qui s'est passé? demanda May-may, sa voix résonnant étrangement dans le silence stupéfiant.

Struan la posa sur le lit et alla à la fenêtre. Après avoir prudemment regardé par une fente, il ouvrit, lentement, et poussa les volets. Le soleil éclatant lui fit mal aux yeux. L'air était chaud, sec, léger.

Il contempla la rade, avec incrédulité.

Le *China Cloud* était toujours à son mouillage. Le *White Witch* était démâté, les bouts de ses haubans pendant pardessus bord. Le *Resting Cloud* était échoué à la pointe de Glessing. Le lorcha était toujours bien amarré à la jetée de la Compagnie. Il aperçut une frégate échouée la quille en l'air, très haut au-dessus des vagues. Mais le reste de la flotte, les transports de troupes et les navires marchands étaient encore mouillés, intacts.

Au-dessus, c'était un grand ciel bleu, du soleil, de légères plumes de nuages blancs. Mais dans la rade la mer était devenue folle. Des vagues pyramidales jaillissaient et se heurtaient et retombaient en désordre, et Struan vit le *China Cloud* embarquer des paquets de mer par bâbord et tribord et à l'avant et à l'arrière en même temps. Au loin, un écran de nuages noirs gigantesques, en demi-cercle, montait de la mer et se dressait majestueusement à deux mille mètres d'altitude.

Et, par-dessus tout cela, si l'on écartait le bruit des vagues s'écrasant les unes contre les autres, le silence.

— Nous sommes dans l'œil du cyclone.

— Quoi?

— L'œil du typhon. Le centre. C'est ça.

May-may, Yin-hsi et Ah Sam accoururent à la fenêtre.

— La flotte est sauve, par tout ce qu'il y a de sacré! jubila Struan. Les navires sont saufs! Ils sont saufs!

Brusquement, sa joie s'évapora et il claqua les volets, les fenêtres et tira soigneusement tous les verrous.

— Venez, pressa-t-il en ouvrant la porte.

Ahuries, elles le suivirent. Il courut dans le couloir, et gagna l'aile opposée du bâtiment et poussa la porte de l'appartement le plus au nord.

Les volets étaient dans un triste état; une fenêtre avait été brisée et il y avait des débris de verre partout.

— Restez ici, ordonna-t-il.

— Mais qu'est-ce que tu as, Taï-pan? La tempête est partie.

— Faites ce que je dis!

May-may haussa les épaules et s'assit sur une chaise cassée.

— Qu'est-ce qu'il a donc, Père? demanda Yin-hsi.

— Je ne sais pas. Par moments, vraiment, je ne le comprends pas. Dieu soit loué, le bruit a cessé. N'est-ce pas silencieux? Tellement calme que ça fait mal.

Yin-hsi alla à une fenêtre et l'ouvrit.

— Oh, venez voir! Que c'est joli! Je suis bien heureuse que la tempête soit partie.

May-may et Ah Sam se pressèrent à la fenêtre à côté d'elle.

Brock était debout sur le pont, paralysé. Il voyait des vagues venir sur lui de toutes les directions à la fois, mais là, à l'abri de la côte, elles n'étaient pas très hautes. Le soleil était chaud, l'air sec. De l'eau ruisselait bruyamment. Les nuages d'orage en cercle ressemblaient aux murs d'une imposante cathédrale, dont la nef aurait cinq milles de large. Mais les murs avançaient. Le quart de cercle à l'est se refermait sur eux.

— Qu'est-ce qui se passe, trésor? demanda Liza en arrivant sur le pont avec Lillibet. Oh, comme c'est beau!

— Oh oui, c'est joli, s'écria la petite fille.

— Nous sommes dans l'œil du typhon, dit Brock. Le centre!

Des matelots qui montaient sur le pont se retournèrent, surpris par le ton de sa voix.

— Oh, regardez! cria Lillibet en montrant l'île du doigt. Regardez comme c'est drôle!

Les arbres de l'île étaient tout blancs sur le fond de terre brune. Leurs branches avaient été complètement dégarnies de leurs feuilles et de leur écorce. La Nouvelle Queen's Town avait pratiquement disparu et Tai Ping Shan n'était que ruines. De petites silhouettes commençaient à sortir au bord de l'eau.

— Descendez, grinça Brock.

Perplexe, Liza obéit.

— Capitaine Pennyworth!

— Monsieur?

— Feriez bien de faire votre paix avec votre Créateur, lui dit Brock. Lui seul sait ce qu'il y a de l'autre côté de ces nuages du diable. Tout le monde dans l'entrepont!

Il prit sa longue-vue et la braqua sur la résidence de la Noble Maison. Il vit Struan dehors, devant la porte, au milieu d'un groupe. Aux fenêtres du deuxième étage on apercevait quelques têtes.

Il referma brusquement le télescope.

— Tu ferais bien de rentrer, Dirk, murmura-t-il.

Il remit en place les morceaux du panneau de l'échelle et les fixa aussi solidement que possible, puis il descendit dans la cabine.

— Ma foi, dit-il, je crois que nous allons faire les prières.

— Oh oui! s'écria Lillibet en battant des mains. Je peux dire la mienne d'abord? Comme quand je me couche?

Culum avait un bras autour de Tess.

— Si nous sortons de ça vivants, du diable si je reste ici, grommela-t-il. Nous rentrerons en Angleterre et au diable ces lieux maudits!

— Oui, soupira Tess, atterrée par la destruction.

Terrifiée, elle regarda l'écran de nuages noirs qui avançait inexorablement. Il engloutit la péninsule de Kowloon.

— Nous ferions bien de rentrer, dit-elle.

Culum ferma la porte sur eux; il s'était brûlé atrocement les mains et pouvait à peine remuer les doigts mais il poussa les verrous à bloc.

Tess enjamba les décombres, et alla s'agenouiller près de Glessing. Il avait la figure cadavérique, mais son cœur battait.

— Pauvre George, souffla-t-elle.

Struan évaluait la distance entre la jetée et le *China Cloud* et les nuages les plus à l'est. Il savait qu'il n'avait pas le temps de prendre un canot, aussi courut-il à l'extrémité de la jetée; il mit ses mains en porte-voix.

— Orlov! rugit-il de sa voix puissante qui se répercuta étrangement dans le silence de la Vallée Heureuse. Ohé! du *China Cloud!*

Il vit Orlov agiter le bras et l'entendit répondre :

— Oui?

— Cap au sud! Les vents vont souffler du sud, à présent! Cap au sud!

— Sûr! répondit Orlov.

Struan vit des matelots courir à l'avant, et mettre un canot à la mer, puis, fébrilement, haler le navire pour lui faire faire demi-tour.

Le Taï-pan courut rejoindre le groupe d'hommes devant la porte.

— Rentrez vite!

Certains obéirent, mais le jeune lieutenant continuait de regarder son lorcha, et la rade, d'un air de n'en pas croire ses yeux.

— Sacré Dieu de bon Dieu, il est encore à flot! Et regardez la flotte! Les navires! Je croyais qu'ils auraient tous été emportés aux cent mille diables, à présent, mais il n'y a qu'une frégate d'échouée, et ce clipper démâté. Incroyable, bon Dieu! Du sud, avez-vous dit? Pourquoi?

— Venez, insista Struan en le tirant par le bras. Rentrez vite et faites rentrer tous vos hommes!

— Mais que se passe-t-il?

— Nom de Dieu, il se passe que dans quelques minutes l'œil du cyclone aura passé et que la tempête sera renversée et soufflera du sud! Dites à vos hommes de...

Il fallit être renversé par Horatio qui sortait en trombe et s'élançait dans Queen's Road, vers le chantier naval.

— Horatio! Revenez! Vous êtes fou! Vous allez vous faire tuer! hurla Struan.

Mais Horatio ne l'écouta pas. Struan se lança à sa poursuite.

— Horatio! Nom de Dieu, qu'est-ce qui vous prend? cria-t-il en le rejoignant, et en l'empoignant par les épaules.

— Il faut que je le dise à Glessing! Fini toute cette saloperie de mariage dégoûtant! glapit Horatio. Éloignez-vous de moi, assassin! Vous et votre sale putain criminelle! Je vous ferai pendre tous les deux!

Il se dégagea d'une brusque secousse et repartit en courant. Struan le suivit, mais la pluie se remit à tomber et il s'arrêta net. Les murailles de nuages étaient déjà au milieu de la baie et la mer bouillonnait à leurs pieds. Il vit l'équipage du canot se hisser précipitamment à bord du *China Cloud* et disparaître dans l'entrepont. Orlov agita une dernière fois le bras et descendit à son tour.

Struan fit demi-tour et courut vers l'abri de la résidence. Une rafale le gifla et il redoubla d'efforts. Enfin, sous une averse diluvienne, il atteignit le seuil et se retourna.

Quittant la Vallée Heureuse, Horatio courait le long de la plage. Le mur de nuages recouvrait le chantier naval et Horatio s'enfonça dans le brouillard. Struan le vit s'arrêter, lever les yeux, et puis la petite silhouette fut emportée comme une feuille morte.

Struan poussa la porte et la reclaqua vivement, mais avant qu'il ait le temps de pousser les verrous, l'obscurité tomba et un Vent Suprême fit irruption dans le vestibule, rejetant Struan contre le mur du fond. Le vent brisa toutes les fenêtres du rez-de-chaussée et tua trois marins. Et puis il s'en alla.

Struan se ramassa, stupéfait d'être encore vivant. Il courut à la porte et banda tous ses muscles puissants pour la fermer et la verrouiller, et placer la barre en travers. Le tourbillon passa devant les fenêtres, aspirant des débris, des papiers, des lanternes, suçant au dehors tout ce qui n'était pas solidement fixé.

En courant vers l'escalier, Struan buta sur le cadavre déchiqueté du jeune lieutenant. Il s'arrêta, mais une nouvelle rafale le repoussa et emporta le corps; luttant contre la succion, Struan lui échappa brusquement et se retrouva dans l'escalier, courant vers l'abri des appartements.

Au moment où la tempête arriva du sud et frappa le *White Witch*, le navire prit une gîte terrible, sembla vouloir se coucher à bâbord, puis il vira sur ses amarres, se redressa par miracle et, en tremblant, pointa sa proue dans le vent. Brock ramassa Liza et Lillibet et les rallongea sur la couchette. Il leur cria des encouragements, mais elles ne pouvaient entendre; tous trois se cramponnaient avec l'énergie du désespoir.

De l'eau ruissela le long de l'échelle et puis un paquet de mer s'écrasa contre la porte solidement barrée de la cabine et coula dessous. Un Vent du Diable s'abattit sur le navire. Il y eut comme un coup de tonnerre et le *White Witch* frémit. Brock comprit qu'une amarre venait de rompre.

A bord du *Boston Princess*, Shevaun plaquait ses mains sur ses oreilles pour ne plus entendre les glapissements furieux du vent à l'assaut du navire. Cooper sentit partir la dernière amarre. Il cria à Shevaun de se cramponner à quelque chose, mais elle n'entendit pas. Il chancela vers elle et la colla contre un montant en faisant appel à toutes ses forces.

Le navire roula brusquement. Sa lisse bâbord embarqua un paquet de mer et il se mit à sombrer. La tempête, se repaissant de sa proie, la projeta contre le navire russe.

Dans la cabine principale de l'énorme brigantin, un cabinet vitré fut réduit en miettes, dans un éparpillement de bouteilles, de verres et d'argenterie; Sergueyev se cramponna, jura et fit une prière. Tandis que son navire se redressait, nez au vent, il écarta les débris d'un coup de pied, murmura une autre prière et se versa encore du cognac.

La peste soit de l'Asie, pensa-t-il. Que je voudrais être chez nous! La peste de cette tempête du diable. La peste des Britanniques. La peste de cette île empuantie. La peste de tout. La peste soit du prince Tergine qui m'a envoyé ici. La peste de l'Alaska — et de l'émigration. Et de l'Amérique et des Américains. Mais bénie soit Shevaun.

Oui, songeait-il tandis que le navire roulait et tanguait et hurlait dans le vent. Et bénie soit notre sainte Russie, notre petite mère, et sa place dans l'Histoire. Le plan du prince Tergine est admirable et juste, naturellement, et je l'aiderai à le réaliser. Oui. Malédiction soit de cette foutue balle et de mes sacrées souffrances. Plus de longues chevauchées sur la plaine infinie. C'est terminé. Maintenant je suis obligé d'oublier le jeu. Regarde-toi en face, Alexei! La balle est un coup de chance — voyons, comment dit le Taï-pan? ah oui, le joss. La balle est un coup de joss. De bon joss. Maintenant je puis consacrer toute mon énergie au service de la Russie.

Que faire? Quitter Hong Kong, à présent. Hong Kong est fini. Cet imbécile de Lord Cunnington étrangle l'Angleterre et nous offre la clef de l'Asie. Bonne chose. Prendre un accord commercial avec le Taï-pan ou avec Brock, et puis partir dès que possible pour l'Alaska. Prendre des dispositions pour les tribus. Et puis rentrer chez nous. Non, mieux encore — aller à Washington. Ouvrir les yeux et les oreilles, réfléchir, et faire ce que tu es né pour faire — servir notre Sainte Mère la Russie jusqu'aux extrémités de la terre. Sa terre.

Sergueyev sentit un élancement dans sa hanche et, pour la première fois, en fut heureux. Très bon joss, se dit-il. Ainsi, c'est décidé. Nous partons si nous survivons à ceci.

Mais Shevaun? Ah, voilà une fille qui mérite d'occuper les pensées, par la Croix! Précieuse, politiquement, hein? Et physiquement. Mais pas assez bien pour épouser, encore que son père soit sénateur. Mais au fond, pourquoi pas? Ce serait peut-être une manœuvre habile. Songes-y, Alexei. Nous allons avoir besoin de chefs, pour la Russie d'Amérique. Le continent sera partagé en principautés. Le mariage entre différentes nationalités a toujours été une forme de conquête, hé? Tu pourrais peut-être hâter le grand jour.

Par saint Pierre, j'aimerais l'avoir comme maîtresse. Comment arranger cela? Accepterait-elle? Un imbécile, ce Cooper. Agaçant qu'elle soit fiancée. Stupide. Dommage. Elle dit qu'elle ne l'aime pas.

Le typhon était à son paroxysme, mais l'écran de montagnes continuait de protéger la rade de sa plus grande violence.

Le *Boston Princess* dérivait au milieu de la baie, la lisse bâbord dans l'eau, embarquant d'énormes paquets de mer. Cooper savait que la fin n'était pas loin, et il serrait Shevaun contre lui en hurlant que tout allait bien.

Le navire s'enfonçait et filait à toute vitesse sur Kowloon. Là, il s'échoua lourdement. Les rochers l'éventrèrent, et les vagues se ruèrent dans ses cales, et puis un Vent Suprême le souleva, le sauva de ces attaques démentes et le jeta sur le flanc, au-dessus du niveau du ressac.

Maintenant que la tempête soufflait du sud, elle franchissait la chaîne de montagne pour courir vers le continent. Et dans la cheminée que formait la Vallée Heureuse elle renforçait son incroyable puissance. Elle s'abattit sur la Noble Maison, cherchant son point faible.

Struan tenait May-may entre ses bras, dans l'abri relativement sûr de l'appartement du nord. Une lanterne vacillait nerveusement et projetait des ombres dansantes sinistres. Au-delà des fenêtres brisées, sous le vent furieux chargé de pluie, il n'y avait que des ténèbres. Ah Sam était à genoux, et Yin-hsi se pelotonnait contre Struan, mendiant sa protection.

May-may tourna la tête, colla ses lèvres à l'oreille de Struan et hurla :

— Taï-pan, je suis très déplaisamment malheureuse avec tout ce bruit.

Il rit et la serra plus fort; elle lui noua ses bras autour du cou. Il savait que rien ne pouvait les toucher, maintenant. Le pire était passé.

— Trois ou quatre heures, fillette, et tout sera fini.

— Sale tempête du diable. Est-ce que je t'ai dit que c'était un dragon? Un monstre marin de dragon?

— Sûr.

278

— Sangdieu!

— Qu'est-ce que tu as?

— J'ai oublié de prendre la dernière infecte excrémenteuse tasse de cinchona. Aujourd'hui, c'est le dernier jour, ça ne fait rien.

— Tu la prendras dans quelques heures, ça ne fait rien!

— Oui, Mari!

May-may se sentait très heureuse, et tout à fait guérie, et très forte. Elle joua avec les longs cheveux sur la nuque de Struan.

— J'espère que les enfants vont bien.

— Sûr. Ne te soucie pas. Chen Sheng s'en occupe bien.

— Quand nous s'en va, heya? Je suis fantastiquement urgente pour le mariage.

— Trois mois. Avant Noël, c'est promis.

— Je crois que tu devrais prendre une autre femme barbare comme Troisième Sœur.

Cela le fit rire.

— Très important avoir beaucoup de fils. Ne ris pas, nom de Dieu!

— C'est une bonne idée, peut-être. Nous devrions peut-être avoir trois barbares. Et puis il y aura toi et Yin-hsi. Je pense qu'il serait terrificalement important, taquina-t-il, d'acheter une nouvelle sœur chinoise avant de partir.

— Ha! Si ton activité jusqu'ici avec Seconde Sœur est un signal, nous achèterons des amants, par Dieu! cria May-may, puis elle l'embrassa tendrement et hurla : Je suis très gracieusement contente de mon joss qui t'a donné à moi, Taï-pan.

Une canonnade de Vents Suprêmes enfonça toutes les fenêtres de l'aile sud, et l'immeuble tout entier fut secoué comme par un tremblement de terre. Les chevilles du toit hurlèrent et résistèrent de leur mieux à une attraction inouïe, et puis une bourrasque diabolique souleva le toit comme un couvercle de boîte et le projeta dans la mer.

Struan sentit Yin-hsi le quitter, aspirée par le tourbillon. Il voulut la retenir, mais elle avait déjà disparu.

Struan et May-may se serrèrent plus étroitement l'un contre l'autre.

— Ne désespère pas, Tai-tai!

— Jamais! Je t'aime, Mari!

Et les Vents Suprêmes s'abattirent sur eux.

50

Le soleil se leva bravement et répandit sa chaleur sur la ville en ruines et la rade sûre.

Culum trouva son père dans les décombres de la résidence. Struan était tassé dans un coin de l'appartement du nord, et serrait dans ses bras une petite Chinoise maigre. Culum se demanda comment son père avait pu l'aimer, car à ses yeux, elle n'était pas belle.

Mais la mort ne les rendait pas horribles. Leurs visages étaient calmes, paisibles, comme s'ils dormaient.

Culum quitta la pièce et descendit l'escalier écroulé, et sortit dans la légère brise d'est.

Tess l'attendait. Et quand elle le vit hocher tristement la tête, les larmes lui montèrent aux yeux et elle lui prit la main. Ils sortirent de la Vallée Heureuse, par Queen's Road, sans rien voir.

La ville neuve avait été ravagée, des décombres s'entassaient partout. Mais, çà et là, des immeubles se dressaient encore, certains de simples carcasses, d'autres à peine endommagés. Le bord de mer grouillait de gens pressés, ou attroupés devant les ruines d'une maison ou d'une entreprise commerciale. Beaucoup d'hommes dirigeaient des équipes de coolies, sauvaient leurs possessions détrempées ou bien commençaient déjà les réparations. Les coolies des chaises à porteurs cherchaient des clients, les mendiants aussi. Des pelotons avaient été postés en des points stratégiques, pour pallier l'inévitable pillage. Mais, chose étrange, il y avait très peu de pillards.

Des sampans et des jonques pêchaient dans la rade paisible, parmi les épaves des navires endommagés. D'autres arrivaient du continent, amenant de nouveaux colons. Et la procession de Chinois, de la plage aux hauteurs de Tai Ping Shan, avait repris.

De la fumée montait du flanc des collines. Dans la dévastation des cabanes, il y avait quelques incendies. Mais, sous la fumée,

280

la vie reprenait, bourdonnante d'activité. Les restaurants, les maisons de thé, les magasins d'alimentation, les marchands en plein vent se remettaient à travailler tandis que les habitants — clouant, sciant, creusant, jacassant — réparaient leurs demeures ou se mettaient à reconstruire, en bénissant leur joss d'être encore vivants.

— Ah! Culum, trésor. Regarde! s'écria Tess.

Ils étaient arrivés près du chantier naval. Culum était comme engourdi, ahuri, l'esprit privé de réactions. Il suivit la direction de son regard. Sur une légère éminence, leur maison presque terminée n'avait plus de toit et penchait dangereusement d'un côté.

— Ah, mon Dieu, gémit-elle. Qu'allons-nous faire?

Il ne répondit pas. Elle sentit sa panique et sa propre terreur augmenta.

— Viens, trésor. Viens. Allons... allons à l'hôtel, et puis... et puis à bord du *White Witch*. Allons, viens...

Skinner accourait vers eux. Il avait la figure sale, les vêtements en lambeaux.

— Excusez-moi, monsieur Culum. Où est le Taï-pan?

— Quoi?

— Le Taï-pan. Savez-vous où je peux le trouver? Il faut que je le voie tout de suite.

Comme Culum ne répondait pas, ce fut Tess qui murmura :

— Il... il est mort.

— Hein?

— Il est mort, monsieur Skinner. Nous... mon... Culum l'a vu. Il est mort. Dans le comptoir.

— Oh mon Dieu! Oh non! souffla Skinner en maudissant son joss.

Il marmonna de vagues condoléances et retourna à son imprimerie et à ses presses en miettes.

— Tu es directeur-propriétaire! hurla-t-il. De quoi donc, hé? Tu n'as plus de presses et pas d'argent pour en racheter, et maintenant que le Taï-pan est mort, tu ne peux rien lui emprunter, donc tu ne possèdes rien et tu es fichu! Fichu! Qu'est-ce que tu vas faire, nom de Dieu?

Il donna des coups de pied dans les débris, sans se préoccuper des coolies qui se tenaient à l'écart, et attendaient patiemment.

— Pourquoi diable est-il allé mourir dans un moment pareil?

Il vociféra ainsi pendant quelques minutes, puis il s'assit sur un haut tabouret.

— Qu'est-ce que tu vas faire? Allons, ressaisis-toi! Réfléchis!

Ma foi, se dit-il, la première chose à faire est de sortir le journal. Comment? La presse à main.

— Oui, la presse à main, répéta-t-il tout haut. Tu as la main-d'œuvre, tu peux le faire. Et après? Quoi?

Il remarqua les coolies qui l'observaient. Après, se conseilla-t-il, tu te tais. Tu sors le journal et puis tu vas trouver ce jeune imbécile de Culum et tu le persuades d'avancer de l'argent pour une nouvelle presse. Tu peux le convaincre facilement. Oui. Et tu te tairas.

Blore entra, l'air accablé.

— 'Jour, grogna-t-il. Quel foutu chaos! Les guichets sont détruits, les tribunes, le paddock, tout. Perdu quatre chevaux, le hongre aussi, bon Dieu de bon Dieu!

— Le Taï-pan est mort.

— Oh, mon Dieu! Ça, c'est le bouquet. Enfin, c'était trop beau pour durer, tout ça.

— Hein?

— Hong Kong, le Jockey Club, tout ça. Tout est foutu, maintenant. Faut voir les choses en face. La colonie est une catastrophe. Ce nouveau bougre de Whalen va jeter un seul coup d'œil et crever de rire. Plus d'espoir, à présent, sans le Taï-pan. Ah, nom de Dieu, il me plaisait bien.

— C'est lui qui vous avait envoyé, hein? Pour me donner la dépêche?

— Non, assura Blore.

Le Taï-pan lui avait fait jurer le secret. Un secret était un secret.

— Pauvre type. Une chance qu'il n'ait pas vécu pour voir la mort de la colonie.

Skinner le prit par le bras et tendit la main vers la rade, dans un grand geste.

— Qu'est-ce qu'il y a, là dehors?

— Hein? Quoi? La rade, bien sûr.

— Voilà l'ennui, avec la plupart des gens. Ils ne se servent ni de leur tête ni de leurs yeux. La flotte est sauve, tous les navires marchands! Nous avons perdu une frégate, échouée, et elle sera réparée et remise à flot en huit jours. Même chose pour le *Resting Cloud*. Le *Boston Princess* est éventré à Kowloon. Mais c'est tout. Non, vous ne comprenez pas? Le plus terrible typhon de l'histoire a mis Hong Kong à l'épreuve, et il en est sorti toutes bannières au vent, par Dieu! Le typhon est un fantastique coup de joss. Vous pensez que l'amiral ne le comprendra pas? Vous vous figurez que cet âne bâté de Cunnington lui-même ne sait pas que notre puissance est entre les mains de notre flotte? Quoi qu'en pense ce crétin de général? La puissance sur mer, nom de Dieu! La maîtrise des mers!

— Dieu du ciel! Vous le croyez vraiment?

Skinner était déjà rentré et il écartait des débris à coups de pied pour dégager son chemin. Il s'assit, trouva une plume, de l'encre, du papier et se mit à écrire.

— Vous le croyez vraiment?

— Si j'étais vous, je commencerais à tracer les plans des nouvelles tribunes. Vous voulez que je publie que la prochaine réunion aura lieu comme prévu?

— Absolument! Mais oui! Oh, parfait!

Blore hésita, réfléchit un moment, puis il proposa :

— Nous devrions inaugurer une tradition... je sais! Une course spéciale. La plus grosse bourse de l'année. La dernière course de la saison. Nous l'appellerons le Prix Taï-pan.

— Excellent! Vous lirez ça ce soir!

Blore regarda écrire Skinner, puis il demanda :

— Vous faites sa nécrologie?

Skinner ouvrit un tiroir et poussa vers le jeune homme une liasse de papiers.

— Je l'ai écrite il y a quelques jours. Lisez. Ensuite, vous pourrez peut-être m'aider à la presse à main.

Culum et Tess étaient restés immobiles, où Skinner les avait laissés. Angoissée, Tess tira Culum par le bras :

— Allons, viens.

Culum fit un effort de réflexion.

— Pourquoi ne montes-tu pas à bord du *White Witch?* Je... je suis sûr qu'ils ont hâte de... de te savoir en vie. Je te rejoindrai plus tard. Laisse-moi seul un moment, tu veux, ma chérie? Je... ma foi, j'ai besoin de rester seul.

— Oh, Culum, qu'allons-nous devenir?

— Je ne sais pas. Je ne sais pas.

Elle le regarda un instant, et s'en alla.

Il se dirigea vers la pointe de Glessing, ne voyant rien, n'entendant rien. Pour lui, le temps avait cessé d'exister. Seigneur, Dieu qui êtes au ciel, que dois-je faire?

— Monsieur Struan?

Culum sentit une main sur son bras qui le tirait de son hébétude. Il remarqua soudain que le soleil était haut dans le ciel, et qu'il était adossé au mât brisé, à la pointe. Le capitaine d'armes le dévisageait.

— Son Excellence vous fait ses compliments, monsieur, et demande si vous auriez la bonté de monter à bord.

— Oui... Oui, naturellement.

Épuisé, la tête vide, il se laissa conduire au canot qui l'attendait.

Il escalada l'échelle de coupée du navire amiral et descendit à la cabine.

— Mon cher Culum, lui dit Longstaff. Une terrible nouvelle. Terrible. Un peu de porto?

— Non. Non, merci, Excellence.

— Asseyez-vous. Oui, c'est terrible. Affreux. Dès que j'ai appris la nouvelle, je vous ai fait chercher pour vous présenter mes condoléances.

— Merci.

— Je pars demain avec la marée. Le nouveau plénipotentiaire a fait savoir par Monsey qu'il est arrivé à Macao.

La peste soit de Whalen! Pourquoi diable n'a-t-il pas attendu? Maudit typhon! La peste soit de Dirk! De tout!

— Vous connaissez Monsey, n'est-ce pas?

— Non... non, monsieur.

— Peu importe. Parole d'honneur, c'est exaspérant. Monsey était à la résidence, et pas une égratignure. Oui, terrible. C'est le joss...

Longstaff prisa, renifla, éternua et s'épousseta la chemise.

— Vous savez qu'Horatio a été tué aussi?

— Non.. non, monsieur. Le... je le croyais à Macao.

Stupide animal, pourquoi est-il allé se faire tuer lui aussi? Complique tout.

— Ah, au fait. Votre père avait des documents pour moi. Me les faut absolument avant mon départ.

Culum fouilla sa mémoire. Ce simple effort l'épuisa.

— Il ne m'en a jamais parlé, Excellence. Je ne suis pas du tout au courant.

— Ma foi, je suis sûr qu'il devait les garder précieusement à l'abri, dit Longstaff, enchanté que Culum ne fût pas dans le secret des papiers. Un coffre, quoi? Il avait bien un coffre-fort particulier? Où est-il, Culum?

— Je... je ne sais pas, monsieur. Je demanderai à Vargas.

— Allons, allons, Culum, ressaisissez-vous. La vie continue. Les morts doivent enterrer leurs morts et tout ça, n'est-ce pas? Jamais renoncer, quoi? Où est son coffre privé? Réfléchissez! A la résidence? A bord du *Resting Cloud?*

— Je ne sais pas.

— Alors je vous conseille de chercher, et rapidement, déclara Longstaff plus sèchement. C'est d'une importance capitale. Et n'en soufflez mot, à personne. Vous n'ignorez pas le châtiment des traîtres à la patrie?

— Non... oui, certainement, bredouilla Culum, un peu effrayé et complètement désorienté.

— Très bien. Et n'oubliez pas que vous êtes toujours secrétaire colonial adjoint et que vous avez prêté serment à la Couronne. J'ai placé ces papiers entre les mains de votre père afin qu'il les mette en lieu sûr. Des documents diplomatiques secrets concernant une « puissance amie ». Des cartes, des documents en russe avec les traductions anglaises. Trouvez-les. Revenez au rapport à bord dès que vous les aurez trouvés. Revenez au rapport à bord au coucher du soleil, de toute manière. Si vous êtes incapable de les trouver, j'irai moi-même. Ah oui, je vais aussi vous confier des graines. Elles doivent arriver dans quelques jours. Vous seriez aimable de me les réexpédier et de garder le secret le plus total à ce sujet. Ordonnance! appela-t-il.

La porte s'ouvrit aussitôt.

— Excellence?

— Reconduisez M. Culum à terre.

Culum reprit le canot, la panique au ventre. Il se hâta d'aller voir le *Resting Cloud*. Il était au milieu du village de sampans, presque vertical. Des soldats le protégeaient des pillards. Il monta à bord et descendit aux cabines.

Lim Din montait la garde devant les appartements de Struan, une hachette à la main.

— Massi mort? demanda-t-il.

— Oui.

Lim Din ne dit rien. Son expression ne changea pas.

— Quand Taï-pan avoir papiers — papiers importants — où les mettre? demanda Culum.

— Heya?

— Papiers. Mettre lieu sûr. Coffre. Avoir coffre, boîte?

Lim Din le fit entrer et lui montra le coffre-fort encastré dans la paroi de la chambre de Struan.

— Cette morceau?

— Clef a?

— Clef non. Taï-pan a, ça ne fait rien.

Où garderait-il la clef? se demanda Culum, au comble du désespoir. Sur lui! Sur lui, naturellement! Il faut que je... Est-ce que Vargas aurait un double? Mon Dieu, mon Dieu, aidez-moi. Il doit y avoir... oui, l'enterrement, le cercueil. Où vais-je... et... et la fille, la Chinoise? Peut-on l'enterrer avec lui? Non, ce ne serait pas bien. Est-ce qu'elle lui a donné des enfants? Ne l'a-t-il pas dit? Où sont-ils? Dans les ruines? Réfléchis, Culum! Réveille-toi, nom de Dieu! Et les navires? Et l'argent? A-t-il fait un testament? Ne pense pas à ça, ça n'a pas d'importance pour le moment, rien n'a d'importance. Il faut que tu trouves les documents secrets. Qu'est-ce que Longstaff a dit? Des cartes, un document russe?

Brock entra dans la cabine, et il vit la peur et l'indécision sur le visage du jeune homme, et les taches de sang sur ses mains et ses vêtements.

— Bonjour, petit, dit-il avec douceur. Je suis venu dès que j'ai appris. Je suis navré, petit, mais ne vous inquiétez pas. Je m'occuperai de tout.

285

— Ah, merci, monsieur Brock, s'écria Culum, soulagé. C'est seulement que je...

Il se laissa tomber sur le sofa.

— Tess a dit que sans vous elle serait morte, et Glessing aussi. C'est un sale joss pour votre papa, mais ne vous affolez pas. J'ai été à la résidence et je ferai tout ce qu'il faut, tout bien. J'ai donné l'ordre à Orlov de mettre le Lion et le Dragon en berne, et j'aurai le *Resting Cloud* à flot en un rien de temps. Soufflez un peu. Je m'occupe de tout.

— Ah, merci, monsieur Brock. Avez-vous vu sa clef? J'ai besoin de...

Culum était sur le point de parler des documents mais il se rappela que Longstaff avait parlé de trahison, et il se tut.

— Je pensais, dit-il simplement, que je devrais peut-être examiner ses papiers.

— J'ai point fouillé ses poches, déclara Brock, froidement. Simplement, je l'ai allongé comme il faut et j'ai fait ôter la femme, qu'on la voie pas.

Ah, Dirk, se dit-il, j'oublierai jamais de quoi tu avais l'air, toi et la mécréante. Ensemble. Mais pour toi, et pour les enfants, tu seras enterré en chrétien, tout seul.

— Je prendrai discrètement des dispositions pour elle.

— Oui, naturellement.

— Nous allons nous associer, Culum, Brock et Struan. Ce sera le mieux. La Noble Maison deviendra Brock-Struan. Je fais faire les papiers tout de suite et on n'en parlera plus.

Ouais, pensa-t-il. Je veux pas te frotter le nez dans ton joss, Dirk, mais je suis *le* Taï-pan, désormais. C'est pas trop tôt. Culum prendra la suite, s'il en est digne, après Morgan et Tom.

— Tout est oublié et pardonné entre Tess et vous, et moi. Mieux vaut venir à bord du *White Witch*, petit. Tess a besoin d'être réconfortée.

— Oui. Très bien, monsieur Brock. Merci. Mais... ma foi, si ça ne vous fait rien, j'aimerais... je voudrais d'abord retourner à la résidence.

— Soyez à bord au coucher du soleil, dit Brock, et il le laissa.

Culum passa ses mains sur sa figure en sueur. C'est lè mieux. Une association. C'est le mieux. Tu as toujours dit que tu le ferais. Allons, Culum, ressaisis-toi. *Va chercher la clef!*

— Massi?

Lim Din lui faisait signe de le suivre dans une autre cabine. Mauss gisait par terre. La mort l'enlaidissait étrangement.

— Joss. Ça ne fait rien, dit Lim Din avec un rire nerveux.

Culum quitta le navire à tâtons, le cœur douloureux, et suivit les chemins de planches du village flottant. Il s'aperçut soudain qu'il était à la pointe de Glessing. Il marcha lentement le long de Queen's Road, dans un enchevêtrement de décombres et de meubles brisés, murmurant des remerciements incohérents à tous ceux qui venaient, nombreux, prendre part à son deuil.

Dans sa tête, il n'y avait place que pour une seule pensée. Tu dois fouiller ses poches.

— Culum!

Sortant de son engourdissement, il vit Cooper et Shevaun devant l'hôtel, dans un groupe de marchands. Il continua sa route mais ils le rejoignirent.

— Nous venons à peine d'apprendre, Culum. Je suis affreusement désolé, dit Cooper. N'y a-t-il rien que nous puissions faire, pour vous aider? C'est du terrible joss.

— Oui, murmura Shevaun.

Sa figure était meurtrie et ses vêtements en lambeaux.

— C'est affreux. Nous arrivons à peine de Kowloon. Je trouve ça abominable. Si injuste!

— Je... je... Excusez-moi, je n'ai pas le temps. Je... je dois...

Ils le regardèrent s'éloigner, courant presque.

— Pauvre jeune homme, murmura Cooper.

— Il a l'air complètement terrifié.

— Rien de surprenant. Entre le Taï-pan et Glessing.

— Est-ce qu'il va se remettre? Glessing?

— Je ne sais pas. Je l'espère.

Cooper contempla la rade. Il vit au loin l'épave du *Boston Princess* et remercia Dieu de les avoir sauvés.

— A sa place, moi aussi je serais affolé.

Le pauvre gamin aura besoin de tous les secours qu'on pourra lui apporter, se dit Cooper. Dieu soit loué que le Taï-pan ait vécu assez longtemps pour me remettre ces papiers. Je me demande s'il a eu un pressentiment. Non, sûrement pas. Et Culum? Que va-t-il faire? Il n'a pas plus de ressources qu'un bébé. Je devrais peut-être veiller sur lui... je dois bien ça au Taï-pan, et plus encore. Nous avons l'affaire du cinchona ensemble, à présent. Pourquoi ne pas unir nos forces? Faire la fusion totale des deux compagnies? La nouvelle Noble Maison — Cooper-Struan. Non! Struan-Cooper. Tu seras juste, avec Culum. Il sera le suivant. Une fusion offre des avantages illimités, c'est certain. Mais tu ferais bien d'agir vite sinon Brock ne tardera pas à entortiller le gamin et à le faire manger dans sa main. Taï-pan de la Noble Maison. *Le* Taï-pan. Pourquoi pas?

— Pourquoi souriez-vous? demanda Shevaun.

— Une simple idée, dit-il en lui offrant son bras.

Tu as été très sage, Dirk, mon ami. Les deux coups de dés. Oui. Il me faudra un an pour tout unifier.

— Je suis si heureux d'être en vie. Allons jusqu'à la jetée. Nous devrions aller voir si Sergueyev va bien. Écoutez, Shevaun.

J'ai décidé de vous envoyer en Amérique pour un an, par le prochain bateau.

— Quoi!

Shevaun s'arrêta et le regarda.

— Oui. Au bout d'un an, si vous pensez m'aimer et si vous acceptez de m'épouser, je serai le plus heureux des hommes. Non, ne dites rien! Laissez-moi finir. Si vous prenez la décision contraire, je vous donnerai votre liberté, et ma bénédiction. Dans un cas comme dans l'autre, je ne rachèterai pas les parts de Tillman. Votre père recevra, sa vie durant...

Shevaun se détourna, et ils se remirent en marche, bras dessus bras dessous, tandis que Cooper continuait de parler. Mais elle n'écoutait plus. Un an, jubilait-elle en dissimulant sa joie. Libre dans un an! Libérée de ces lieux maudits. Et Père garde ses parts! Mon Dieu, vous avez exaucé mes prières! Merci, merci, merci. Pauvre Dirk, mon amour. Maintenant je suis libre et maintenant vous êtes mort.

Elle contempla le brigantin russe. Oui, songea-t-elle, le Taï-pan est mort. Mais tu es libre, et le grand-duc est un merveilleux parti.

— Excusez-moi, Jeff. Que disiez-vous?

— Simplement que je voudrais que vous portiez certains documents privés à votre père.

— Certainement, mon cher ami. Et merci, encore merci. L'année passera vite.

Gordon Chen se prosterna devant le Bouddha, dans le temple en ruine, et alluma un dernier bâton de joss. Il avait pleuré pour son père et pour May-may.

Mais maintenant, ce n'est plus le temps de pleurer, se dit-il. Le joss est le joss. Maintenant, c'est le temps de réfléchir.

La Noble Maison est morte.

Culum n'a pas la force de poursuivre. Brock le dominera et fera la fusion des deux compagnies. Brock, je ne puis le manipuler. Si Culum s'associe à Brock, Culum est fini. Donc, dans un cas comme dans l'autre, il ne peut m'être utile. Puis-je l'aider? Oui. Mais je ne peux pas lui être utile avec les barbares et je ne peux pas l'aider à devenir le Taï-pan. C'est une chose qu'un homme doit devenir par lui-même, seul.

La fumée d'encens montait lentement, en volutes légères, et il la contempla, en savourant son parfum.

Seul, mon père était au courant de notre accord. J'ai le lac d'argent et il deviendra avec le temps cinquante, cent lacs. Je suis le Chinois le plus riche de Hong Kong. Et le plus puissant. Le Taï-pan des Chinois.

Soyons franc. Je ne suis pas chinois, ni anglais. Non. Mais je suis satisfait de mon joss, et plus chinois qu'anglais. J'épouserai une Chinoise et mes enfants et les enfants de mes enfants aussi, ça ne fait rien.

Hong Kong? J'aiderai l'île à devenir puissante. J'ai empêché le pillage aujourd'hui. La main-d'œuvre ne manque pas et à l'avenir elle sera nombreuse et docile.

Je crois que mon père a dit que le gouvernement britannique allait tomber. Il doit tomber. Oh, mes dieux, j'exige qu'il tombe, pour l'avenir de la Chine! Vous êtes chinois, pensez à la Chine! Je ferai construire le plus vaste temple du sud de la Chine! Enfin... au moins un temple digne d'être le quartier général des Triades, et digne de Tai Ping Shan, dès que le gouvernement tombera et que Hong Kong sera absolument et définitivement britannique.

Il fit son kowtow, et toucha du front le sol devant la statue pour confirmer la promesse.

Oui, Père seul savait quelles richesses allaient être les nôtres. Malgré tout, la moitié appartient à Culum. Tous les mois, je lui présenterai les comptes et nous partagerons à parts égales tant qu'il accomplira ce que son père a promis et respectera sa part du marché : que je contrôle tout, sans qu'on me pose de questions, ou presque; et que tout reste secret. Entre nous deux.

Va le trouver maintenant. Tout de suite, pour lui présenter tes respects.

Dommage que Culum ait épousé la petite Brock. Ce sera sa perte. Dommage qu'il n'ait pas la force de marcher seul. J'aimerais pouvoir changer de place avec lui. Je montrerais un peu aux barbares comment diriger la Noble Maison. Et l'empereur, aussi bien. Si Culum avait seulement un peu de force et qu'il soit prêt à écouter les conseils, Chen Sheng et moi pourrions tenir en échec Brock et tous les autres chacals.

Enfin, ça ne fait rien. Je donnerai à mon père et à sa Tai-tai des obsèques qui resteront légendaires durant cent ans. Je lui ferai faire une tablette, et à sa Tai-tai une tablette et je porterai le deuil pendant cent jours. Et ensuite, je brûlerai les tablettes pour leur bonne résurrection.

J'irai chercher Duncan et le bébé et je les élèverai comme mes propres enfants. Et je fonderai une dynastie.

Le soleil n'allait pas tarder à se coucher. Culum était assis sur les marches de l'église abandonnée et détruite, au sommet de la colline de la Vallée Heureuse, la tête dans les mains, le regard perdu dans le lointain. Il faut que tu trouves la clef, se répétait-il inlassablement. Il n'y a pas à avoir peur. Il faut que tu prennes la clef, et puis les papiers. Allez, Culum, remue-toi.

Il avait fini par maîtriser sa panique. Mais il était accablé, consumé du dégoût de soi-même, et très seul. Il contempla la résidence, à ses pieds. Vargas et Orlov se tenaient sur le seuil. Il se rappelait vaguement être arrivé dans la vallée, il y avait des heures de cela, et les avoir vus, là, et avoir couru pour leur échapper, et leur avoir crié de le laisser tranquille quand ils l'avaient suivi. Il remarqua Gordon Chen avec eux. Gordon n'était pas là, tout à l'heure, se dit-il. Que veut-il? Ricaner? Me prendre en pitié, comme les autres? Longstaff... Brock... Cooper... Shevaun... Skinner... Vargas... Orlov. Même Tess. Oui, je l'ai bien vu dans tes yeux quand nous nous sommes arrêtés à Queen's Road. Même dans les tiens. Et tu as raison. Vous avez tous raison.

Que faire? Que puis-je faire? Je ne suis pas mon père. Je le lui ai dit, que je ne l'étais pas. J'ai été franc avec lui.

Trouve la clef. Trouve la clef et les documents. Tu dois remettre les papiers. Longstaff t'a donné l'ordre de monter à bord. Il est presque l'heure. Oh mon Dieu. Mon Dieu.

Il regarda les ombres s'allonger.

Est-ce que je parle à Brock des pièces de Jin-qua? Et des trois demi-pièces qui restent et des trois faveurs et du serment sacré et du *Lotus Cloud?* Il le faudra bien. Oh, mon Dieu, et Wu Kwok? Et les Chinois, apprentis capitaines, et les petits garçons, les pupilles de mon père? Brock ne fera pas honneur à mon serment, je sais qu'il refusera. Je m'en moque. Qu'est-ce que ça peut faire?

— Salut.

— Hein? Ah, bonsoir, monsieur Quance, murmura Culum en clignant des yeux dans la pénombre. Je vous en prie, laissez-moi seul. S'il vous plaît.

Aristote Quance avait mal dans tout le corps. Une heure avant, à peine, il avait été tiré des décombres. Ses cheveux, sa figure, ses vêtements étaient couverts de sang séché et de plâtre. Il était en guenilles.

— Je suis navré, dit-il. C'était le joss. Rien que le joss.

— Je déteste ce mot. Je vous en prie, s'il vous plaît, laissez-moi seul!

Quance vit l'indécision, l'incertitude, la douleur et le dégoût de soi-même sur ce visage qui ressemblait vaguement à celui qu'il avait si bien connu. Il se rappela la première fois qu'il avait vu Struan. Dans une sombre ruelle de Macao, gisant sans connaissance parmi les ordures. Sans défense, lui aussi, tout pareil, se dit-il. Non, pas pareil, jamais. Pas le même. Dirk était comme un dieu, même couché dans les ordures. Ah, Dirk, tu as toujours eu la figure d'un dieu et la puissance d'un dieu

— éveillé, endormi. Oui, et même mort, je parie. *La face.* Voilà ce que tu avais.

Si différent de ton fils.

Oui, mais pas tellement différent. Culum t'a tenu tête pour la colline. Et il a tenu tête avec toi contre Brock. Et il a serré la main de Gordon Chen devant toi. Et il a enlevé la petite, en faisant fi des conséquences. Et il a sauvé la vie de Glessing. L'étincelle est bien là.

Rappelle-toi ce qu'il a dit en reprenant connaissance : « Je ne sais pas qui vous êtes, mais merci de m'avoir rendu la face. »

Tu ne l'avais jamais perdue, Dirk, mon ami.

« *Sûr. Mais rendez la sienne à mon fils.* »

N'est-ce pas ce qu'il dirait s'il était ici? Est-ce que tu es là? Tu me manques bien, mon gars.

Aristote Quance écarta sa propre tristesse et s'assit sur la marche à côté de Culum.

— Je sais que ce n'est guère le moment d'en parler, Taï-pan, mais est-ce que vous pourriez me prêter quatre cent cinquante guinées?

— Quoi? Qu'avez-vous dit?

— Pourriez-vous me prêter quatre cent cinquante guinées, Taï-pan? Je sais que c'est un moment terrible, et bien mal choisi, mais cette peste de Fotheringill est vivante — aucun typhon n'osera jamais la toucher, bon Dieu! Elle me menace de la prison pour dettes. Je n'ai personne vers qui me tourner, excepté vous.

— Vous avez dit : « Taï-pan ». Vous m'avez appelé *Taï-pan!*

— Eh bien, vous l'êtes, pas vrai?

Culum se rappela alors les paroles de son père. La joie et la douleur d'être Taï-pan, d'être un homme, d'être seul; ce qu'il avait dit de la vie, et de ses luttes.

Son impression de solitude disparut. Il regarda les trois hommes, au pied de la colline. Son anxiété le reprit. C'est assez simple pour Aristote de dire « Taï-pan », pensa-t-il. Mais eux? Tu dois les gagner, les amener dans ton camp. Comment? Qu'avait donc dit mon père? « Tu gouvernes les hommes par l'esprit et par la magie. »

Il se releva, en vacillant un peu.

— Je... je vais essayer. Par le Seigneur Dieu, je vais réellement essayer. Je ne vous oublierai jamais, Aristote. Jamais.

Le ventre crispé, mal à l'aise, il descendit de la colline. Le capitaine d'armes arrivait du canot et ils se rejoignirent devant la porte de la résidence.

— Son Excellence vous réclame à bord au plus tôt.

— Dites-lui que j'irai dès que je pourrai, répondit Culum avec un calme qu'il n'éprouvait pas.

— Il vous demande tout de suite.

— Je suis occupé. Dites-lui que je suis occupé!

L'homme rougit, salua puis tourna les talons et s'en fut.

Et d'abord, qu'y a-t-il dans ces documents? se demanda Culum. Il fit appel à toute sa volonté, et affronta Orlov, Vargas et Gordon Chen.

— Brock a envoyé des *ordres* à bord de mon navire! s'écria Orlov.

Il vit le sang sur les mains et les manches de Culum et frémit.

— Des ordres de mettre en berne, par Odin! Je l'aurais fait, n'importe comment, dès que j'aurais su. Est-ce que c'est lui qui donne les ordres, à présent? Hein?

— Brock nous écrasera, monsieur Culum, gémit Vargas en se tordant les mains. Qu'allons-nous faire?

— Vargas, prenez des dispositions pour les obsèques. Mon père et sa dame seront enterrés ensemble.

— Quoi?

— Oui. J'ai dit, ensemble. Elle est chrétienne et nous l'enterrerons avec lui. Gordon, attendez-moi. J'ai à vous parler. Orlov, allez à votre bord et hissez le Lion et le Dragon au sommet du grand mât. Ensuite, vous irez à bord du *White Witch* et vous ramènerez ma femme à terre.

— Je la *ramène*, vous avez dit?

— Oui, et tenez, dit Culum en lui tendant les vingt souverains. Donnez ceci à Brock avec mes compliments. Dites-lui que je lui fais dire d'aller s'acheter un cercueil.

Les trois hommes considérèrent Culum avec curiosité.

Puis ils répondirent :

— Bien, Taï-pan.

Et ils lui obéirent.

Achevé d'imprimer le 17 novembre 1980
sur presse CAMERON
dans les ateliers de la S.E.P.C.
à Saint-Amand-Montrond (Cher)
pour le compte des Éditions Stock,
14, rue de l'Ancienne-Comédie, 75006 Paris

Imprimé en France

Dépôt légal : 4ᵉ trimestre 1980.
Nº d'Édition : 4228. Nº d'Impression : 1068.
54-35-3037-01

ISBN 2-234-01394-1